btb
Aus Freude am Lesen

btb

Buch

Die Lehrerin Beth und ihr Mann Ulf, ein Journalist, machen wie jedes Jahr Urlaub in ihrem Sommerhaus in den Wäldern. Die Stimmung ist alles andere als gut, die Ehe kriselt. Nach einem Ausflug hören sie eines Tages auf dem Rückweg zu ihrem Hof, dass zwei als gefährlich bezeichnete Kriminelle aus einem Gefängnis in der Nähe ausgebrochen sind. Beide trinken viel an diesem Abend. Als sie wenig später vom Schuppen her ungewöhnliche Geräusche hören, haben sie sich bereits in eine wahre Paranoia hineingesteigert, und Beth stürzt mit einer Axt bewaffnet nach draußen. Als sich ihr ein Mann mit erhobenen Händen nähert, schlägt sie mit aller Macht zu. Ein verhängnisvoller Fehler …

Autorin

Inger Frimansson ist eine der bekanntesten Autorinnen Schwedens. »Die Katze, die nicht sterben wollte« ist das dritte Buch von ihr, das auf Deutsch erscheint. Ihr erstes, »Gute Nacht, mein Geliebter« bedeutete sofort den Durchbruch für sie. Es wurde ausgezeichnet mit dem Schwedischen Krimipreis und begründete ihren Ruhm als »schwedische« Minette Walters.

Inger Frimansson bei btb

Gute Nacht, mein Geliebter. Roman btb (72609)
Der Beschützer. Roman (72730)
Die Insel der nackten Frauen. Roman (73245)

Inger Frimansson

Die Katze, die nicht sterben wollte

Roman

Aus dem Schwedischen
von Paul Berf

btb

Die Originalausgabe erschien 2000 unter dem Titel
»Katten som inte dog« bei Norstedts Förlag, Stockholm.

Umwelthinweis:
Alle bedruckten Materialien dieses Taschenbuches
sind chlorfrei und umweltschonend.

Der btb-Verlag ist ein Unternehmen
der Verlagsgruppe Random House.

Einmalige Sonderausgabe Oktober 2004

Umschlaggestaltung: Design Team München
Umschlagfoto: Wolf Huber
Satz: IBV Satz- und Datentechnik GmbH, Berlin
EM · Herstellung: Augustin Wiesbeck
Made in Germany
ISBN 3-442-73288-3
www.btb-verlag.de

Sie war eine gewöhnliche graue Katze, eine Hauskatze eben. Sie reckte ihr Maul in die Höhe und miaute, wie sie es schon oft, viele Tage lang getan hatte.

Aber die menschlichen Geräusche waren verstummt und das Haus war verschlossen.

Fauchend drehte sie sich zu ihren Jungen um, die inzwischen groß geworden waren. Es war Herbst und die Zitzen des Muttertiers waren eingeschrumpft und gaben keine Milch mehr.

Die Katze grub in der Erde, kratzte, scharrte, bekam ein Stück faserigen Stoffs zwischen die Zähne und nahm einen stechenden, schleimigen Geschmack wahr.

Zum zweiten Mal in ihrem Leben hatte sie Angst.

Eine Frau kam zu der Stelle, an der die Spuren von Krallen und Pfoten zu erkennen waren, und sah aus einem Loch in der Erde etwas herausragen.

Vor Entsetzen wurde ihr eiskalt und sie wimmerte und schnappte nach Luft.

Es war ein Stück von einem Menschenarm und an dem Arm saß eine Uhr. Sie wollte die Uhr nicht sehen, konnte aber die Augen nicht davor verschließen. Sie war dreckverschmiert und verdreht, dennoch erkannte die Frau das braune Lederarmband. Sie hatte ihm geholfen es zu flicken, es auf ihr Zimmer mitgenommen und sich mit der Nadel die Finger zerstochen.

Sie hatte angefangen ihn zu vermissen.

Sie legte den Kopf in den Nacken und schrie in den bleichen, frostigen Himmel hinauf.

Der Mann

1. KAPITEL

Die Straße war von einer Staubschicht bedeckt, von einem feinen Puder aus zermahlenem Schotter. Das gefiel ihm nicht, denn der Staub drang ihm in alle Poren und in die Nasenlöcher, setzte sich im Nasenschleim fest und trocknete ihn aus. Normalerweise wich er den Straßen aus, aber an zwei, drei Stellen war das nicht möglich, dort musste er eine Weile dem Straßenverlauf folgen. In den Straßengräben wuchsen Walderdbeeren, rotes Fruchtfleisch bedeckt von einer Schicht aus grauen Giften. In seinen Augen war es ein Verrat, von ihnen zu essen, man konnte krank davon werden, eine Geschwulst konnte sich in einem festsetzen, wild wuchern und einen umbringen.

Das war von der Natur so nicht gewollt. Die Natur hatte die Früchte der Erde zum Nutzen der Menschen erschaffen.

In der Ferne Motorengeräusche, ein dumpfes und wütendes Grollen, das lauter wurde. Er musste einen Schritt zurücktreten und blieb im Straßengraben stehen. Die Pflanzen schmiegten sich an seine Knöchel. Ein PKW, vermutlich ein japanisches Modell, er kannte sich mit den neuen Automarken nicht mehr so gut aus. Seit er mit den Autokennzeichen fertig war, hatte er jedes Interesse an Autos verloren. Er hatte mit 001 begonnen und sie in chronologischer Ordnung abgehakt, bis er schließlich 999 erreicht hatte. Damals war er in die umliegenden Ortschaften gegangen, hatte sich auf Parkplätzen herumgetrieben oder in die Nähe einer Autobahnauffahrt gesetzt und dort stundenlang mit seinem Block und den Stiften gehockt. Blaue Farbe für gerade Nummern, rote für ungerade. Fünf Jahre hatte es gedauert.

Danach war er im Wald geblieben.

Er blieb einen Moment stehen, schaute in beide Richtungen, lauschte und wartete den perfekten Augenblick ab, in dem der Abstand zu dem Wagen, der gerade vorbeigefahren war, und dem, der als Nächster kommen würde, exakt gleich lang war. Ganz genau konnte er ihn natürlich nicht bestimmen. Es war nur ein Gefühl, so als würden zwei Waagschalen regungslos auf gleicher Höhe verharren, Perfektion und Einklang. Einen Moment lang hielt er den Atem an und überquerte anschließend die Teerdecke mit acht langen Schritten.

Zwischen den Kiefernstämmen war es drückend heiß. Die Hitze fraß sich in seine Haut, presste Feuchtigkeit unter seinen Haaren hervor, seine Stirn glänzte und pochte. Plötzlich sah er seine Mutter vor sich und roch den Kartoffelgeruch in ihrer nassen, erdigen Schürze, sah sein Gesicht zwischen den Streifen vergraben und ihre Hand, die sich schwer um seinen Hinterkopf wölbte.

Nein, lass das, denk nicht.

Er musste die Katze und ihre Jungen suchen. Er hatte ihnen ein Nest in der Kommodenschublade eingerichtet, ohne dass es etwas genützt hätte. Am nächsten Morgen waren sie dennoch verschwunden. Drei Kätzchen lagen noch in den Lumpen, lebten aber nicht mehr. Die beiden anderen waren mit ihr verschwunden. Die Katze hatte sie im Maul davongetragen.

2. KAPITEL

Die kleinen Kätzchen wuchsen schnell. Als sie noch kleiner waren, war alles einfacher gewesen. Er konnte noch wesentlich mehr bestimmen und sie mussten viel schlafen und gesäugt werden.

Mittlerweile machten sie kleine lustige Sprünge auf allen vieren. Es machte ihm Spaß ihnen zuzusehen und sie mit einer ausgerollten Kordel spielen zu lassen. Ihre Krallen waren warm und durchsichtig. Wenn er sie fest hielt, bissen sie ihn mit ihren rosa Gaumen in die Hand und hinterließen Milch und Haare.

Das eine hatte den gleichen hellen, grau getigerten Pelz wie die Katze, das andere war zerzaust und größer, aber dennoch etwas scheuer. Er hatte ihnen Namen gegeben, sie aber schon wieder vergessen. Ihm hatten sie es zu verdanken, dass sie auf der Welt waren. Aber die Katze hatte keine Ruhe, nahm ihre Jungen und verschwand. Tag für Tag musste er nach ihnen suchen, was ihn stresste und deprimierte.

Die Katze hatte er eines Abends vor vier Jahren bekommen. Damals arbeitete er für Holger, half ihm im Wald. Den ganzen Tag hatten sie mit ihren Motorsägen gearbeitet und das knatternde Geräusch hallte noch in seinem Kopf.

Es war der letzte Tag. Die Haut in seinen Handtellern war rissig und wund. Die Stiche der Kriebelmücken juckten überall. Holger parkte den Traktor und zog das Kuvert mit dem Geld aus der Tasche.

»Da wäre noch eine Sache«, sagte er und seine Augen verengten sich zu Schlitzen.

Der Mann hatte etwas geahnt. Ein Schauer lief ihm über den Rücken und er musste plötzlich aufstoßen. Aber er stellte keine Fragen, sondern wartete nur.

Holger ging in den Schuppen und kehrte kurz darauf mit einer Schrotflinte zurück. Er rief zum Haus hinauf. Kaarina trat auf die Eingangstreppe hinaus, als hätte sie dort Wache gestanden. Im Arm hielt sie einen Schuhkarton, den sie mit äußerster Vorsicht trug, und ihr Gesicht war verschmiert und nass.

»Du kannst wieder reingehen!«, sagte Holger.

Daraufhin setzte sie den Karton auf der Erde ab, drehte sich um und lief hinein. Sie war korpulent und schwerfällig. Ihre plötzliche Schnelligkeit und die geschwollenen, geäderten Beine passten in seinen Augen nicht zusammen.

Holger reichte ihm die Waffe.

»Du weißt doch, wie man damit umgeht, oder? Du bist doch schon mit auf die Jagd gegangen.«

Er nickte. Es zog in seinen Hoden.

»Ich gehe jetzt rein!«, sagte Holger. »Du kannst sie hier abstellen. Lass einfach alles liegen, wenn du fertig bist. Lass den ganzen Mist liegen, ich kümmere mich darum, wenn du fertig bist.«

Ja. Das war jetzt vier Sommer her. Er hakte die Tage in seinem Kalender ab, malte sie mit dem Anilinstift aus. Die weißen Felder mit den Zahlen. Nummer acht im Juni.

Am Tag Nummer acht im Juni hob er den Deckel des Schuhkartons einen Spalt breit und hörte ein schwaches Maunzen. Nein, er wollte nicht mehr, wollte sie nicht sehen, nicht hören, den Karton sofort wieder schließen, aber eines der Tiere entwischte über den Rand.

Er hatte Angst, dass Holger es gesehen haben könnte, aber am Fenster rührte sich nichts, stattdessen hörte man gebrochene und gedämpfte Schreie. Er hörte auch Holger und das Poltern eines Stuhls, der umgeworfen wurde.

Das Kätzchen saß mit weit gespreizten Pfoten auf der Erde, das kleine platte Gesicht ihm regungslos zugewandt. Dann machte das Kätzchen einen Satz, schoss unter sein Hosenbein und bohrte die Krallen wie Heftzwecken in seine Wade. Breitbeinig und stumm stand er da. Aus dem Haus drang erneut ein Schrei der Frau.

Dann richtete er den Lauf der Flinte auf den Karton und drückte ab.

Er verließ den Hof zusammen mit dem Kätzchen, das sich an sein Bein klammerte. Es wuchs wie eine Rebe aus seiner Wade, er hatte einmal ein Bild einer solchen Rebe gesehen, von Trauben, die in einem Gewächshaus am Ufer des Vätterns gezogen wurden. Erst als er im Schutz der Bäume angelangt war, wagte er es, sich zu bücken und das Hosenbein hochzuziehen.

Es war ein hellgraues Kätzchen, verängstigt und warm. Das war sie. Das war die Katze. Und sie machte sein Zuhause zu ihrem.

3. KAPITEL

Als sie immer schwerer und plumper wurde, begriff er, dass sie trächtig war. Eines Morgens war es dann so weit.

Er baute einen Verschlag aus Latten und Kaninchendraht, den er sich bei Holger besorgt hatte, und setzte die Jungen und die Katze in den Käfig. Die Katze buckelte und sträubte ihr Fell, als wäre es elektrisch. Als er den Finger hineinsteckte um sie zu streicheln, schlug sie die Zähne hinein und biss zu. Bestürzt schrie er auf.

Als er im Haus war, um nach einem Pflaster zu suchen, nutzte die Katze seine Abwesenheit, um den Verschlag umzukippen und Reißaus zu nehmen. Die kleinen Kätzchen ließ sie zurück. Er saß auf der Treppe und das Blut lief ihm den Finger herab. Er dachte an seine Mutter. Sie hätte jetzt seine Hand genommen und zum Mund geführt, zwischen die Lücke in den Kiefern hätte sie seine Fingerspitze geschoben und an ihr gesogen, das Übel weggesaugt.

Sie hatte ihn immer in einem kleinen Bollerwagen gezogen. Er konnte sich zwar nicht mehr daran erinnern, aber sie hatte es ihm erzählt und ihm den Wagen gezeigt. Er war grün lackiert und aus Latten gezimmert. Eine Erinnerung huschte vorbei, rundes Holz in der Kuhle des Handtellers.

»Du hast erst spät angefangen zu laufen«, jetzt war ihre Stimme wieder ganz nah, »aber ich konnte dich ja nicht die ganze Zeit schleppen. Deshalb habe ich diesen Bollerwagen gekauft. Von Lappen-Karlsson.«

Ja.

Der Bollerwagen.

Und das holpernde Rollen der Räder über Sand und Wurzeln.

»Außerdem wusste ich so immer, wo du warst, denn du bist nicht rausgeklettert, du hast in ihm gesessen und warst mein kleines Klößchen. Du mit deinen fröhlichen roten Backen.«

Er hatte das Bild vor Augen, blonde Locken, eine Krone aus Gold auf seinem Kopf.

Lappen-Karlsson gehörte damals der Kaufmannsladen unten im Dorf. Er hatte eine gewölbte Stirn und einen hohen Haaransatz. Voller Experimente und Ideen war sein Kopf, man sah es ihm regelrecht an. Seinen Spitznamen hatte er bekommen, als er einmal auf die Idee verfallen war, in einen Stofffetzen gewickelte Rindenstückchen als Heilmittel gegen Zahnschmerzen zu verkaufen. Man sollte den Stofflappen in Schnaps tauchen und gegen den schmerzenden Zahn pressen. Die Rindenstückchen habe er aus Afrika importiert, berichtete er. Sie würden von Akazien stammen und Gummi arabicum enthalten. Dieser Substanz sage man nach, sie könne Schmerzen lindern.

»Halli, hallo, mein Junge, soll ich dich heute in den Arm nehmen?«, fragte er stets und streckte seine langen, knochigen Arme aus. Und wenn er keine Antwort bekam: »Und wie geht es deiner Mutter? Du kannst ihr ausrichten, dass ich heute Abend vielleicht kurz bei euch vorbeischaue. Natürlich nur, wenn sie Zeit für mich hat.«

»Du musst nett zu Lappen-Karlsson sein und ihn mögen«, ermahnte ihn seine Mutter. »Wir haben ihm viel zu verdanken.«

Wenn es an der Tür klopfte, musste er immer in die Kammer. Seine Mutter und er schliefen dort auf einer Bettcouch. Lappen-Karlsson brachte ihm immer etwas mit, einen Comic oder eine Tüte gebrannter Mandeln.

»Sei so lieb und bleib ein bisschen hier drinnen«, sagte seine Mutter, und etwas war anders an ihren Lippen, sie waren roter, ihre Bewegungen waren hastig und linkisch.

Muckmäuschenstill lag er da und lauschte, hörte aber keinen Laut, nicht einmal ein Flüstern. Manchmal bildete er sich ein, sie seien hinausgegangen, aber er traute sich nicht nachzusehen, traute sich nicht einmal, aus dem Bett zu steigen, bis seine Mutter zu ihm kam. Sie trug dann meistens schon ihr Nachthemd.

»Schläfst du etwa noch nicht?«, fragte sie immer wieder aufs Neue überrascht, und ihre Haare hingen dunkel und verfilzt den Rücken herab.

Er schüttelte abwartend den Kopf.

»Und warum nicht?«

»Du sollst bei mir liegen.«

»So so, meinst du, du Racker.«

»Ist Lappen-Karlsson gegangen?«

»Lappen-Karlsson? Der ist schon lange weg. Er ist nur auf einen Sprung geblieben. Und wir beide schlafen jetzt, du und ich. Morgen ist auch noch ein Tag.«

Aber an den Abenden, an denen Lappen-Karlsson da gewesen war, konnte keiner von ihnen einschlafen. Er lag auf dem Rücken und die Matratze kam ihm uneben vor. Er hörte, wie seine Mutter sich hin und her wälzte und seufzte. Er streckte seine Hand aus und tastete nach ihr, und schließlich nahm sie seine Hand.

Er war so voller Worte und Gedanken, aber ihm durfte nichts über die Lippen kommen. Schließlich schlief sie ein, der Griff ihrer Hand löste sich und ihre Finger glitten auseinander. Er hörte ihre unregelmäßigen grunzenden Atemzüge. In diesen Momenten empfand er Leere und Verzweiflung, die er in kurzen Seufzern hervorstoßen musste, so als wäre er sehr schnell gerannt. Es war eine Atemlosigkeit, aus der Tränen wurden. Seine Mutter schlummerte, bewegte sich ein wenig, hüstelte.

Er drehte sich auf die Seite und schloss die Augen.

4. KAPITEL

Kaarina war bei den Hühnern, es roch nach Eiern und altem Kot.

»Du hast mich erschreckt!«, sagte sie, aber ihre Stimme klang weich, nicht angespannt. Sie hatte ihn noch nie angeschrien.

»Wo ist Holger?«, fragte er.

Sie zeigte zum Haus.

»Was tust du?«

»Eier einsammeln.«

Er trat zu ihr hinein, die Luft war stickig. Spreu wirbelte im Lichtstreif.

»Ich hab dir doch gesagt, dass ich die Eier einsammle«, kicherte sie.

»Ich weiß.«

Die Schwere ihrer Brüste, er hielt sie, wog sie in seiner Hand. Kaarina lehnte an der warmen Stallwand, ihre Hände, die Hitze stieg ihm bis in die Ohrenspitzen. Er schob den weichen Stoff der Kleider zur Seite, suchte und zog, hörte ihre keuchenden, kurzen Schreie und ihr Stöhnen. Als er an Holger dachte und das Geräusch seiner Holzschuhe innerlich heraufbeschwor, als er ganz intensiv daran dachte, dass Holgers sonnengebräuntes Gesicht über sie fiel wie ein Schatten, dass es kalt werden würde und alle Laute verstummten und erstickt würden …

Das dachte er und wurde steif, suchte und schob sich hinein.

In ihr brennend heißes, glühendes Versteck.

Er nahm den Weg über den Friedhof. Die Sonne stach ihm in den Nacken.

»Eines Tages werde ich fort sein, eines Tages wirst du allein sein.«

Jetzt war er allein.

Er hatte ihr einfach nicht zugehört. Seine Mutter hatte die Worte am Ende so oft wiederholt, dass sie schließlich ihre Bedeutung verloren hatten.

Er wusste, dass sie unter dem Stein lag, der ihren Namen trug. Sie hatte alles vorher geregelt. Zum Beispiel die Sache mit der Taube. Eine Taube aus Alabaster sollte auf der Grabsteinkante sitzen und ruhen, den Kopf unter den Flügel gesteckt.

»Dann kannst du dir immer vorstellen, das wäre ich. Sonst ist es vielleicht ein bisschen schwer zu verstehen.«

Der junge Pfarrer aus Stockholm meinte, solcher Krimskrams sei auf dem Friedhof verboten und dass es eine Verordnung gebe, die für alle schwedischen Friedhöfe gelte, eine Verordnung aus dem Ministerium für Kommunalverwaltung. Er bekam es dann mit Pfarrer Augustsson zu tun.

»Papperlapapp! Man kann eine Sondergenehmigung bekommen. Wenn eines unserer Gemeindemitglieder eine Alabastertaube haben möchte, dann soll es die Taube auch bekommen. Dagegen hat unser Herrgott bestimmt nichts einzuwenden.«

Die Taube hatte begonnen, eine etwas andere Farbe anzunehmen, war irgendwie schmutzig geworden. Er hatte begriffen, dass dies an der schmutzigen Luft liegen musste. Sie kam aus Deutschland, aus dem Ruhrgebiet. Er hatte stets eine Nagelbürste dabei und jedes Mal, wenn er ihr Grab besuchte, feuchtete er die Bürste an und schrubbte den Alabaster, bis ihm die Finger wehtaten.

5. KAPITEL

Es gab ein Haus, das nur im Sommer bewohnt wurde. Er ging oft dorthin. Wie ein Elch hielt er sich am Waldsaum verborgen. Ein Mann und eine Frau. Er sah sie auf der Eingangstreppe sitzen, glühende Punkte, ihre Zigaretten. Er stand da und beobachtete sie und sie ahnten nicht das Geringste davon.

Er war gerne nachts unterwegs. Darin waren sie sich ähnlich, die Katze und er. Er konnte sich so gewandt bewegen, dass ihn niemand hörte, ebenso gewandt wie sie, was aber auch notwendig war, wenn man unsichtbar bleiben wollte.

Und das wollte er, denn er wollte selbst entscheiden.

In der Schule hatte man ihn gezwungen, jemand zu sein, der er nicht war. Dort hatte er sowohl einen Namen als auch Pflichten gehabt. Aber das war lange her. Nun war er sein eigener Herr.

Einmal, als er im Moor unterwegs war, sah er, wie zwei Elchkälber geboren wurden. Das eine rutschte heraus, als er gerade vorbeikam. Vor ihm lag das Moor und dort stand die Elchkuh mit gekrümmtem Rücken und so damit beschäftigt, Leben zu schenken, dass sie ihn gar nicht bemerkte. Er war mit dem Wind gekommen, nahm hastig einen Umweg und ließ sich im Riedgras auf die Knie fallen. Kurze Zeit später wurde das zweite Kalb geboren. Die beiden neugeborenen Tiere lagen da und dampften, das Ganze geschah, noch bevor die Bäume ausgeschlagen hatten und er musste sich ducken und durfte sich zwischen den Grassoden nicht rühren. Er war so nah, dass er die Zunge der Elchkuh erkennen konnte, und als ein Windstoß kam, erreichte ihn der herbe Geruch von Blut.

Er hatte sich gewünscht, seine Mutter wäre noch am Leben, weil er gerne mit ihr darüber gesprochen hätte. Stattdessen hatte er es Kaarina gegenüber erwähnt. Sie hatte ihm zugehört, aber ihr Blick war unstet gewesen, so als wolle sie lieber nichts davon hören.

Jetzt stand er da und schaute auf die gleiche Art, aber diesmal beobachtete er das Paar, die beiden, die zu dem Haus gekommen waren. Ihr Auto parkte am Schuppen, Nummer fünf-fünf-sieben. Und daneben stand der Hackklotz, in dessen Holz die Axt steckte. In den ersten Tagen hatte der Mann dort gearbeitet, die Holzscheite flogen nur so durch die Gegend und er hatte geflucht und zugeschlagen und oft Pause gemacht um zu rauchen. Die Holzscheite lagen immer noch im Gras. Niemand hatte sie aufgehoben.

Er hatte die beiden auch früher schon beobachtet, ohne dass sie etwas davon ahnten. Die Frau. Sie wusch sich die Haare und das Wasser tropfte von ihren braunen Brustwarzen herab. Einmal hatten sie miteinander geschlafen, hinter dem Vorratskeller. Er war damals aus dem Wald gekommen und sie waren nackt und vollkommen still gewesen. Es hatte ihm gefallen, das zu sehen, und mehrmals war er in der Hoffnung zurückgekehrt, es noch einmal erleben zu dürfen. Aber es blieb bei dem einen Mal.

Er hatte mit Kaarina darüber gesprochen, was er gesehen hatte. Kaarina hatte Angst bekommen.

»Geh da nicht wieder hin, sie könnten sonst wütend werden.«

Sie war immer so ängstlich und vorsichtig.

Das Äußere der Frau behagte ihm nicht. Sie hatte helle und flaumige Haare, mürrische Lippen und sah immer unzufrieden aus, ganz im Gegensatz zu dem Mann, der ein Mensch war, dem er sich gerne gezeigt hätte. Er würde sicher seine schwarzen Augenbrauen hochziehen und etwas Ruhiges und Würdiges sagen.

Aber nein. Das Risiko wollte er nicht eingehen.

Sie hatte wie ein Tier auf allen vieren gestanden. Die festen, weißen Schenkel des Manns.

Nachher war er in den Wald zurückgegangen und hatte sich

gewünscht, Kaarina würde zu ihm kommen. Heftig und erregt hatte er sich das gewünscht. Aber Kaarina war kein Mensch, der kam. Und er selbst wollte nicht zu oft zum Hof gehen. Holger konnte sonst auf dumme Gedanken kommen, er bekam so einen seltsamen Blick, wenn er gereizt wurde.

Es war Mitternacht. In der Dunkelheit huschte eine Waldschnepfe mit einem kaum hörbaren, gleichsam klappernden Geräusch vorbei. Der Mann und die Frau schliefen nicht. Sie unterhielten sich laut auf der Treppe, aber er konnte nicht hören, was sie sagten. Die Frau schrie etwas, ihre Stimme überschlug sich. Sie lief in das rutschige Gras. Der Mann setzte ihr nach, er trug eine weite Hose.

Er stand da und sah die Frau weglaufen und wie der Mann sie schließlich einholte. Seine Beine waren ja so lang und die Frau war so schmächtig. Sie hatte da unten nicht so viele Haare wie Kaarina, das hatte er gesehen, aber ihre Brüste waren voll und schwer.

»Wir gehen ins Haus!«, hörte er und sah, dass die Tür zugezogen wurde.

Gleichzeitig berührte etwas Weiches seinen Knöchel. Die Katze. Ein bisschen weiter weg saßen die kleinen Kätzchen.

Es war genau, wie er es sich gedacht hatte. Hierher waren sie gelaufen.

6. KAPITEL

Manchmal erinnerte er sich an die Bewegungen, besser gesagt, sein Körper erinnerte sich an das gespreizte Abstützen der Beine auf dem Boden des Bollerwagens, die Knorrigkeit des Holzes. Und an seine halb abgewandte Mutter, ihre gewölbte Hand an der Stange, die Knöchel. Die Geräusche, wenn sie zog. Das quietschende Knarren der Räder.

Als Erwachsener stellte er sich manchmal vor, er säße wieder in der Karre und hievte sich mit den Armen in einer Art Ruderbewegung ohne Ruder hüpfend über die Wiese, aber eben erwachsen, groß.

Leider wusste er nicht, was aus dem Bollerwagen geworden war, sonst hätte er ihn für die kleinen Kätzchen benutzen, sie herumziehen und dadurch ihr Fernweh betäuben können.

Dank ihm waren sie auf der Welt.

7. KAPITEL

Er näherte sich dem Haus. Es war Tag. Das Auto war wieder fort. Sie waren oft unterwegs und er fragte sich, wonach sie suchten.

Das Haus hatte es immer schon gegeben und seine Mutter hatte mit Respekt von ihm und den Menschen gesprochen, die früher dort wohnten. Zu ihrer Zeit. Und von den Tieren, die zu dem Hof gehörten.

Es gab dort eine Kuh, die zum Angriff überging, sobald man ihre Weide betrat.

»Wir haben versucht sie zu überlisten«, sagte seine Mutter. »Ich war damals noch ein junges Mädchen und konnte so schnell laufen, dass meine Beine wie Trommelstöcke gingen. Aber sie holte mich trotzdem ein und lief ein Stück neben mir, diese Kuh, sie wollte mich bestimmt auf die Hörner nehmen, denn sie war bösartig, aber sie vergaß völlig stehen zu bleiben, und lief stattdessen immer weiter neben mir her. Sie hatte praktisch keine Hörner und war braun. Dann kroch man unter dem Zaun durch, warf sich einfach auf die Erde, rollte herum und drunter durch. Mein Gott, was hatte man da Herzklopfen!«

Der Mann, dem die Tiere gehörten, konnte gut mit ihnen umgehen. Die Tiere wussten das und waren friedlich, außer dieser Kuh, die eine Schraube locker hatte. So lange sie noch ein Kalb war, machte es nichts, aber als sie größer wurde und Hörner bekam, musste der Bauer sie schlachten lassen.

»Er war so weichherzig und sanftmütig, dass er es nicht mit ansehen konnte, wenn sie kamen, um seine Tiere abzuholen. Sie waren bei ihm gewesen, seit sie klein waren, du hast ja selbst gesehen, wie klein ein Ferkel sein kann, zusammengerollt und ganz nackt, wie es sich an seine Mama presst und nach den Zitzen sucht, so wie alle kleinen Babys das tun. Du hast das auch getan, auch wenn du dich daran nicht mehr erinnern kannst, du hast mit den Lippen gesucht und gesaugt. Ich habe dich gehalten, so habe ich dich gehalten, eingewickelt in eine Decke mit ganz vielen Fransen … und einmal, als ich dich abgelegt habe, hast du angefangen, an den Fransen zu saugen. Du hast eine Menge Flusen in den Mund bekommen und gewürgt und geschrien. Ich habe einfach nicht kapiert, dass es gefährlich sein könnte. Ich war so ungeübt, verstehst du, ich wusste nicht viel über kleine Kinder.«

Diese Geschichte hatte sie ihm nicht einmal, sondern viele, viele Male erzählt, aber er sagte es ihr nicht. Vielleicht wusste seine Mutter es auch, vielleicht wusste sie, wie gerne er ihr zuhörte, wenn sie von Dingen erzählte, die geschehen waren, ehe er alt genug war, um sich daran zu erinnern.

»Die Leute, die damals in dem Haus wohnten, bekamen ein Kind, nur eins. Eine Tochter. Sie hieß Susanne. Sie war jünger als ich, aber wir sind trotzdem zusammen zur Schule gegangen. Alle Mädchen beneideten sie um ihren Namen, Susanne. Niemand sonst hieß so. Wir kannten jedenfalls sonst keinen. Manchmal begleitete ich sie nach Hause. Ihre Mama machte Milch für uns warm und stellte Löffel mit Honig in die Tassen. Ich erinnere mich noch, dass sie was am Rücken hatte, sie ging am Stock.«

8. KAPITEL

Er dachte an seine Mutter.

Er dachte: Ich gehe zu Holger rüber.

Er dachte: Kaarina. Wenn sie da ist.

Aber Holger stand auf dem Hügel vor dem Haus und am hinteren Ende des Zauns drängten sich alle Hühner zusammen. Er hatte die Klappe zum Hühnerhaus mit einem Brett versperrt. Jetzt bückte er sich und griff ein gelb gesprenkeltes aus dem Federhaufen heraus. Er hielt es an den Beinen fest, und es flatterte wild.

Am Hackklotz lag die Axt bereit.

Unbemerkt ging er ums Haus herum. Kaarina war da. Sie beugte sich über einen Korb voller Wäsche. Sie hatte die Ärmel des Pullovers hochgekrempelt, ihre Ellbogen waren rissig und grau.

Er dachte, dass er sie rufen würde, mit leiser Stimme rufen und froh machen.

Vielleicht würde sie sich aber gar nicht freuen. Vielleicht würde sie stattdessen vor Schreck und Überraschung aufschreien. Aber sie entdeckte ihn, ehe er überhaupt dazu kam, etwas zu tun. Sie ließ ein nasses glattes Kleidungsstück in den Wäschekorb zurückfallen und machte eine Geste, um ihm zu bedeuten: Ich habe gemerkt, dass du da bist.

Langsam ging er auf sie zu. Wenn es ihm nur gelänge, sie zum Kichern zu bringen. Dann kam alles Weiche an ihr und ihrer Haut zum Vorschein.

»Kleine Kaarina, Kicherkind … komm mit in den Wald zum Spielen.«

Aber sie stierte nur die Wäsche an und schwieg.

Er stand in der Fliederlaube und schaute ihr dabei zu, wie sie weiter Wäsche aufhängte. Sein Körper war voller Schwere und Lust, seine Hände bewegten sich zur Wurzel seiner Lust.

Eine Tür fiel ins Schloss. Holger stand in einem Blut besprenkelten Hemd auf der Treppe. Der offene Mund mit seinem Loch aus Worten, der heitere, unstete Blick.

Kaarinas Hände und die Wäsche.

Voller Lust ging er davon.

9. KAPITEL

Er war ein hoch aufgeschossener und kräftiger Mann mit großen Händen, die jedoch nicht besonders grobschlächtig waren. Er hatte immer Probleme, passende Kleider für sich zu finden. Er sah es nicht oder achtete nicht weiter darauf, wenn die Hosenbeine über seinen Fußknöcheln endeten. Jetzt spazierte er durch das Moor und das Bild seiner Mutter verflüchtigte sich.

Es wurde allmählich Abend, aber es war immer noch hell und warm. Mit dem Abend kamen die Kriebelmücken und die Mücken. Die Schwalben wussten das und verfolgten sie mit weit aufgesperrten Schnäbeln. Seit er am Morgen Kaarinas Eier gegessen hatte, war er nicht mehr hungrig gewesen. Er hatte die Eier ins Wasser gelegt und gekocht. Sie hatten seinen Magen den ganzen Tag gefüllt, aber jetzt war er leer.

Das Essen war die größte Sorge seiner Mutter gewesen und sie hatte gesagt, dass sie ihm das Kochen beibringen müsse, sie hatte gesagt, er könne auch selbst in ihr Kochbuch schauen und sie fragen, aber dazu war es nie gekommen und dann war alles vorbei. Eines Morgens lag sie steif und verkrümmt in ihrem Bett. Er hatte sie berührt, sie fest in die Ohrläppchen gekniffen, immer fester, um sie zu einer Reaktion zu zwingen. Aber in seinem tiefsten Inneren wusste er Bescheid. Ihre Arme waren gebeugt und die Hände wiesen zu Fäusten geballt nach oben, so als hätte sie gegen etwas angekämpft, das gekommen war um sie zu verletzen. Er war inzwischen erwachsen und schlief im Speicherzimmer. Sie schlief weiterhin auf der Bettcouch. Er hatte später oft gedacht, wenn er noch unten gelegen hätte, aber ein erwachsener Sohn und seine Mutter lagen nicht so eng beieinander, zeigten einander ihre nackten Körper nicht. Was geschehen war, war im Laufe der Nacht geschehen, und er konnte nichts mehr dagegen tun. Sie lag in dieser trägen, verdrehten Körperhaltung da und er packte sie an den Ohren und kniff hinein.

»Mama!«, sagte er, ja, er schrie es sogar.

Aber ihre Augen waren trüb geworden und ihre Kinnlade hing herab. Da schoss ihm etwas durch den Kopf, was sie gesagt hatte. Du musst mir die Augen schließen und das Kinn hochbinden, damit ich nicht wie ein Dorftrottel daliege und glotze. Er versuchte, ihre Anweisungen zu befolgen und strich mit der Hand über die widerspenstigen Lider, die sich ein Stück herunterschieben ließen, um anschließend sofort wieder zurückzuschnellen. Anschließend holte er ein Taschentuch, das er zusammenrollte und ihr wie Zaumzeug um das Kinn legte, aber der Kiefer war starr und widersetzte sich. Er knotete das Taschentuch auf dem Scheitel zusammen, aber das sah nicht gut aus. Die Enden glichen herabhängenden Kaninchenlöffeln und bildeten einen traurigen Anblick. Er musste den Knoten wieder lösen und sie so liegen lassen.

Geh zur Frau des Pfarrers, hatte sie gesagt. Sie kümmert sich um dich und richtet mich her. Mach das bitte, bevor andere kommen, der Pfarrer oder die Männer, die mich forttragen sollen.

Im Licht der Morgendämmerung lief er zum Pfarrhof und an diesem Morgen aß er nichts, weinte aber auch nicht, denn das, was geschehen war, überstieg sein Fassungsvermögen.

Die Frau des Pfarrers hieß Ingalisa. Sie zog später fort, nach Skara oder Hjo, er erinnerte sich nicht mehr genau. An diesem Morgen trat sie in einem blutroten Morgenmantel aus dem Haus, und als sie sah, dass er es war, wusste sie augenblicklich, worum es ging.

»Gib mir zwei Minuten!«, bat sie. »Zwei Minuten.«

Dann liefen sie los. Sie lief vor und er folgte ihr. Sie wussten beide, dass es eigentlich keinen Grund zur Eile mehr gab, aber sie liefen trotzdem, so als bräuchten sie die endgültige Bestätigung. Frau Ingalisa trug kleine, schwarze Stiefel. Er sah, wie sie im Morast einsank, sah ihre Schritte schwerer werden. Er konnte nichts tun um es ihr leichter zu machen.

Aber sie war stark und schnell und das bisschen Matsch machte ihr nichts aus. Sie stellte die Stiefel in der Diele ab und hängte ihren Mantel auf. Darunter trug sie eine Jeans und einen dunkelblauen Jumper. Sie goss Wasser in eine Schüssel und wusch den verdrehten Körper der Mutter unter dem Nachthemd. Die Arme der Toten standen immer noch hoch, die Finger waren nach innen gekrümmt. Ingalisa, die Frau des Pfarrers, blieb stumm, während sie arbeitete. Ihr Mund war klein und schief, er sah ihre Zungenspitze.

Anschließend holte sie die Blumenvase mit den blauen pelzigen Blumen aus der Küche und stellte sie in das Zimmer, in dem seine Mutter lag. Das sah schön aus.

»Deine Mutter braucht jetzt nicht mehr zu leiden«, sagte sie und trocknete ihre Hände ab. »Du musst versuchen, es so zu sehen, wenn du dich einsam fühlst.«

Es war ihm nicht bewusst gewesen, dass seine Mutter gelitten hatte. In den folgenden Wochen und sogar noch heute, viele Jahre später, dachte er oft darüber nach.

Die Pfarrersfrau trug an einer Kette ein Kreuz um den Hals. Es fiel nach vorn, als sie sich zu ihm vorbeugte.

»Du kommst am besten mit zu mir nach Hause«, sagte sie. »Du musst jetzt erst einmal frühstücken.«

Zurück gingen sie wesentlich langsamer. Es war jemand da, der ihr in der Küche half, denn der Pfarrer feierte seinen vierzigsten Geburtstag. Es war eine Frau namens Ragnhild und sie kochte Kaffee und strich Butter auf ein Brot, von dem er noch nie zuvor gegessen hatte. Es blieb ihm als Totenbrot im Gedächtnis.

Die Frau des Pfarrers regelte alles für ihn. Sie rief Doktor Dahl an, der vorbeischaute und den Totenschein ausstellte. Sie besorgte Männer, die dafür sorgten, dass die Leiche seiner Mutter aus dem Haus geschafft wurde, und darüber hinaus eine

Frau, Dora Granberg, die einen gründlichen Hausputz vornahm. Der Geschmack und der Geruch des Todes sollten mit Hilfe von Schmierseife und Wasser aus dem Haus verbannt werden.

»Du bist ein tüchtiger Junge und hättest das bestimmt auch selbst geschafft, aber ich habe es deiner Mutter versprochen, und Dora Granberg ist zuverlässig, wenn es ums Putzen geht. Deine Mutter hat auf ihr bestanden.«

Er kam sich eigenartig hintergangen vor. Die Frau des Pfarrers wusste anscheinend mehr über seine Mutter und ihre Gedanken als er selbst.

Er blieb den ganzen Tag auf dem Pfarrhof und man bot ihm an, dort auch zu übernachten, aber er lehnte ab. Sein Haus stand einsam und verlassen, er wollte heim.

Der alte Pfarrer besuchte ihn am nächsten Tag. Er sprach eine Weile über seine Mutter, lobte sie für ihren Fleiß.

»Und wenn jemand etwas wegen der Alabastertaube sagt, berufst du dich einfach auf mich.«

An die eigentliche Beerdigung konnte er sich kaum noch erinnern. Die Frau des Pfarrers hatte ihm schwarze Kleidung besorgt. Er kam sich vornehm darin vor und hatte das Gefühl, dass die Leute ihm mit neuer und verblüffter Achtung begegneten. Die Frau des Pfarrers war es dann auch, die für Kaffee und Kuchen und kleine Stielgläser mit Sherry sorgte.

In der Nacht nach der Beerdigung lag er in seinem Bett und dachte an sie.

An die Pfarrersfrau Ingalisa.

10. KAPITEL

Er stand am Gatter zu dem Haus und das Auto war nicht da. Daraufhin ging er in die Hocke und lockte die Katze. Als er sich dem Haus näherte, hatte er sie und die beiden Kätzchen zwischen den Obstbäumen erblickt. Sie brachte ihnen gerade bei, wie man die Stämme hochkletterte.

Nein. Jetzt war sie nicht mehr zu sehen.

Die spiegelblanken, leeren Fenster. Er hatte gesehen, wie die Frau in den geblümten Shorts sie putzte, sie trug einen BH, aber keinen Pullover. Ihre starken, braunen Arme, die putzten und polierten. Manchmal legte sie eine Pause ein, um sich eine Zigarette anzuzünden. Als die obere Etage an der Reihe war, stieg sie auf eine Leiter, machte dabei einen Fehltritt und wäre beinahe hinuntergefallen. Den Wassereimer hielt sie in der Hand. Sie dachte mehr an ihn als daran, wohin sie die Füße setzen musste.

Vor langer Zeit war seine Mutter hier gewesen und hatte mit dem Mädchen Susanne gespielt, aber er konnte sich nicht vorstellen, dass seine Mutter einmal kleiner gewesen sein sollte als er selbst, wenn er sich zurückerinnerte.

Er hatte sie zu den wilden Himbeersträuchern begleitet, wo sie einen ganzen Tag zubrachten. Am nächsten Morgen entsaftete sie die Beeren und kochte eine süße und dünnflüssige Marmelade aus ihnen, die zwischen den Zähnen knirschte. Sie hing in den Sträuchern und erzählte.

Susanne bekam ein kleines Pferd geschenkt, es war braun und lieb und sie fütterte es mit Grasbüscheln. Aber das Pferd war so klein, dass man nicht auf ihm reiten konnte. Ihr Vater war so ein lieber Mensch, dass er ihr ein nutzloses kleines Pferd schenkte, das nur fressen und düngen konnte. Wenn das Pferd mit den anderen Pferden auf der Weide stand, gab das Kleine den Ton an. Es legte die Ohren an und warf seine Mähne und die Großen machten ihm Platz und ließen es in Ruhe.

Gespannt lauschend und mit schützend erhobenen Händen näherte er sich dem Haus. Seine Mutter hatte hier in der großen Stube gespielt, und jetzt war ihm, als könne er die Mädchen sehen, und er dachte daran, dass sie erwachsen wurde und plötzlich nicht mehr am Leben war. Denn so erging es allen, Mensch wie Tier. Man war klein, man wuchs heran, man alterte und man starb.

Plötzlich wurde er von Schwermut ergriffen, einer heftigen und bedrückenden Einsamkeit. Im Gras unter dem Fenster hatte seine Mutter damals mit ihren Mädchenfüßen gestanden und ein wenig an der Fensterscheibe gekratzt, bis Susanne aufblickte. Sie lächelte erleichtert, denn sie saß an den Hausaufgaben und ihr war langweilig. Sie ließ die Schultern sinken und stand auf. Ihre Mutter war in der Küche, denn wo sonst sollte eine Mutter sein. Das Schulmädchen Susanne schlug ihre Bücher und Hefte zu, ich geh mal raus zu Ebba, und ihre Stimme klang bestimmt, es war keine schüchterne Frage, und anschließend quietschte die Tür und sie trat aus dem Haus.

Er sah die beiden Mädchen deutlich vor sich, so, wie sie auf einer alten Fotografie aussahen, die seine Mutter ihm einmal gezeigt hatte. Sie sahen sich ähnlich, kurze Haare mit Spangen darin, Röcke und schwarze Schuhe. Ihre kleinen, kleinen Körper. Sie sausten die Steintreppe herab und spielten Fangen zwischen den Bäumen.

Er schloss die Augen und der Geruch war da, der beißende Geruch eines Fells. Damals gab es in dieser Gegend noch Wölfe. Seine Mutter hatte als Kind einen gesehen und von da an durfte niemand mehr allein in den Wald gehen. Ein Erwachsener musste dabei sein, ein Mann mit einem Jagdgewehr.

Seine Hände wurden feucht, ihn schauderte vor Angst und

Erregung, er wusste nicht mehr, wo er war, aber er musste ins Haus und spürte etwas Kratzendes am Fußgelenk, er schaute hinab, nein, es war nur ein Schatten, grau und schlank, ein Aufblitzen von Raubtierzähnen. Er rüttelte an der Tür, aber sie war abgeschlossen. Sie hatten sie ordentlich verriegelt, genau wie die Fenster. Verängstigt und ziellos fliehend lief er über den Rasen:

Die Katze, die kleinen Kätzchen! Waren sie jetzt in Gefahr, ernsthaft in Gefahr?

Er wollte sie zu sich locken, aber seine Lippen waren wie gelähmt und wollten keine Worte oder Laute formen. Er lief zur Scheune. Hier war es leicht, das Hängeschloss war durch einen spitzen Keil ersetzt worden.

Hinein. Er zog die morsche Tür hinter sich zu und blieb, sie festhaltend, eine Zeit lang stehen und lauschte auf Geräusche. Seine Mutter hatte damals das Heulen gehört. Es kam vom Waldsaum und sie hatte unaussprechliche Angst bekommen. In der folgenden Nacht wurde sie krank. Sie hatte Schüttelfrost, und sobald sie die Augen schloss, sah sie die schmalen Augen und die Schnauze, die sich gen Himmel reckte.

Er presste ein Auge an den Türspalt und versuchte hinauszuspähen. Draußen war es hell, die Schwalben sirrten und die Grillen zirpten. Es gab dort nichts mit einem Pelz. Doch. Eine Pfote kratzte unter der Tür und er hörte gurgelnde Laute aus einer Raubtierkehle. Er schrie laut auf und stampfte mit dem Absatz auf der Erde auf. Mit beiden Händen hielt er die Tür fest, zog sie an sich, hielt dagegen. Draußen fauchte es, und seine verängstigten Augen sahen, wie die Mädchen zum Plumpsklo rannten, und er wollte ihnen zurufen, passt auf, versteckt euch, lauft weg. Er hörte ihre hellen, schrillen Stimmen. Den Wolf sah er jetzt nicht mehr, aber sein Geruch war noch da und stieg ihm in die Nase. Er begann zu zittern, wie seine Mutter damals im Fieber gezittert hatte.

Tagelang hatte sie im Fieber gelegen, fantasiert und war sehr krank gewesen. Der Arzt, den man hinzuzog, berichtete, dass er einer Gruppen von Jägern begegnet war, aber keiner hatte einen

Wolf gesehen, nachdem seine Mutter einen erblickt hatte. Schließlich begann man zu glauben, dass es Fieberfantasien waren, dass sie da schon krank gewesen war.

Sie hatte aus dem Fenster geschaut, als sie ihm davon erzählte. Sie richtete sich auf, als sie unvermittelt wütend wurde.

»Sie haben mir nicht geglaubt. Anfangs schon, aber dann haben sie gesagt, ich hätte mir das Ganze nur eingebildet. Sie sind eingeschnappt gewesen, weil sie mehrere Tage damit vergeudet hatten, im Wald herumzulaufen und nach Wölfen zu suchen. Das war während der Heuernte und dann gab es Regen und ein Teil der Ernte war verdorben. Ich glaube, sie haben mir die Schuld daran gegeben.«

Er sank zusammen, ließ aber nicht los. Draußen war jetzt alles still. Das Scharren hatte aufgehört. Er betrachtete seine blassen verkratzten Hände, sah sie im Dunkeln und sie brannten.

Dann erklang aus seinem Inneren ein rhythmisches Kauen von großen gemächlichen Kiefern, ein Rasseln von Ketten und Rascheln von Halmen und vor seinen Augen füllte sich der Stall wieder mit Leben. Er sah die braunen Pferderücken und ging auf sie zu. Sie standen in ihren Boxen, die Köpfe zusammengesteckt, sodass er, als er sich zum ersten hineingezwängt hatte, auch das Pferd erreichen konnte, das ihm gegenüber stand. Stroh und Pferdeäpfel bedecken den Boden. Den Rücken dicht an der Wand ging er in die Hocke und der große Kopf des Pferdes senkte sich zu ihm herab. Er blieb in der Hocke und ließ das Pferd schnuppern und die Luft aus seinen Nüstern war warm und süß. Ruhe breitete sich in ihm aus und machte seinen Kopf schläfrig träge.

Er dachte, dass er nach Hause gehen wollte. Er würde zur Tür hinausschlüpfen und laufen, laufen, das Gras würde trocken und nachgiebig sein und er würde nicht ausrutschen oder sich verletzen, er würde so lange laufen, bis er zu seinem eigenen Haus gelangte. Es lag ziemlich weit weg, aber er würde nicht schlappmachen, und wenn er nach Hause kam, würde die Katze am Gatter liegen und die Kätzchen bei ihr trinken, sie würden sich an ihren weißen Bauch drängen und die Katze würde sanft schnurren und ihre Jungen ablecken.

Kommt rein, würde er müde nach seinem Lauf keuchen, und dann würde die Katze aufstehen und ihm ins Haus folgen und die Kätzchen ihr folgen, alle vier würden ins Haus gehen und sich auf das Sofa legen und er läge dann mit einem Kissen unter dem Kopf auf dem Rücken, während die Kätzchen neben ihm Platz nahmen. Sodass er sie jederzeit berühren und dabei spüren könnte, dass sie lebten.

11. KAPITEL

Er hörte das Auto, stand an dem mit Spinnweben bedeckten Fenster und sah sie zum Haus hinauffahren. Den Mann und die Frau. Das passte ihm nicht, nicht jetzt. Er warf den Kopf in den Nacken. Seine Haare wurden nach hinten geschleudert, fielen ihm aber gleich wieder in die Stirn. Er stand da und hielt einen alten, krummen Nagel in der Hand, der sich in seinen Daumenballen bohrte, Rost und Blut.

Die Frau trug ein buntes Kleid. Ihre Schultern waren gebeugt und nackt, sie ging barfuß durch das Gras. Ihr Körper war verändert, ein wenig eingefallen, und die glatten Haare hingen ihr in die Augen.

Sie gingen beide ins Haus. Er dachte, dass er jetzt auch fast in ihrem Haus gewesen wäre. Das wäre nicht gut gewesen. Er hätte jetzt im Haus sein können, wenn er sich entschlossen hätte, ein Fenster aufzubrechen, wie er es schon einmal getan hatte. Es war nicht schwer gewesen. Wenn er die Katze im Haus vermutet hätte, wäre er ihr gefolgt.

Damals hatte er sie in einem der Betten in der oberen Etage gefunden. Er nahm zwei Kissen mit, die er in sein eigenes Bett legte, weil er dachte, dass die Katze dann bei ihm bleiben würde.

Aber sie lief trotzdem weg.

Jetzt blieb er in der Scheune.

Es war staubig und die Sonne beschien die Wände und das vermodernde Zaumzeug.

Aber die Geräusche waren verstummt! Die Pferde kauten nicht mehr, verteilten ihr Gewicht nicht mehr auf drei Beine und hielten das vierte schonend gebeugt, waren nicht mehr in ihren Boxen, nur die Abdrücke im Holz von ihren Zähnen und alte Holzsplitter, die wie Sägespäne auf dem Boden lagen, waren übrig geblieben, jedoch keine Halme und auch keine Spuren von Rosshaar.

Er beugte sich vor und stützte sich dabei auf den Händen ab. Die Frau saß auf der Eingangstreppe, die Beine an den Bauch gezogen. Der Mann stand hinter ihr, abgewandt und stumm. Die Frau sprach. Er sah ihren Mund. Der Mann breitete die Arme aus und verschwand durch die Tür.

So stand er am Fenster, als sie plötzlich ganz dicht herankam, ihr Gesicht war auf einmal ganz nah und er sah den Mund und die steile Falte über der Nase. Ihr Gesicht hatte ihn immer unruhig gemacht. Sie saß mit gespreizten Beinen, sodass er ihre Knie und Schenkel sehen konnte und dass sie einen weißen Slip trug. Nein, ihr Gesicht hatte ihm niemals Ruhe eingeflößt, ebenso wenig wie ihr Körper. Eine verbissene Sehnsucht hatte sich in ihm festgesetzt, nicht die Art von Sehnsucht wie nach Kaarina, sondern eher eine Art Abscheu, ein Schmerz. In manchen Nächten hatte er sich vorgestellt, sie wäre in seinem Zimmer und sie hatte frech gelacht und dabei ihre Zähne gezeigt und sich über ihn gebeugt, sodass die Brüste sich an seinem Hals rieben. Er hatte nach ihnen geschnappt und sie an sich gezogen. Daraufhin wand sie sich und kämpfte und er musste sie festhalten. Sie war stark und zäh, aber er war stärker. Aus ihrem Mund waren Spucke und harte Worte gekommen und er hielt ihn zu, und als er das tat, dachte er an Holger, an Holger und Kaarina. Anschließend, wenn sie sich wieder beruhigt hatte und gefügig und still auf dem Bett lag, zog er sie aus.

Er fragte sich, wie sie wohl hieß. Er hatte den Mann nach ihr rufen hören und es war ein kurzer und ungewöhnlicher Name gewesen, den er nicht behalten konnte. Er hatte ihn vorher noch nie gehört.

Sie saß jetzt auf der Treppe und der Mann kehrte zurück und

sie hielten Gläser in den Händen und tranken. Ja. Sie tranken.

Dann sah er die Katze. Sie stand am Fuß der Treppe und im Gras wirkte sie klein und grau. Er ging zur Scheunentür und öffnete sie. Die Katze würde ihn dort stehen sehen, sie würde zu ihm kommen und ihre Jungen dabei haben.

12. KAPITEL

Danach ging alles so schnell, dass ihm gar nicht die Zeit blieb zu begreifen, was mit ihm geschah.

Seine Hände schossen nach vorn, weiche Haut und Schrammen, er musste zudrücken, musste die Luft hindern.

Aber es war zu spät.

Er wurde zu sehr überrumpelt.

Eisen blitzte auf, und er nahm eine pulsierende Dunkelheit wahr.

Dann war es vorbei.

Beth I

1. KAPITEL

Schon als sie auf den Hof vor ihrem Haus bogen, wussten sie, dass sich in den wenigen Stunden, die sie fort gewesen waren, etwas ereignet hatte. Es war nichts Greifbares, nichts Sichtbares, nur eine Ahnung, etwas Dumpfes und Lauerndes. Beth kratzte sich mit den Fingernägeln über den Oberschenkel, am ganzen Körper brach ihr der Schweiß aus.

»Ulf ...«, sagte sie, als ob er, nur weil er ein Mann und zwei Jahre älter war als sie, augenblicklich wissen müsste, was los war und was sie zu tun hatten.

Er antwortete nicht. Sie sah seine leicht nach oben geschwungenen Mundwinkel, die Andeutung eines Lächelns, was allerdings nicht bedeutete, dass er wirklich lächelte. Sein Mund verriet nichts über seine Gemütsverfassung, er war einfach schon so geboren, mit leicht nach oben geschwungenen Mundwinkeln. Anfangs hatte sie sich dadurch täuschen lassen, als sie sich noch beschnupperten und in sich hineinhorchten. Mittlerweile wusste sie Bescheid.

Sie wiederholte seinen Namen.

»Ulf, da ist was. Was ist das? Ich habe Angst.«

Der Mann an ihrer Seite schaltete den Motor aus. Gemeinsam starrten sie das Haus an, das vor ihnen im Grünen stand, idyllisch gelegen und rot wie der Prototyp eines wahren Sommerparadieses. Es sah alles aus wie immer. Die Tür war noch verschlossen wie bei ihrer Abfahrt, die Gardinen hingen glatt herab. Beth hatte Gräser gepflückt, hohe schaukelnde Rispen, und auf der verglasten Veranda in eine Vase gestellt. Die Trockenheit hatte alle Wiesenblumen verdorren lassen, nur ein paar kümmerliche Glockenblumen und die zähe, weiße Schafgarbe waren geblieben. Man musste ein ganzes Stück in Richtung Kahlschlag gehen, um sie zu finden.

Gräser gab es überall. Und Gräser waren schön.

Ulf räusperte sich und fuhr sich durch die Haare.

»Das bildest du dir nur ein«, murmelte er, aber ohne Nachdruck.

Sie hatten einen Ausflug nach Tidaholm gemacht. Am frühen Nachmittag waren sie losgefahren und obwohl sie die dortigen Geschäfte und ihr Angebot bereits kannten, nahmen sie sich dennoch die Zeit, erneut in ihnen zu stöbern. In einer Boutique am Marktplatz fand Beth ein türkisgrünes schulterfreies Sommerkleid. Alle Preise waren reduziert, außer bei den Kleidern, die ganz hinten im Geschäft unter einem handgemalten Schild mit der Aufschrift »Die neue Herbstmode« hingen. Das Kleid war um dreißig Prozent heruntergesetzt gewesen.

Es war ein heißer Sommer mit beißenden Gerüchen und verbrannter Erde. Im Radio wurden Reportagen über Waldbrände gesendet, die jedoch nicht in ihrer Gegend ausgebrochen waren, sondern in den Wäldern um Kalmar und Växjö. Beth in ihren Shorts, er hatte über ihre Shorts gelacht, nicht hart, sondern liebevoll, darin siehst du aus wie ein Kind, ein ganz kleines Mädchen.

Doch. Sie deutete es so.

Aus Liebe.

Das Gras war strohig und braun, regelrecht zermalmt, schoss es ihr beim Anblick des Grases auf dem gewölbten Dach des Vorratskellers durch den Kopf. Am Vormittag waren sie dort hochgeklettert, hatten sich an den Grassoden hochgezogen, im Gras gestanden und die hochstrebenden Zweige heruntergezogen. Kleine schwarze Kirschen, manche ein wenig verschrumpelt, aber süß, mit einem etwas faden Beigeschmack, weil der Baum schon so alt war. Man bekam Blähungen von ihnen und musste aufstoßen.

Sie rutschte auf dem Po herunter und begutachtete ihre Shorts. Ulf stand noch oben.

»Das gibt Flecken«, hörte sie ihn sagen und obwohl seine Stimme nun eine Spur gereizt klang, wollte sie nicht hören.

Sie ging zur Scheune. Das Gras piekste unter ihren Füßen. Sie hatte dort nichts zu erledigen, wurde nur plötzlich von dem Bedürfnis getrieben, sich zu bewegen, so als könnte sie ihm einfach nicht mehr so nahe sein.

Keinem Menschen.

Die Katze, eine kleine grauweiße Löwin, kam ihr entgegen. Miauend, auffordernd. Jeden Tag kam sie zu ihnen, jeden Morgen, wenn sie auf die Eingangstreppe hinaustraten, lief sie durch das taufeuchte Gras zu ihnen. Es sah lustig aus, wenn sie heftig die Pfoten schüttelte, um die Nässe loszuwerden. Beth taufte sie Lioness, worüber Ulf sich köstlich amüsierte. Lioness, das ist doch eine gewöhnliche Hauskatze, siehst du das nicht. Sie heißt ganz anders, man hat sie bestimmt Stina oder Maja getauft, wenn überhaupt … auf dem Land haben sie ihre eigenen Namen und Traditionen. Kein Mensch gibt einer Katze den Namen Lioness.

Als ob er das so genau wüsste.

Es war keine streunende Katze, das sah man ihr an. Sie war bestimmt auf einem Bauernhof in der näheren Umgebung zu Hause, aber offensichtlich gefiel es ihr bei ihnen besser. Beth verstand nicht ganz, warum, denn sie ließen die Katze nie ins Haus. Jetzt schmiegte sie sich an ihr Bein und Beth fühlte das kühle, weiche Fell. Vorgestern hatte sie sich die Waden rasiert, aber die Haarstoppel sprossen schon wieder und es kratzte.

»Ich darf dich leider nicht streicheln«, flüsterte sie. »Ich wünschte, ich könnte dich streicheln, das würde ich gern, am liebsten würde ich dich auf den Arm nehmen und dir die ganzen blöden Zecken aus dem Fell zupfen. Du würdest auf meinem Schoß liegen und weich sein und dein kleiner Motor würde anspringen, und ich würde deinem Motor lauschen und so ruhig und stark werden wie du.«

Wenn sie mit Katzenhaaren in Kontakt kam, schwoll ihr Gesicht an und ihre Nase begann zu laufen.

»Lioness«, flüsterte sie. Die Katze betrachtete Beth stumm und regungslos, ihre gelben Augen waren wie Gläser mit schwarzen Furchen. Sie sahen die Katze oft mit einer Maus oder Wühlmaus aus dem Wald kommen. Die Maus war dann immer schon tot, das abstoßende Spiel mit den ausgefahrenen Krallen war ihnen bislang erspart geblieben. Sie schlich mit ihrer Beute stets hinter die Scheune. Wenn Beth Brennholz holte, hörte sie die Katze dort knirschen und schmatzen.

Eines Vormittags Anfang des Sommers hatte Lioness etwas dabeigehabt, das sie auf den Steinplatten vor der Treppe ablegte. Es bewegte sich und piepste. Dann bemerkten sie, dass ihre Körperform sich verändert hatte. Ihr Bauch war eingefallen und das Fell dünn und stumpf geworden.

In der Nacht hatte sie zwei Junge geboren.

2. KAPITEL

Das Haus hieß Waldesglück und war um 1900 erbaut worden. Es war ein typisches Landhaus mit zwei Etagen und war rot mit weißen Giebeln. Beths Großeltern mütterlicherseits hatten hier gelebt und ihre Mutter war auf dem Tisch in der großen Küche geboren worden.

Als Kinder waren Beth und ihre ältere Schwester Juni von dem Gedanken fasziniert gewesen, dass ihre Mutter auf der gleichen braunen Holzfläche zur Welt gekommen war, auf der jetzt ihre Teller standen. Das Schlucken fiel ihnen dann schwer und sie bekamen das Essen nicht mehr herunter und mussten es heimlich mit der Zunge wieder rausdrücken und in ihren Servietten verstecken.

Auf einem Tisch gebären. Wie unwirklich!

Beth brachte ihre Zwillinge im Kreißsaal des Karolinska Krankenhauses zur Welt. Im Oktober wären sie sieben geworden.

»Was sollen wir heute unternehmen, Ulf?«, hatte sie an diesem Morgen zum Kellerdach hinaufgerufen. »Sollen wir nach dem Mittagessen etwas unternehmen, was meinst du? Wollen wir irgendwohin fahren?«

Ihre Kopfhaut juckte und sie rieb mit den Fingerknöcheln darüber, weil sie Angst hatte, sich sonst die Haut aufzukratzen. Eigentlich musste sie sich die Haare waschen, aber es war so umständlich. Der Boiler hatte den Geist aufgegeben und sie schafften es einfach nicht, ihn reparieren zu lassen. Also musste sie Wasser in dem großen Aluminiumkessel erhitzen, es dann in Eimer umfüllen und diese auf die Treppe hinaustragen. Ganze Fliegenschwärme wurden angelockt, wenn sie vorgebeugt und mit nassen Haaren auf dem Hof stand, nichts sehen konnte und nur die krabbelnde Berührung von Saugrüsseln und Insektenbeinen spürte.

»Ja, können wir machen«, sagte er lustlos. »Wir können einen kleinen Ausflug machen.«

Fast täglich nahmen sie den Wagen und fuhren in eine der kleinen Ortschaften in der Umgebung, kauften Zeitungen, Zigaretten, Wein. Die Stille, die das Haus umgab, vertrieb sie, sie waren eine solche Stille nicht gewohnt, ebenso wenig wie ihre eigenen Laute und Stimmen, die plötzlich so deutlich wurden. Eine nagende Rastlosigkeit breitete sich in ihnen aus, je länger der Tag dauerte, und sie nahmen Zuflucht in den Geschäften der Umgebung und kauften eine ganze Reihe von Dingen, die sich später als vollkommen überflüssig erwiesen wie zum Beispiel der elektrische Grill. Keiner von ihnen konnte sonderlich gut grillen, und wenn sie dann gelegentlich doch grillten, war das Ergebnis oft genug enttäuschend: faseriges Fleisch mit schwarzer Oberfläche – oder das Gegenteil, so blutig, dass es praktisch noch roh war.

Eigentlich ist es ja tote Materie, dachte Beth dann immer.

Sie wusste, dass der Verwesungsprozess in einem Körper schon kurz nach dem Eintritt des Todes begann, dass man schon nach gut zwei Stunden den faden Leichengeruch wahrnehmen konnte. Warum geschah mit geschlachteten Tieren nicht das Gleiche? Warum begannen sie nicht sofort zu verwesen? Wurden sie mit einer speziellen Methode behandelt, damit der Prozess hinausgezögert wurde? Sie hatte sich nie getraut, jemanden danach zu fragen, weil sie Angst hatte, wunderlich zu erscheinen.

Jetzt waren sie wieder zurück. Sie blieben noch einen Moment im Auto sitzen und Beth wiederholte ihre Worte. Ich habe Angst, Ulf, da stimmt doch was nicht, ich habe Angst. Sie hörte ihn atmen. Sein Körper war groß und unmittelbar neben ihr, ich liebe dich, dachte sie, du darfst mich niemals verlassen, niemals.

»Komm!«, sagte er. »Wir gehen rein.«

Eine Schwalbe durchschnitt die Luft und berührte fast die Motorhaube. Wenn ihre Küken so weit waren, das Nest zu verlassen, waren die Schwalben manchmal regelrecht aggressiv. Eines Morgens hatte eine Schwalbe Beths Gesicht attackiert, aber als sie es anschließend Ulf erzählte, glaubte er ihr nicht.

»Komm«, wiederholte er.

Sie stiegen aus dem Wagen, ließen die Türen jedoch einen Spalt weit offen stehen. Schneidende Angst erfasste Beths Körper, breitete sich von den Kuhlen der Handteller die Arme hinauf und weiter in Bauch und Rückgrat aus. Sie suchte in ihrer Tasche nach dem Hausschlüssel, er war ganz nach unten unter ihren Taschenkalender gerutscht. Sie reichte ihn Ulf.

»Mach du auf!«, sagte sie.

3. KAPITEL

Als sie das Wohnzimmer betraten, wurde ihnen klar, dass ihr Gefühl sie nicht getrogen hatte. Es war jemand da gewesen. Das Fenster zum Wald stand sperrangelweit auf, es war nicht beschädigt oder aufgebrochen worden, sondern stand nur auf und wurde durch einen Haken festgehalten.

Ulf blieb auf der Schwelle stehen und hielt sich am Türrahmen fest, als befürchte er ein Nachbeben.

»Als du letztens die Fenster geputzt hast«, sagte er langsam, »musst du vergessen haben, sie wieder ordentlich zuzumachen.«

»Nein«, erwiderte sie automatisch.

»Aber jemand hat es geöffnet und ist vielleicht sogar hereingeklettert.«

Sie schüttelte den Kopf.

Im gleichen Moment sahen sie, dass jemand die Schubladen des Sekretärs herausgezogen hatte. Beth bekam eine trockene Kehle, sie hatte einen seltsamen Geschmack im Mund, das Blut rauschte in ihren Ohren. Sie hob die Hand und zeigte hin.

»Einbrecher«, sagte Ulf.

Sie dachte an brechen und ein, verstand plötzlich die ursprüngliche Bedeutung des Worts und während sie noch darüber nachdachte, fiel die Angst von ihr ab und machte einer immer größer werdenden Wut Platz.

Sie ging zum Sekretär. In den Schubladen lagen Handtücher, Streichholzschachteln und alte Gesellschaftsspiele, mit denen Beth und Juni als Kinder gespielt hatten. Jemand hatte sie durchwühlt und Sachen verschoben. Ein sauberes, gebügeltes Küchenhandtuch lag auf der Erde, aber es schien nichts zu fehlen. Im Übrigen verwahrten sie keine Wertgegenstände im Haus und das Geld und die Kreditkarten nahmen sie immer mit, wenn sie wegfuhren. Beth legte das Handtuch zurück und schob die Schubladen mit beiden Händen zu.

Ulf stand noch immer in der Türöffnung.

»Lass das«, sagte er unsicher. »Die Fingerabdrücke.«

Sie drehte sich heftig zu ihm um:

»Glaubst du wirklich, die Polizei hat Zeit, sich mit so etwas abzugeben! Mit einem simplen, jämmerlichen Einbruch. Die haben anderes zu tun, du weißt doch, wie wenig Personal die haben, erinnerst du dich, wie es war, als Anki vergewaltigt wurde, kein Schwein hat sich dafür interessiert, und obwohl sie ihn dann später auf einer Straße gesehen hat, ihn gesehen hat, hörst du, und erkannt hat, obwohl sie ihn erkannt hat und in ein Geschäft gelaufen ist und angerufen hat, meinst du vielleicht, die wären gekommen? Oh nein! Erst nach gut einer Stunde, und da war es natürlich zu spät, das hätte sich noch der letzte Idiot denken können!«

»Beth«, sagte er leise.

Wutentbrannt rannte sie in die Küche, griff sich einen Holzscheit aus dem Korb und donnerte die Treppe hinauf. Zunächst schien in der oberen Etage alles noch so zu sein, wie sie es verlassen hatten, die Tagesdecke lag glatt auf den Betten, Ulfs dunkelblauer Pullover auf einem Stuhl, der Schreibtisch war nicht angerührt worden und der alte Fernsehapparat stand wie immer mit herausgezogenem Stecker auf seinem Tischchen. Man musste den Stecker ziehen, weil er sich nur so ausschalten ließ. Dann entdeckte sie, dass die Kissen fort waren, die kleinen Zierkissen, die mit Ulfs und ihrem Sternzeichen bestickt waren. Ihre Mutter hatte sie genäht, als sie noch Freude daran hatte, für kleine Überraschungen zu sorgen. Kissen mit einem Schützen und einer Jungfrau, sie hatte die Vorlage in einer Illustrierten gesehen und sich das nötige Material bestellt. Zwei lose gefüllte Zierkissen, die Beth immer ans Kopfende legte, wenn sie die

Betten machte. Sie wusste genau, dass sie dies auch an diesem Morgen getan hatte. Jetzt waren sie nicht mehr da.

Ulf war ihr gefolgt, sodass sie nun beide im Schlafzimmer standen. Hier oben unter dem Dach flimmerte die Luft vor Hitze, eine Wespe knallte gegen das Fenster.

»Es ist jemand hier gewesen«, sagte sie und ihre Schultern senkten sich, sie nahm ihren eigenen Geruch aus Schweiß und Angst wahr.

Er starrte sie an.

»Siehst du denn nicht, dass die Kissen verschwunden sind? Jemand ist hier gewesen und hat sie geklaut.«

»Die Kissen ... wovon redest du?«

»Von den Kissen, die Mama uns geschenkt hat, du weißt doch, unsere Kissen, die mit den Sternzeichen!«

»Ach so, die. Hast du sie vielleicht woanders hingelegt? Wer klaut denn schon ein paar Kissen?«

»Keine Ahnung«, flüsterte sie. »Ach Ulf, ich habe wirklich keine Ahnung.«

Sie fanden keine weiteren Anzeichen dafür, dass jemand im Haus gewesen war. Beth holte den Staubsauger heraus und saugte gründlich in allen Zimmern, so als könnte sie dadurch das Gefühl auslöschen, dass sich jemand unbefugt Zutritt verschafft hatte.

Sie hatten noch eine gute Woche Urlaub. Anschließend würden Juni und ihr Mann herkommen. Den Schwestern gehörte das Haus gemeinsam, seit ihre Eltern zu alt geworden waren, um es noch als Sommerhaus zu benutzen.

Bei ihrer Mutter waren mit der Zeit Anzeichen für Veränderungen im Gehirn aufgetreten. Manchmal griff sie einen völlig unvermittelt und gehässig an, anfangs noch selten, so selten, dass sie erst nicht begriffen, was vorging. Im Lauf der Monate wurden ihnen jedoch klar, dass etwas nicht in Ordnung war. Ein Arzt konfrontierte sie mit der Wahrheit: Sie litt an Altersdemenz und es ließ sich nichts dagegen machen.

Ihr Vater versorgte sie im Moment noch zu Hause, aber seine

Kräfte schwanden allmählich. Bei jedem Besuch fiel Beth auf, wie sehr er sich verändert hatte. Er war regelrecht verstummt und schien all seine Energie dafür zu benötigen, ihre Mutter sauber zu halten und sich gegen ihre Angriffe zur Wehr zu setzen.

Ihre Eltern waren beide achtundsiebzig. Ihr Vater war Geschäftsführer von Svärds Möbelhaus gewesen, einer Firma, die er aus dem Nichts aufgebaut hatte und die immer noch gut lief. Ihre Mutter hatte einen Frisiersalon für Damen geleitet. Beth war immer stolz auf ihre Eltern gewesen, vor allem auf ihre Mutter, weil das, was sie tat, leichter zu verstehen gewesen war. Ihre Mama verzauberte die Frauen, indem sie dünne Strähnen in einen Schwall duftender Locken verwandelte. Manchmal durfte Beth dabei sein, wenn eine junge Frau für ihre Hochzeit hergerichtet wurde. Sie saß dann auf dem gepolsterten Schemel und reichte ihrer Mutter Haarnadeln und Kämme an.

»Wenn dein Hochzeitstag kommt, mache ich dich genauso schön!«, sagte ihre Mutter dann stets und ihr Gesichtszüge wurden weich und ihr Blick schweifte in die Ferne. »Du wirst die schönste Braut von allen sein, Beth.«

»Und was ist mit Juni?«, fragte Beth.

»Ja, Juni natürlich auch. Ihr seid immerhin meine Töchter.«

Ihre Mutter bekam nie die Gelegenheit, eine von ihnen als Braut schön zu machen. Beth war nicht verheiratet und Juni lernte ihren Mann auf einer Kreuzfahrt zu den Bahamas kennen. Sie wurden an Bord getraut.

Mittlerweile wohnten ihre Eltern in einer kleinen Wohnung in Falköping.

»Ich glaube, sie fühlt sich hier zu Hause«, wiederholte ihr Vater immer wieder, so als wollte er sich selbst davon überzeugen, das Richtige getan zu haben, als er ihnen diese Wohnung besorgte. Aber Beth spürte, dass er die Lust am Leben verloren hatte. Es gab für ihn nichts, worauf er sich noch freuen konnte. Gemeinsam mit der immer verwirrteren Frau, die er einmal zu seiner Angetrauten genommen hatte, kämpfte er sich durch die Tage.

Ab und zu sprach sie mit ihrer Schwester darüber. Juni sah die Dinge etwas schonungsloser als sie.

»So ist nun mal das Leben«, meinte sie. »So ergeht es uns allen irgendwann, also sieh zu, dass du lebst, solange du noch kannst. Eines schönen Tages geht sowieso alles den Bach runter.«

Sie hieß Juni, weil sie am Morgen des Mittsommertags geboren wurde. Sie war vierzig, genau wie Ulf. Tatsächlich hatte Juni Ulf ihrer Schwester vor acht Jahren vorgestellt, als sie und Ulf gemeinsam als Journalisten bei einer Nachrichtenagentur arbeiteten. Beth wurde damals dreißig und ihre Freunde organisierten eine Geburtstagsfeier für sie. Juni kam auch, dünner als je zuvor. Ihre Haare sahen aus wie abstehende Stacheln. Sie hatte etwas genommen, eine süße und würzige Dunstglocke umgab sie.

»Ich habe dir ein Geschenk mitgebracht, Schwesterherz«, flüsterte sie, als sie sich umarmten. »Ich habe dir einen Mann mitgebracht. Und weißt du was! Er ist wie gemacht für dich, er ist genau das, was du brauchst.«

Ulf hatte gleich hinter ihnen gestanden und ihr erster Eindruck von ihm war, dass er gepflegt aussah in seinem grauen Blazer, gepflegt. Als sie tanzten, spürte sie, dass er einen Ständer hatte.

Sie hatten nie geheiratet, es ergab sich einfach nicht. Stattdessen verlobten sie sich. Das klang ehrlicher, reiner. Sie schenkten einander Ringe aus Weißgold. Beths war zudem mit einem kleinen roten Rubin verziert. Manchmal, wenn sie ihn ansah, dachte sie an Blut. Die Liebe war ein Teil ihres Blutkreislaufs: mein geliebter Mann und Freund.

4. KAPITEL

Beth hatte keinen Hunger. Sie schälte Kartoffeln und legte sie in den Topf, steckte sich eine Zigarette an, ehe ihr wieder einfiel, dass sie beschlossen hatten, im Haus nicht mehr zu rauchen. Sie trat auf die Eingangstreppe hinaus und blieb dort in der klaren, hellen Stille stehen. Das Sonnenlicht glänzte auf den Rispen der Gräser. Die Sonne sank und verschwand schon fast hinter den Tannenwipfeln, aber richtig dunkel würde es erst gegen Mitternacht werden. Und selbst dann würde es nur eine schummrige Dunkelheit sein, in der sich nichts verbergen ließ.

Letzte Nacht war sie aufgewacht und barfuß ins Gras hinausgegangen. Auf einmal hatte sie zwischen den jungen Birken einen Elch entdeckt. Er bewegte sich ein wenig, gab Laute von sich, ein hoch gewachsener und weidender Schatten. Sie wollte ins Haus zurückschleichen und Ulf wecken, aber im gleichen Moment fuhr ein Windhauch über das Gras, sodass sich ihr Nachthemd bauschte. Das reichte schon. Es knackte im Unterholz und anschließend war von dem Elch nichts mehr zu sehen.

Sie zog an ihrer Zigarette und sammelte den Rauch in der Mundhöhle, ehe sie ihn langsam wieder ausstieß. Eine Bachstelze trippelte bei den Himbeersträuchern vorbei. Es gab ein Nest unter dem Dachfirst und sie hatte ein Küken mit weit aufgerissenem Schnabel darin sitzen sehen. Sie machte sich ein wenig Sorgen, dass Lioness, dass die Katze es holen könnte.

»Ulf«, rief sie. Sie hörte, dass er sich im Obergeschoss bewegte.

Er öffnete das Fenster und schaute hinaus.

»Was ist denn?«

»Nichts ... ich hatte mich nur gefragt, wo du bist.«

Sein Kopf verschwand wieder. Jetzt kam er die Treppe herunter, öffnete die Tür und trat aus dem Haus.

»Kochst du?«

»Ich habe nur ein paar Kartoffeln geschält.«

»Ich habe noch keinen Hunger.«

»Ich auch nicht.«

»Wie viel Uhr ist es?«

Sie zuckte mit den Schultern.

»Wir könnten nach Hause fahren«, sagte er zögernd.

»Nach Hause? Nach Hässelby?«

Er nickte.

»Warum denn? Wir haben doch noch eine ganze Woche.«

»Aber wir sind schon so lange hier.«

Er ging ein paar Schritte auf den Steinplatten. Auf einmal fand sie, dass er abgemagert war, ausgehöhlt und dass er anfing, alt zu werden. Schlagartig wurde ihr bewusst, dass sie eines Tages allein sein würde, da Frauen im Allgemeinen länger lebten als Männer. Mit ihrer Gehhilfe würde sie über den glänzenden Fußboden des Altersheims stolpern und er, Ulf, würde schon seit langer Zeit tot sein. Am schlimmsten würde mich der Mangel an Mitgefühl treffen, dachte sie. Das ist der Lauf der Dinge, würde man ihr in dem vergeblichen Versuch zu trösten sagen. Denn sie würde nur eine unter vielen sein, eine geklonte, alte, weißhaarige Frau ohne Geschichte und Identität.

»Wir hatten doch beschlossen, noch eine Woche zu bleiben«, rief sie ihm hinterher.

Er drehte sich um und sein Blick war auf einen Punkt hinter ihr gerichtet.

»Schon gut, vergiss es, ich habe nichts gesagt.«

»Außerdem wollten wir doch morgen Mama und Papa besuchen«, fuhr sie fort. »Weißt du denn nicht mehr, dass wir das beschlossen hatten? Donnerstag, haben wir gesagt. Erinnerst du dich nicht?«

Er war schon am Gatter.

»Ich verstehe dich nicht!«, rief er.

»Wir fahren doch morgen nach Falköping.«

Beth sagte es leise, die Worte sollten ihn nicht erreichen. Sie drückte die Zigarette auf der Treppe aus und zerrieb den Zigarettenstummel, bis der kühle Tabak ihre Fingerspitzen erreichte. In der Küche holte sie zwei Gläser aus dem Schrank. Sie schenkte sich ein Glas Wein ein und kostete. Es war ein dunkler und schwerer Wein, den ihre Schwester stehen gelassen hatte. Sie sah Ulf draußen mit kurzen, ruckhaften Schritten umhergehen. Er hatte etwas Fremdes an sich, das sie ungeduldig und ängstlich machte. Deshalb musste sie die Tür wieder öffnen und ihn zu sich rufen.

Widerwillig kam er auf sie zu.

»Lass dich mal ansehen!«, sagte sie, aber ihre Stimme gefiel ihr nicht.

Sie reichte ihm das Weinglas und sie standen in der Küche und tranken.

»Ulf«, flüsterte sie plötzlich und schmiegte sich an ihn. Sein Körper wurde steif. »Ulf, sag mir, wie sehr du mich liebst!«

Daraufhin schob er sie von sich und stellte das Glas mit einer schnellen und heftigen Bewegung auf der Spüle ab.

5. KAPITEL

Sie gingen zum Kahlschlag hinauf, es war schon spät. Sie stolperte über Zweige und Wurzeln. Ulf ging neben ihr, hielt sie ab und zu fest, aber nicht mit liebevollen Händen, sondern mit den Händen eines ganz gewöhnlichen Mannes.

Und sie?

Eine ganz gewöhnliche Frau!

Silberglanz zwischen den Blaubeersträuchern, sie musste hin und nachsehen. Es war ein Fisch, ein Barsch, der noch nicht lange tot war. Sein Kopf zeigte von ihr weg und Dreck und Tannennadeln bedeckten sein Auge.

Sie war betrunken, sie waren beide sehr betrunken.

»Sieh mal«, flüsterte sie. »Sieh mal, wie seltsam! Hier gibt es doch gar kein Wasser, wie kann ein Fisch da auf dem Trockenen landen?«

Ulf war bei ihr und stubste ihn mit seinen kurzen sauberen Fingernägeln an.

»Ja, das ist wirklich merkwürdig.«

»Als wäre er vom Himmel gefallen.«

Er drehte ihn mit dem Fuß um, die Kiemen waren aufgerissen und rot. Eine Schmeißfliege summte um sie herum.

»Wo kommt er nur her?«

»Keine Ahnung«, flüsterte sie, hatte aber noch keine Angst.

Ulf nahm den Rucksack ab und holte eine verschmierte Flasche und zwei Pappbecher heraus. Es war Madeira, den sie vor vielen Jahren aus Äpfeln gekeltert hatten. Sie verwahrten ihn im Vorratskeller, tranken aber nur selten davon. Er war sämig und viel zu süß. Ulf klemmte die Flasche zwischen die Knie und zog den Korken heraus.

»Na dann, Prost!«

»Prost ... ich komme einfach nicht über diesen Fisch weg.«

»Jetzt lass das doch!«, fuhr er sie an. »Vermutlich werden wir nie etwas über ihn erfahren. Da brauchen wir auch nicht weiter darüber zu spekulieren.«

»Was ist eigentlich los mit dir, Ulf, was ist los?«

Er fuhr herum, seine Lippen waren blass und aufgesprungen.

»Mit mir? Nichts ist mit mir.«

»Doch, ich weiß, dass da was ist, das sehe ich dir an, ich weiß es. Und ich möchte, dass du mir erzählst, was los ist ... Im Grunde will ich es gar nicht, aber ich kann doch nicht die ganze Zeit den Kopf in den Sand stecken, du hast doch selbst gesagt, dass ich so bin, dass ich ein feiger und ängstlicher Mensch bin, der am liebsten immer vor allem davonläuft, und das will ich jetzt auch, Ulf, ich will davonlaufen, aber wenn ich dich hier so bei mir stehen sehe, wenn ich weiß, das, was du mir zu sagen hast, könnte mein ganzes Leben verändern, falls es etwas Furchtbares und Schlimmes ist ... dann muss ich es doch trotzdem ... wagen. Man muss doch auch mal mit gutem Beispiel vorangehen, nicht wahr?«

Sie lachte mit steifen Lippen.

Ulf hob seinen Becher an die Lippen, sie sah die Bewegungen seines Adamsapfels. Er verzog das Gesicht zu einer Grimasse.

»Du hast Recht«, sagte er feindselig. »Es ist etwas. Und wenn du nicht so darin herumgestochert hättest, dann hätte es sich vielleicht von selbst wieder gelegt. Aber jetzt hast du es ans Licht gezerrt und wir wollen es uns genauestens ansehen.«

Er sprach ein wenig lallend und machte eine Pause, so als wollte er ihr die Chance geben, sich die Ohren zuzuhalten und sich vor seine Füße zu werfen, um ihn anzuflehen, doch zu schweigen, wie sie es sonst immer tat, diesmal aber nicht.

Also sagte er es.

»Ich habe in letzter Zeit oft mit Ylva geredet und wir sind uns wieder etwas näher gekommen. Wenn man ein Kind mit jemandem hat, wird alles irgendwie … so innig.«

»Innig?«

»Ja. Innig.«

Sie fühlte sich auf einmal seltsam leicht und hatte das Gefühl, ihre Füße würden vom Moos abheben und sie würde zwischen den Baumstämmen schweben. Der Sturm hatte im letzten Frühjahr hier gewütet, an mehreren Stellen lagen umgestürzte und abgeknickte Bäume. Ulf saß auf einem Baumstamm. Sie dachte, dass seine Hose Harzflecken bekommen würde, aber dass ihr das jetzt auch egal sein konnte, Ylva, seine frühere Frau, würde sich darum kümmern, so wie sie sich um alles kümmern würde, was mit ihm zu tun hatte. Um seine Kleider, seine Gedanken, seinen Sohn.

»Weiß Albin davon?«

Sie hatten sich hingelegt, aber das Zimmer drehte sich in der Dunkelheit.

»Was meinst du, was soll Albin wissen?«

»Dass du und Ylva euch trefft.«

»Wir haben nie aufgehört uns zu treffen.«

»Ja, aber so, wie du gesagt hast. Innig.«

»Es kann Albin ja wohl kaum schaden, dass seine Eltern sich nicht mehr streiten.«

Beth riss sich das Betttuch vom Leib, es drückte auf ihre Brust und machte ihr das Atmen schwer.

»Wie ist es dazu gekommen?«, flüsterte sie. »Wie konnte diese Innigkeit wieder aufleben? Doch! Ich will es wissen.«

Ulf saß auf der Bettkante, nackt und aufrecht.

»Ich weiß nicht, sie ist doch jetzt allein, Robban ist ausgezogen. Aber ich weiß nicht, wie es gekommen ist, dass wir … Auf so eine Frage gibt es keine Antwort.«

Sie weinte, konnte nicht mehr klar denken.

Er hatte sich jetzt zu ihr umgedreht, seine Stimme war schneidend und kalt.

»Beth, du hast mich doch selbst gezwungen, es zu erzählen!«

»Was meinst du mit innig?« schrie sie.

»Was?«

»Du hast gesagt, dass alles so innig wird, wenn man Kinder mit jemandem hat. Das hast du da oben auf dem Kahlschlag gesagt.«

»Ach was, ich habe mich vielleicht nicht richtig ausgedrückt, musst du immer jedes Wort auf die Goldwaage legen! Aber ein Kind schweißt einen eben zusammen. Das lässt sich doch nicht abstreiten.«

Beth machte das Licht über ihren Betten an. Er sah krank aus, die Haare auf seinen Armen sträubten sich. Als würde er hier oben unter dem Dach frieren, als wäre es auf einmal Herbst, November.

»Aber es muss natürlich ein lebendiges Kind sein«, sagte sie.

»Nein, fang jetzt nicht wieder damit an.«

»Sollte einen ein totes Kind dann nicht noch mehr zusammenschweißen? Oder zwei wie bei uns. Zwei kleine, tote Zwillinge … die einen Tag gelebt haben … und dann gestorben sind.«

»Reiß dich zusammen, das geht zu weit.«

»Wenn du mir damals eine Stütze gewesen wärst … wenn du dich nicht von mir abgewandt und mich allein gelassen hättest … dann hätten wir gemeinsam trauern können. Wenn du nicht so egoistisch gewesen wärst. Du hast mir Angst gemacht, ich saß die Tage und Abende da, Juni rief an, bist du etwa ganz allein, du darfst jetzt nicht allein sein, dann kam sie vorbei und hatte Pastete und dunkle Trauben gekauft, du musst essen, Beth, du musst jetzt stark sein!«

»Das geht unter die Gürtellinie. Ich habe das alles schon hundert Mal gehört, so oft, dass es nicht mehr … und das weißt du auch, es hat keinen Sinn, weiter mit dir zu reden, es funktioniert nicht, ich komme nicht an dich heran, das ist mir noch nie gelungen, jedenfalls nicht, wenn es um dieses Thema geht.«

Sie konnte einfach nicht aufhören:

»Und Juni hat mich gefragt, was ist mit Ulf, wo ist er, hat sie gefragt. Was sollte ich denn antworten? Er ist auf der Arbeit, ich glaube, es sind ein paar Leute ausgefallen, deshalb musste er … Wenn ich dich ausgeliefert hätte … dann wäre das doch auch auf mich zurückgefallen, ich wäre eben nicht in der Lage gewesen, meinen Mann zu Hause zu halten, den Vater der toten Kinder, sie wäre wahnsinnig wütend auf dich geworden und das konnte ich nicht ertragen … als hätte ich dich dadurch dann auch noch verloren, Ulf, ich brauchte dich doch so sehr. Ja, innig.« Sie lachte auf. »Wenn ich so sagen darf.«

Er saß mit gesenktem Kopf da.

»Ich habe doch auch getrauert«, sagte er mit belegter Stimme, »und das weißt du verdammt gut. Aber auf meine Art eben. Es können nicht alle so trauern wie du. Wenn du das doch irgendwann einsehen könntest! Ich konnte nicht schreiben, die Worte verhedderten sich und wurden Buchstabensalat, ich konnte nicht weinen. Nicht wie du, du hast es doch wenigstens irgendwie rausgelassen. In gewisser Weise hast du mir die Trauer abgenommen.«

»Oh nein, mein Lieber!«, schrie sie. »Das kannst du nicht sagen! Trauer lässt sich nicht messen, sie ist nicht rationiert. Die Trauer reicht für alle, alle.«

Er schwieg.

»Albin durfte seine kleinen Halbschwestern nicht behalten«, fuhr sie fort und wusste, dass sie jetzt zu weit ging, aber sie konnte sich nicht bremsen. »Ich weiß, dass er traurig darüber war. Während der ganzen Schwangerschaft haben Albin und ich uns über sie unterhalten, jeden Tag. Über Kinder und wie sie entstehen. Und dann … Er wusste, dass er zwei Schwestern bekommen hatte, sie aber nie nach Hause kommen würden, er würde sie nie zu Gesicht bekommen oder ihre kleinen warmen Köpfchen anfassen dürfen, die Fontanellen, ich hatte ihm das alles erklärt, er war alt genug, um es zu verstehen, fünf Jahre alt. Er war ein aufgeweckter kleiner Junge, dein Albin. Trotz allem, was er durchgemacht hatte.«

Ulf stand bei den Kleidern, suchte in seinen Taschen nach Zigaretten. Seine Fersen donnerten die Treppe hinunter. Sie folgte ihm in ihrem nahezu durchsichtigen Nachthemd.

Nylon, dachte sie. Aber es war aus gewöhnlicher Baumwolle.

Sonst!

Hätte sie!

Mit der Glut zu nahe kommen und in Flammen aufgehen können.

Sie standen auf der Treppe und rauchten. Hier draußen war es kühl und feucht, die Sträucher hatten tiefere Farben bekommen. Ihre Fußsohlen brannten, sie tauchte sie ins Gras, schauderte. Weiter weg am Waldrand sah sie etwas Helles. War es die Katze, die auf Mäusejagd war?

»Weißt du, heutzutage darf man seine toten Babys fotografieren«, sagte sie leise. »Man darf sie sogar mit nach Hause nehmen, wenn man will. Ein paar Stunden, einen Abend, es ist ein Stück Trauerarbeit. Anita, die Psychologin, mit der ich damals gesprochen habe, hat mir das erzählt.«

»Das ist doch krank!«, sagte er gepresst. »Mit Leichen nach Hause zu fahren!«

»Es sind immerhin die eigenen Kinder.«

»Ja, aber trotzdem!«

»Man darf sein totes Baby waschen und ihm eine Windel anlegen. Wenn man will, kann man ihm die Kleider anziehen, die man bereitgelegt hatte, ein paar Kerzen anzünden und eine schöne, stimmungsvolle Atmosphäre schaffen, damit sie nicht einfach nur verschwinden wie unsere. Sie verschwanden irgendwo im Keller in einer Kühlbox. Die kleinen Körper, die ich fast sieben Monate lang gewärmt habe, mit meinem eigenen Blut gewärmt habe, sollten plötzlich mir nichts dir nichts in die Kälte.«

»Ich habe sie doch gesehen«, sagte er mit belegter Stimme. »Ich habe sie gesehen, als sie herauskamen. Aber nicht lange, sie haben sie genommen und sind mit ihnen losgerannt und dann habe ich sie noch einmal im Brutkasten gesehen, ihre kleinen, krummen Beine. Wenn du die Kraft gehabt hättest mitzukommen, ehe sie … Aber du warst ja so müde und … du hast gesagt, dass du sie nicht …«

»Du hättest versuchen sollen mich zu überreden, du musst

doch begriffen haben, wie es mir ging nach all dem Schrecklichen. Ich stand unter Schock, verstehst du, ich hatte in diesem Moment einfach nicht die Kraft, für andere als mich selbst da zu sein und musste mich erst erholen, aber nachher, wenn ich gewusst hätte ...«

Sie hatte fast dreißig Stunden im Kreißsaal gelegen. Wegen der Schmerzen konnte sie nicht mehr denken, keine Sehnsucht mehr empfinden. Am nächsten Tag hatte man sie in einem Rollstuhl hinübergefahren, aber da war es bereits zu spät. Seite an Seiten lagen die kleinen Mädchen vor ihr, eingewickelt in saubere gelbe Decken. Bei dem einen war die Oberlippe ein wenig hochgeglitten. Beth konnte die blasse Rundung des Gaumens erkennen.

Sie hatte zu der Ärztin aufgeblickt, konnte ihr aber nicht in die Augen sehen. Sie empfand tiefes Mitleid mit dieser Frau, von der nun eine Erklärung erwartet wurde. Hoch über Beth erklang ihre heisere Stimme:

»Ja ... manchmal ist man furchtbar machtlos in diesem Beruf. Und dabei sind es so hübsche Kinder. Sie können mir glauben, ich weiß, was Sie jetzt durchmachen.«

Nein. Das konnte sie nicht wissen. Nur sie selbst konnte das wissen. Sie, die Mutter, denn sie hatte die beiden unter ihrem Herzen getragen und mit einer fröhlichen und ungeduldigen Sehnsucht in ihrem ganzen Körper erwartet.

Sie organisierten eine richtige Beerdigung. Der Gottesdienst fand in der Kirche von Hässelby Villastad statt. Der Weg, der zur Kirche hinauf führte, war mit feuchtem Laub bedeckt. Sie erinnerte sich noch, dass sie ausrutschte und fast hingefallen wäre. Sie hatte das Gesicht ihres Vaters vor Augen, es war das erste Mal, das sie ihn weinen sah, seine hochgezogenen Schultern und das schüttere Haar. Und ihre Mutter.

»Du schaffst das schon, Beth, du schaffst das schon. Ruh dich jetzt etwas aus und dann fangt ihr noch einmal von vorn an.«

Die Bestatterin, eine Frau namens Margit Gustavsson, hatte nicht darauf bestanden, dass Beth oder Ulf bei den Vorbereitungen dabei waren, was für sie eine große Erleichterung war. Die

Frau hatte flache und weiße Hände und mit diesen Händen hatte sie die beiden Kinder in ein Leichentuch gehüllt und in den gleichen Sarg gebettet, die Gesichter einander zugewandt. Beth hatte die Lieder ausgewählt und dabei »Die Blütezeit nun kommet« durchgesetzt, obwohl es ganz und gar nicht zur Jahreszeit passte, aber das Lied machte ihr Hoffnung, Hoffnung auf eine Fortsetzung. Sie war zwar nicht religiös, aber es tat ihr dennoch gut, im Gesangbuch zu blättern, und auf ihrem Platz in der vordersten Kirchenbank sang sie auswendig mit lauter und energischer Stimme.

Nachher fuhren sie zu Hägerstalunds Wirtshaus, um mit Verwandten und Freunden zu Mittag zu essen. Auf dem Weg zum Wagen sah sie die Schule, in der sie arbeitete. Sie hatte Erziehungsurlaub nehmen wollen. Anderthalb Jahre hatte sie zu Hause bleiben wollen.

6. KAPITEL

Er trug sie die Treppe hoch. Manchmal war er so stark und sanft. Er legte sie auf das Bett, nicht schroff, sondern behutsam. Die Wände drehten sich noch, in ihren Ohren rauschte es dumpf. Er lag neben ihr, seine Füße waren klein und kalt. Sie zog das Nachthemd aus, fühlte seine rauen Hände und sie musste sich winden und stöhnen, musste dem Dämmerzustand Lust entlocken. Jetzt schob er ihre Schenkel zur Seite, spreizte sie, jetzt stieß er zu und suchte, aber sie war wie zugeschweißt zwischen den Beinen.

Das brachte ihn aus dem Konzept.

»Liebling, ich will«, versuchte sie es, aber ihre Stimme war müde, sie nahm die Hand zur Hilfe und zog und drückte, aber er stemmte sich auf die Seite, schlief.

Sie schloss die Augen und hatte Tränen unter den Augenlidern, nicht seinetwegen, sondern weil sie durch den Alkohol wie immer verletzlich und deprimiert geworden war.

Ein Geräusch!

Sie dachte, Ulf wäre aufgestanden und hätte das Radio angemacht, es klang wie Kirchenglocken. Dann sah sie, dass er neben ihr lag und bekam Angst, weil es zwanzig, dreißig Kilometer bis zur nächsten Kirche waren.

Dann erinnerte sie sich wieder an den Fisch, einen frisch geangelten Fisch inmitten trockener Tannennadeln. Sie lag in der Kuhle der Matratze, das Zimmer war hell, es musste trotz allem schon Morgen sein.

Sie wurde von Durst gequält. Ihre Zunge war eine eingeschrumpfte und zusammengezogene Schnecke, die eingetrocknet war um zu sterben.

»Ulf«, jammerte sie. »Ich höre komische Geräusche, bitte wach auf.«

Er lag auf der Seite und sah sie unverwandt an. Sie streckte die Finger aus und berührte seine Stirn.

»Du lebst doch noch, oder etwa nicht?«

Es zuckte in seinen Mundwinkeln.

»Hörst du?«, flüsterte sie.

Er schüttelte den Kopf.

»Doch, hör genau hin, das musst du doch hören, es klingt wie Kirchenglocken!«

Während sie beobachtete, wie er sich aufrichtete, spürte sie, wie verschwitzt sie war, ihr Nachthemd war ganz feucht, sie bekam eine Gänsehaut. Dann setzte sie sich ebenfalls auf.

»Nein«, sagte er mit heiserer Stimme. »Ich höre nichts.«

»Jetzt ist es weg, aber gerade eben war es noch da. Es war ganz nah und klang, als würde gleich nebenan ein Glockenturm stehen und jemand am Seil ziehen.«

»Tut mir Leid«, sagte er, »aber ich habe nichts gehört.«

»Dann wirst du noch geschlafen haben.«

»Ich habe wach gelegen und gedöst. Und nachgedacht.«

Das Wort nachgedacht stieß ihr übel auf, ihr fielen die Ereignisse der letzten Nacht wieder ein, und ihr Gespräch.

»Wie viel Uhr ist es?«, murmelte sie.

»Kurz vor sieben.«

»Sieben. Ich würde gerne noch etwas schlafen, ich könnte den Schlaf wirklich gebrauchen, aber ich kann nicht.«

Er legte sich auf den Bauch, warf einen Arm über ihre Beine und weinte.

Vorsichtig legte sie sich neben ihm wieder hin, presste sich an seine Seite, gegen seine Achselhöhle.

»Es tut mir Leid wegen gestern«, sagte er undeutlich. »Man sagt manchmal Dinge, die man … so vielleicht gar nicht sagen wollte. Die Worte klingen dann so falsch und hässlich.«

Sie streichelte sein Haar, presste ihre Lippen auf seinen Nacken.

»Wie kann es nur so weit kommen, Beth? Warum kommt es zum Streit zwischen uns, kannst du mir das erklären?«

»Das passiert eben manchmal, aber jetzt vergessen wir das wieder! Wir beschließen einfach es zu vergessen.«

»Du meinst, zu verdrängen?«

Das Gesicht in das Kopfkissen gedrückt, stöhnte sie kurz auf. Der ranzige Geruch ihres Haars hing im Stoff des Kissens.

»Ich habe wahnsinnige Kopfschmerzen, Ulf, du nicht auch, tut dir nicht auch der ganze Kopf weh?«

»Das kommt vom Madeira. Oder vielleicht auch nicht … wir hätten nicht durcheinander trinken sollen.«

»Stimmt.«

Beth zog ihr Nachthemd aus und legte es auf den Fußboden.

»Ich friere … flüsterte sie. »Aber irgendwie ist mir trotzdem heiß.«

Sie nahm seine Hand und zog sie unter sich, unter ihren Bauch.

»Ich hab jedenfalls auch Kopfschmerzen«, flüsterte er.

»Leg dich auf den Rücken, dann massiere ich dich.«

Er lag mit dem Kopf auf ihren Oberschenkeln. Sie war benommen und völlig erledigt. Ihre Fingerspitzen begannen zu glänzen, sie massierten seine Stirn, bewegten sich bis zur Nasenspitze herab, kreisten in seinen dichten und lockigen Haaren. Ihr fiel auf, dass seine Augenbrauen sich verändert hatten, die Härchen waren länger und dicker geworden. Genau die gleichen Augenbrauen hatte ihr Großvater gehabt, sie waren wie kleine Schirmchen gewesen, die abstanden und Schatten spendeten. Auch in seinen Ohren wuchsen mittlerweile Haare. Sie würde ihm später helfen sie abzuschneiden. An diese Stellen kam man selbst nicht heran.

»Tut das gut?«, fragte sie und schluckte. »Gefällt dir, was ich mit dir mache?«

Sein Kopf nickte in ihrem Schoß.

»Du weißt, dass du äußerst geschickte Hände hast.«

Sie lächelte ein wenig, sehnte sich nach einer Sprite oder einer eiskalten Cola, so wie sie in der Reklame immer aussah.

»Ich werde bei meinen Eltern duschen«, sagte sie.

»Was?«

»Ich habe gesagt, dass ich duschen werde, wenn wir nach Falköping kommen.«

»Verdammt! Wann wollten wir dahin?«

»Heute.«

»Nein.«

»Doch. Darüber haben wir doch gestern noch gesprochen.«

»Ich hatte es wieder vergessen.«

»Jedenfalls müssen wir hinfahren.«

»Müssen wir wirklich?«

»Na, hör mal ...«

»Können wir sie nicht anrufen?«

»Wir haben doch das Handy nicht dabei. Du hast doch selbst vergessen es mitzunehmen.«

»Wir könnten zu einer Telefonzelle fahren.«

»Nein, dann müssten wir schon jetzt anrufen. Das verwirrt alte Menschen immer so, es ist keine gute Idee, plötzlich Abmachungen zu ändern.«

Er schwieg.

»Okay«, fuhr sie fort, »wenn du jetzt aufstehst, dich anziehst und zu einem Telefon fährst, wenn du das tust, bleiben wir hier.«

»Dann fahren wir eben hin«, sagte er kurz angebunden. »Wie es ausgemacht war. Aber dann musst du fahren.«

»Du spinnst wohl.«

»Also ich kann nicht fahren, ich glaube, ich bin immer noch betrunken.«

»Meinst du vielleicht, mir geht es anders?«

»Dann müssen wir eben hier bleiben!«

»Ulf, das geht wirklich nicht, du weißt doch, wie sehr Papa sich auf unseren Besuch gefreut hat, er wäre furchtbar enttäuscht, er hat die Hölle auf Erden zu Hause mit Mama, die ...«

Ulf zuckte mit den Schultern und wandte sich ab. Sie beugte sich über ihn und hielt ihn fest.

»Komm in mich, sei in mir, komm in mir.«

Er lachte verwirrt.

»Doch. Tu es, tu es, ich sehne mich danach.«

Daraufhin legte er sich auf sie und sein Glied wurde steif, aber seine Augen waren geschlossen und er kam in ihr mit einem kurzen und unfreundlichen Schrei.

7. KAPITEL

Als sie aufgestanden waren und Kaffee getrunken hatten, ging es ihnen etwas besser. Beth nahm zwei Kopfschmerztabletten, hatte aber dennoch das Gefühl sich zu erkälten. Sie stand in der Küche, in der es noch kühl war, und trug ihr neues Sommerkleid.

»Steht es mir?«, fragte sie.

Er sah sie mit halb geschlossenen, glasigen Augen an.

»Klar.«

»Vielleicht steht mir die Farbe doch nicht richtig, vielleicht hätte ich es besser doch nicht gekauft, was meinst du?«

»Doch, es sieht gut aus.«

Sie gingen in den Garten hinaus. Keine Vögel, keine Geräusche, nur das Rascheln der verbrannten Blätter, die in Massen von den Bäumen fielen. Die Luft war heiß. Ulf drehte eine Runde um das Haus und kontrollierte sorgfältig, ob alle Fenster gut verriegelt waren.

Er sieht so mitgenommen aus, schoss es ihr durch den Kopf. Sie breitete die Arme aus, Regen, dachte sie, Regen, es soll regnen.

Die Katze ließ sich nicht blicken. Beth hatte immer Angst, sie oder eines der Kätzchen könnte sich unter dem Auto verstecken und sie und Ulf es nicht bemerken, wenn sie losfuhren. Sie kniete sich hin und sah nach, ihre Kopfschmerzen verschoben sich nach vorn und saßen jetzt unmittelbar hinter ihrer Stirn.

»Alles in Ordnung«, rief sie. »Keine Katzen.«

Er reichte ihr die Autoschlüssel.

»Du musst jedenfalls fahren.«

Die Wohnung lag in einem zweistöckigen Haus, das in den dreißiger Jahren erbaut worden war. Es gab einen Parkplatz für Gäste, auf dem sie den Wagen abstellten. Viel zu spät fiel ihr ein, dass sie gar kein Mitbringsel dabei hatten, einen Blumenstrauß oder eine Tafel Schokolade. Sie war langsam gefahren und hatte sich überholen lassen, aber als sie auf die Standspur auswich um den Überholenden Platz zu machen, war ihr mehrmals schwindlig geworden, sodass sie das Gefühl hatte, im nächsten Moment in den Straßengraben zu fahren. Ulf saß mit geschlossenen Augen neben ihr. Sie glaubte, dass er schlief, und wurde wütend auf ihn. Sie war genauso müde wie er.

Sie spähte zu den Fenstern ihrer Eltern hinauf. Grüne Vorhänge mit großen geometrischen Figuren, hässlich, ein Überbleibsel aus den Siebzigern. Sie erkannte sie wieder, früher hingen sie in einem Zimmer ihres Elternhauses. Die Fensterscheibe war schmutzig, ein Vogel hatte seinen Kot darauf fallen lassen. Keine Topfpflanzen, aber ein still stehendes Mobile, das schräg an einer Spirale hing.

Sie sah Fliegen vor sich.

Ulf war ausgestiegen, schlug die Autotür zu und trat zu ihr. Jemand hatte mit einer Harke Rillen in den groben Kies gekratzt. Ein Wegerichblatt spross aus der Erde. Ihre Waden zitterten und schmerzten.

»Dann wollen wir mal«, aber war das wirklich sie, die das sagte, gehörte diese dünne, piepsige Stimme wirklich ihr, waren das ihre Füße dort unten in den braunen Sandalen?

»Ja, uns bleibt wohl keine andere Wahl«, drang seine Stimme zu ihr durch. Seine Worte waren wie flatternde Insekten und sie hob einen Fuß und fiel hin.

Feiner Kies blieb in ihrem linken Bein stecken.

Sie spürte keinen Schmerz.

Sein Arm zog an ihr, zog sie hoch, sie schüttelte den Kopf, nein, es tat nicht weh. Ich bin nur mit dem Fuß umgeknickt.

Wenn sie das überhaupt sagte.

Der Hauseingang stand offen, sodass keine kühlende Dunkelheit sie empfing, ein Stück Teppich lag im Korridor, altes Laub. Ihre Hand am Geländer, der ganze Unterarm, sie zog sich Stufe für Stufe hoch.

Ulf war dicht hinter ihr.

»Du blutest, Beth.«

»Das macht nichts.«

»Das muss sauber gemacht werden, wenn du duschst, kriegst du das bestimmt sauber.«

Jetzt drehte sich wieder alles. Sie musste stehen bleiben. Am gleichen Knie hatte sie eine alte, weiße Narbe. Damals war sie noch klein gewesen und mit dem Fahrrad eine Kurve gefahren. Sie hatte sich in die kleine Kirche geschlichen und zwei Ansichtskarten gestohlen. Es war merkwürdig, sie wollte die Karten gar nicht haben, auf der einen war ein Jesusbild mit Lichtern und Glorienschein und auf der anderen eine Schwarz-Weiß-Fotografie der Kirche abgebildet. Sie wollte die Karten eigentlich gar nicht haben, nahm sie aber trotzdem. In der dämmrigen Stille leuchtete auf einmal ein Blitz über den Bankreihen auf. Ein flammendes, aber lautloses Licht, weiß und blendend. Da lief sie davon und schwang sich, die Karten an die Brust gedrückt, auf ihr Fahrrad. Als sie fiel, hielt sie die beiden Ansichtskarten immer noch in der Hand.

Der Fahrer eines Kleinlasters hatte angehalten.

»Ich fahr dich nach Hause«, aber das wollte sie nicht, kniff den Mund zusammen und schwieg eisern.

Er sagte: »Du hast einen Schock. Deshalb kannst du nicht sprechen. Das bleibt nicht so. Das geht wieder vorbei.«

Er sprach in kurzen Sätzen. Seine Stimme klang scheppernd.

»Ich bringe dich erst mal ins Krankenhaus. Ich weiß ja nicht, wo du wohnst. Und du sagst auch nichts.«

Er trug einen Bart und hatte ein schmales Gesicht. Er hob ihr Fahrrad auf die Ladefläche und setzte sich neben sie auf den Fahrersitz. Der Boden war mit Müll übersät, mit Putzwolle und bunten Bonbonpapieren. Sie bekam immer noch kein Wort heraus. Aber er redete mit ihr und war nett. »Ich heiße Arne«, sagte er, »wie heißt du? Ich glaube nicht, dass du dir etwas gebrochen hast. Am besten wäre es, wenn sich deine Mutter jetzt um dich kümmern könnte, aber wir wissen ja nicht, wo sie ist. Deshalb müssen wir das anders regeln. Meine Verlobte arbeitet in der Ambulanz. Ich fahre dich hin. Immerhin habe ich dich gefunden. Ich denke mal, ich trage jetzt ein bisschen die Verantwortung für dich.«

Sie hatte kerzengerade auf dem Beifahrersitz gesessen und ihr einziger Gedanke galt den beiden Karten, jetzt würde herauskommen, dass sie eine Diebin war, dass sie Gott und der Kirche etwas gestohlen hatte. Die Strafe würde dementsprechend hart ausfallen, es würde furchtbar werden.

Arnes Verlobte war gerade nicht da, sie machte Mittagspause. Dadurch verlor er ein wenig das Interesse an der Sache. Sie wünschte sich, weinen zu können, als eine Krankenschwester sie in ein Behandlungszimmer führte und auf die hohe Pritsche hob. Aber kein Ton, kein Schluchzen kam aus ihr heraus und sie versuchte auch nicht, wieder herunterzurutschen und wegzulaufen, das gehörte zu ihrer Strafe, und wenn sie dies durchstand, würde ihr ein Teil der Schuld vergeben werden. Die Karten hielt sie immer noch in der Hand. Ich muss dich jetzt ein bisschen waschen, und Hände, die zerrten und drehten und sie schließlich zwangen loszulassen. Aber als sie die beiden Ansichtskarten auf dem Fußboden liegen sah, fand sie ihre Sprache wieder. Und dadurch konnte sie auch weinen. Sie hörte ihre Stimme, als das Hosenbein über das Knie gezogen wurde. Sie mussten den Fahrer dazurufen. Er durfte bei ihr bleiben und sie im Arm halten und sie weinte und hatte Angst, aber weniger wegen der Schmerzen.

Die Wunde wurde mit vier Stichen genäht. Sie sagte, wo sie wohnte, Duvgatan 3.

»Ich fahre dich hin«, meinte Arne.

Sie hielt das eine Bein beim Gehen gestreckt, man hatte ihr eine dichte, wärmende Bandage angelegt.

»Du hast einen Schock bekommen«, sagte Arne und setzte sich dicht neben sie und seine Hände hielten sie fest.

»Du solltest in der nächsten Zeit lieber nicht Fahrrad fahren!«

Er hatte die Karten für sie mitgenommen, und als er ihr beim Aussteigen half, gab er sie ihr zurück.

Sie sagte ihm, dass sie ihr nicht gehörten.

»Nimm sie trotzdem!«

Sie tat, was er sagte.

»Soll ich mit reinkommen?«

»Ist nicht nötig.«

»Wie du willst!«

Er lehnte das Fahrrad an die Wand.

»Ich fürchte, der Lenker hat etwas abbekommen«, sagte er bekümmert.

»Mein Papa kann den reparieren«, antwortete sie kurz, denn sie wollte, dass er jetzt ging. Sie musste allein sein.

»Na dann, tschüss«, sagte er und streckte ihr seine Hand entgegen. Seine Finger waren behaart und sie schüttelte seine Hand, weil es keine Möglichkeit gab, es nicht zu tun.

Nach ein paar Tagen begann die Wunde zu eitern. Sie trug ein Pflaster auf der Wunde, das nicht mehr richtig klebte und deshalb herabhing. Sie sah eine kalte, klebrige Schmiere. Ihr Lehrer erwischte sie eines Tages, als sie in der Wunde puhlte und dünne, klebrige Fäden zog. Er schlug sie auf den Kopf.

»Kümmert sich zu Hause denn niemand um dich?«, fragte er, und an seiner Nasenwurzel bildeten sich mürrische Falten. »So kannst du hier jedenfalls nicht herumlaufen, das ist ja widerlich.«

Die Schulkrankenschwester musste die Wunde neu verbinden. Sie säuberte die Wunde mit einer Kompresse, was so wehtat, dass Beth augenblicklich in Tränen ausbrach.

Oder weinte sie vielleicht wegen des anderem?

Jedes Mal, wenn sie in der Tür zum Behandlungszimmer der Krankenschwester stand, bekam sie einen Kloß im Hals, ihre Augen liefen über und sie weinte.

»So weh kann das doch gar nicht tun, oder?«, fragte die Schwester, klang aber nicht ärgerlich und fasste Beth mit ihren klinisch sauberen Schwesternhänden an.

»Nein, aber ich habe Bauchschmerzen«, brachte sie heraus.

»So ist das also, du hast Bauchschmerzen.«

»Ja.«

»Hast du öfters Bauchschmerzen? Ich meine, regelmäßig?«

Sie schluchzte.

»Wie alt bist du jetzt?«

»Im September habe ich Geburtstag.«

»Mal sehen, geboren 1961. Dann wirst du also neun?«

Sie nickte.

Die sanften Augen der Krankenschwester. Sie nahm eine Broschüre aus einem Ständer auf ihrem Schreibtisch.

»Lies das, wenn du nach Hause kommst«, sagte sie. »Bauchschmerzen zu bekommen ist völlig normal. Du bist völlig normal. Auch wenn es ein wenig früh dafür ist.«

8. KAPITEL

Ihr Vater stand auf der Türschwelle, die Tür war nur einen Spalt weit geöffnet. Die Haare standen ihm wie ein luftiger Heiligenschein um den Kopf.

»Ich habe euch vom Fenster aus kommen sehen. Ich muss jetzt einkaufen gehen.«

»Jetzt?«, fragte sie und trat ein. Er machte Anstalten sie zu umarmen, hielt aber inne und begann, auf dem Teppich im Flur hin und her zu gehen.

»Wir müssen doch etwas essen und ich habe nichts im Haus, wisst ihr, ich lasse sie nur ungern allein.«

»Kannst du sie nicht mehr allein lassen, geht es ihr jetzt schon so schlecht?«

»Ich nutze manchmal die Gelegenheit, wenn sie schläft. Aber man weiß nie, auf was für Ideen sie kommt. Außerdem hat sie nicht gut geschlafen ... die ganze Woche nicht. Vielleicht liegt es an der Hitze. Es hat seit dem 27. Mai nicht mehr geregnet.«

In einem Auge war eine Ader geplatzt, der Augapfel war rot. Beth konnte kaum hinsehen.

»Soll ich mitkommen?«, fragte sie.

»Nein, ich gehe allein. Geht lieber zu ihr. Vielleicht bekommt ihr sie aus dem Bett.«

Die Wohnung bestand aus drei Zimmern und einer großen rechteckigen Küche. Sie gingen in die Küche. Ihr Vater war gegangen, sie hörten seine Schritte auf dem Kiesweg. Auf dem Tisch stand eine Kaffeetasse ohne Untersetzer, er hatte ein bisschen Milch auf der Wachstuchdecke verschüttet. In der Spüle standen Teller und Gläser.

»Er kommt einfach nicht dazu«, flüsterte Beth. »Er ist immer so penibel in allem gewesen … aber er kommt jetzt einfach nicht mehr dazu.«

Ulf setzte sich an den Küchentisch, schlug die Lokalzeitung auf und begann zu lesen.

Beth holte ein Glas aus dem Schrank, füllte es mit Wasser und trank.

Mit mehreren Kissen im Rücken saß ihre Mutter im Bett und versuchte sich die Lippen zu schminken. Lippenstift war auf dem Betttuch und ihren Händen. Der Stift war abgebrochen. Ihre runzligen Augenlider waren golden geschminkt. Die Augäpfel unter ihnen bewegten sich flatterhaft und starr. Sie trug ihr geblümtes Nachthemd und hatte sich ihre Pelzboa um die Schultern gelegt, die wie ein dünner und schlaffer Schwanz aussah.

Beth trat an ihr Bett. Das ganze Zimmer roch nach Puder und Zitrone. Ihre Mutter schien sie zunächst überhaupt nicht wahrzunehmen, griff nach einem Spiegel, begann eingehend ihre Zähne zu begutachten und wackelte am Oberkiefer. Vorsichtig setzte Beth sich auf die Bettkante. Ihre Mutter wandte sich zu ihr um und warf ihr einen gleichgültigen, verschleierten Blick zu. Aus ihrem Gesicht war jede Ähnlichkeit mit der Frau und Mutter, die sie einmal gewesen war, gewichen.

Beth räusperte sich.

»Hallo, Mama«, sagte sie. »Da sind wir. Wir kommen euch besuchen. Wie … wie geht es dir?«

Die Frau im Bett antwortete nicht. Stattdessen hielt sie den Spiegel näher an ihr Gesicht und zog an einem Haar, das aus ihrem Kinn spross, zog daran, schnaubte.

»Mama, ich bin es, Beth.«

Ihre trüben Pupillen, der rote Schlitz ihres Munds: »Sind Sie die Detektivin?«

»Aber Mama, wovon redest du?«

»Warum sind Sie nicht eher gekommen? Ich habe um Hilfe gebeten, aber es hat gedauert, alles dauert immer so lange. Und dabei habe ich bald nichts mehr.«

Beth griff nach ihrem Handgelenk, an dem Gold klimperte. Ihr Haut war kühl und weich wie Seide.

»Mama, ich bin es, Beth, erkennst du deine eigene Tochter nicht mehr?«

Es war, als hätte sie ihre Worte gar nicht gehört.

»Und dann all diese Ringe«, meckerte sie weiter. Auch ihre Stimme war verändert, klang gröber, wie bei einem Mann. »Ich habe gesucht und gesucht, aber jetzt weiß ich Bescheid, hier drinnen gibt es Linsen, die alles sehen, und wenn ich schlafe, kommen die Agenten und klauen meine Ringe und meinen Schmuck.«

»Aber du trägst deinen Schmuck doch, den Armreif und die Ringe ...«

»Sie kommen, während ich schlafe. Es sind Agenten. Versuch nicht, mir was weiszumachen. Ich weiß genau, was hier vorgeht. Ich bin nicht so dumm, wie ihr denkt!«

»Aber Mama, was für Agenten, wovon redest du?«

Ulf stand in der Tür.

»Hallo, Susanne«, sagte er. »Wie geht es dir?«

Ihre Augen blitzten auf, die Hände kam auf der Decke zur Ruhe.

»Ach Ulf, mein Junge, du bist hier und kommst eine alte Dame besuchen!«

Beth stand auf und gab ihm zu verstehen, dass er näher treten solle. Gleichzeitig schlug ihre Mutter das Bettzeug zur Seite und schwang ihre Beine unerwartet geschickt über die Bettkante.

»Zeit, in die Gänge zu kommen!«

Beths Vater kehrte mit Brathähnchenhälften und Kartoffelsalat zurück. Außerdem hatte er Bier und Saft eingekauft. Sie saßen da und sahen ihm beim Tischdecken zu. Zuvor hatten sie auf dem Balkon eine Zigarette geraucht und Beths Mutter war aufgestanden und hatte sich angezogen. Als sie sich an den Esstisch setzten, beugte sie sich zu Ulf hinüber und flüsterte: »Hör mal, was ist das eigentlich für eine Person, die du da mitgebracht hast?«

»Mama!«, sagte Beth.

Ihr Vater sagte aus dem Mundwinkel: »Kümmere dich gar nicht darum, nimm es ihr nicht übel, sie ist nicht mehr die, die sie einmal war.«

Beth nahm ihre Serviette und streckte die Hand aus, um zu versuchen, etwas Lippenstift vom Kinn ihrer Mutter zu entfernen. Da blitzte eine Gabel auf und ihre Mutter stach zu. Sie verfehlte Beths Hand nur um Zentimeter, verlor das Gleichgewicht und wäre sicher gefallen, wenn Beths Vater nicht aufgesprungen wäre und sie festgehalten hätte.

Die Frau, die ihre Mutter war, betrachtete Beth mit ruhigen Augen.

»Ich habe dich gesehen«, sagte sie und senkte die Stimme, »ich habe gesehen, was in deinem Inneren ist. Und das ist wahrlich kein schöner Anblick, es ist ein Geschwür, das schwelt und stinkt.«

»Aber Mama, hör auf damit, du machst mich ganz traurig, wenn du so etwas sagst!«

»Jetzt wird gegessen!«, sagte ihr Vater fast so bestimmt wie früher, wenn Beth und Juni sich am Esstisch stritten und er den ganzen Tag gearbeitet hatte und müde war.

»Ejnar.« Sie schob seine Hände weg. »Ejnar. Ist das die Detektivin? Kann man sich denn so mir nichts dir nichts auf eine Frau verlassen?«

Nachher, beim Kaffee, war sie fast wieder wie früher, aber ihr Gesicht war ausgezehrt und die Knochen um ihre Augenhöhlen traten hervor wie die Ränder kleiner Krater. Ihre Haare waren lang, aber sie waren schütter geworden und an mehreren Stellen schimmerte die Kopfhaut durch, was sie schutzlos aussehen ließ.

»Dein Papa hat es nicht leicht mit mir«, sagte sie und ihre Tränen kullerten die Falten ihrer Wangen herab. »Er ist ein Kavalier, dein Vater, ein richtiger Kavalier.«

Beth streichelte ihre Hand.

»Ich weiß«, flüsterte sie. »Ich weiß genau, was du meinst.«

Es entwickelte sich ein ganz normales Gespräch, zunächst nur zögernd, aber dann immer entspannter. Ihr Vater fragte, ob es ihnen im Sommerhaus gefallen habe, wie lange sie noch blieben und wann Juni und ihr Mann kommen wollten. All das wusste er längst, aber es war notwendig, um die Konversation in Gang zu halten.

»Juni war so furchtbar dünn, als sie das letzte Mal hier war«, sagte Beths Vater. »Sie ist doch nicht etwa krank? Oder Beth? Du weißt das doch sicher.«

»Sie isst bestimmt nicht besonders regelmäßig«, erwiderte Beth.

»Und Werner? Ihr Mann? Wie geht es ihm?«

»Wir treffen die beiden fast nie. Sie arbeiten die ganze Zeit. Sie haben viel zu viel um die Ohren.«

»Bei Werner kann ich das ja noch verstehen. Bankleute führen ein hektisches Leben. Aber Juni? Wo arbeitet sie jetzt nochmal? Ich kann es mir einfach nicht merken, sie hat es mir zwar gesagt, aber ich bin trotzdem nicht ganz sicher.«

»Sie arbeitet als freie Journalistin, Papa. Sie schreibt für alle möglichen Zeitungen. Unter anderem für eine namens ›Metro‹, aber die kennst du bestimmt nicht, die kann man nicht kaufen. Sie liegt in Stockholm in der U-Bahn aus und ist gratis.«

Ihr Vater wandte sich an Ulf.

»Gratis? Wie ist das möglich?«

»Sie finanziert sich durch Anzeigen«, antwortete Ulf.

»Tatsächlich.«

»In Göteborg gibt es sie auch. Und in ein paar Städten im Ausland.«

»Aber ich verstehe das nicht ganz, besteht sie denn nur aus Anzeigen?«

»Nein, nein, es stehen auch richtige Artikel darin, manchmal sogar richtig gute Reportagen. Ich habe selbst schon ein paar Artikel an sie verkauft.«

»Es kostet doch sicher einiges, sie zu machen, oder? Die Journalisten wollen ihr Honorar haben. Und die Druckerei.«

»Zumindest sparen sie die Kosten für den Vertrieb. Die Leute nehmen sie sich einfach in der U-Bahn.«

»Tatsächlich.«

Beth beobachtete ihren Vater, seine schönen langen Finger. Er hatte sich sein Dasein als Rentner sicher anders vorgestellt. Sie wollten gemeinsam auf Reisen gehen, Bridge spielen, gut essen und das Leben in vollen Zügen genießen. Sie bekam Lust, die knorrige Gestalt zu umarmen und lange und fest zu halten. Aber so hatte man sich in ihrer Familie nie verhalten. Nur ganz selten kam es zwischen ihnen zu körperlichem Kontakt. Sie würde ihn nur verlegen machen, vielleicht sogar wütend.

Beths Mutter stand plötzlich auf und begann, die Kissen auf dem Sofa hochzuheben. Sie murmelte etwas, stieß kurze Wortfetzen aus, immer kraftvoller, aber dennoch unverständlich.

»Sie sucht«, sagte ihr Mann müde.

»Was sucht sie denn?«

»Nun ja, in erster Linie ihren Schmuck. Die Sucherei setzt einem ganz schön zu, sie verrückt die Möbel und räumt Sachen um, bis man am Ende nichts mehr findet.«

Beth griff nach dem Rock ihrer Mutter.

»Mama ... suchst du nach deinen Ringen? Du trägst deine Ringe doch. Und den Armreif auch. Siehst du das denn nicht?«

Die Augen der alten Frau waren unstet, aber dann sah sie Beth mit stechenden Augen an: »Willst du mich etwa daran hindern?«

Beth schaute zu ihrem Vater hinüber. Ulf ging zum Fenster.

»Lass sie in Ruhe«, flüsterte ihr Vater. »Man kommt nicht an sie heran, wenn sie so ist.«

Er ging zum Sofa und fasste seine Frau bei den Schultern.

»Susanne«, flüsterte er. »Bist du müde? Möchtest du dich vielleicht ein wenig ausruhen?«

Sie sackte zusammen, ihre Wange ruhte an seiner Schulter. Eine weiße Haarsträhne fiel auf ihre Lippen herab.

»Obwohl es eigentlich nicht gut ist, wenn sie tagsüber schläft, denn dann ist sie nachts umso aktiver. Und ich muss doch auch irgendwann einmal schlafen.«

»Papa, willst du nicht versuchen, sie irgendwo unterzubringen?«

Er schwieg.

»Du hältst das sonst nicht durch. Du bist doch auch nicht mehr der Jüngste. Dann könntest du uns auch einmal in Hässelby besuchen kommen und wir könnten ins Technische Museum gehen und so. Dinge tun, die dir Spaß machen. Ein Konzert besuchen oder ins Theater gehen.«

»Wir werden sehen, Beth. Wir nehmen jeden Tag, wie er kommt. Ich will auf keinen Fall etwas beschleunigen, verstehst du.«

Er half der alten Frau zum Sofa, hob ihre Beine hoch und zog ihr die herabgerutschten Strümpfe wieder hoch. Anschließend holte er ein Betttuch und deckte ihren zusammengekauerten Körper vorsichtig damit zu. Ihre Mutter lag da wie ein kleines Mädchen.

»Möchtet ihr noch eine Tasse Kaffee?«, fragte er.

»Ich glaube nicht, wir werden uns bald wieder auf den Weg machen«, erwiderte Ulf.

»Ja, natürlich, ach übrigens … Ich habe in der Zeitung gelesen, dass aus dem Gefängnis in Tidaholm zwei Häftlinge entflohen sind. Sie sollen extrem gefährlich sein. Ihr seid doch vorsichtig, nicht wahr?«

»Ja, das habe ich auch gelesen«, meinte Ulf.

Beth stand auf. Ihr lief ein Schauer über den Rücken.

»Und wie stellt man das bitteschön an«, sagte sie hitzig. »Vorsichtig zu sein, meine ich? Wenn sie ausgebrochen sind, dann sind sie eben ausgebrochen. Daran können wir jetzt auch nichts ändern. Wir können nur zu Gott beten, dass sie nicht zufällig auf die Idee kommen, ausgerechnet unsere bescheidene Bleibe heimzusuchen.«

Ulf starrte sie an.

»Sie sollen bewaffnet sein«, fuhr ihr Vater fort. »Keine Ahnung, wie sie an Waffen gekommen sind. Das kann man sich nun wirklich fragen. Aber wir wollen hoffen, dass die Polizei sie schnappt, ehe sie etwas anstellen können.«

»Darf ich mal sehen, wo steht das denn?«, fragte Beth.

»Hier, schau.«

Er schlug die Zeitung auf. Die Schlagzeile prangte auf der Titelseite:

Gefährliche Häftlinge aus Tidaholm ausgebrochen.

Sie dachte an die Kätzchen und hatte keine Ruhe mehr:

»Wir müssen los.«

9. KAPITEL

Als sie die Treppe hinabgingen, saßen zwei Mädchen auf ihr. Sie waren so in ihr Spiel vertieft, dass sie Beth und Ulf nicht kommen hörten, und erst als Ulf sie bat, ein wenig Platz zu machen, blickten sie auf. Beide hatten ein Plüschpferd mit einer langen und glänzenden Mähne im Arm.

»Wie heißt ihr?«, fragte Ulf, aber sie starrten ihn nur schüchtern an und antworteten nicht.

Im Auto begann Beth zu weinen. Er stellte keine Fragen, ließ den Wagen an und setzte rückwärts aus der Parklücke.

Nach einer Weile meinte er: »Das mit Susanne tut mir Leid. Es geht offensichtlich rapide bergab mit ihr.«

Beth schluchzte auf.

»Papa tut mir so Leid.«

»Sie können einem beide Leid tun.«

»Klar, aber ich glaube, sie bekommt gar nicht mehr so viel davon mit. Sie lebt in ihrer eigenen Welt, in der sie stark und irgendwie zufrieden zu sein scheint.«

»Ja, man kann froh sein, dass man nicht weiß, was die Zukunft einem bringt.«

Beth zündete sich eine Zigarette an.

»Was ist eigentlich, wenn das erblich ist«, sagte sie leise. »Stell dir vor, ich werde auch so verrückt und absonderlich wie sie. Dann weißt du, was dich erwartet.«

»Keine Sorge, ich werde dich einfach in einem Heim unterbringen«, lachte er.

»Das wagst du nicht. Ich würde es dir heimzahlen. Nein, das

war nur ein Scherz. Manchmal habe ich fast Angst vor ihr, so als wäre sie ein ganz anderer Mensch. Und dieser andere Mensch, diese fremde und gefährliche Susanne, muss es doch die ganze Zeit schon gegeben haben. In ihrem Inneren, meine ich. Als wir noch klein waren, Juni und ich, als sie Papa kennen gelernt hat. Schon immer. Obwohl man nichts davon geahnt hat. Das macht die Sache so beängstigend.«

Als Beth ihrem Vater nach dem Essen beim Abwasch geholfen hatte, war ihre Mutter in die Küche gekommen und hatte eine Milchtüte aus dem Kühlschrank geholt. Ehe sie jemand daran hindern konnte, hatte sie die Milch auch schon in die Toilette geschüttet. Anschließend schnitt sie die Verpackung auf und benutzte sie als Nachttopf. Als Beths Vater versuchte sie ihr abzunehmen, boxte sie mit den Fäusten gegen seine Stirn. Er wandte sich ab, aber Beth hatte trotzdem gesehen, dass ihm Tränen in den Augen standen.

»Vielleicht gibt es einfach nicht genug Dinge, mit denen sie sich beschäftigen kann«, überlegte Beth. »Wenn wir, Juni und ich, ihr Enkelkinder geschenkt hätten, wenigstens eine von uns, hätte das den Verfallsprozess vielleicht hinausgezögert, manchmal glaube ich das wirklich.«

Sie schluckte und fügte hinzu: »Ich habe es zumindest versucht.«

»Wir«, korrigierte er sie.

»Okay, wir. Juni und Werner aber nicht.«

»Woher willst du das wissen, vielleicht haben sie es auch versucht und wollen nur nicht darüber sprechen.«

»Juni mag keine Kinder, sie kann mit Kindern nichts anfangen. Das hat sie mir gegenüber schon mehrmals gesagt. Aber vielleicht sagt man so etwas auch nur, um sich keine Blöße zu geben.«

»Jeder will Kinder haben!«, erwiderte er knapp.

Daraufhin fing sie erneut an zu weinen, weil ihr alles wieder in den Sinn kam. Sie war damals nach einem anstrengenden Tag in der stickigen Luft des Klassenzimmers, von der sie Kopfschmerzen bekommen hatte, nach Hause gegangen. Die Schüler hatten ständig Unfug getrieben und nicht richtig zugehört und sie hatte nach dem Zeigestock gegriffen und so fest damit auf die Pulte geschlagen, dass er zerbrach. Ein Mädchen begann keuchend zu atmen und zu zittern, so als würde sie einen epileptischen Anfall bekommen, und Beth gelang es nicht, sie wieder zu beruhigen.

Sie kannte die Klasse erst seit zwei Monaten, aber vom ersten Tag an war die Stimmung im Klassenzimmer abweisend, ja fast feindselig gewesen. Eigentlich hätten sie eine andere Lehrerin bekommen sollen, die aber in letzter Sekunde gekündigt hatte. Man hatte beschlossen, dass Beth nicht ihre Klassenlehrerin werden sollte, da sie eh bald in den Mutterschutz gehen würde. Die Situation war weder für sie noch für die Klasse befriedigend. Dann gab es plötzlich keinen anderen Ausweg mehr.

Sie ging zu Carin Lagman, der Rektorin. Sie hatte stechende Kopfschmerzen.

»Ich muss nach Hause«, sagte sie und hob die Finger an die Stirn.

Carin Lagman saß an ihrem Computer. Beth konnte sich noch genau an die Bluse erinnern, die sie trug. Sie hatte ein Muster aus kleinen Hufeisen und Steigbügeln gehabt.

»Du liebe Zeit, es ist doch nicht etwa schon so weit?«, fragte sie besorgt.

»Nein, das ist es nicht. Aber mir geht es nicht gut, ich gehe jetzt nach Hause.«

»Soll ich jemanden bitten dich zu begleiten?«, fragte Carin Lagman, stand auf, legte den Arm um Beth und strich über ihren dicken Bauch. Beth schüttelte den Kopf.

»Nein, ist schon okay. Ich habe nur fürchterliche Kopfschmerzen.«

Es war ein sonniger und windiger Tag. Die Ebereschen hatte bereits ihre Blätter verloren, aber die Birken waren noch grün. Die Buslinie 119 kam pünktlich und sie fuhr bis zur Haltestelle Markviksvägen. Anschließend musste sie noch ein Stück eine Steigung hinaufgehen. Als sie die Tür aufschloss, war sie müde. Sie erinnerte sich noch an den Staub, der in einem Streifen Sonnenlicht wirbelte, und war unendlich müde. Als sie gerade ihre Jacke aufgehängt hatte, setzte die erste Wehe ein. Es war viel zu früh dafür, sie war erst im siebten Monat. Kontraktionen hatte sie schon früher gehabt, aber das hier war etwas ganz anderes. Ihr war sofort klar, dass es eine richtige Wehe war. Sie wartete einen Moment und versuchte ruhig und entspannt zu atmen. Dann setzte die nächste Wehe ein und fuhr ihr mit solcher Wucht ins Rückgrat, dass sie vor Schmerz laut aufschrie.

Sie rief Ulf an, aber er war für eine Reportage unterwegs, und niemand konnte ihr sagen, wann er wieder zurück sein würde.

»Was denn für eine Reportage?«, schluchzte sie.

»Er ist in der Börse, dort wird heute bekannt gegeben, wer den Literaturnobelpreis bekommt.«

»Aber ich bekomme doch ein Kind!«

Sie versprachen, ihn nach Hause zu schicken, sobald er zurück war. Mehr konnten sie im Moment nicht für sie tun, das konnte niemand. Was vor ihr lag, musste sie ganz allein durchstehen. Sie war voller Energie und glücklich gewesen und hatte sich so sehr auf diesen Moment gefreut.

Solche Schmerzen hatte sie sich nicht vorstellen können.

Nach einer Weile gelang es ihr ein Taxi zu bekommen. Der Fahrer war groß und ruhig, kleine rote Härchen wuchsen aus seinen Nasenlöchern.

»Keine Sorge, gute Frau, Sie kommen schon noch rechtzeitig hin«, tröstete er sie. »Aber selbst wenn es jetzt gleich kommen sollte, schaffen wir beide das schon. Hier sitzt ein Fachmann! Ich fahre rechts ran und dann klettere ich zu ihnen rüber, und sollte das Baby rausflutschen, bevor der Krankenwagen hier ist, nehme ich es in Empfang. Ich habe das schon mal gemacht, es hat wunderbar geklappt.«

»Was war es?«, stöhnte sie.

»Ein Junge. Allerdings war das nicht hier, sondern in Köping. Und dann kam die Presse und hat ein Bild von uns gemacht, ich habe es hier im Portmonee, ich zeige es Ihnen, wenn Sie möchten. Mutter und Kind und ich sind darauf ... so als wäre ich der Vater. Sie meinte, sie würde den Jungen nach mir nennen, aber ich weiß nicht, ob sie das wirklich getan hat, gesagt hat sie es jedenfalls. Und das findet man natürlich nett.«

Vermutlich erwartete er jetzt von ihr, dass sie nach seinem Namen fragte, aber eine neue Wehe war im Anmarsch und zwang sie dazu, sich nach hinten zu werfen und die Unterlippe zwischen die Zähne zu pressen.

Sie erinnerte sich noch an den Eingang zur Entbindungsstation. Eine Frau in einer luftigen Strickjacke stand davor. Sie fasste sich in den Rücken und blickte ausdruckslos ins Leere. Beth versuchte ihrem Blick zu begegnen, aber es war, als läge eine Haut über den Augen der Frau, sie hatte sich völlig in sich selbst und das, was in ihrem unförmigen Körper vorging, zurückgezogen.

Dann musste Ulf gekommen sein.

Ihr geliebter Mann und Freund. Er war gekommen und blieb die ganze Zeit bei ihr, den ganzen Tag und die Nacht und den ganzen nächsten Tag bis Mitternacht. Soweit sie sich erinnern konnte, versuchte er nicht einmal, zwischendurch ein wenig zu schlafen. Einmal aß er eine Banane. Das war ihr im Gedächtnis haften geblieben, weil sie sich vor dem faden Geruch ekelte, so wie sie sich vor der Konsistenz der Wörter ekelte, wenn er mit dem Bananenmus im Mund etwas sagte. Die Geräusche reizten sie und machten sie wütend.

Die Zwillinge wurden abends kurz nach zehn geboren, nach fast dreißig Stunden. Die Babys waren klein und unausgereift. Zu allem Überfluss hatte jedes von ihnen noch ein großes, entstellendes Muttermal, das eine auf der linken Wange und das andere auf dem Hals.

Es sah aus wie zwei Stempel. Ungenügend!

Natürlich stellte sie sich die übliche Frage, warum so etwas ausgerechnet ihr und Ulf passieren musste. Zwei Kinder, die nicht leben durften. Es war so ungerecht und grausam. Und warum? Es lag an ihren Herzen, sie waren zu schwach und zu klein. Der Fehler musste bereits zu Beginn der Schwangerschaft aufgetreten sein. In ihrem Inneren hatte sich etwas verschoben, sie taugte nicht, etwas war verkehrt. Jetzt erinnerte sie sich auch, dass sie von missgebildeten Föten geträumt hatte. Im Traum gebar sie Tiere, keine Kinder, sondern Tiere mit Schnäbeln und Kiemen. Träume dieser Art waren nichts Ungewöhnliches bei schwangeren Frauen. Aber es war ungewöhnlich, dass sich solche Träume erfüllten.

Sie war nie wieder schwanger geworden. Niemand konnte einen Grund dafür finden. Es hatte den Anschein, als würde sich etwas in ihr sperren, als säße die Angst wie eine massive und abstoßende Wand in ihrem Inneren, die Angst davor, dass es wieder passieren könnte und das Trauma sich wiederholte.

Unmittelbar nach der Geburt hatte Beth die beiden Kinder nicht angenommen, es ging ihr zu schlecht. Den Gesichtern des Personals hatte sie angesehen, dass etwas schiefgegangen war, sie sah, dass die Hebamme verkrampfte und sich hinter nervösem und hektischem Hantieren mit Verbänden und Kanülen verschanzte. Beth stellte keine Fragen. Das machte es für alle leichter.

Lange Zeit später bereute sie das. Aber da war es schon zu spät, sie zu berühren, ihre nackten Körper zu betrachten, den Konturen ihrer Leiber mit den Fingern zu folgen, nicht vor den braunen Flecken zurückzuschrecken.

Sie hätte ihnen gerne Namen gegeben, als sie noch am Leben waren, schöne Namen wie Alexandra und Frida. Zeitgemäße Namen. Vielleicht hätten sie die nötige Kraft zum Überleben geschöpft, wenn sie ihnen rechtzeitig Namen gegeben hätte.

Ulf glaubte nicht daran. Sie waren in vielen Dingen ganz verschiedener Ansicht. Das wurde ihr in den folgenden Monaten immer klarer.

10. KAPITEL

Sie bogen auf den Waldweg, der kein Weg im eigentlichen Sinne war, sondern ein ausgefahrener Pfad voller holpriger Wurzeln. Beth schaute auf die Blaubeersträucher hinab. Dieses Jahr würde man kaum Blaubeeren pflücken können, die Früchte waren vertrocknet.

Dann sah sie eine Art Schatten, ein graues Flimmern und sie griff nach Ulf und ihr schnürte sich die Kehle zu. Er hielt an.

»Was ist los?«, fragte er.

Trotz der Hitze schauderte sie.

»Ich weiß nicht … da war ein Tier, es ist sicher Lioness gewesen.«

»Was willst du damit sagen, verdammt nochmal, habe ich etwa ein Tier überfahren?«

»Nein, nein.«

Er schaltete den Motor aus und wollte aussteigen, was ihr plötzlich Angst machte.

»Fahr weiter!«, rief sie. »Beeil dich, nun fahr schon, damit wir endlich nach Hause kommen, ich bin einfach nur müde, todmüde.«

Sie genehmigten sich einen Whisky. Beth saß vor dem Haus auf der Treppe. Die Sonne war mittlerweile zur anderen Seite des Hauses gewandert, aber es war dennoch ein heißer Abend. Ihre Muskeln entspannten sich.

»Jetzt lasse ich mich ein wenig benebeln«, sagte sie und ihre Mundwinkel verzogen sich zu einem Lächeln.

Sie dachte, er wäre unmittelbar hinter ihr, aber als sie sich umdrehte, war er nicht mehr da.

Sie summte ein wenig vor sich hin und es klang heiser und schräg.

»Lioness!«, rief sie lockend. »Kätzchen ... wo seid ihr?«

Weit entfernt im Wald erklang der Ruf eines Raben. Dort oben hatte schon immer ein Rabenpaar genistet. Manchmal sah man sie am Himmel. Männchen und Weibchen blieben ein Leben lang zusammen, corvus corax. An der Treppe zur oberen Etage hing eine Radierung, die einen Raben zeigte. Ihre Mutter hatte eine kleine Notiz aus der Zeitung ausgeschnitten und unter das Bild geklebt.

»Sie leben von Abfällen und Aas und verkünden krächzend Tod und Streit.«

Sie dachte an ihre Mutter, die in diesem Garten aufgewachsen war. Die Obstbäume waren damals noch jung gewesen und gerade erst gepflanzt worden. Heute waren ihre Stämme mit Flechten und Moos bewachsen. Niemand kümmerte sich mehr um sie und befreite sie von Kokons und trockenen Zweigen. Das war zwar ein bisschen traurig, ließ sich aber nicht ändern. Viele alte Häuser wurden völlig ihrem Schicksal überlassen. Dieses Haus durfte wenigstens leben, wenn auch nur von Zeit zu Zeit.

Plötzlich störte die Stille sie. Sie trank einen Schluck Whisky und schüttelte sich, während sie ihn hinunterschluckte.

»Ulf!«, rief sie anschließend. »Wo bist du, was machst du?«

Er trat stumm um die Hausecke und sah verändert aus. Sie stand auf und hielt den Atem an.

Ulf legte einen Finger an seine Lippen. Sie starrte ihn an, ihr Herz klopfte.

»Was ist los?«

Er stand jetzt neben ihr auf der obersten Treppenstufe, fasste sie nicht an, schwieg. Dann sah sie, was er gesehen haben musste, da war etwas bei der Scheune, eine Bewegung, eine Gestalt. Sie griff so heftig nach dem Ärmel seines Sweaters, dass sie den Whisky verschüttete.

11. KAPITEL

Manchmal packte sie eine rasende Wut, die aus ihrer Brust aufstieg und sich Bahn brach, eine urtümliche Kraft und Stärke.

So wie jetzt.

Sie schritt über den Rasen, marschierte, eine Säule hatte in ihrem Inneren Gestalt angenommen und um diese Säule schloss sich ihr wutentbrannter Körper. Zunächst sagte sie nichts, dann aber drang ein Gurgeln aus tiefster Kehle und wurde immer lauter, je schneller sie ging. Sie hatte keine Angst mehr, die Wut hatte jede Spur von Angst in ihr ausgelöscht. Auf ihrem Grund und Boden war ein fremder Mann, ein gefährlicher und bösartiger Verbrecher, der aus dem Gefängnis entflohen und in ihr Haus eingebrochen war. Sie verschwendete keinen Gedanken daran, dass er unter Umständen bewaffnet war, konnte nicht mehr rational und vernünftig denken. In ihrem Kopf gab es nur zwei Gedanken: Angriff und Verteidigung!

Ulf war der Mann, dies war eher eine Aufgabe für einen Mann, aber sie war die Frau und in diesem Moment die Starke und vielleicht folgte er ihr sogar auf den Fuß, um zu flehen und zu verhindern. Das spornte sie noch mehr an, machte sie blind vor Wut. Als sie zum Holzschuppen gelangte, stand der Hackklotz mit der Axt im Holz davor und ihre rechte Hand riss sie mit einem Ruck heraus. Schwer und fest lag sie in ihrer Hand, als sie sich der Scheune näherte. Ihre Ohren waren aufs Äußerste gespitzt: Für den Fall, dass jemand ihren Namen rief oder sie aufzuhalten versuchte.

Für den Fall, dass es jemand wagen würde!

Ihr rasender Zorn wuchs und kochte über und ihre Füße traten in die Brennnesseln, aber sie spürte das Brennen nicht. Mit der Hüfte stieß sie die quietschende Tür weiter auf und trat ein.

Er stand in der Scheune, als hätte er es geahnt. Er war groß gewachsen, schwankte und trat einen Schritt vor, als wolle er sie aufhalten oder ihr ernsthaft wehtun. Seine Hände griffen nach ihr, griffen nach ihrem Hals, sodass er ihr die Luft abdrückte, wodurch ihr einen Moment lang schwindlig wurde.

»Du Schwein«, erklang ein dumpfer Schrei, kam er von ihm oder von ihr? Er hielt sie jetzt fest, er verdrehte ihre Ohren und sie schrie und schrie, aber beileibe nicht aus Angst. Sie stieß ihm ihr rechtes Knie in die Weichteile. Er klappte nicht zusammen, ließ sie jedoch los und wurde stöhnend nach hinten geworfen.

Sie hätte es damit gut sein lassen können. Hätte sie es doch damit nur gut sein lassen. Sie hätte sich umdrehen und zum Haus zurückrennen können und er wäre ihr nicht gefolgt. Aber aus den Augenwinkeln heraus ahnte sie, dass er neue Kräfte sammelte, dass er bereit war, den Kampf wieder aufzunehmen. Und jetzt war er gereizt und sie war immer noch da, er hatte wirklich allen Grund gereizt zu sein.

Sie sog Luft in ihre Lungen, hob den Arm mit der Axt und zielte schräg nach oben, sodass die Schneide, als sie zuschlug, seine breite, flache Stirn traf.

Es klang dumpf und hohl.

Es war unwirklich.

12. KAPITEL

Dann. Die Stille. Nicht einmal eine Fliege, ein Insekt, ein Spatz. Nicht einmal ein Luftzug, der durch die Zweige fuhr. Beth stand mit aufgesprungenen Lippen da, die Axt noch in ihrer Hand, ebenso wie die Wut.

Er war in meinem Revier, er hatte Böses im Sinn.

Dann kam Ulf. Er konnte einem Leid tun, ahnte sie vage und traurig.

Sieh mich an, fuhr es ihr durch den Kopf.

Sein Gesicht war völlig aufgelöst, der Mund stand schräg und war geschwollen, seine Augenlider flatterten.

Er sprach ihren Namen nicht aus. Er fragte nicht. Er starrte zu Boden und begann langsam zu zittern.

Der Mann lag zu ihren Füßen. Blut war auf ihren Knien und auf der Wand, sie sah seine Stirn und die kleinen, kleinen weißen Knochenstücke, die in die Blutlache gefallen waren. Sie sah auch Farben, rot und grau: Das geschah nicht wirklich.

Er lag auf der Erde, ein Arm war verdreht, er trug ein kariertes Hemd.

Schritt für Schritt folgten die Details. Eine braune Hose, keine Socken in den abgewetzten Turnschuhen. Rote, klebrige Haare, nein, sie waren nicht rot, sie waren blond. Er lag auf dem Rücken und starrte leer an die Decke, Augen wie die einer Puppe, rote Spritzer und Rinnsale. Sie sah, dass Flüssigkeit aus seinem Mund rann. Mehrmals zuckten seine Arme, seine Daumen krümmten sich nach innen, aber sein Brustkorb hob sich nicht, kein Seufzen und kein letzter Wille, nur Glätte und Dampf und Blut.

Sie musste pinkeln. Ihre Beine waren versteinert. Sie schloss die Augen und ließ es laufen, heiß und sauber durch den Slip. Allmählich kam ihre Atmung wieder in Gang. Gleichzeitig begann sie zu zittern, ihre Knie schlotterten, sie hatte Mühe, aufrecht zu stehen.

Sie wollte etwas sagen, aber die Worte waren versiegt und sie hatte eine Vision von hoch in der Luft ziehenden Schwalben an einem weiten und hellblauen Himmel. Ulf mit Konturen aus Pappe.

Der Whisky hatte sie benommen und betrunken gemacht. Jetzt war sie weder das eine noch das andere. Sie musste ihrem Gehirn nur die Zeit lassen, die es brauchte, musste die Worte darin neu keimen lassen. Mühsam drehte sie sich zum Licht um. Dort stand Ulf noch immer in der Türöffnung wie ein weißer und kränklicher Greis.

»Wer ist das, er ist tot«, leierte er, und nun hörte sie seine Stimme und begriff, dass er schon eine ganze Weile gesprochen hatte. Oder gedacht. Sie wusste es nicht.

Ihre Stimme war gebrochen: »Er ... hat mich umgebracht!«

Ulf kam mit steifen Schritten auf sie zu. Er sank neben dem Mann auf die Knie und begann, an seinen Kleidern zu ziehen und zu zerren.

»Hilf mir, er muss Luft bekommen, du musst irgendwohin laufen und telefonieren!«

Sie glitt neben ihm auf die Erde hinab, ihr wurde schwindlig, ihre Fingernägel auf dem karierten Stoff. Ulf hatte sich vorgebeugt und sein Ohr auf die Brust des Mannes gelegt. Er brüllte sie an, halt das Maul, halt verdammt nochmal das Maul, wir müssen horchen!

Ich habe nichts gesagt, dachte sie und zitterte so sehr, dass sie die Hände zwischen die Knie klemmen musste.

»Verdammt, ich höre nichts ...« und sie sah, wie er sich über den Kopf des liegenden Mannes beugte, sah die Münder sich begegnen. Daraufhin bewegte der Mann seine Beine, streckte sie so, dass die Zehen in den ausgetretenen Schuhen nach unten zeigten.

Er lebt, schoss es ihr durch den Kopf, und dann musste sie schrill und schallend lachen.

Ulf hielt inne, in seinen Haaren und um die Nase war Blut. Er sah sie an und ihr Lachen ging in Tränen über. Sie hielt ihren Kopf fest, zitterte, biss sich auf die Lippe und saugte an ihr. Der Mann lag jetzt still und atmete nicht. Er trug eine Armbanduhr, verschwommen sah sie Ulfs Finger, die unter das Leder gingen und einen Puls suchten. Sie wich auf den Knien rutschend zurück.

»Du ...«, flüsterte er, und auch er zitterte jetzt, zitterte so sehr, dass er fast nicht sprechen konnte. »Du musst laufen, Beth, und telefonieren ...«

Sie lauschte, hörte aber nur den Rhythmus der Worte. Sie saß auf ihren Händen und blieb stumm.

Sie traten ins Freie. Ameisen krabbelten in langen braunen Straßen. Ulf schob die Tür hinter ihnen zu. Er schaute sich um, als suche er vergeblich nach etwas, mit dem er die Tür abschließen konnte. Er presste die Schultern gegen das abblätternde Holz.

Beth ließ sich in den Brennnesseln auf alle viere fallen und übergab sich mitten in all dem Grün. Sie sah Hähnchen- und Tomatenstücke und eine Flüssigkeit aus Whisky und Bier.

In ihrem Kopf rauschte es.

Er machte keine Anstalten ihr zu helfen, und sie lag auf allen vieren in den Brennnesseln. Kroch herum und hyperventilierte. Als er ging, krabbelte sie ihm hinterher. Er stellte sich auf die Treppe. Sie rutschte auf den Bauch und wand sich schreiend, trommelte mit den Fäusten auf die Erde.

Auf einmal war er bei ihr und schlug direkt in ihren Blick. Sie verstummte.

Seine Hände packten sie und schüttelten sie.

»Er hat ... mich ... um ... umge ... bracht.«

»Nein, Beth, nein. Nein, nein.«

»Er hat mich gewürgt, umgebracht ...«

Ulf glitt zu ihr hinab ins Gras und verbarg seinen Kopf in den Armen. Wie ein Fötus lag er da, wie ein Insekt. Sie redete immer weiter:

»Er … stand einfach da und hat mich … um … um … um … gebracht.«

»Was sollen wir nur tun, Beth, was sollen wir jetzt tun, was sollen wir nur tun?«

Aber sie konnte nur das eine sagen, es war eine Beschwörungsformel, er hat mich umgebracht, er war es …

Dann zog sie die Knie unter sich und begann erneut zu kriechen, erreichte die Treppe, zog sich hinauf. Das Glas und die Whiskyflasche standen noch da. Sie drehte den Deckel ab, aber ihre Hände zitterten so sehr, dass sie nicht einschenken konnte. Sie setzte die Flasche an die Lippen und trank. Als sie die Flasche wieder abstellte, war das Glas blutverschmiert.

Sie kam zur Ruhe.

Es wurde klar und still.

Sie wollte, dass Ulf in ihrer Nähe war, konnte sich aber nicht überwinden zurückzugehen, nicht in diese Richtung. Stattdessen zwang sie ihre Stimme, leise zu sprechen und rief ihn zu sich wie ein Tier. Er kam. Sie gab ihm die Flasche und hörte sie an seine Zähne schlagen.

Die Dämmerung senkte sich herab. Erneut hörte sie die Rufe des Raben, vermied es aber, zum Himmel aufzublicken. Ihr Hals tat weh, so als hätte sie lange und laut geschrien. Er hatte sie dort berührt und Würgemale hinterlassen.

»Wie viel Uhr ist es?«, fragte sie plötzlich mit klarer und angestrengt normaler Stimme.

Er antwortete nicht.

»Wir müssen zur Polizei fahren, hörst du, Ulf, das müssen wir tun!«

Er drehte den Kopf und sie sah einen Teil seines Gesichts, Spinnweben hatten sich in seinen Haaren verfangen. Sie wollte sie wegzupfen, aber ihr Arm war zu schwer, alles zog sie zur Erde und ins Gras hinunter.

Sie kam zu sich und wusste sofort Bescheid.

»Du bist gefallen«, sagte Ulf. »Du hast auf der Treppe gesessen und bist einfach gefallen.«

»Mir ist schwarz vor Augen geworden. Aber ich erinnere mich.«

Er fragte nicht, ob sie sich wehgetan hatte.

»Wir haben Alkohol getrunken, wir können jetzt nicht Auto fahren«, murmelte sie.

»Nein.«

»Sollten es nicht zwei sein?«

»Wer?«

»Die Häftlinge.«

»Welche Häftlinge?«

»Verdammt nochmal!«, schrie sie auf. »Bist du so schwer von Begriff?«

Er nahm noch einen Schluck aus der Flasche und sagte anschließend:

»Die bleiben doch nicht zusammen, die sind doch nicht so bescheuert, dass sie zusammenbleiben.«

»Woher willst du das denn wissen!«

»Ich glaube nicht, dass der Zweite hier ist.«

»Und wo ist er dann?«

»Keine Ahnung. Aber er ist bestimmt Richtung Häcklefjäll abgehauen.«

»Was sollen wir jetzt tun?«

»Frag mich nicht.«

»Wen soll ich sonst fragen?«

Er schwieg eine Zeit lang, kratzte mit den Fingernägeln an den Steinen. Etwas Gelbes wuchs auf der Treppe, es war irgendeine Flechte. Keiner von ihnen sah zur Scheune hinüber. Beth spürte, wie sich eine Mücke auf ihrer Hand niederließ und anfing zu saugen. Sie ließ das Tier in Ruhe, saß da und beobachtete, wie der Hinterkörper langsam anschwoll und sich dunkel von ihrem Blut färbte.

»Wie viel Uhr ist es?«, fragte sie wieder.

»Zwanzig vor zehn.«

»Wir müssen den Alkohol aus dem Körper bekommen. Wenn wir so zur Polizeiwache kommen, nehmen sie uns gleich wegen Trunkenheit am Steuer fest.«

»Okay, sehen wir zu, dass wir nüchtern werden.«

Sie gingen ins Haus. Ulf schloss überall ab. Draußen war die Katze, sie sahen ihr weißes Gesicht. Sie starrte die beiden Menschen an und miaute.

»Geh nach Hause!«, rief Beth. »Los, weg mit dir, wir wollen dich hier nicht haben, verstehst du!«

Sie wuschen sich lange am Becken. Ihre Kleider waren blutverschmiert. Sie legten sie in den Kachelofen und zündeten sie an. Anschließend kauerten sie sich jeder in einer Ecke auf die Couch und tranken den letzten Rest Whisky.

Beth hatte nur ihren Slip an und fror. Sie wickelte sich in eine Decke, die kratzte, aber sie scherte sich nicht weiter darum. Zwischen den Beinen war sie nass vom Urin, es scheuerte und war kalt. Immer wieder bekam sie eine Gänsehaut und sie zitterte fröstelnd.

»Ich werde krank, Ulf.«

Er saß da und glotzte auf den Teppich hinunter.

»Ich glaube, ich werde krank, du hörst ja gar nicht, was ich dir sage!«

Er bewegte sich nicht, saß einfach nur da.

»Du, wir fahren morgen«, flüsterte sie. »So schnell wie möglich, es geht uns bestimmt besser, wenn wir mit der Polizei geredet haben. Wir trinken nur einen Kaffee und machen uns anschließend gleich auf den Weg.«

Als sie das Wort Kaffee aussprach, wurde ihr wieder übel und sie musste in die Küche rennen und sich über die Spüle beugen. Sie füllte die Schöpfkelle mit Wasser und trank, wusch sich die Hände, strampelte ihren Slip ab. Es gab einen Spiegel in der Küche, sie lehnte sich zu ihm vor, betrachtete aber nur ihren Hals. Dort mussten Würgemale zu erkennen sein, Abdrücke von Fingern. In der Küche war es schon recht dunkel, sie musste das Licht anmachen und näherte sich dem Spiegel. Nein. Ihr Hals war glatt und ohne Spuren!

Daraufhin umklammerte sie ihren Hals mit den Fingern und drückte so fest zu, wie sie nur konnte, kratzte und presste, ritzte.

Er hat mich umgebracht, dachte sie, nun jedoch ruhiger, wesentlich ruhiger.

13. KAPITEL

Es war ein kühler Morgen, aber der Tag würde ebenso heiß werden wie die letzten auch. Sie hatten nicht geschlafen, sondern die ganze Nacht in ihren Sofaecken verbracht, an die Wand gelehnt, dösend. Sobald sie die Augen schloss, sah sie das Ohr des Mannes vor sich, nichts anderes, und aus seinem Ohr sickerte Blut und eine andere Flüssigkeit. Sie musste leise aufstehen und das Licht anmachen. Das ganze Haus war hell erleuchtet. Sie holte ihnen etwas zu trinken und sie tranken.

Sie saßen auf dem Sofa und rauchten jetzt auch im Haus. Der Aschenbecher füllte sich mit Zigarettenkippen. Sie schaute zu Ulf hinüber, und wenn sie sah, dass seine Augen geschlossen waren, beeilte sie sich, ihn zu fragen, schläfst du, du schläfst doch nicht, Ulf. Denn wenn er einschlief, war sie ganz allein.

Schließlich antwortete er, nein, nein, ich schlafe nicht, Beth, ich schlafe nicht.

Sie glaubte, nie wieder schlafen zu können und empfand eine wachsende Trauer.

»Du liebst mich doch, oder?«

Nein, es wäre ein Fehler gewesen, ihm jetzt diese Frage zu stellen, sie war fehl am Platz. Er schloss wieder die Augen und sie drehte den Kopf, denn das Fenster war schräg hinter ihr und sie glaubte dort draußen einen Lichtschein erahnen zu können, einen Lichtschein und das Schwingen eines Zweigs. Etwas kratzte über die Fensterscheibe.

Sie schluchzte auf und musste sich fast wieder übergeben, aber ihr Magen war leer, es konnte nichts mehr hochkommen.

Und wenn er nun kam? Zu ihnen ins Haus kam? Wenn er sich nun erholt hatte und aufgewacht war. Falls er aufstand und auf das Haus zuwankte, würde sie ihm alle Türen weit öffnen und ihn einladen. Ihre Finger würden durch sein Haar streichen. Nimm mich, würde sie sagen. Mach mit mir, was du willst. Unter dem Kleid bin ich ganz nackt.

Er würde ihren Körper von Kopf bis Fuß mustern und die Wunde auf seiner Stirn wäre nicht tief, es war nur eine oberflächliche Schürfwunde, ich kann dir das Blut abwaschen, wenn du willst, wenn du dich hier hinsetzt, lehn dich an mich, ich bin eine gute Krankenschwester, du kannst Ulf fragen, denn wir kennen uns schon seit vielen Jahren, er kann sich für mich verbürgen, dafür, dass ich dir nichts tun wollte, gar nichts ... und das weißt du auch. Dann würde er ganz dicht an sie herantreten und sie den sauren Geruch seines Atems riechen, so, so, du bist also eine geschickte Krankenpflegerin, und er packte sie von hinten am Nacken und zog sie über sich, sodass ihr Körper einen Bogen beschrieb. Sein Kopf ganz dicht an ihrem Mund, sein Ohr. Sie schnappte nach Luft und schrie.

Es würde ein heißer Tag werden, aber sie zog eine Jeans und einen Pullover mit langen, ausgefransten Ärmeln an. Ulf war auf der Toilette, sie hörte Laute, ein Brummen, heiser wie ein Weinen. Sie setzte Kaffee auf, musste aber immer wieder innehalten und ans Fenster treten. Die Scheune sah aus wie immer. Eine Bachstelze saß auf ihrem Dach, wippte mit dem Schwanz und machte ein paar trippelnde Schritte. Sie lehnte sich an die Wand und pustete auf den heißen Kaffee. Ulf kam heraus.

»Es gibt Kaffee«, sagte sie tonlos.

Er antwortete nicht, ging jedoch zur Kaffeemaschine und schenkte sich eine Tasse ein.

Sie zwang sich zu atmen.

»Wir fahren jetzt zur Polizei. Die sollten dankbar sein, dass wir uns um einen dieser verdammten Idioten gekümmert und dabei unser Leben riskiert haben. Er hätte mich beinahe umgebracht, anscheinend fühlte er sich bedroht, als ich auf ihn zukam.«

»Du hattest eine Axt in der Hand, Beth.«

»Die Axt lag da, ich wollte mich damit nur verteidigen.«

Er nickte mechanisch.

»Ja. Du wolltest dich damit verteidigen.«

»Ich friere«, sagte sie. »Ich glaube, es wird Herbst.«

Er schnaubte und sein Blick bekam etwas Höhnisches.

»Wir haben der Allgemeinheit einen Dienst erwiesen«, sagte sie schnell. »Einen großen und wichtigen Dienst! So ist es. Und dabei haben wir unser Leben riskiert ... Ich werde sie verklagen, das geht, ich werde die ganze schwedische Justiz verklagen. Wenn sie ihr Diebespack hinter Schloss und Riegel halten können ... damit wir normalen, anständigen ...«

Er trank seine Tasse aus. Seine Haare waren nass, er hatte sie unter den Wasserhahn gehalten.

»Lass uns fahren«, unterbrach er sie, »damit wir den Mist loswerden.«

Ulf saß am Steuer. Er gab im Leerlauf Vollgas und dicker schwarzer Rauch quoll aus dem Auspuffrohr. Als Beth sich umdrehte, sah sie, dass er wie eine rußige Schicht auf dem Gras lag. Der Wagen ruckelte und sie schnauzte ihn an: »Was machst du denn da!«

»Dann fahr doch selbst, verdammt nochmal!«

Als sie auf die Landstraße kamen, lief der Motor ruhiger, hatte aber von Zeit zu Zeit Aussetzer, so als wollte er wieder streiken. Sie hätte gerne etwas gesagt, fand aber keine Worte, keine Gedanken, es war alles fort, Musik. Sie schaltete das Autoradio ein. Sie sah, dass sich Ulfs Gesicht zu einer Grimasse verzog, aber er bat sie nicht, wieder abzuschalten, sein Adamsapfel bewegte sich, hüpfte auf und ab. Es lief Tanzmusik, die ihr in den Ohren dröhnte.

Musik, würde sie jemals wieder Musik genießen können? Jemals? Eine CD auflegen, die Augen schließen und die herrlichen Töne eines Mozartkonzerts hören? Oder etwas anderes von all den Dingen tun, die bis jetzt ein Teil ihres Lebens gewesen waren?

Die Wut stieg wieder in ihr auf. Sie schloss die Augen.

»Was sollen wir ihnen sagen, wie sollen wir es ihnen erklären?«, fragte sie nach einer Weile.

»Das ist deine Sache«, erwiderte er kurz angebunden.

Sie zuckte zusammen, als hätte er sie geschlagen.

»Kannst du bitte die Heizung anstellen«, sagte sie gedämpft.

»Du spinnst wohl, es sind bestimmt hundert Grad im Auto.«

»Trotzdem, ich friere.«

Er tat, worum sie ihn gebeten hatte.

Sie zündete sich eine Zigarette an.

»Sie werden uns einen Haufen Fragen stellen«, sagte er zornig. »Kapierst du das nicht? Sie werden uns einzeln verhören.«

»Ja, und?«

»Ja, und?«, äffte er sie nach.

»Hauptsache wir sagen das Gleiche.«

»Aha?«

»Was wirst du denn sagen, Ulf? Was wirst du sagen, wie es sich abgespielt hat?«

»Ich werde ... verdammt, gibt mir auch eine Kippe.«

Sie kramte eine Prince aus der Schachtel, die ein wenig verbogen war. Anschließend zündete sie die Zigarette mit dem Ronsonfeuerzeug an, das er ihr einmal zum Geburtstag geschenkt hatte. Ihre Initialien waren darauf eingraviert, B. S., Beth Svärd. Sie hatte es vor drei Jahren bekommen, zu ihrem fünfunddreißigsten Geburtstag.

»Also gut«, sagte er. »Wir haben bemerkt, dass sich jemand in unsere Scheune geschlichen hat. Bei uns ist auch schon früher eingebrochen worden und wir hatten von den beiden Häftlingen gehört, die aus dem Gefängnis ausgebrochen sind.«

»Nein!«, rief sie dazwischen. »Wir dürfen nicht sagen, dass wir von den Ausbrechern wussten, sie hätten doch bewaffnet sein können. Und dann wären wir doch sicher nicht zur Scheune gegangen. Wir hätten uns eher im Haus eingeschlossen, um dort Schutz zu suchen.«

»Ja«, sagte er mit Nachdruck.

»Bitte, Ulf«, jammerte sie.

»Ja, genau das hätten wir tun sollen. Sie werden uns fragen, warum wir das nicht getan haben. Sie werden uns was von ›unverhältnismäßiger Gewaltanwendung‹ erzählen.«

»Er hat mich überfallen«, schrie sie. »Dieser verfluchte Irre hat mich angefallen, als ich in die Scheune kam, er hat mich gewürgt und versucht mich umzubringen. Ich bin dorthin gegangen, um Holz zu hacken, ich … oder … ich war auf dem Hof und wollte Holz hacken … und da dachte ich, ich hätte jemanden in der Tür zur Scheune stehen sehen, und als ich vorsichtig hinging, griff er mich an und hätte mich beinahe umgebracht … aber in letzter Sekunde ist es mir dann gelungen, den Arm mit der Axt zu heben und … und dann bist du hinzugekommen … und du hast gesehen, wie er hinfiel, wie er mich losließ und einfach …«

Sie verstummte und begann zu schluchzen und dann leise zu weinen, ihre Hände bewegten sich unruhig auf ihrem Schoß und wenn sie an der Zigarette ziehen wollte, musste sie beide Hände zur Hilfe nehmen.

Er boxte gegen ihr Bein, ließ die Straße nicht aus den Augen.

»Beruhig dich, verdammt nochmal!«, zischte er. »Versuch dich ein wenig zu beruhigen.«

»Du stehst nicht zu mir, ich habe das Gefühl, dass du nicht zu mir stehst«, heulte sie.

»Ich stehe zu dir.«

»Tust du das wirklich?«

Er nickte.

»Bestimmt?«

»Ich stehe zu dir! Du warst auf dem Hof und wolltest Holz hacken.«

»Wozu brauchen wir überhaupt Brennholz, wenn es so heiß ist, das werden sie uns bestimmt auch fragen.«

»Der Boiler ist doch hin, irgendwie müssen wir doch unser Wasser heiß bekommen, Brennholz braucht man immer.«

»Aber falls sie kommen … wenn sie kommen … dann sehen sie doch, dass da schon jede Menge Brennholz liegt …«

»Wir sagen ihnen, wie es ist, dass wir uns das Haus mit deiner

Schwester und ihrem Mann teilen und uns gegenseitig helfen, Holz hacken müssen für kommende Aufenthalte. Das kann doch nicht so schwer zu begreifen sein.«

»Wenn du meinst.«

»Diesmal warst du eben mit dem Holzhacken an der Reihe, wir wechseln uns auch bei solchen Dingen ab, Frauen können das auch, so etwas kann man denen verklickern, das nimmt sie für uns ein. Und dann stehst du da, und gerade als du dir die Axt geschnappt hast und loslegen willst, siehst du, dass da in der Scheune etwas ist, eine Person ... und du gehst hin um zu fragen, wer er ist und was er will, und du kommst gar nicht auf die Idee, dass es gefährlich sein könnte, die Axt hast du einfach noch in der Hand und dann gehst du hin.«

Beth nickte.

»Ja, und als ich zur Tür komme, greift er mich an und würgt mich ... die Würgemale sind noch zu erkennen, schau hier ... sollen sie mich ruhig überprüfen und zu ihrer Scheiß-Spurensicherung schicken.«

Er machte eine abwehrende Geste.

»Fluch nicht, Beth. Sei sachlich und gefasst. Oder vielleicht auch nicht direkt gefasst. Jedenfalls fluch nicht, du musst sympathisch wirken.«

»Ja ... entschuldige.«

Vor ihnen fuhr ein Lastwagen. Ulf überholte ihn. Als er wieder auf die rechte Fahrbahn schwenkte, konnten sie das Radio wieder hören. Die Lokalnachrichten liefen gerade.

»Der Polizei in Tidaholm ist es inzwischen gelungen, die beiden Strafgefangenen, die vor ein paar Tagen aus dem Gefängnis von Tidaholm entwichen sind, zu ergreifen. Ihre Verhaftung verlief ohne Komplikationen. Die beiden Männer, die nach mehreren Tagen im Wald ausgehungert und erschöpft waren, stellten sich selbst den Behörden. Ihre Waffe, eine Pistole der Marke Sig-Sauer, übergaben sie der Polizei. Die Männer sind inzwischen wieder in die Haftanstalt überführt worden.«

14. KAPITEL

Am Ortseingang von Tidaholm hielten sie an einer Tankstelle, und die Schlagzeilen der Zeitungen bestätigten ihnen, was sie soeben gehört hatten. Keiner der beiden entflohenen Sträflinge war noch auf freiem Fuß.

Sie kauften die Zeitungen, saßen im Auto und lasen. Beth fühlte sich leer und ausgehöhlt, so als hätte jemand ihr Inneres mit einem großen und stumpfen Kartoffelschäler bearbeitet. Häute und Organe, alles war fort und in Streifen geschnitten. Sie fasste sich an den Mund, schmeckte den Geschmack von Pech und Eisen.

Ulf legte die Zeitung auf die Seite. Er sank über dem Steuer zusammen, seine Arme hingen herab.

»Jetzt ist die Hölle los«, flüsterte er.

Sie hörte ihr Herz, die stumme Kraft der regelmäßigen Schläge. Sie wollte alle Türen öffnen und schreien. Mit eiskalten Fingerspitzen berührte sie ihn, streichelte über sein Haar, seine Schultern. Er zuckte zusammen und setzte sich auf. Er war sehr blass, als er sich ihr zuwandte.

»Wenn es keiner von ihnen war, wer zum Teufel liegt dann tot in unserer Scheune?«, sagte er tonlos.

Sie gähnte, nicht aus Müdigkeit, sondern aus Mangel an Sauerstoff, Wärme und Leben.

Er erhob seine Stimme.

»Beth! Du hast einen wildfremden, unschuldigen Menschen getötet, du bist eine Mörderin, Beth, eine Mörderin!«

Daraufhin öffnete sie tatsächlich die Autotür, und noch ehe

er reagieren konnte, war sie auf der Straße, ihre Schuhe lagen noch im Auto, ihre Fußsohlen bewegten sich über den Asphalt. Sie lief. Schotterkörner in den Fersen, sie würde sich die Füße aufreißen, dennoch lief sie weiter.

Sie sah, dass Menschen stehen blieben und sich nach ihr umdrehten, jemand rief etwas. Sie hatte das Gefühl, dass sie um sie herum wuchsen und einen Wall bildeten, es war ein Spießrutenlauf und noch wussten sie nichts, aber sobald sie es erfuhren, würden sie mit ihren sauberen Kleinstadtfingern nach ihr greifen, sie angrinsen und ihr büschelweise die Haare ausreißen.

»Du hast ihn umgebracht, er gehörte zu uns, du bist eine Mörderin, Mörderin, Mörderin!«

Sie lief, bis sie nicht mehr konnte. Ein Geländer aus Holz an ihrem Bauch, darunter der Fluss, das Wasser, glatt und samten wie Glas. Ihre Augen folgten seinem Lauf über Steine und durch Gras und Strudel.

Der Wagen glitt heran, die Tür wurde geöffnet.

»Steig ein!«

Ulf war wütend, was nur ganz selten vorkam. Eigentlich hatte sie vorgehabt, den Kopf zu schütteln, überlegte es sich aber anders. Mit hochgezogenen Schultern stieg sie ein.

Ja. Er war wütend:

»Du hast sie doch nicht mehr alle!«

Sie wischte ihre Füße ab, eine Ferse blutete ein wenig. Ihre Zehennägel waren eingerissen und weiß.

Er wiederholte seine Worte: »Du hast sie doch nicht mehr alle!«

Dann klappte sie die Rückenlehne nach hinten, lehnte sich zurück und schloss die Augen.

»Fahr schon!«, flüsterte sie mit den rissigen Lederblättern, die ihre Lippen waren.

Seine Stimme klang so belegt und fremd, als wäre sein Gaumen missgestaltet, als wäre seine Zunge von Pilz befallen und mit Bläschen bedeckt, sodass ihm das Sprechen größte Schwierigkeiten bereitete.

Und wohin möchte das Fräulein fahren?

Nach Alundalej.

Er hielt an und wendete. Rückwärts um eine Straßenecke biegen. Ungeheuer deutlich und schemenhaft zugleich stand es ihr vor Augen. Sie war zwanzig und sollte die Führerscheinprüfung ablegen. Sie hatte sich mädchenhaft gemacht, die Haare zu Zöpfen geflochten, die Wimpern braun gefärbt, aber sie hatte natürlich die falsche Taktik gewählt, als sie der Eingebung folgte, dem Prüfer das Gefühl zu geben, ihr noch überlegener zu sein, als er sowieso schon war. Sie erkannte ihren Irrtum sofort. Er war nicht beeinflussbar, saß nur da, glotzte durch sein silbernes Brillengestell geradeaus und zischte seine Anweisungen. Er schüchterte sie ein und sie bekam Angst und konnte sich nicht mehr konzentrieren.

Ulf und Beth fuhren zum Haus zurück. Es fiel ihnen nichts Besseres ein. Auf halber Strecke hielten sie an, sie musste aussteigen und pinkeln, er auch. Als sie im staubigen Unterholz hockte, spürte sie, dass er sie beobachtete. Sie blieb hocken. Es sprudelte, das erleichterte.

»Mir ist schlecht«, flüsterte er und jetzt war seine Stimme, Ulfs Stimme, wieder da. »Könntest du bitte den restlichen Weg fahren?«

Er lehnte sich auf dem Beifahrersitz zurück, wie sie es zuvor getan hatte. Sie setzte sich neben ihn.

»Ulf!«, sagte sie flehend.

Er öffnete die Augen.

»Ich liebe dich, Ulf.«

»Ja.«

»Es darf niemals etwas zwischen uns stehen. Es darf niemals …«

»Nein.«

»Nicht einmal das hier.«

»Fahr jetzt endlich. Fahr.«

Die Katze lag ausgestreckt auf der Treppe, als sie auf den Hof vor dem Haus bogen. Die beiden Jungen tranken gerade. Als das

Auto sich näherte, hörten sie auf, erhoben sich und buckelten. Beth nahm den Hintereingang zur Küche und füllte eine Karaffe mit Wasser. Sie setzte sie an die Lippen und ließ das Wasser Gaumen und Zähne benetzen. Es lief den Hals herunter und machte ihren Pullover nass.

Durch das Fenster sah sie, dass Ulf auf dem Weg zur Scheune war. Sie bekam eine Gänsehaut auf den Armen. Langsam stieg sie die Treppe zur oberen Etage hinauf und zog dabei den Pullover aus. Nur im BH stand sie anschließend auf dem Teppich und rieb ihre brennenden Augen, bis er unten in die Küche kam und sie sein Würgen hörte, sonst nichts.

Sie zog ein T-Shirt an und blieb wie gelähmt auf dem Bett sitzen. Rief er nach ihr, rief er ihren Namen? Ihr Nacken brannte.

Dann kam er. Und wie sie war auch er jetzt alt. Ihre Glieder schmerzten, sie waren träge und schwer, sie konnten keine Treppen mehr steigen und nichts mehr schnell machen, ihre Haare waren schütter geworden, die Haut ausgetrocknet und verschrumpelt. Sie benötigte keinen Spiegel um das zu wissen, es reichte, sich mit den Fingern über die Wange zu streichen, sie war rau und gespannt.

Er legte sich aufs Bett, brach zusammen, schluchzte heiser. Nach einer Weile konnte er wieder sprechen.

»Er ist noch da, sein Körper liegt noch da, wie wir ihn verlassen haben, in unserer Scheune liegt ein toter Mann, er ist tot und das ist kein Albtraum, es ist tatsächlich wahr. Wir müssen etwas unternehmen, sofort. Wir müssen wieder in die Stadt fahren … und es melden. Oder aber … Wenn nicht … Dann müssen wir … ehe es jemand entdeckt … dann bleibt uns nicht viel Zeit, nur ganz wenig Zeit!«

Sie lag da und nickte in Richtung Decke.

»Wer ist das?«, fuhr Ulf fort. »Sie kommen bestimmt bald her und suchen nach ihm.«

»Sei still!«, sagte sie verbissen. »Gib ihm keine Familie.«

»Aber irgendjemand muss ihn doch vermissen. Früher oder später.«

»Bis dahin fällt uns schon etwas ein.«

Er war sehr blass, winzige Schweißperlen hatten sich um seine Nase herum gebildet.

Seine Schwäche machte sie plötzlich stark.

»Wir kriegen das schon hin, Ulf. Wir schaffen ihn uns vom Hals und dann fahren wir weg. Unter Umständen brauchen wir nie wieder herzukommen.«

»Natürlich müssen wir wieder herkommen ... sonst geben wir den Leuten erst recht einen Grund, sich ihre Gedanken zu machen und Schlüsse zu ziehen. Du weißt doch, wie die Leute reden.«

»Wir haben keine Nachbarn«, flüsterte sie.

»Etwas weiter weg gibt es ein paar Häuser. In der näheren Umgebung leben ein paar Bauern und andere Menschen. Leute wie wir. Sommerurlauber.«

»Ja, schon gut, darüber können wir auch später noch reden. Jetzt müssen wir uns erst einmal ... das, was da draußen liegt, vom Hals schaffen. Die Leiche. Niemand wird jemals etwas erfahren. Wenn wir die Sache einmal drastisch und praktisch angehen: Aus welchem Grund sollten wir zur Polizei gehen und etwas melden, was im Grunde gar nicht passiert sein muss? Warum sollten wir unser Leben zerstören und ins Gefängnis gehen? Du auch, wegen Beihilfe.«

»Nein«, murmelte er.

»Andauernd verschwinden Menschen. Das passiert jeden Tag. Wie viele gibt es, die nie wieder aufgetaucht sind, wie viele tausend. Der da draußen ... er könnte doch einer von ihnen sein.«

Er warf ihr einen verwirrten Blick zu.

»Ulf, nur du und ich wissen ...«, flehte sie ihn an.

»Wenn uns keiner gesehen hat«, sagte er dumpf. »Wenn keiner anfängt uns zu erpressen.«

»Ach was, kein Schwein hat uns gesehen, da bin ich mir ganz sicher!« Sie war jetzt stark. »Was wir jetzt tun müssen, ist, die Spuren zu beseitigen und ... die Leiche.«

»Aber wie?«

»Wir könnten ihn verbrennen.«

»Nein«, erwiderte er hastig. »Es herrscht Feuerverbot im ganzen Land. Wenn wir die Feuerwehr und die Polizei hier haben wollen ... ja, dann können wir natürlich ein Feuer machen. Denk doch mal nach, sei ausnahmsweise mal clever!«

»Sollen wir ihn vielleicht zum Kahlschlag bringen ... und ihn da liegen lassen? Wir könnten sagen, dass wir bei einem Spaziergang eine Leiche gefunden haben.«

»Nein, verdammt nochmal! Sie werden rausfinden, wie er dorthin gekommen ist. Er ist so schwer, dass wir ihn nicht tragen können, also müssten wir ihn schleifen ... so was lässt sich ermitteln, die Leute von der Spurensicherung sind nicht auf den Kopf gefallen. Außerdem könnte uns zufällig jemand beobachten! Während wir es tun. Vielleicht begegnen wir jemandem im Wald.«

»Was sollen wir denn dann tun?«, schrie sie. »Hast du vielleicht eine bessere Idee?«

Er setzte sich im Bett auf.

»Graben«, sagte er müde. »Wir müssen eine tiefe Grube graben, in die wir ihn legen können.«

15. KAPITEL

Sie entschieden sich für eine Stelle jenseits der Grundstücksgrenze. Sie wurde teilweise von Gestrüpp und ein paar hohen Birken verdeckt. Das Erdreich war dort dicht mit Wiesenwachtelweizen bedeckt, der wild rankend wuchs. Halb verrottetes Reisig und Äste lagen überall verstreut.

Aus dem Geräteschuppen holten sie Spaten. Die Tür zur Scheune war verschlossen. Beth achtete darauf, dass der Keil fest saß, sie dachte an Vorhängeschlösser und Schlüssel.

Schon als sie den Spaten zum ersten Mal in den Waldboden stieß, wurde ihr klar, dass es schwierig, ja fast unmöglich sein würde, eine Grube auszuheben. Das Erdreich war hart wie Beton. Es gelang ihr nicht, das Spatenblatt auch nur einen Zentimeter tief in die Erde zu treiben. Sie hatte sich Stiefel angezogen und verlagerte ihr Gewicht auf den Stiel des Spatens. Kompakt und erstickend umgab sie die Hitze. Sie sah Ulf an, der ein Stück weiter weg arbeitete, hackte und mit dem Spaten schlug. Das Stahlblatt bog sich wie Blech.

»Es geht nicht«, flüsterte sie. »Das dauert Wochen.«

Er bückte sich und zerrte einen Ast zur Seite.

»Sei nicht so verdammt negativ!«, zischte er.

Sie hob den Spaten ein wenig und stieß ihn mit ganzer Kraft nach unten. Das zähe Gras fing den Hieb auf und schützte den Boden wie ein Teppich. Ihre Hände wurden heiß, sie bekam Blasen. Jetzt schon. Sie holte sich ein Paar Arbeitshandschuhe und dachte, ich werde zählen. Ich zähle bis fünfzig, bis dahin muss ich wenigstens einen Dezimeter tief gegraben haben.

Ulf hatte einen kleinen Hügel aus Erde und Lehm aufgeworfen. Die Erde war knochentrocken und zerfiel augenblicklich zu Staub. Er holte eine Spitzhacke und einen Vorschlaghammer und sie wechselten sich beim Hacken ab. Einer arbeitete mit der Spitzhacke, der andere grub. Sie sah Steine und Wurzeln, diese Erde war noch nie umgegraben worden, doch, irgendwann einmal, denn gerade kam der zerdrückte Deckel einer Dose zum Vorschein und sie musste ihn einfach aufheben und ein wenig an ihm kratzen, bis das gelbe Metall zum Vorschein kam. Sie warf ihn hinter sich.

Jetzt arbeitete sie wieder mit der Spitzhacke und er lächelte sie boshaft an, du bist doch gewohnt mit Werkzeug umzugehen. Sie stellte sich taub, in der Erde lagen große Steine, deren Oberfläche weiße Schrammen bekam. Sie setzte die Spitzhacke an und stemmte, schluchzte vor Müdigkeit, hackte, drang langsam, ganz langsam tiefer ein, während aus dem Nachmittag Abend wurde.

Unendlich langsam wurde der Lehmboden in kleinere, geometrische Partikel gebrochen, es roch nach Petroleum und Feuchtigkeit. Schließlich konnte sie hinuntersteigen, auf dem Rand sitzend hacken, ihre Knie ausruhen.

Ulf holte Wasser, sie trank. Ihre Handgelenke schmerzten ebenso wie ihr Becken und ihre Fußgelenke, sie hatte Blasen am Daumenballen und im Handteller. Die Erde war karg und widerspenstig. Sie leistete Widerstand, wollte nichts aufnehmen, war sich selbst genug. Sie sah eine runde und geriffelte Larve, die sich zusammenrollte. Und einen einzigen Regenwurm, schmal und blass, der sich nicht einmal bewegte, als sie ihn vorsichtig auf das Spatenblatt hob und auf den Erdhaufen warf. Eine tote und unfruchtbare Erde, die nur zu diesem einen taugte.

Die Dämmerung senkte sich herab. Sie hätten längst etwas essen sollen und manchmal sah sie Essen vor sich, Hamburger und Erbsensuppe, roch knusprig gebratenen Speck. Ihr wurde schwindlig davon, aber sie hatte keinen Hunger. Im Gegenteil. Ihr Magen krampfte sich warnend zusammen und sie musste sich beeilen, an etwas anderes zu denken.

Mit der Dämmerung kühlte es ein wenig ab. Sie machte alles leichter, weil sie wie ein Schleier war, der sich über sie legte und verbarg, was sie taten. Sie hätten müde sein müssen, aber stattdessen schöpften sie nun neue Kraft und kurz nach Mitternacht war das Grab ausgehoben und groß genug um einen Menschen aufzunehmen.

Beth hatte auf diesen Augenblick gewartet. Sie hatte sich nach ihm gesehnt, ihn jedoch gleichzeitig verdrängt, denn sie wusste, wenn die Grube ausgehoben war, stand ihnen das Schwerste noch bevor:

Das Tor zur Scheune öffnen und hineingehen.

16. KAPITEL

Er lag ein Stück von der Tür entfernt. Beth zwang sich hinzusehen. Fliegen summten und sie fuchtelte mit den Händen, schwieg aber.

Dann war da noch der Geruch.

Ulf hielt sich die Nase zu.

»Es ist zu heiß gewesen«, murmelte er. »Bei so einer Hitze geht es verdammt schnell.«

Sie lief ins Haus und holte Sicherheitsnadeln und Handtücher.

Nicht denken, nicht denken, nicht denken.

Sie halfen einander Nase und Mund abzudecken.

Über die Handtuchkante hinweg wagte sie es, auf den Mann hinunterzuschielen, der zu ihren Füßen lag. Das karierte Hemd war hochgerutscht, sodass sie ein Stück seines Bauchs sehen konnte. Trotz des schummrigen Lichts erkannte sie, dass die Haut sich bereits verfärbte und grün wurde.

Sie verdrängte den Anblick und zwang sich, das Ganze zu sehen, wollte sich später nicht an Einzelheiten erinnern können. Er sollte ein Fremder bleiben, den sie für immer vergessen würde.

Es gelang ihnen, die Leiche in die Schubkarre zu bugsieren. Sie trugen Arbeitshandschuhe, weshalb ihre Bewegungen etwas linkisch waren, aber andererseits vermieden sie so jeden direkten Körperkontakt mit dem Toten. Er war schwer und die Leichenstarre hatte eingesetzt, sodass er wie eine Schaufensterpuppe quer auf der Schubkarre lag. Seine Haare waren dunkel und verfilzt. Sie hatte geglaubt, sie seien blond. In dem diffusen Licht sah sie seine Augen. Er starrte sie an, direkt in ihr Gehirn bohrte sich der gebrochene Blick, aber sie fauchte ihn an und murmelte, du hast das getan, du bist selbst schuld. Sie wiederholte die Worte wie ein Mantra, du hast das getan, du bist selbst schuld.

Ulf schob die Schubkarre mit gebeugtem Rücken und lief beinahe über den holprigen Boden. Beth wollte ihm noch zurufen, warte, ich helfe dir, aber er war schon fast da, und als sie ihn einholte, stellten sie die Schubkarre parallel zur Längsseite der Grube und kippten die Karre mit vereinten Kräften um. Die Leiche rutschte herunter und fiel in das Loch.

Ulf griff nach dem Spaten, aber sie rief ihm zu, er solle noch warten. Sie musste ein paar Schritte zurücktreten, bückte sich und rupfte Gräser aus, gelb rankende Rispen. Sie schlich umher wie ein Tier und hatte feuchte Wangen, als sie zurückkehrte. Sie trat vor, beugte sich über die Grube und ließ die Gräser fallen, die sich auf Brust und Kinn des Toten legten.

»Scheiße, hör auf«, wimmerte Ulf, wobei er die Zähne zusammenbiss.

Sie stellte sich taub, bekreuzigte sich, wie sie es in Filmen gesehen hatte, legte einen Finger an die Lippen und flüsterte:

»Ruhe trotz allem in Frieden und vergib uns unsere Schuld, denn wir wissen nicht immer, was wir tun!«

Danach beeilten sie sich, die Erde zurückzuschaufeln.

17. KAPITEL

Es dämmerte. In einem Tannenwipfel sang eine Amsel. Beth konnte ihren kleinen schwarzen Schatten in der Baumkrone erkennen. Beth hatte diesen Gesang immer geliebt, und ihr fiel auf, dass sie ihn wochenlang nicht mehr gehört hatte. Irgendwann im Juli war er verstummt, ein erstes Anzeichen dafür, dass der Sommer sich dem Ende zuneigte.

Sie hatten sich alle Mühe gegeben, jede Spur ihres Grabens zu verwischen, hatten die Erde mit ihren Stiefeln plattgetrampelt und eine Schicht aus Reisig und Zweigen darüber verteilt, die übrig gebliebene Erde verstreut, die Schubkarre wieder an die Wand des Geräteschuppens gelehnt, die Spitzhacke und den Vorschlaghammer aufgehängt.

Beth hatte Wasser erhitzt und sie hatten die Axt, die Spaten und den Boden der Scheune gesäubert und die Wände geschrubbt, um wenigstens die schlimmsten Flecken zu beseitigen.

»Sie werden mit der Zeit verblassen«, meinte Ulf. »Hier geht eh keiner rein, und dann kann auch keiner auf dumme Gedanken kommen.«

»Außer Juni«, flüsterte sie.

»Schon, aber sie ist nun wirklich nicht der Typ, der sich gern mit körperlicher Arbeit abgibt.«

»Und was ist mit Werner?«

Ulf warf ihr einen verschmitzten Blick zu: »Du wirst ihm wohl sagen müssen, dass du plötzlich sehr heftig deine Tage bekommen hast ... wie das bei Frauen manchmal vorkommt.«

Das Blut des Toten und ihr eigenes, so als würde es auf den gleichen Boden fließen und sich dort vermischen.

Sie musste aufstoßen.

Obwohl sie es nicht wollte, musste Beth an die Familie des Mannes denken, der Gedanke ließ sie einfach nicht los. Der Tote hatte zwar keine Ringe getragen, lebte vielleicht jedoch trotzdem mit jemand zusammen und hatte Kinder. Man hatte sicher schon begonnen, nach ihm zu suchen. Nein, würde Beth sagen, falls sie zu ihr kamen. Hier kommt so gut wie nie einer vorbei. Er ist nicht hier gewesen. Tut mir Leid. Keine Ahnung.

Woher kam er? Es war weit bis zu den nächsten Nachbarn, so weit, dass ihnen nie der Gedanke gekommen war, Kontakt zu ihnen aufzunehmen. Sie wusste nichts über die Nachbarn, nicht, wer sie waren oder wie sie hießen. Gerade die abgeschiedene Lage hatte Beth und Ulf angezogen, die totale Abwesenheit anderer Menschen.

Beth erwärmte noch mehr Wasser und sie stellten sich hinter das Haus und wuschen sich von Kopf bis Fuß. Unter den Fingernägeln hatte sich Erde festgesetzt. Beth nahm eine Nagelbürste zu Hilfe, und als sie sich abgetrocknet hatte, war ihre Haut wund und rau. Sie suchte nach einer Handcreme, fand aber keine.

»Ich bin alt«, dachte sie. »Jetzt ist es aus, mit uns ist es aus.«

Ulf war nach oben gegangen und hatte sich hingelegt. Sie wollte seinem Beispiel folgen, brauchte den Schlaf. Ein neuer Tag brach an und sie waren die ganze Nacht auf den Beinen gewesen, eine Nacht, in der sie härter gearbeitet hatte als je zuvor in ihrem Leben. Aber sie musste alles unter Kontrolle behalten, wagte nicht, sich fallen zu lassen, wagte nicht einzuschlafen und in die Wehrlosigkeit hinüberzugleiten. In das Badetuch gehüllt blieb sie auf der Treppe sitzen. Die Sonne brannte schon am Himmel, es würde wieder ein glühend heißer Tag werden.

Die Katze näherte sich. Beth hatte sie nicht mehr gesehen, seit sie gestern mit dem Auto zurückgekehrt waren. Jetzt legte sich die Katze in ihrer Nähe hin, man sah die gelben Kugeln ihrer Augen.

»Wo hast du denn deine Jungen gelassen?«, flüsterte Beth.

Daraufhin stand die Katze auf und fletschte die Zähne wie ein Hund. Beth zuckte ängstlich zusammen.

»Weg mit dir«, rief sie, »geh nach Hause, Katze, komm nicht mehr her. Du musst doch wissen, dass sie dich zu Hause schon vermissen.«

18. KAPITEL

Sie wurde von einem Geräusch geweckt, von einem Motorengeräusch. Sie war ins Haus gegangen, hatte sich nackt auf den kratzenden Stoffbezug des Sofas gelegt und sich mit dem Badetuch zugedeckt. Dort war sie, auf dem Rücken liegend, eingeschlafen.

Sie hatte furchtbaren Durst und ihr taten die Muskeln und die Haut weh.

Sie blieb liegen.

Tatsächlich, es war ein Auto. Noch ehe sie reagieren konnte, wurden auch schon Autotüren zugeschlagen und sie hörte eine Frauenstimme rufen.

Sie fuhr auf und rannte zur Treppe. Am oberen Treppenabsatz stand Ulf, seine Augen waren blutunterlaufen, und er hatte sich in Windeseile Shorts angezogen.

»Da kommt jemand«, rief er mit gellender und sich überschlagender Stimme.

Sie nahm die Treppe in vier Sätzen, drängte sich an ihm vorbei, lief ins Schlafzimmer und schloss ab.

Von unten drang das Geräusch von Schritten zu ihr herauf, anschließend Stimmen. Ulfs Name und eine Tirade von Fragen. Sie zog einen Rock und einen Sweater an, schlich zum Fenster und lugte hinaus. Ein roter Sportwagen parkte neben ihrem Mitsubishi, ein Mazda Miata. Wer fuhr einen solchen Wagen?

Eine Frauenstimme rief: »Nein, Kaiser, hierher!«

Ein Hund bellte.

Ich muss hinuntergehen, dachte sie.

Es war ihre Schwester Juni. Sie war dünn und roch nach Parfüm und ein weißbrauner Hund sprang um sie herum.

»Sitz, Kaiser!«, sagte Juni. Sie war stark geschminkt und ihre Haare waren wie üblich ein Gewirr aus strohigen blonden Strähnen.

»Hallo. Ihr seid es?«

»Ja, wir sind's. Wie geht es euch?«

»Wir fühlen uns nicht besonders, wir sind … krank gewesen.«

Ihre Schwester betrachtete sie.

»Das sieht man«, sagte sie freundlich.

Werner kam mit einer riesigen Reisetasche herein. Rodeo Sports stand auf ihrem Kopfende, ergänzt durch das Bild eines buckelnden Pferdes. Er ließ die Tasche auf den Boden fallen, ging zu Beth und umarmte sie. Sie dachte, dass er eine Glatze bekam. Schweiß lief über seine sonnengebräunte Stirn. Er kratzte sich mit dem Zeigefinger an seinem Schnurrbart.

»So ist das, wenn man unerwartet Besuch bekommt«, kicherte er. »Ihr setzt doch einen Kaffee auf, oder?«

Seine Stimme war seltsam hell. Beth hatte immer schon gefunden, dass sie nicht zu seiner korpulenten Erscheinung passte. Juni räusperte sich.

»Sie sind krank gewesen, die Ärmsten«, sagte sie und legte den Arm um Beth: »Liebes! Du hast abgenommen. Du bist ja nur noch Haut und Knochen.«

Werner gluckste: »Hier in Småland sind die Bauern so mager, dass auf dem Friedhof kein Gras wächst. Wisst ihr, wer das gesagt hat?«

Niemand antwortete.

»Du musst versuchen ein bisschen mehr zu essen!«, fuhr Juni fort. »Hör auf die guten Ratschläge deiner großen Schwester.«

»Das musst du gerade sagen … du bist doch …«

»Ja, ja, ja, reg dich wieder ab, Bettan! Ich meine es doch gut mit dir. Ach übrigens, wir bleiben nur über Nacht. Natürlich nur, wenn ihr nichts dagegen habt. Eigentlich sollten wir ja erst nächste Woche kommen. Aber nun hat es sich so ergeben, dass wir diesen Sommer überhaupt nicht herkommen werden. Deshalb sind wir eigentlich hier, um euch Bescheid zu sagen. Obwohl es ehrlich gesagt einfacher gewesen wäre, wenn ihr an euer Handy gegangen wärt.«

»Das ist in Hässelby«, erwiderte Ulf. »Wir haben es vergessen.«

»Weiß denn hier wirklich keiner, wer das gesagt hat?«, beharrte Werner. »Hier in Småland …«

»Liebling, was laberst du da eigentlich«, unterbrach Juni ihn. »Das mit dem Telefon ist vielleicht auch egal, hier draußen bekommt man sowieso nie ein Netz. Es wäre eben nicht schlecht gewesen, wenn wir einfach hätten anrufen können, irgendwie praktischer. So mussten wir einen Umweg machen. Im Grunde wollten wir euch nur sagen, dass ihr alles gut verriegeln und winterfest machen könnt. Bevor ihr fahrt, meine ich. Wir kommen dieses Jahr nicht mehr her, mehr Urlaub gibt es nicht.«

Werner sagte: »Dann werde ich es den Herrschaften eben verraten. Albert Engström hat das gesagt. So, jetzt wisst ihr es!«

»Toll«, meinte Ulf. »Toll, dass ich das jetzt weiß. So, so, ihr wollt also gar nicht hier bleiben?«

»Wir können uns einen Schuppen in Kivik leihen, direkt am Meer«, erwiderte Juni verträumt. »Von einem guten Freund … Ein riesiges Haus … du weißt ja, Ulf, ich habe mich schon immer nach dem Meer gesehnt.«

Der Hund trottete vorsichtig auf Beth zu. Sie spürte seine Schnauze an ihrem Bein und zuckte zusammen.

»Ist das euer Hund?«

»Japp. Das ist Kaiser. Du kannst mir glauben, er ist ein Schatz und nachts schläft er bei Herrchen und Frauchen im Bett. Nicht wahr, Kaiser, du bist ein richtiger kleiner Schatz.« Juni bückte sich und kraulte den Hund hinter den Ohren. Das Tier nieste und schüttelte sich.

»Woher habt ihr den Hund?«, fragte Beth.

»Von einem Kollegen«, antwortete Werner. »Sie hatten nicht die Zeit, sich um ihn zu kümmern und wollten ihn schon wegbringen, aber pfui Teufel …«

»Wegbringen?«, wiederholte Beth.

Ihr Schwager schnippte mit den Fingern.

»Ja. Einfach so. Eine Spritze und auf geht's in die ewigen Jagdgründe.«

Juni packte sie am Arm.

»Verdammt!«, rief sie. »Du bist doch allergisch, daran habe ich gar nicht gedacht. Geht's denn? Merkst du was? Sag ruhig Bescheid. Dann muss Kaiser eben draußen bleiben.«

»Ist schon in Ordnung«, erwiderte Beth schnell. »Ich merke nichts.«

»Morgen früh hauen wir jedenfalls wieder ab. Dann seid ihr uns los.«

Ulf ließ sich auf das Sofa fallen. Beth warf ihm einen scheuen Blick zu. Sein Gesicht war grau, die Haut unter seinem Kinn aufgedunsen.

»Um ehrlich zu sein, wollten wir heute nach Hause fahren«, sagte er.

»Schon?«

»Ich habe eine Menge zu erledigen.«

»Kommt überhaupt nicht in Frage, jetzt müsst ihr noch einen Tag bleiben! Wir haben Flusskrebse dabei, ganz frische, schwedische. Und Schnaps. Wir wollen euch nicht zur Last fallen und euer Essen schnorren oder so. Wir haben alles dabei.«

Sie machten einen Spaziergang, gingen die Straße hinab. Der Hund streunte eifrig durch die verstaubten Blaubeersträucher.

»Er mag keine langen Autofahrten«, lachte Juni. »Sieh nur, was für eine Energie in dem kleinen Körper steckt!«

»Ich frage mich, ob man ihn nicht anleinen müsste«, meinte Ulf.

Werner musste lachen: »Jetzt bist du aber ein bisschen zu pedantisch, mein lieber Schwager!«

»Na ja ... aber die Tiere im Wald haben doch jetzt Junge.«

»Ach was! Hier auf dem Land muss man seinen Hund doch nicht an die Leine nehmen. Stimmt's oder hab ich Recht?«

Beth presste die Finger an die Stirn. Ihre Fingerspitzen waren eiskalt und sie versuchte sie zu wärmen.

»Gehen wir auf die andere Straßenseite!«, schlug sie vor. »Da können wir nachsehen, ob es schon Pfifferlinge gibt. Die wachsen immer da drüben.«

Juni ging neben Beth und legte ihr den Arm um die Schulter.

»Dazu ist es zu trocken, da muss es erst einmal ein bisschen regnen. Hier hat es doch bestimmt auch nicht geregnet, genauso wenig wie in Stockholm.«

Werner sagte: »Der heißeste und trockenste Sommer seit Menschengedenken. In den småländischen Wäldern brennt es. Auf Gotland auch. Sie haben ihre liebe Not, die Feuer überhaupt unter Kontrolle zu bekommen.«

»Es wäre wirklich schön, wenn es mal regnen würde«, sagte Beth hastig. Sie drehte sich um und versuchte den Hund zu entdecken, der eben noch unmittelbar hinter ihnen gewesen war. Jetzt war er verschwunden.

»Kaiser«, rief sie und stieß einen Pfiff aus.

»Keine Sorge«, sagte Juni. »Er ist bestimmt ganz in der Nähe. Er läuft nie weg.«

»Nein, ich dachte nur ... Wald ist er vielleicht nicht gewohnt.«

»Der findet uns schon.«

»Wie lange habt ihr ihn jetzt?«

»Seit dem 13. März. Es ist ein Jack Russell. Er hängt an Werner und mir, weil er denkt, wir wären sein Rudel. Das ist echt süß.«

»Ich dachte eigentlich, du würdest Hunde nicht mögen.«

»Mochte ich auch nicht. Früher. Ich hatte Schiss vor ihnen.«

»Stimmt.«

»Erinnerst du dich noch an den Köter von Hanssons, als wir auf der Dalgatan gewohnt haben? Das war so eine Art Pitbull, obwohl man die zu der Zeit vielleicht noch nicht so genannt hat. Er war weiß und hatte eine lange, irgendwie bullige Schnauze und kleine teuflische Augen. Ich glaube, er hat Kinder gehasst.«

»Wir haben ihn aber auch ganz schön geärgert«, murmelte Beth.

»Stimmt. Wir wussten es eben nicht besser. Wie hieß er noch gleich? Tjong ... oder Tjang oder so ähnlich.«

»Tjack«, sagte Beth.

Juni lachte schallend.

»Das ist aber auch ein echt bescheuerter Name!«

Werner und Ulf gingen vor ihnen, beide hatten die Hände in die Hosentaschen geschoben.

Juni stieß Beth an.

»Sind sie nicht süß, unsere Männer?«, gurrte sie.

»Oooh ja.«

»Du glaubst gar nicht, wie ich mich darauf freue, ans Meer zu kommen. Wir haben irre viel zu tun gehabt, sogar abends. Wir sind beide völlig ausgelaugt.«

»Dann läuft es also gut bei dir, ich meine, so als Freie?«

»Doch, doch. Vor allem Werner ist völlig am Ende, manchmal habe ich richtig Angst, dass er mir zusammenklappt. Er ist in einem gefährlichen Alter. Und dann gibt es bei den Banken auch jede Menge Ärger, du hast vielleicht schon davon gehört.«

»Ja«, antwortete sie vage, schaute sich wieder um, formte die Hände zu einem Trichter um den Mund und rief laut nach dem Hund.

»Jetzt komm aber mal runter!«, sagte Juni gereizt. »Ich hab doch gesagt, dass er hier irgendwo ist.«

»Hier in der Gegend streunt eine Katze herum, die zwei Junge hat. Wir dürfen ihn nicht aus den Augen verlieren, damit er nicht ...«

»Ach was! Katzen können selbst auf sich aufpassen.«

Im gleichen Moment lief ihnen Kaiser auf der Straße entgegen, er war ein Stück vorausgelaufen. Um seine Schnauze hingen kleine harte Samenkörner. Beth hatte einen rauen Hals und Muskelkater, dunkle Flecken flimmerten vor ihren Augen. Der Geruch von Tannennadeln und Trockenheit umgab sie wie eine dichte wabernde Wolke.

»Wie findet ihr eigentlich unser neues Auto?«, rief Juni. »Ihr habt keinen Mucks dazu gesagt, aber ich kann mir schon denken, dass ihr vor Neid erblasst.«

»Es ist schön«, meinte Ulf leise.

»Schön! Ist das alles, was du dazu zu sagen hast?«

Er lachte mechanisch und erkundigte sich nach dem Kofferraum.

»Wir brauchen nicht viel«, sagte Juni. »Und wenn wir doch etwas brauchen, kaufen wir es uns eben.«

»Ich wusste gar nicht, dass ihr's so dicke habt.« Beth war bemüht, sich Junis Tonfall anzupassen und so normal wie möglich zu klingen.

»Lass gut sein, wir brauchen doch auf keinen Rücksicht zu nehmen. Warum sollen wir uns dann nicht ein wenig GGG gönnen?«

»GGG?«

»Ja, Glamour, Gier und Genuss.«

»Ja, da hast du Recht. Warum nicht?«

»Und ihr?« Juni senkte die Stimme.

»Du weißt doch, als Lehrer verdient man nicht besonders.«

»Nein, da hast du Recht. Und Ulf gehört auch nicht gerade zur Generation der investigativen Reporter.«

Beth war aufgebracht.

»Was willst du damit sagen?«

Juni erwiderte: »Gar nichts, ich selbst doch auch nicht. Immerhin habe ich ein paar Sachen für diese neue Illustrierte, Die Frauenliga, gemacht. Kennst du die, hast du sie schon mal gesehen?«

»Ich glaube nicht.«

»Ich habe bestimmt eine dabei, wenn du willst, kannst du sie dir gleich einmal ansehen. Sie löhnen gut, was andererseits bedeutet, dass sie nur mit einem kleinen, handverlesenen Kreis von freien Journalisten zusammenarbeiten. Offensichtlich ist es mir geglückt, ihre Gunst zu gewinnen. Jedenfalls vorläufig.« Sie grinste ironisch.

Beth hörte nur mit halbem Ohr zu, ließ sich im Erzählstrom ihrer Schwester treiben.

»Ich habe ein Interview mit diesem amerikanischen Verleger gemacht, du weißt schon, Sammy Blankett, der gegen die großen Medienmogule rebelliert, ihm gehört ein spannender kleiner Verlag namens Entirely ... er selbst war auch ganz schön spannend, das kannst du mir glauben. Du hast ihn bestimmt schon mal im Fernsehen gesehen, vor kurzem lief ein Porträt über ihn.«

»Schon möglich.«

»Schon möglich! Ach Beth, jetzt musst du aber wirklich ...«

»Was denn? Auf dem Gebiet kenne ich mich eben nicht so aus!«

»Sammy Blankett ist doch kein Gebiet, Schwesterherz. Er ist allgemein gültig und gehört der Allgemeinheit. Und im Übrigen gehört es einfach zur Allgemeinbildung zu wissen, wer Sammy Blankett ist.«

Werner war stehen geblieben. Jetzt drehte er sich um und drohte mit seinem dicken Zeigefinger.

»Redet sie etwa schon wieder über diesen Sammy Blankett. Ich warne dich, Juni, ich werde dich noch erwürgen, wenn du nicht langsam aufhörst, andauernd von dieser schleimigen Sexmaschine zu quatschen.«

Juni seufzte.

»Du glaubst, es geht immer nur um Sex und kannst dir gar nicht vorstellen, dass ein Mann auch andere Qualitäten haben kann.«

Werner schnaubte.

»Hm! Und ob ich das weiß. Wenn nicht ich, wer dann? Aber seit du diesem amerikanischen Schleimer begegnet bist, himmelst du ihn an und redest in einer Tour von ihm. Jetzt reicht es allmählich.«

»Ja, ja, ja, ja. Ich habe Beth nur von meinen letzten Jobs erzählt. Da brauchst du dich doch nicht gleich so aufzuregen, mein kleiner Liebling.«

Sie legte die Arme um seine Hüften und küsste ihn lange und leidenschaftlich. Der Hund lief zu ihnen und versuchte, sich zwischen die beiden zu schieben. Beth sah verstohlen zu Ulf hinüber. Sein Gesicht war gelblich blass. Sie versuchte ihn anzulächeln, konnte seinen Blick aber nicht festhalten.

»Ich finde, wir sollten zurückgehen!«, sagte Werner. »Ich habe einen Riesendurst. Und Hunger übrigens auch!«

Gemeinsam deckten sie im Garten. Juni hatte alles mitgebracht, Servietten, Brot, Bier, verschiedene Käsesorten und eine riesige Papiertischdecke mit Flusskrebsmuster.

Der Hund hatte Wasser aus einer alten Eisverpackung getrunken. Jetzt lag er ermattet unter dem Tisch und schlief. Ab und an zuckte sein Körper und er atmete schnell und unregelmäßig.

»Er träumt«, meinte Juni. »Seltsame Vorstellung, dass Tiere träumen können. Ich frage mich, was er im Schlaf so erlebt.«

»Er träumt von einem riesigen Knochen, der irgendwo liegt und auf ihn wartet«, sagte Werner. Er hatte die lange Hose ausgezogen und trug nun khakifarbene Shorts. Seine Beine waren mager und weiß. Aus dem Kühlschrank holte er zwei Flaschen Schnaps, Hallands Fläder und Jubiläumsaquavit, und zwinkerte Beth zu.

»Leckerleckerlecker!«, rief er.

»Wo sind denn die Partyhüte?«, fragte Juni.

»Was weiß denn ich, hast du die nicht eingepackt?«

»Sie müssen hier irgendwo sein!« Sie wühlte in einer Tüte und hielt schließlich eine Verpackung mit glänzenden Partyhüten aus Pappe hoch.

»Also, ich setze so ein Ding jedenfalls nicht auf«, sagte Ulf. Seine Stimme klang so schneidend wie sonst nie. Seine Schwägerin starrte ihn an.

»Was ist denn eigentlich los mit euch?«

Es wurde still am Tisch.

»Mir ist ja durchaus bewusst, dass es nicht immer glücklich ist, wenn man unangemeldet hereinschneit, aber ... wir haben gedacht, dass es trotzdem ganz nett werden könnte. Ein paar saftige Krebse und ... Ich meine, wir kennen uns doch, immerhin sind Beth und ich Schwestern.«

»Es ist nur, dass wir nicht ... es ging uns ziemlich schlecht«, erwiderte Beth undeutlich. »Wir sind immer noch nicht wieder ganz fit. Entschuldige Juni, es hat überhaupt nichts mit euch zu tun.«

Juni faltete einen der Hüte auseinander und setzte ihn vorsichtig auf. Sie zog am Gummiband und ließ es ein paar Mal gegen ihr Kinn flitschen.

»Was hattet ihr eigentlich?«

»Keine Ahnung, eine Grippe, denke ich. Hohes Fieber, Gliederschmerzen. Ich bin immer noch ganz zittrig.«

Juni ging zu ihr, drückte sie auf einen Stuhl und strich ihr schnell über die Wange.

»Du bleibst jetzt hier sitzen, Liebes. Du auch, Ulf. Werner und ich regeln alles. Verlasst euch ganz auf uns. Verlasst euch auf die Partykanonen!«

Sie verschwand im Haus und kehrte mit einem Tablett voller dunkelroter Flusskrebse zurück. Werner trug Bier und Brot heraus.

»Wow, das sind ja Riesendinger«, flüsterte Beth. Ihr war schwindlig, sie fror und schwitzte zugleich.

»Das kann man wohl sagen! Es ist nie verkehrt, wenn man Beziehungen hat, nicht wahr? Einer unserer Nachbarn kennt jemanden, der einen Angelsee hat!«

Sie klatschte in die Hände und rief, dass es jetzt an der Zeit sei, ordentlich reinzuhauen. Beth zog widerwillig ihren Papphut an. Er war giftgrün und mit kleinen Würfeln verziert. Sie wusste, dass das Gummiband ihr schon bald wehtun würde.

Spiel mit, dachte sie. Spiel mit und benimm dich wie immer!

Nach zwei, drei Schnäpsen breitete sich wohlige Ruhe in ihrem Körper aus. Sie hörte sich selbst ein Trinklied anstimmen:

Ein kleiner Wellensittich bin ich,
zu wenig Essen gibt's für mich,
denn die Leut bei denen ich wohne,

denn die Leut, bei denen ich wohne,
die sind so geizig ...

Sie brach eine Schere ab und saugte die salzigtrübe Flüssigkeit heraus.

Dort gibt es Hering jeden Tag,
doch Hering will ich nicht,
denn ich will lieber, denn ich will lieber
Rum und Coca-Cola

Juni warf ihr ein anerkennendes Lächeln zu.

»Auf dich!«, rief sie aus. Sie hatte das Hütchen in ihren zerzausten Haaren weit nach hinten geschoben und warf Beth eine Kusshand zu.

Beth erhob ihr Glas. Ihr gegenüber saß Ulf und bestrich ein Stück Baguette mit Butter, immer weiter, war mit dem Messer in einem zähen Bewegungsmuster gefangen. Sie hörte sich seinen Namen rufen. Er sah sie an, als würde er sie nicht erkennen.

»Prost«, mimte sie.

Er nickte, legte das Messer weg und trank.

»Wir brauchen etwas Musik«, sagte Juni. Sie ging zum Auto und holte einen CD-Spieler und einen Stapel CDs. Sie trug eine eng anliegende, beige Hose und ein hellblaues Seidenshirt. Die Haut in ihrem Dekolleté sah alt aus.

»Hier haben wir alle Hits des Sommers. Was wollt ihr hören, schwedische Rockmusik, blaugelbe Hits ...«

»Blaugelb?«, warf Werner ein. Er schlürfte laut und hemmungslos, der Krebssud lief ihm das Kinn herab. »Was soll das sein? Ist das so rechtsradikales Zeug, oder was?«

»Nee nee. So was doch nicht. Imperiet und Ebba Grön und solche Sachen.«

»Haben wir denn keinen Jazz?«

»Nein!«

»Okay, dann darfst du entscheiden.«

Mats Ronanders *Fleisch und Blut* dröhnte aus den Boxen.

Beth zog mit klebrigen Fingern an ihrem Halsausschnitt, aus jeder Pore brach ihr der Schweiß aus. Wasser, dachte sie. Schwarzes, samtenes Seewasser, das meinen Körper umschließt, das mich kühlt. Das meine Sinne schärft und mich klar denken lässt.

»Als wir klein waren, Beth«, rief Juni plötzlich. »Erinnerst du dich noch an den Sommer, in dem wir mit diesem ... diesem Markus gespielt haben?«

»Ja, wieso?«

»Ich musste nur gerade daran denken. Vor ein paar Tagen habe ich sein Bild in der Zeitung gesehen. Er ist Chef von irgendeiner Firma geworden, ich erinnere mich nicht mehr, von welcher. Markus Fagervik. Aus Kindern werden Leute.«

»Einst waren wir alle klein«, trällerte Werner, » ... und trotz seiner roten Nase trank auch er einst Himbeersaft ...«

»Er war das Kind einer Freundin unserer Mutter. Sie hatten Probleme, ich glaube, seine Eltern ließen sich gerade scheiden. Deshalb war er im Sommer eine Zeit lang bei uns. Erinnerst du dich, Beth?«

Sie nickte. Sie hatten zu dritt in einem Zimmer geschlafen, Markus weinte im Schlaf. Er hatte einen unbeschreiblich schmutzigen Teddybär dabei, den sie versteckten. Anschließend zwangen sie den Jungen, an den unmöglichsten Stellen nach ihm zu suchen.

Juni schnitt einen Happen Käse ab und schob ihn sich direkt in den Mund.

»Wir waren nicht sehr nett zu ihm«, sagte sie, während sie kaute. »Ich meine, er war bestimmt traurig und unglücklich wegen seiner Mama und seinem Papa. Das haben wir damals natürlich nicht kapiert. Oh Gott, ich will lieber gar nicht darüber nachdenken.«

»Dann lass es doch auch!«, mischte Ulf sich ein.

Juni stellte sich taub.

»Einmal sind wir mit ihm in die Scheune gegangen, erinnerst du dich? Wir haben gespielt, wir wären Krankenschwestern ...

und du Beth ... du hast ein Messer aus der Tischlerwerkstatt geholt und gesagt, du würdest ihn operieren.«

Ihre Stirn brannte. Oh ja. Sie erinnerte sich nur zu gut. Der Jungenkörper auf dem Tisch, das dünne blasse Glied. Sie hatten ihn dazu gebracht seine Hose auszuziehen. Schön liegen bleiben, kleiner Markus, ruhig weiteratmen, dann geht es ganz schnell und dir passiert nichts. Aber er lag nicht still. Im Gegenteil, er wand sich auf dem Tisch und trat und jaulte, sein Knie schoss gegen ihren Mund. Es tat schrecklich weh. Die Hand mit dem Messer, aber jemand packte ihren Arm, ein Schlag traf ihre Wange und die Zähne.

Juni!

Ihre weit aufgerissenen Augen.

»Mein Gott! Du hättest es sonst getan! Du hättest glatt zugestochen!«

Markus stand barfuß auf dem Scheunenboden. Er war verrotzt und seine Augen waren geschwollen. Juni half ihm beim Anziehen.

»Am Samstag, wenn ich mir neue Süßigkeiten kaufe, gebe ich dir was ab, das versprech ich dir, Lakritz und saure Zungen. Aber wenn du uns verpetzt, lassen wir dich nie mehr mitspielen. Hast du verstanden? Hast du verstanden, dass das schlimm für dich würde?«

Der Junge senkte den Kopf und gab keinen Ton von sich.

Aber das stimmte nicht.

Sie hätte es nie getan.

Noch lange Zeit später stritten die Geschwister sich darüber. Beth erinnerte sich an Junis Erpressungen: »Wenn du mir nicht deine Lesezeichen gibst ... dein halbes Taschengeld ... die Wasserfarben ... erzähle ich es.«

»Aber ich hab doch gar nichts getan!«

»Oh doch. Ich hab es genau gesehen. Wenn ich nicht gewesen wäre, hättest du das Messer direkt in seinen Pimmel gestochen!«

Beth holte tief Luft: »Das ist nicht wahr, das weißt du genau.«

Junis sanftes Lächeln: »Es ist wahr, egal, wie oft du was anderes behauptest!«

Abends lag sie im Bett und dachte darüber nach, ob es stimmte. Ob es wirklich so war, dass sie mit dem Messer ... Konnte man so etwas überleben? Versehrt. Es war ein eigenartiges, altertümliches Wort, es wollte ihr nicht aus dem Kopf.

Nein.

Als sein Knie ihre Oberlippe traf, war ihr vor Schmerz fast schlecht geworden, das Geräusch der Zähne, hinterher bekam sie eine dicke Lippe.

Aber sie hätte es niemals getan.

Juni lag manchmal in ihrem Bett und beobachtete sie. Ihr Kopf auf dem Kissen, die kalten blauen Augen.

»Was glotzt du denn so?«

Keine Antwort.

»Mach das Licht aus, wenn du doch nicht mehr lesen willst.«

Keine Antwort.

Daraufhin warf Beth ihr eigenes Buch durch das Zimmer. Es schlug mit dem Buchrücken auf den Fußboden, eine Seite wurde aufgeschlagen.

Später, in der nachfolgenden Stille.

»Ich denke an letzten Sommer. An Markus. Und ich denke an dich, Beth.«

Beth drehte sich zur Wand um, ihr Kopfkissen wurde nass.

Die Bodendielen knarrten, als Juni zu ihr kam. Ihr Nachthemd verbreitete einen beißenden, säuerlichen Geruch.

»Wein nicht, Bettan. Ich verspreche, dass ich nichts sage.«

»Ehrlich? Versprichst du es?«

»Ja.«

So als hätte sie es schließlich doch gestanden.

19. KAPITEL

Es dämmerte und mit der hereinbrechenden Dunkelheit kamen die Kriebelmücken. Die winzigen Insekten gab es trotz der lang anhaltenden Trockenheit immer noch, sie krabbelten einem in die Augen und es fing überall an zu jucken.

»Mist, ich werd noch verrückt, wir müssen reingehen.« Beth stand auf und nahm ihren Teller mit. Die anderen folgten ihrem Beispiel. Sie setzten sich ins Wohnzimmer, es waren immer noch Krebse und Bier übrig.

Juni gähnte und streckte die Arme.

»Wir sollten uns öfter treffen, Schwesterherz.«

»Man hat einfach nicht genug Zeit«, meinte Beth.

»Du hast Recht. Wir führen ein merkwürdiges Leben. Die Menschen von heute, meine ich. Stell dir nur die Leute vor, die früher auf diesem Hof gelebt haben, Großmutter und Großvater und ihre Vorfahren. Haben sie vielleicht jemals behauptet, sie hätten keine Zeit. Dabei haben sie sich auch abgerackert, aber vielleicht auf eine andere Art.«

Sie ließ den Blick durch den Raum schweifen.

»Stell dir zum Beispiel vor, was in diesem Zimmer im Laufe der Jahre alles passiert ist, was hier alles gesagt worden ist. In diesen vier Wänden haben Leute gevögelt und sich gestritten und geschwiegen. Und es gibt bestimmt den einen oder anderen, der hier den Löffel abgegeben hat. Das ist doch fantastisch, sich das vorzustellen, oder?«

Ulf stand auf und sein Stuhl fiel hinter ihm um. Er machte ein paar schwankende Schritte.

»Was ist los?«, flüsterte Beth.

Er antwortete nicht. Sie sah ihn zur Tür gehen.

»Gehst du eine rauchen?«, fragte sie schnell.

Sie glaubte zu sehen, dass er nickte. Sie sah ihre Schwester flüchtig an.

»Wir gehen nur kurz raus und rauchen eine, wir sind gleich wieder da.«

Juni saß zurückgelehnt auf ihrem Stuhl und hatte die Beine unter dem Tisch ausgestreckt. Sie hatte zwei Krebsscheren auf ihren Eckzähnen festgedrückt und sich eine Dillkrone ins Haar gesteckt. Es sah grotesk aus, Krebssud war auf ihre hellblaue Seide getropft.

»Ihr habt doch schon den ganzen Abend gepafft!«, sagte sie. »Aber okay. Ich werde euch nicht davon abhalten.«

Ulf stand auf der Treppe. Er rauchte mit tiefen, schnellen Zügen und spuckte ins Gras. Beth legte ihre Hand auf seinen Arm. Er zuckte zusammen und machte sich frei.

»Wie geht es dir?«, fragte sie. »Du bist so still.«

Er schabte mit dem Fuß über die Stufenkante.

»Morgen fahren wir nach Hause«, sagte sie leise. »Morgen um diese Zeit sind wir schon zu Hause. Versuch, es so zu sehen.«

Als er nicht antwortete, sprach sie weiter.

»Im Grunde sind Werner und Juni harmlos, wenn auch ein bisschen anstrengend auf die Dauer. Aber sie sind ja nur heute Abend da ... dann fahren sie weiter. Und wir fahren nach Hause. Dann ist alles vorbei.«

Sie hörte selbst, wie fremd ihre Stimme klang. Sie schien von außen zu kommen und donnerte gegen die Trommelfelle.

Er drehte sich schweigend zu ihr um. Beth stieß Rauch aus.

»Ulf ... Wir haben doch immer noch uns. Wenn wir morgen ins Auto steigen, ziehen wir einen dicken Schlussstrich unter alles, was gewesen ist. Wir radieren es aus. Es ist nie passiert.«

Er wollte etwas erwidern, als die Tür hinter ihnen aufgerissen wurde. Juni kam heraus und legte die Arme um beide.

»Wie geht es unseren kleinen Turteltauben?«, lallte sie. »Wenn ihr noch ein paar Krebse haben wollt, müsst ihr euch sputen. Werner macht sich gerade über die letzten her.«

Beth spürte etwas Weiches an ihrem Bein. Es war der Hund, der einen Moment lang bei ihr stehen blieb und schnüffelte, um dann mit einem Satz ins Gras hinabzuspringen und an einem Strauch das Bein zu heben.

»Das machst du gut, mein Kaiserchen«, trällerte Juni. »Gieß du ruhig, der Strauch da ist nicht der Einzige, der hier am verdursten ist.«

Der Hund schaute zu ihnen auf und bellte. Dann schien er zu erstarren, schüttelte sich so sehr, dass sein Halsband klirrte und begann zu schnüffeln.

»Ah, hast du einen Hasen gewittert«, sagte Juni. »Na, dann ab, hol ihn dir! Los, ab mit dir!«

Der Hund scharrte ein paar Mal mit den Hinterbeinen im Gras und schoss dann los. Juni klatschte in die Hände.

»Er ist so süß, der Kleine. Wisst ihr, Beth und Ulf, unser Leben hat eine ganz neue Dimension bekommen, seit wir uns Kaiser angeschafft haben. Es klingt vielleicht lächerlich, aber es ist wirklich so. Es ist eine ... ja, eine Bereicherung, ihn zu haben.«

Beth drückte ihre Zigarette in dem überquellenden Aschenbecher aus. Sie war unruhig, in ihrem Bauch rumorte es. Ein Vogel schrie gellend und aggressiv in den Hagebuttensträuchern. Hoch oben am abendlichen Himmel sah sie den glänzenden Rumpf eines Flugzeugs. Sie hörte keine Motorengeräusche, dafür flog die Maschine viel zu hoch.

»Hol ihn«, sagte sie tonlos. Ihre Lippen brannten. »Hol ihn bitte zurück, dann gehen wir wieder rein.«

»Was ist denn nur los mir dir, Beth. Lass dem Hund doch seinen Auslauf, dann ist er anschließend ruhig. Du brauchst dir keine Gedanken um ihn zu machen, das habe ich dir jetzt schon tausend Mal gesagt. Er läuft schon nicht weg. Und selbst wenn, wäre es doch unsere Sache, oder etwa nicht?«

»Ich will nur, dass er auf dem Grundstück bleibt. Sonst musst du ihn anleinen!«

»Jetzt hör aber auf! Hast du schon mal was von der psychologischen Hundeleine gehört?«

»Unsinn!«

Ulf war die Treppe hinuntergestiegen und ging auf die Grundstücksgrenze zu. Beth stand im Gras. Es fiel ihr schwer die Füße zu heben, sie hatte das Gefühl, bleibeschwerte Stiefel zu tragen. Ihre Angst wuchs und sie wollte loslaufen, aber sie zwang sich, ruhig zu atmen. Ihr wurde schwarz vor Augen.

»Wo geht ihr denn hin?«, hörte sie Junis Stimme in weiter Ferne flüsternd sagen. »Wo geht ihr zwei denn hin, wartet doch ...«

Ulf stand mit hängenden Armen da und schaute auf den Hund herab, der an der nackten, platten Erde schnüffelte. Er hatte einen Teil der Zweige weggescharrt.

»Hol ihn da weg«, sagte sie lahm, aber Ulf rührte sich nicht von der Stelle. Der Hund gab einen gurgelnden Laut von sich und wühlte mit der Schnauze in der Erde.

»Kaiser!«, flüsterte sie. »Geh da weg!«

Das kleine Tier reagierte nicht. Beth wurde von einer unbändigen Kraft erfasst. Mit wenigen, ausgreifenden Schritten war sie bei dem Hund, packte ihn am Bauch und schleuderte ihn unwirsch zur Seite.

»Lass das bleiben!«, brüllte sie und hatte das Gefühl, in ihrer Kehle würde die Haut aufplatzen. Der Hund kräuselte die Oberlippe und entblößte eine Reihe kleiner, spitzer Zähne. Aus seiner Kehle drang ein Knurren. Sie hob den Fuß und trat nach ihm.

Im gleichen Moment machte Juni einen Schritt auf den Rasen hinaus.

20. KAPITEL

Sie waren in der Küche. Juni spülte und Beth stand mit einem Handtuch bereit.

»Du brauchst nicht abzutrocknen, das trocknet von selbst!« Mascara war auf Junis Wangen verlaufen. Sie stand kerzengerade.

»Ich trockne trotzdem ab«, sagte Beth.

Der Hund lag unter dem Küchentisch. Sand und Erde bedeckten den Fußboden.

Sie hatten sich angeschrien, als wären sie wieder Kinder. Juni war auf sie zugerannt und hatte sie geschlagen und mit ihren langen Fingernägeln gekratzt. Beth blieb regungslos stehen und ließ sich schlagen. Nach einer Weile hatte Juni angefangen zu weinen, den Hund hochgehoben, war ins Haus gegangen und hatte die Tür mit einer solchen Wucht hinter sich zugeschlagen, dass die Dachziegel klapperten. Mit energischen Bewegungen deckte sie den Tisch ab, erhitzte Wasser und begann zu spülen.

Werner war hinausgegangen.

Ulf war verschwunden.

»Juni«, sagte Beth.

Ihre Schwester beugte sich über die Spülschüssel, Tränen tropften herab.

»Verzeih mir bitte, was ich mit Kaiser gemacht habe. Aber der Hund muss doch hören, sonst hat man ihn nicht mehr unter Kontrolle.«

Beth wunderte sich über ihre eigene Stimme, über ihre Stärke. Juni schluchzte auf.

»Ich habe ihm gesagt, er soll reingehen. Er hat mich genau verstanden, das habe ich gespürt. Aber er hat nicht gehorcht.«

»Es ist nicht dein Hund.« Juni senkte eine Schüssel ins Wasser und bearbeitete sie heftig mit der Spülbürste.

»Er hat mich angeknurrt, da musste ich ihn doch bestrafen.«

»Du hättest ihn in Ruhe lassen können.«

»Wenn wir hier wohnen, müssen wir auch ein gewisses Maß an Verantwortung übernehmen, Juni. Jedenfalls muss er auf dem Grundstück bleiben. Ich will nicht, dass die Leute sich über streunende Hunde beschweren. Bis Ende August ist man verpflichtet, Hunde an die Leine zu nehmen.«

»Ist ja irre, wie gut du dich auskennst.« Juni hob die Schüssel hoch, aber sie rutschte ihr aus der Hand und fiel wieder in das Spülwasser zurück. Es spritzte über die ganze Spüle.

»Hoppla!«, sagte Beth.

Sie war jetzt stark, die Worte sprudelten aus ihr heraus wie ein Lachen, das in der Magengrube begann.

Sie ging ins Wohnzimmer, legte eine CD von Eva Dahlgren auf und begann mitzusingen.

»Ich kenne einen Mann … der lieber nicht mehr atmet als nackt dazustehen …«

Sie kehrte mit dem nassen Küchenhandtuch zurück und schlug es mehrmals aus.

»Ja. Zufällig weiß ich, dass es so ist. Wir haben in der Schule darüber gesprochen, weil einige Kinder wahnsinnige Angst vor Hunden haben. Auf so etwas muss man Rücksicht nehmen.«

Juni schüttete das Spülwasser aus und es gluckerte im Abfluss.

»Irgendwann müssen wir den Abfluss sauber machen«, meinte Beth.

Ihre Schwester wischte sich mit dem Arm die Nase ab. Eine glänzende Spur aus Nasenschleim blieb in den dünnen Härchen hängen. Sie riss etwas Haushaltspapier von der Rolle ab und schnäuzte sich. Anschließend öffnete sie ein Bier und trank direkt aus der Dose.

»Hier ist kein Mensch in der Nähe«, sagte sie feindselig, »der sich von einem mickrigen kleinen Hund bedroht fühlen würde.«

»Okay, das war vielleicht etwas übertrieben«, erwiderte Beth, »aber ...«

Sie hielt inne, Schwäche sickerte ein, sie zwang sich, tief durchzuatmen, fort damit! Sie kniff die Lippen zusammen und fuhr mit der Zunge über die Zähne.

Junis weit aufgerissene Augen, die Bierdose auf halbem Weg zum Mund.

Beth war sehr traurig. Juni, meine Schwester, wir verändern uns, wir sind nicht mehr die kleinen Mädchen, die spielten und träumten, wir verändern uns ... dein niedliches Kindergesicht mit dem süßen kleinen Kussmund ... wir verändern uns und werden entstellt ... Fleisch wird zu Heu und niemand, niemand, kann dem entkommen.

Sie schluckte.

»Du hast ihn getreten, ich habe gesehen, dass du ihn wirklich getreten hast!«

»Ich habe ihn nur zur Seite geschoben, ich hatte nichts Festes an den Füßen, nur die Sandalen hier.«

»Weißt du was, Beth! Ich verstehe dich einfach nicht. Manchmal habe ich ... fast ein wenig Angst vor dir.«

Beth trat einen Schritt auf sie zu. Der Hund hob den Kopf und kräuselte wieder die Oberlippe.

»Ist schon in Ordnung, Kaiser«, sagte Juni geistesabwesend. »Ist in Ordnung.«

Sie trank ein paar Schlucke Bier und leckte sich die Lippen ab.

»Schmeckt salzig«, sagte sie. »Das kommt von den Krebsen.«

Beth II

1. KAPITEL

Spinnweben hingen von der Flurdecke herab. Sie waren das Erste, was Beth auffiel, als sie nach Hause kam. Ihr Blick hatte eine ganz neue Schärfe bekommen, auch ihr Gehör hatte sich während des Sommers verändert. Sie war geräuschempfindlich geworden.

»Ich werde wohl mal gründlich putzen müssen«, murmelte sie, während sie gemeinsam mit Ulf das Gepäck aus dem Wagen lud. »Ich werde das ganze Haus schrubben, es wird klinisch sauber werden und die abgestandene Luft des Sommers wird ...«

Häuser, die eine Weile leer standen, nahmen einen speziellen Geruch an. Auf die Fenster legte sich eine matte graue Schicht aus Fettflecken von den Fliegen, so auch in ihrem Haus.

Beth und Ulf hatten das Haus gekauft, als sie gerade ein halbes Jahr zusammen waren. Beths Eltern waren ihnen zwar mit einer Bürgschaft behilflich gewesen, aber ihr Vater hatte sich zunächst quergestellt und moralinsaure Warnungen ausgestoßen.

»Ihr kennt euch doch kaum. Ich finde es noch viel zu früh für eine so große gemeinsame Anschaffung. Mama und ich waren zwanzig Jahre verheiratet, als wir unser Haus gekauft haben.«

Es war ein zwölf Jahre altes, himmelblaues Holzhaus. Beth hatte nie zuvor ein Haus in dieser Farbe gesehen und fand anfangs, dass sie einem ein bisschen zu sehr ins Auge stach. Das Haus gehörte einem Paar um die dreißig mit einem kleinen Baby. Der Mann, ein Jugendfreund von Ulf, war nach Karlskrona versetzt worden und wollte das Haus deshalb so schnell wie möglich loswerden.

»Wir können es uns doch wenigstens einmal ansehen«, hatte Ulf gemeint.

Damals wohnten sie beide in Ein-Zimmer-Appartements und hatten gelegentlich darüber gesprochen zusammenzuziehen, aber noch nicht ernsthaft begonnen, sich nach etwas Größerem umzusehen. Dann besichtigten sie das blaue Haus.

Das Licht, das zum Wohnzimmerfenster hereinfiel, hatte etwas. Außerdem stand ein Baum auf dem Grundstück, ein alter Kastanienbaum, den man vor den Bulldozern gerettet hatte.

Das Kastanienhaus, hatte Beth gedacht. Es kann unsere ganze Zukunft beherbergen.

Im Frühling blühte der Baum mit großen weißen Blütenkerzen. Im Oktober war die Erde mit seinen glänzenden Früchten übersät, die sie in den Jackentaschen sammelte, in die sie ab und zu ihre Hände steckte, um die Kastanien abzutasten. Sie dachte an einen Vorhang, den sie einmal gesehen hatte. Er bestand aus Kastanien, die man auf Fäden gezogen hatte. Sie erinnerte sich noch an das klappernde Geräusch, wenn jemand hindurchging.

Das Haus hatte fünf Zimmer und eine Küche auf einer Etage und war bezahlbar.

»Außerdem steigt es noch im Wert«, meinte Ulf.

Also schlugen sie zu.

Beth trug die große Tüte mit den Büchern hinein. Sie hatte im Urlaub einiges lesen wollen, aber in diesem Sommer war nicht viel daraus geworden.

»Haben wir was zu essen im Haus?«, fragte Ulf.

Sie ging in die Küche. Abgesehen von einer Flasche Essig und ein paar Gläsern Senf und Gurken war der Kühlschrank leer. Auch aus dem Kühlschrank schlug ihr ein dumpfer, abgestandener Geruch entgegen. Ulf sagte: »Ich gehe einkaufen. Hast du Lust auf was Bestimmtes?«

»Ich weiß nicht, ich habe keinen Hunger.«

»Ich auch nicht. Ich kaufe nur was ein.«

»Tu das. Bring Milch mit.«

Sie hörte das Auto davonfahren.

Barfuß bewegte sie sich durch die Zimmer und betrachtete ihr Zuhause. Die Topfpflanzen schienen alle überlebt zu haben. Plötzlich dachte sie, dass es egal gewesen wäre. Eine Nachbarin, Birgitta Santesson, hatte die Blumen gegossen und nach der Post gesehen. Sie war eine Frau in den Sechzigern und seit einigen Jahren verwitwet.

Beth ging ins Badezimmer. Sie hatte Kopfschmerzen. Schon morgens hatte sie ein dumpfes Drücken gespürt, sodass sie anfangs glaubte einen Kater zu haben, aber es war eine andere Art von Schmerz, der eher vom Kiefer auszustrahlen schien.

Ich packe aus, dachte sie, ich packe aus und schmeiße alles in die Waschmaschine.

Sie war träge, wie gelähmt. Ihre Fußsohlen brannten auf dem Badezimmerboden. Die Fersen waren so rissig, dass sie die Hornhaut in Streifen von ihnen abziehen konnte, die weiß und zäh wie Leder waren. Sie stand vor dem Badezimmerspiegel. Die Haare hatte sie nach hinten gekämmt, sodass die Stirn mit den Falten entblößt war. Beth riss die Augen auf und die Stirnfalten wurden tiefer und zahlreicher. Ihre Nase glänzte und schälte sich ein wenig, so als hätte sie zu lange in der Sonne gesessen, was sie aber nicht getan hatte, sie hatte die Sonne gemieden. Die Lippen waren voll und dunkel, rechts unter dem Mund reifte langsam ein Mitesser, die Haut glänzte entzündet. Sie lehnte sich zum Spiegel vor und starrte sich an: blaue Augen, Wimpern, Tränensäcke und lila Schatten.

»Oh verdammt, Beth. Verdammt!«

Sie sagte es laut und sah, wie ihre Lippen die Worte formten, ohverdammtbethverdammt.

Sie öffnete das Fenster, stemmte sich auf den Sims und blieb so in der Luft hängen. Der Bauch tat ihr weh dabei, und wenn sie den Kopf senkte, wurden die Schmerzen im Kiefer stärker. Trotz der Trockenheit schien das Gras frisch gemäht zu sein. Birgitta hatte den elektrischen Rasenmäher benutzt. Sie war etwas übereifrig und penibel und kratzte nach dem Mähen jeden einzelnen Grashalm weg.

»Ich werfe das Gras immer auf den Komposthaufen, das solltet ihr auch tun. Kreislauf und Wiederverwertung. Das ist es, was wir brauchen, wenn wir auf unserer Erde überleben wollen. Übrigens habt ihr Moos im Rasen, ich habe im Ratgeber Garten gehört, was man tun muss, um es loszuwerden. Man muss das Gras oft und ganz kurz schneiden. Dann hat das Moos keine Chance mehr.«

Sie klingelt bestimmt bald. Vielleicht mache ich nicht auf, aber sie hat natürlich einen Schlüssel und wird hereinkommen und überall nach mir suchen, selbst hier auf dem Klo.

»Beth! Huhu! Bist du zu Hause?«

Ja.

Sie ließ sich auf den Fußboden zurückrutschen und trat in den Flur hinaus. Birgitta stand mit einem Korb voller Äpfel und Weintrauben im Türrahmen.

»Hier, für euch, willkommen daheim. Ich dachte mir, dass ihr nichts im Haus habt.«

Beth ging ihr entgegen.

»Vielen Dank, wie lieb von dir, eigentlich müssten wir ja eher dir etwas schenken ... Das machen wir auch noch, später, zum Dank für deine Hilfe ... Hat alles geklappt?«

Birgitta hatte die Angewohnheit, einen anzusehen und für einen Moment zu zögern, ehe sie antwortete, sodass man stets geneigt war zu glauben, man hätte etwas Falsches gesagt.

»Warum sollte nicht alles geklappt haben?«

Ihre dunklen Haare hatte sie sich zu einem glänzenden runden Knoten hoch gesteckt und erst kürzlich frischen Lippenstift aufgetragen. Sie gehörte zu den Frauen, die als Witwen noch einmal aufblühten. Ihr Mann war lange krank gewesen und Beth und Ulf hatten sein Gejammer, das durch die Fensterspalten hinausdrang, mit anhören müssen. Er hatte sie nicht aus den Augen gelassen.

Damals hatte sie sich nur selten mit Birgitta unterhalten. Sie war scheu und gestresst gewesen, hetzte zwischen der Hausarbeit und ihrem Mann hin und her. Beth und Ulf hatten sich des Öfteren darüber unterhalten und sie bedauert. Man sah ihr so deutlich an, dass es ihr nicht gut ging.

Nach seinem Tod wurde alles anders. Die Jalousien blieben nicht mehr geschlossen, die Fensterbretter bogen sich unter Hibiskus- und Oleandertöpfen. Ihr Mann war gegen alles, was duftete, allergisch gewesen. Und nicht nur das. Er war allergisch gegen das Leben an sich gewesen.

»Schön, dass ihr wieder zu Hause seid. Obwohl ich eigentlich im Hinterkopf hatte, dass ihr länger bleiben wolltet.«

»Wir haben Heimweh bekommen.«

»An diesem herrlichen Ort? Dem Paradies auf Erden? Ich erinnere mich noch an die Bilder, die du mir gezeigt hast, es muss dort ganz herrlich sein.«

»Das ist es auch«, erwiderte Beth ausweichend.

»Aha. Und wann musst du wieder arbeiten?«

»Am Siebzehnten, glaube ich.«

»Na ja, dann hast du ja noch etwas Zeit.«

»Ja, man braucht ein bisschen, um wieder in die Gänge zu kommen.«

Birgitta lachte. Dann spitzte sie die Lippen, sodass sich zahlreiche feine Fältchen auf ihrer Oberlippe bildeten.

»Ich muss dir etwas erzählen«, sagte sie und beobachtete Beth, um sich ihre Reaktion nicht entgehen zu lassen. »Hier ist es nicht gerade ruhig gewesen.«

»Wie meinst du das?«

»Nun ja, hier ist so einiges vorgefallen. Zum Glück ist nichts passiert, jedenfalls nichts Ernstes.«

»Aha. Und was war los?«

»Jemand hat versucht, in euer Haus einzubrechen.«

»Wie bitte!«

»Es war Ende letzter Woche, spätabends. Ich saß noch vor dem Fernseher, als mich plötzlich das seltsame Gefühl überkam, dass nicht alles ist, wie es sein sollte.«

Ein stechender Schmerz durchzuckte ihre Backenzähne. Beths Hand fuhr hoch, ihr Gesicht verzog sich zu einer Grimasse.

Birgitta schloss die Haustür.

»Komm, setzen wir uns, es ist bestimmt ein wenig dreist von mir, mich einfach so selbst einzuladen, aber ich habe den ganzen Tag im Garten gearbeitet, ich muss mich einfach hinsetzen.«

»Oh, entschuldige«, stieß Beth hervor. »Komm doch rein. Es ist ein bisschen unordentlich, aber das hast du ja sicher schon bemerkt, also macht es jetzt auch nichts mehr.«

Birgitta stellte ihren Korb auf dem Tisch im Wohnzimmer ab und öffnete die Tür zur Terrasse.

»Wenn du nichts dagegen hast«, sagte sie und wandte sich zu Beth um, während sie versuchte Luft ins Haus zu wedeln.

»Es wird mit der Zeit ein wenig stickig«, sagte Beth.

»Bis jetzt war mir das gar nicht aufgefallen. Ich habe sogar versucht, die Fenster tagsüber möglichst offen stehen zu lassen, damit das nicht passiert.«

»Sollen wir uns lieber nach draußen setzen?«

»Nein, ich bin schon den ganzen Tag in der Sonne gewesen.«

Sie setzten sich auf die Couchgarnitur. Birgitta hatte die Sandalen ausgezogen, ihre Füße waren klein und sehr gepflegt. Sie pflückte eine Traube ab und steckte sie sich gedankenverloren in den Mund. Sie trug schwarze Seidenshorts. Beth konnte sich einen Blick auf ihre Schenkel nicht verkneifen, die noch erstaunlich fest und schlank waren.

»Nun erzähl schon«, sagte sie. »Was ist passiert?«

»Ich weiß nicht, ob es ein Geräusch oder etwas anderes war, aber jedenfalls stimmte etwas nicht. Darum schleiche ich ans Fenster, und als ich rausschaue, sehe ich einen Mann, der am Schloss eurer Terrassentür herumfummelt.«

Beth notierte mit trägem Erstaunen, das Birgittas Worte keinen größeren Eindruck auf sie machten.

»Aha«, sagte sie nur.

»Ich habe ihn natürlich nicht sehr deutlich gesehen, aber er war ziemlich kräftig und groß und hatte helle Haare ... sonst hätte man glauben können, dass ... na, du weißt ja, wie es heutzutage in Hässelby Strand aussieht, diese Horden von Somaliern, die sich hier überall herumtreiben.«

»Was hat er denn gemacht?«

»Er hat versucht, das Türschloss aufzubrechen, wenn du genau hinsiehst, kannst du die Kratzer erkennen. Es war wirklich bedrohlich. Ich wusste erst gar nicht, was ich tun sollte, immerhin bin ich ganz allein, ich meine ... nicht, dass Allan bei solchen Gelegenheiten eine große Hilfe gewesen wäre, aber immerhin. Ich dachte, ich rufe die Polizei, aber dann hätte er bestimmt genug Zeit gehabt, ins Haus einzudringen. Ich wurde plötzlich so wütend, Beth, ja rasend wütend, also bin ich ... Gott steh mir bei ... ich bin in den Garten hinausgegangen und habe den Typen angebrüllt, er solle verschwinden.«

»Hat er das getan?«

»Ja, stell dir vor. Er hat die Beine in die Hand genommen und ist abgehauen. Obwohl ich dann später ... das kam später, am nächsten Abend, da habe ich fürchterliches Herzklopfen bekommen, ich dachte, ich bekomme einen Herzinfarkt, jetzt ist es aus mit dir, liebe Birgitta.«

»Wie mutig von dir«, meinte Beth.

»Wir setzen uns doch für Nachbarschaftshilfe ein. Daran habe ich die ganze Zeit gedacht, an die Schilder, die wir überall aufgestellt haben. Sie sollen doch nicht nur nutzlos herumstehen. Ich finde einfach, das dürfen keine leere Worte bleiben, sonst macht es keinen Sinn.«

»Nein.«

»Trotzdem war mir mulmig zu Mute, das muss ich zugeben. Ich habe die Polizei angerufen, aber die hat ja doch nie Zeit einem zu helfen.«

»Jetzt in der Urlaubszeit gibt es bestimmt eine Menge Einbrüche. Bei uns auf dem Land ist übrigens auch eingebrochen worden.« Beth wunderte sich selbst darüber, dass sie davon anfing. Es wäre passender gewesen, es nicht zu erwähnen.

»Ist was weggekommen?«, fragte Birgitta und begann eine ihrer braun gebrannten Waden zu massieren.

»Ein paar Kleinigkeiten, nichts Besonderes.«

»Aber es bleibt das Gefühl, dass jemand im Haus gewesen ist, jemand, den man nicht eingeladen hat.«

Ein Auto fuhr auf den Parkplatz am Haus. Ulf war zurück. Er betrat das Wohnzimmer mit zwei vollgepackten Plastiktüten. Birgitta stand auf.

»Willkommen daheim, Ulf.«

Sie ging auf ihn zu und fasste ihn an den Armen.

»Ihr müsst entschuldigen, aber ehrlich gesagt seht ihr nicht so aus, als kämt ihr gerade aus dem Urlaub«, meinte sie. »Ich habe dich genau beobachtet, Beth, ihr seht völlig fertig aus. Habt ihr drüben in Västergötland so über die Stränge geschlagen?«

Man hörte ein weiches Plumpsen an der Terrassentür. Beth schnappte vor Schreck nach Luft.

»Oh Gott ...!«

Eine Katze war ins Haus gesprungen und starrte die Menschen an. Sie hatte den Schwanz gehoben und ihr Fell sträubte sich.

Birgitta schien nicht weiter erstaunt zu sein.

»Du musst rausgehen«, meinte sie freundlich. Sie ging zu der Katze und schob sie auf den Rasen hinaus. »Ich komme gleich. Aber Beth, die hier wohnt, ist allergisch, verstehst du, sie mag kleine Miezekätzchen nicht.«

Beth fror, presste die Ellbogen an den Körper und schauderte.

»Ich dachte ...«, flüsterte sie. »Sie sieht einer Katze ähnlich, die wir auf dem Land gesehen haben.«

»Sie ist einfach so aufgetaucht«, sagte Birgitta. »Aus dem Nichts. Ich weiß, dass du allergisch bist, deshalb habe ich darauf geachtet, dass sie nicht in euer Haus läuft. Aber ich habe angefangen, ihr Milch und Whiskas zu geben und habe sie Missy getauft. Wenn niemand Anspruch auf sie erhebt, werde ich sie behalten.«

2. KAPITEL

In der folgenden Nacht begann es zu regnen. Beth saß an die Wand gelehnt im Bett. Sie war auf der Stelle eingeschlafen, aber eine Stunde später davon aufgewacht, dass die Schmerzen in ihrem Mund schlimmer geworden waren. Der Schmerz strahlte von einem Backenzahn aus und sie spürte das Pulsieren des Nervs. Sie schloss die Augen und versuchte, an etwas anderes zu denken, aber der Schmerz wanderte zwischen Ober- und Unterkiefer hin und her, wühlte und bohrte, und wenn sie ihre Körperhaltung änderte, verlagerte er sich. Sie atmete schnell und flach, war aufs Äußerste angespannt, bis sie schließlich ein Aufstöhnen nicht mehr unterdrücken konnte.

Ulf war wach. Sie wusste, dass er im Bett lag und ihr weismachen wollte, er würde schlafen. Jetzt machte er die Nachttischlampe an, sah sie aber nicht an, sondern blickte zur Holzdecke hinauf.

»Was ist los?«, sagte er gereizt.

»Ich habe Zahnschmerzen.«

»Dann wirst du morgen wohl den Zahnarzt anrufen müssen.«

Sie schwieg. Er wusste, dass sie Angst vor dem Zahnarzt hatte. Er zog sie immer damit auf, aber nicht gehässig, sondern fürsorglich und liebevoll.

»Ja«, murmelte sie schließlich. »Das muss ich wohl.«

Und ergänzte einen Moment später entschuldigend: »Habe ich dich geweckt?«

Er löschte das Licht.

»Ja«, sagte er in die Dunkelheit hinein. »Ja, das hast du, du hast mich geweckt.«

Seine Stimme war monoton. Beth streckte die Finger aus um ihn zu berühren, erreichte ihn jedoch nicht, brachte es aber auch nicht fertig, sich von der Wand zu lösen.

In diesem Moment wurde das Zimmer von einem Blitz erhellt, dem Sekunden später der Donner folgte. Die Dachziegel klapperten und gleich darauf schlugen die ersten schweren Regentropfen gegen das Fenster. Ulf stand auf und schloss es. Er stand da wie ein Schatten, seine gebeugten Schultern, sein Körper.

»Ich liebe dich«, sagte sie leise und wusste, dass er ihre Worte gehört hatte.

Mühsam stand sie auf und ging ins Badezimmer, wo sie ein paar Schmerztabletten fand, die sie mit Wasser schluckte. Sie hatte ohne Nachthemd geschlafen, fühlte sich nun jedoch bloßgestellt und nackt. Deshalb zog sie ihren Bademantel an und ging ins Schlafzimmer zurück.

»Steh doch nicht so am Fenster«, bat sie ihn.

Er reagierte nicht.

»Das ist gefährlich, man zieht den Blitz an.«

»Unsinn!«

»Komm, leg dich wieder hin. Wir müssen versuchen zu schlafen.«

Kurze Zeit später kam er, legte sich von ihr abgewandt auf die Seite und deckte sich zu.

Sie wiederholte ihre Worte:

»Ulf, ich liebe dich.«

»Ja, Beth, ich bin nicht taub.«

»Woran denkst du?«

»An nichts.«

»Denkst du an … die Sache?«

Er zuckte im Bett zusammen, fuhr herum und zischte sie an:

»Hatten wir nicht gesagt, dass wir einen Schlussstrich darunter ziehen und es ausradieren wollen? Hatten wir das nicht gesagt?«

»Entschuldige bitte«, flüsterte sie.

»Dann sprich auch nicht davon. Nimm dich gefälligst ein bisschen in Acht, sei nicht so ein verdammtes Trampeltier!«

Die Schmerztabletten zeigten keinerlei Wirkung. Beth wälzte sich im Bett von einer Seite auf die andere, bis Ulf schließlich aufstand und mit wütenden Schritten ins Gästezimmer umzog.

»Ich brauche meinen Schlaf«, sagte er, klang aber nicht mehr wütend, sondern nur noch müde und traurig.

Beth lag da und lauschte den Regentropfen. Regen, der lange auf sich warten gelassen hatte, fiel oft umso heftiger. Plätschernd und sirrend fiel er auf die Straße. Sie dachte an ihr Sommerhaus, ob es dort auch regnete?

Ohne dass sie es wollte, sah sie die Bilder vor sich, den steinharten Lehm, der langsam aufweichte, das Sickern kleiner Rinnsale, die von allem Verdursteten aufgesogen wurden, und wie er, der dort in der Grube lag, wie er und seine Kleider immer nasser wurden und Erde und Wasser in seine Ohren und Nasenlöcher und die weit aufgerissenen Augen drangen, oder hatten sie seine Augen geschlossen, hatten sie seine Lider gesenkt, hatte der Schotter sich ansonsten direkt auf die empfindliche Membran mit der Iris gelegt, die Pupille ist eigentlich ein Loch und nichts anderes, der Körper ist voll von solchen Öffnungen, ihrer auch, die Körper aller Menschen, und er würde dort im Lehmwasser liegen, und wenn sie sein Grab nicht tief genug ausgehoben hatten, würde die Erde fortgespült werden und wilde Tiere wie Füchse und Ratten zu der Stelle kommen und scharren und schnüffeln, jedoch nicht die Kraft haben, gründlich reinen Tisch zu machen wie die Aasfresser in der Wüste … sondern so viel übrig lassen, dass man problemlos … wer auch immer zufällig vorbeischaute, ein Dieb, ein entfernter Nachbar, seine Verwandten … und angesichts der Tatsache, dass er ganz in der Nähe ihres Grundstücks lag, dass der Fund, *der Fund*, dort gemacht wurde, dass man mit ausgeklügelten rechtsmedizinischen Methoden relativ problemlos feststellen konnte, wann der Tod eingetreten war … und *wie* … man würde seinen

Schädel sehen, die zertrümmerte Stirn, man würde die Axt finden und zum Vergleich ihre Pinne daran halten, doch, das hieß so, Pinne ... sie hatte nicht umsonst das eine oder andere Kreuzworträtsel gelöst ... oder sagte man das bloß bei einem Hammer?

Die Schmerzen waren inzwischen sogar noch stärker geworden. Früher war sie zu einem netten alten Zahnarzt gegangen, dem es beinah gelungen wäre, ihr die Angst zu nehmen. Aber er hatte sich mittlerweile zur Ruhe gesetzt, Sie können zu meinem Nachfolger gehen, hatte er gesagt, ich werde ihm Bescheid sagen, man wird Sie wie immer zur Kontrolle einbestellen, aber irgendetwas war schief gegangen, sie war bestimmt schon zwei Jahre nicht mehr beim Zahnarzt gewesen und sie war nicht der Typ, der von sich aus ... obwohl, wenn man auf sie als Patientin in der Praxis keinen Wert legte, würde sie sich weiß Gott nicht aufdrängen, du bist dümmer, als die Polizei erlaubt, sagte Ulf immer, das ist doch einzig und allein dein Problem, wer schert sich denn schon darum, wenn deine Zähne faulen und ausfallen, nur du allein ... und ich natürlich, weil ich dann mit einer alten zahnlosen Schachtel zusammenleben muss. Sie schrie ihn dann immer an, aber auch nicht im Ernst, bewarf ihn mit einem Kissen, um ihn zum Schweigen zu bringen ... aber diese neckischen Spielchen waren nun ...

Dann, eines Nachmittags, würde es an der Tür klingeln oder klopfen, sie wäre gerade von der Arbeit gekommen und würde denken: *nein, ich mache nicht auf*, aber sie würden trotzdem wissen, dass Beth zu Hause war und erneut anklopfen, aber diesmal fester, IM NAMEN DES GESETZES ÖFFNEN SIE DIE TÜR, und schließlich bliebe ihr keine andere Wahl, sie würden zu zweit sein und vermutlich in Zivil, sie stellte sich Kammgarnmäntel vor, als hätte sie zu viele alte Schwarz-Weiß-Filme gesehen, Kammgarnmäntel und Hüte, Guten Tag, würden sie sagen und ihr eine Plakette oder so eine kleine runde Medaille vor die Nase halten, Polizei, wir suchen Beth Svärd, sind Sie das? Wie sollte sie das abstreiten? Ja, musste sie wohl oder übel sagen, das bin ich, was wollen Sie von mir, geht es vielleicht um den versuchten Einbruch neulich abends, und die Männer würden sie höhnisch und mitleidig ansehen und auf der Straße stünde ein Auto, holen Sie bitte Ihren Mantel, wir müssen Sie bitten mitzukommen. Sie stellte sich zwei mögliche Fortsetzungen vor. Bei der ersten ging sie gehorsam zur Garderobe und holte ihren hellen Sommermantel. Die Männer nahmen sie zwischen sich und schlossen mit einem Schlüssel ab, den sie vermutlich von Birgitta bekommen hatten, und als sie sich auf den Rücksitz des schwarzen Volvos setzte, sah sie für Sekundenbruchteile das Gesicht der Nachbarin. Einer der Männer fuhr, der andere saß neben ihr auf dem Rücksitz. Sie rückte möglichst weit von ihm weg. Wo bringen Sie mich hin, fragte sie und die beiden betrachteten schweigend die Umgebung, wo bringen Sie mich hin, und vielleicht würden die Männer sie nachahmen, vielleicht auch gar nicht erst antworten, sie sah vor sich, wie sie in ein enges und kahles Vernehmungszimmer geführt wurde ... wir haben gewisse Funde in der Nähe Ihres Hauses in Västergötland ... nein, das reichte, die zweite Fortsetzung war besser, wenigstens fing sie gut an, Beth war in ihr viel widerspenstiger: Die Polizisten standen vor ihr und sie sagte, entschuldigen Sie mich bitte einen Moment, ich muss noch meine Handtasche holen und ehe die Beamten reagieren konnten, hatte sie ihnen schon die Tür vor der Nase zugeschlagen und war durch den Hinterausgang hinausgelaufen und rannte über den Rasen und sprang wie ein Reh über die niedrigen, weiß lackierten Zäune, lief über den Sportplatz von Hässelby mit seinem altertümlichen Schild am Eingang und an dem Kindergarten vorbei, den sie damals für ihre Kinder ausgesucht hatte, hinein in den dichten, kleinen Wald zum Lövstavägen hinab, und sie würde stark und ausgeruht und passend gekleidet sein und einmal auf der Straße angekommen jemanden anhalten, niemanden, den sie kannte, sondern eine Frau mit wilden Augen, ich bin auf der Flucht vor meinem Mann, er misshandelt mich, würde sie sagen, genau wie meiner, erwiderte die Frau ... und sie würde ins Auto springen und die Frau Vollgas geben und sie würden hunderte von Kilometern entfernt sein, ehe der Polizei überhaupt klar wurde, dass sie die Flucht ergriffen hatte. Wie Thelma und Louise. Wie eine Art Heilige.

3. KAPITEL

Die Zahnschmerzen ließen mit der Zeit nach oder waren jedenfalls erträglich. Sie kamen in Schüben, aber Beth stopfte sich mit Schmerztabletten voll und schließlich klangen sie etwas ab. Sie putzte das Haus von oben bis unten und nahm sich anschließend vor, in den Blumenbeeten Unkraut zu jäten. Im Grunde war das nicht nötig, denn Birgitta hatte die Beete sauber gehalten. Sie hatten nicht besonders viele Blumen im Garten. Wenn man auch noch ein Sommerhaus hatte, konnte man sich das nicht erlauben, sodass es nur ein paar Rosenbüsche, eine Hortensie und eine orangefarbene Lilienstaude waren. Man durfte ihnen nicht zu nahe kommen, der braune Blütenstaub hinterließ Flecken auf der Kleidung, die nicht mehr herausgingen.

Wenn sie sich im Garten aufhielt, sprang die Katze auf einen Zaunpfahl und beobachtete sie von dort aus. Beth war das unangenehm. Der Grund war ihr Blick, die kalten, runden Augen, die nie zu zwinkern schienen. Eines Morgens stellte sie eine Schale mit Milch hinaus. Sie wusste nicht, warum sie das tat, da sie das Tier am liebsten loswerden wollte. Die Katze sollte in Birgittas Garten bleiben oder zu ihrem ursprünglichen Besitzer zurückkehren. Die Katze ließ sie nicht aus den Augen, als sie sich bückte und die Schale an der Hauswand abstellte.

»Bitte sehr!«, sagte sie. »Die ist für dich.«

Die Katze erhob sich und balancierte einen Moment auf dem Zaun. Anschließend machte sie einen Satz ins Gras, stolzierte zur Milch hinüber, trank jedoch nicht davon, sondern schnupperte nur an ihr.

»Was hast du denn!«, sagte Beth nervös. »Denkst du etwa, ich hätte sie vergiftet?«

Die Katze rührte sich nicht vom Fleck. Sie stand da, als wäre sie ausgestopft. Plötzlich bildete Beth sich ein, die Katze würde sie anspringen, sobald sie eine unvorsichtige Bewegung machte. Eine ganze Weile blieben sie so stehen und fixierten sich gegenseitig. Dann trat Birgitta auf ihre Terrasse hinaus und das Tier wandte sich um und schob sich zwischen zwei Zaunlatten durch.

Ulf begann wieder zu arbeiten, obwohl sein Urlaub noch nicht zu Ende war. Er meinte, er fühle sich rastlos und dass es gut sein würde, auf andere Gedanken zu kommen. Ihr selbst blieb noch eine Woche bis zum Ende der Sommerferien.

Sie kam nicht zur Ruhe. War sie zu Hause, sehnte sie sich hinaus, war sie draußen, wurde sie von Müdigkeit übermannt. Sie war ständig müde, schlief aber trotzdem schlecht.

Eines Tages kam sie an ihrer Schule vorbei, und als sie die flachen Backsteingebäude erblickte, wurde sie von einem nagenden Überdruss erfasst. Es regnete und der Schulhof breitete sich nassglänzend und menschenleer vor ihr aus. Gelbe Blätter fielen von den Bäumen. Herbst, dachte sie, Herbst. Einige Fenster standen offen und sie hörte ein Geräusch aus dem Inneren des Schulgebäudes, es klang nach einer Bohrmaschine. Am Ende jedes Schuljahrs gab es etwas zu reparieren. Die Abnutzung des Inventars war enorm.

Sie versuchte, sich an die Schüler zu erinnern, die sie bis jetzt unterrichtet hatte und die nun in die Mittelstufe versetzt wurden. Seltsamerweise konnte sie sich kein einziges Gesicht ins Gedächtnis rufen, auch keine Namen. Die Klassenräume der Mittelstufe lagen in einem etwas weiter entfernten Gebäude und sie würde diesen Schülern in Zukunft nur noch selten begegnen. Andere würden ihre Stelle einnehmen, der Strom der Kinder würde niemals enden. Sie dachte, dass sie selbst mit jedem neuen Schuljahr älter wurde, älter, müder und lustloser. Die Arbeit machte ihr keinen Spaß mehr. Sie war keine gute

Lehrerin. Im Grunde genommen hatte sie nie Lehrerin werden wollen.

Sie spazierte den Riddersviksvägen hinab und gelangte zu der lang gezogenen Allee, die zum Gut Riddersvik führte, wo es ein Restaurant gab, in dem Ulf und sie früher ein paar Mal essen gegangen waren. Sie hatten auf der Terrasse an der Rückseite des Gutshauses gesessen, die Schrebergärten und ein Stück des Mälarsees zu ihren Füßen. Die Sonne war langsam untergegangen, sie hatten eine Flasche Wein getrunken und waren anschließend über den kleinen Holzweg, der am Felshang vorbeiführte, nach Hause gebummelt.

Das kam ihr jetzt alles so weit weg vor.

Ihr ganzes Leben kam ihr weit weg vor!

Am Gutshof bog sie rechts ab und gelangte auf eine weitere Allee. Hier hatte man ein Gehege mit Hühnern und Enten angelegt, das sie ab und zu mit den Schulkindern besucht hatte. Weiter entfernt standen ein paar frierende Pferde auf der Weide. Sie versuchte die Tiere zu sich zu locken, hatte aber nichts für sie dabei. Eins von ihnen, ein Fuchs, lief zögernd ein paar Schritte auf sie zu. Das Pferd warf den Kopf, seine dünne Mähne hing nass und strähnig herab. Sie roch den kräftigen Pferdegeruch und wurde von wachsender Wehmut ergriffen.

»Na komm schon, lass dich streicheln«, sagte sie mit belegter Stimme, und das Pferd kam ihr so nah, dass sie sein Maul streicheln konnte. Aber als sie die Hand ausstreckte, bekam es Angst und galoppierte so schnell davon, dass seine Hufe Lehmbrocken hochschleuderten. Seine Angst übertrug sich auf die anderen Pferde und mit geblähten Nüstern galoppierten sie auf der Weide im Kreis und wären auf dem nassen Untergrund mehrmals fast gestürzt.

Beth zog ihre Kapuze auf. Die Hufe donnerten über die Erde, gleich würde der Besitzer herauskommen und sie fragen, was sie dort trieb. Schleunigst ging sie davon und erreichte den Schutz der großen Bäume an Tempeludden. Rechter Hand hinter der Absperrung erhoben sich die Überreste der alten Müllverbrennungsanlage mit ihren eingeschlagenen Fensterscheiben. Heute befand sich dort ein Wertstoffhof. Die Bewohner von Hässelby fuhren hierher und warfen überflüssigen Ballast ab. Ein Teil der Sachen ging an die Organisation Ärzte ohne Grenzen. Der Rest wurde von großen Walzen zermalmt und landete wahrscheinlich irgendwo als Füllmaterial.

»Wir hätten ihn auch hierher bringen können«, schoss es ihr durch den Kopf und sie scheute vor den Bildern nicht zurück, malte sich vielmehr alles aus, die Leiche, wenn es hier in der Nähe passiert wäre, hätten sie ihn in einen Pappkarton legen, ihn zusammenklappen und verschnüren können, der Körper wäre natürlich schwer gewesen, aber wenn sie nachts hergekommen wären ... wenn das Gelände nicht abgeschlossen gewesen wäre ... Sie hätten ihn in einen der Container für brennbare Abfälle bugsiert, warum nicht, der Container wäre immer voller geworden, niemand hätte etwas geahnt ... wenn nur nicht dieser Gestank ... und plötzlich war er wieder gegenwärtig, der Geruch eines toten Menschen, der Fliegenschwarm, als sie die Scheunentür öffneten, sie musste sich an einem Baumstamm festhalten. Sie presste sich an ihn, atmete gegen das Graue, Raue, fuhr mit der Zunge über die Rinde, musste sich übergeben. Dann hielt sie ihr Gesicht in den Regen. Tropfen fielen von den Blättern. Sie schloss die Augen und die Tränen brannten. Sie blieb so stehen, bis ihr Nacken steif wurde. Gleichzeitig meldeten sich ihre Zahnschmerzen wieder. Ich muss nach Hause gehen, dachte sie, ich muss nach Hause gehen und mich hinlegen.

Als sie den kleinen Pavillon erreichte, kam ihr eine Frau entgegen. Trotz des anhaltenden Regens erkannte sie auf der Stelle, dass es Görel war, eine ihrer Arbeitskolleginnen. Beth erkannte sie an der Körperhaltung und ihrem Gang. Sie arbeiteten sicher schon zehn Jahre an der selben Schule. Görel trug einen dunkelblauen Regenmantel und einen Südwester.

Typisch Görel, dachte Beth. Wer sonst würde an einem Tag wie heute einen Südwester tragen.

»Hallo Beth, du hier?«, rief Görel. Ihr tropfte das Wasser von der Nasenspitze.

»Ja.«

»Du machst also auch einen Bummel bei dem schönen Wetter.«

Beth versuchte zu lachen.

»Hattet ihr einen schönen Sommer?«, fuhr Görel fort.

»Aber ja. Und ihr?«

»Na ja, Martins Mutter, also meine Schwiegermutter, ist an Mittsommer von uns gegangen. Das hat dem ganzen Sommer seinen Stempel aufgedrückt.«

»Von uns gegangen?«, wiederholte Beth.

»Ja, sie ging tatsächlich von uns. Sie wollte ihre Brille holen, und während sie so über den Rasen geht, sinkt sie plötzlich zu Boden und liegt da wie ein Koloss, sie war dick, weißt du, enorm, ihr Blutdruck war viel zu hoch.«

»Oh je, das war natürlich nicht so schön.«

»Das kann man wohl sagen. Wir waren draußen in den Schären, das hat alles lang gedauert, Martin hat sein Fahrrad genommen und einen Typen aufgetrieben, der Arzt ist und immer seinen Sommerurlaub da draußen verbringt ... aber du weißt schon ... alle hatten etwas getrunken und ... nun ja, wie sich später herausstellte, muss sie auf der Stelle tot gewesen sein. Und Martin entwickelt jetzt plötzlich Schuldgefühle, er hätte dies und er hätte das tun müssen und macht sich Vorwürfe, weil er so wenig Zeit für seine Mutter hatte, meistens musste ich an die Geburtstage und so denken ... er war ihr einziges Kind und sie hat ihn regelrecht vereinnahmt ... er ist vor ihr geflohen, mental, meine ich, du weißt sicher, wie so etwas sein kann, nein, es war alles andere als ein schöner Sommer.«

Sie redete immer weiter.

»Ja, das Ganze macht mich langsam verrückt. Die Alte hat immer schon zwischen uns gestanden, jetzt ist sie zwar tot, aber trotzdem ... irgendwie immer noch da und sitzt wie ein Keil zwischen Martin und mir und man kann mit ihm nicht darüber reden, er ist ...«

Sie verstummte und schüttelte den Kopf.

»Das klingt aber ganz schön anstrengend«, meinte Beth.

»Ja, es … Hör mal, magst du mitkommen auf eine Tasse Kaffee?«

Beth fiel kein passender Grund ein, das Angebot abzulehnen, und etwas später betraten sie den ordentlich geharkten Kiesweg vor Görels Haus auf den Vidholmshügeln.

Görel kochte Kaffee und taute in der Mikrowelle Zimtschnecken auf. Sie setzten sich an den Küchentisch. Es regnete immer stärker, und man hätte meinen können, dass es nie eine Sonne gegeben hatte.

»Wenigstens lässt der Regen die Pilze aus dem Boden schießen«, bemerkte Görel ironisch. »Geht ihr Pilze suchen?«

»Ich weiß nicht.« Beth setzte die Tasse an die Lippen und als der heiße Kaffee die Zähne auf der rechten Seite berührte, tat es fürchterlich weh. Sie traute sich erst gar nicht, die Zimtschnecken zu probieren.

»Ich habe Zahnschmerzen«, sagte sie gedämpft.

»Du Ärmste.«

»Ja.«

»Willst du nicht zum Zahnarzt gehen?«

»Doch … aber …«

»Hast du einen guten? Unser Zahnarzt heißt Freddy, du kannst seine Nummer haben, wenn du willst.«

»Manchmal sind sie fast verschwunden … vielleicht gehen sie von selbst wieder weg.«

Görel starrte sie an. Ihre Augen waren groß und farblos.

»Glaubst du wirklich?«

Beth zuckte mit den Schultern.

»Hier, ich schreibe dir seine Nummer auf, eigentlich können wir ihn auch direkt anrufen.«

Ehe Beth protestieren konnte, hatte Görel auch schon den Hörer abgehoben und angerufen. Sie schien die Nummer auswendig zu kennen.

»Morgen? Ja, das geht bestimmt, ich sage es ihr, vielen Dank. Du müsstest sie sehen, sie sieht wirklich leidend aus. Ja, das werde ich ihr ausrichten. Also abgemacht? Küsschen.«

Sie legte auf.

»Du kannst morgen um 9:45 vorbeikommen. Sie haben nur wenige Termine für Notfälle frei, aber weil ich angerufen habe, war es kein Problem.«

»Du verabschiedest dich von deinem Zahnarzt mit ›Küsschen‹?«

»Ach, das sagen wir doch nur so. Wir kennen uns schon ewig. Wir sind zusammen aufgewachsen. Damals haben wir uns versprochen zu heiraten. Ich meine, er und ich.«

»Als Kind kommt man auf die verrücktesten Ideen.«

»Ehrlich gesagt, glaube ich, dass er mit seiner Frau nicht besonders glücklich ist. Irgendetwas sagt mir das.«

»Aha?«

»Ach, ich weiß auch nicht. Es ist nur so ein Gefühl. Hier hast du die Adresse, ich schreib sie dir auf.«

Sie stand auf, ging ins Wohnzimmer und kam nach einer Weile mit einem Foto zurück.

»Schau mal!«

Das Foto zeigte eine sehr umfangreiche Frau, die vor einem Gatter stand.

»So sah sie aus. Meine Schwiegermutter, meine ich. Das ist doch nicht normal, so dick zu sein. Sie aß alles, was ihr in die Quere kam, sogar die Butter aus der Verpackung, mit dem Zeigefinger. Ich will dir mal was sagen, Beth, ich habe mich vor ihr geekelt, schon immer. Und manchmal, wenn ich an Martin und sie gedacht habe ... und daran, dass sie aus einem Fleisch und Blut sind ... ach, ich weiß nicht.«

Beth war unangenehm berührt.

»Hast du keine Schwiegermutter?«, fragte Görel.

»Doch, sicher. Obwohl Ulf und ich natürlich nicht verheiratet sind.«

»Das spielt keine Rolle, Schwiegermütter bekommt man trotzdem! Und wie versteht ihr euch?«

»Wir treffen seine Eltern nur selten, sie wohnen nicht hier, sie leben in London.«

»In London?«

»Ja. Sie mögen den schwedischen Winter nicht. Sie ziehen schneefreie Winter vor, wie man sie in London meistens hat.«

»Stell dir vor, London!«

»Ja. Dadurch sieht man sich nicht so oft.«

»Sei froh. Es ist immer gut, wenn die Familie weit weg ist. Bei uns ist sie jetzt so weit weg, wie es nur geht.«

4. KAPITEL

Ulf hatte eine Nachricht auf dem Anrufbeantworter hinterlassen.

»Ich muss heute Abend arbeiten, warte nicht auf mich.«

Kurz und bündig, keine Grüße, nur eine knappe, formelle Mitteilung. Beth wurde kurz wütend, ihre Wangen röteten sich. Es regnete immer noch heftig. Sie machte eine Runde durch das Haus und schaltete alle kleinen Lampen ein. Es war Abendessenszeit, aber sie war nicht hungrig und hatte den Kaffeegeschmack noch im Mund. Sie dachte an Görel. Wie wenig man letztlich von seinen Freunden und Arbeitskollegen wusste. Man sah nur, was sie einem zeigten, und nur in Ausnahmefällen konnte man erahnen, dass es hinter der Fassade auch noch andere Seiten gab, andere Charakterzüge.

»Ich muss jetzt stark sein«, murmelte sie vor sich hin. »Am Mittwoch fängt die Schule wieder an, ich muss cool und stark und tüchtig sein.« Sie ging zur Kleiderkammer und starrte die Reihen von Kleidungsstücken an. Es gab keine Kleiderschränke im Haus, nur diese allerdings ziemlich große Kleiderkammer. Ulfs Kleider hingen ganz hinten, ihre eigenen dagegen direkt vor einem, wenn man die Tür öffnete.

Sie betrat den kleinen Raum und schloss die Tür hinter sich, stand da und atmete den dumpfen Geruch von Kleidungsstücken ein, die nur selten benutzt wurden. Ulfs dunkler Anzug. Wann hatte er ihn zuletzt getragen? Sie nahm einen Ärmel in die Hand, bürstete ein Fädchen ab und durchsuchte die Taschen des Jacketts. In der Brusttasche lag ein Zwanzig-Kronen-

Schein. Sie hielt ihn einen Moment lang in der Hand, faltete ihn dann wieder zusammen und steckte ihn zurück.

Aus heiterem Himmel brach sie in Tränen aus, weinte heftig, lehnte sich gegen den Anzug und heulte laut und unkontrolliert. Und dort, im Strom der Tränen, begann ein Männergesicht Form anzunehmen, der schief stehende, weit aufgesperrte Mund, der dichte, nach hinten gekämmte Haarschopf, die Spritzer aus hellrotem Blut, die auf der Erde und ihren nackten Beinen verteilt waren. Wie in einem Reflex ballte sie die rechte Hand zur Faust und spürte wieder das Gewicht der Axt, das an ihrer Schulter zog, als sie die Waffe hob und dann das Geräusch.

Das Geräusch von Eisen auf Knochen.

Dies war vielleicht das Schlimmste und konnte ihr jeden Augenblick wieder in den Sinn kommen, das dumpfe Knirschen, als würde eine riesige Eierschale zerbrochen. Und anschließend: Wie er zu ihren Füßen zusammenbrach, seine Finger, die nach einem Halt tasteten. Sie mussten Spuren an der Wand hinterlassen haben, Spuren von seinen Fingernägeln, die bis zuletzt versuchten, sich an das Leben zu klammern.

Du hast mich umgebracht, dachte sie verwirrt, sie murmelte es laut: »Er hat mich umgebracht, er hätte es getan, wenn ich nicht … also habe ich nur in Notwehr gehandelt, er packte mich an der Kehle, aber ich stieß ihn fort und verteidigte mich, wie jeder andere normale Mensch es auch getan hätte …«

Sie war auf die Knie gesunken und weinte mit verzerrtem und entstelltem Gesicht. Sie wurde von Krämpfen geschüttelt, Weinkrämpfen, Mama, weinte sie, Mama, so als könnte sie noch auf den Beistand ihrer Mutter zählen, Mama, Mama, warum hast du mich nur geboren, mir das Leben geschenkt.

Schließlich beruhigte sie sich wieder. Sie blieb in der Kleiderkammer auf dem Boden sitzen, ihre Schläfen pochten. Vom Weinen war ihr warm geworden, Schweiß klebte auf ihrem Rücken und unter den Brüsten.

Still! Nicht denken!

Aber.

Sein Name? Er musste doch einen Namen haben, vielleicht auch eine Frau oder Verlobte, eines oder mehrere Kinder. Sie würden ihn nicht sofort vermissen, möglich, dass er ein Mensch war, der kam und ging, jemand, der selbst über sein Leben und seine Gewohnheiten bestimmte ... aber allmählich würde in dem Kreis, den er einmal seine Familie genannt hatte, eine Lücke entstehen. Beth sah die Frau vor sich. Sie sah aus wie eine böse Waldfee mit Lockenpracht, einem geheimnisvollen Lächeln und einem nackten weißen Rücken. Und die Kinder wie kleine Putten, fett und blasshäutig hingen sie an ihren Rockschößen. Sie malte sich die Frau hässlich aus, gab ihr fratzenhafte, missmutige Züge.

Mit schmerzenden Gliedern stand sie auf, trat in den Flur hinaus, zog die feuchten Kleider aus und duschte lange und heiß. Anschließend betrachtete sie ihren Körper, die Hände, ihre spärlich behaarte Scham, ihre Hüften. Sie zog ein Nachthemd an. Es war zwar erst sechs Uhr, aber draußen schon fast dunkel. Die Wolken hingen tief über dem Sportplatz. Sie öffnete die Speisekammer und fand eine Flasche Bristol Cream, schenkte sich ein Glas ein und leerte es in einem Zug. Anschließend zündete sie sich eine Zigarette an, stand unter der Dunstabzugshaube und rauchte. Langsam wurde der dumpfe Schmerz im Zahn wieder stärker.

»Mist«, fluchte sie in der Küche stehend, »Mist, Mist, Mist!«

Das Telefon klingelte. Aus unerklärlichen Gründen bekam sie Angst. Es klingelte fünf Mal, ohne dass sie es über sich brachte an den Apparat zu gehen. Dann hörte es auf zu klingeln. Sie hielt die Zigarettenkippe kurz unter den Wasserhahn und warf sie in den Müllbeutel.

Ulf hatte nicht gesagt, um was für einen Job es ging. Sie folgte einer Eingebung, hob den Hörer ab und wählte die Nummer seiner Exfrau, die sofort an den Apparat ging.

»Hallo Beth, hier ist Ylva.«

»Woher wusstest du, dass ich es bin?«

»Weibliche Intuition.«

»Hör doch auf.«

»Quatsch, ich habe die Nummer auf dem Display gesehen.«
»Tatsächlich?«
»Das kann man doch mittlerweile bei den meisten Apparaten. Wie geht es dir. Du klingst etwas verschnupft, bist du erkältet?«
»Ja, vielleicht. Ich wollte mich nur mal melden und hören, wie es euch geht.«
»Es ist ein wunderbarer Sommer gewesen. Da kann man sich wirklich nicht beklagen.«
»Nein.«
»Albin und ich haben doch eine Hütte auf Fårö gemietet, in der Ferienanlage oben bei Sudersand. Albin hat jede Menge neuer Freunde gefunden, und ich glaube, ich war in meinem ganzen Leben noch nicht so braun gebrannt wie jetzt. Man konnte tagelang in den Dünen liegen und faulenzen.«
»Ja.«
»Das braucht man einfach ab und zu.«
»Ja, und was ist mit dir? Hast du auch jemand Netten getroffen?«
»Ja, natürlich.«
»Dann bist du jetzt also verliebt?«
»Aber Beth!«
»Was denn, ich frage doch nur.«
»So richtig verliebt man sich nur einmal im Leben.«
»Du meinst Ulf?«
Ylva lachte. Ihr Lachen klang hart und unschön.
»Oh, du bist noch ganz die Alte. Und wie ist es euch so ergangen?«
»Was meinst du damit?«
»Na, den Urlaub natürlich. Übrigens habe ich gestern mit Ulf gesprochen, er hat gesagt, es sei schön gewesen.«
»Oh ja, wir hatten wirklich eine schöne Zeit. Aber jetzt arbeitet er schon wieder und ich fange am Mittwoch wieder an.«
»Ich arbeite schon ein paar Wochen«, seufzte Ylva. »aber ich habe überhaupt keine richtige Lust. Ein ganzes Jahr, bis man wieder frei hat. Und dann auch noch Weihnachten, dieses verdamm-

te Weihnachten ... hast du gesehen, wie es dieses Jahr liegt, Heiligabend fällt auf einen Freitag, großartig. Aber so etwas kann euch Lehrern natürlich völlig egal sein.«

Beth war an spitze Bemerkungen über Lehrer und ihre langen Ferien gewöhnt. Die Leute waren gedankenlos und machten sich nur selten klar, um was sich ein Lehrer über den reinen Unterricht hinaus noch alles kümmern musste. Die Unterrichtsvorbereitung, das Korrigieren von Hausarbeiten, Studientage und lange, komplizierte Gespräche mit den Eltern der Schüler, die einen auch noch spätabends anriefen.

»Bei mir klingelt es an der Tür, ich muss auflegen!«, sagte Ylva. »Mach's gut, bis bald.«

Sie ging zur Speisekammer und schenkte sich noch ein Glas ein. Ein Mann fuhr im Regen auf dem Fahrrad vorbei. Plötzlich wurde ihr klar, dass man von draußen alles sehen konnte, was sie tat, und sie ließ die Jalousien herunter. Wieder klingelte das Telefon, aber als sie abhob, meldete sich niemand. Man hörte ein fernes Säuseln. Sie rief Hallo, und als niemand antwortete, rief sie laut in den Hörer: »Melden Sie sich gefälligst und hören Sie auf, anständige Leute zu terrorisieren!«

Sie hatte das Gefühl zu ersticken.

Jemand wusste Bescheid.

Jemand machte das, um sie in Angst und Schrecken zu versetzen, damit sie zusammenbrach und aufgab.

Nein.

Stattdessen wurde sie stark.

Wenn sie etwas gefunden hätten, wäre in den Zeitungen darüber berichtet worden, dachte sie. Falköpings Tidning oder Västgöta-Bladet, man hätte es auf der ersten Seite gebracht. Und anschließend hätten die überregionalen Zeitungen und das Fernsehen den Fall aufgegriffen. Ein männliches Mordopfer, so etwas war ein gefundenes Fressen für die Boulevardpresse. Sie sah die Überschriften schon vor sich: »Wer ist der Tote in der Grube?«

Sie stellte das Glas ab und wählte die Nummer ihrer Eltern.

Es dauerte ein wenig, ehe ihr Vater an den Apparat ging. Seine Stimme klang tonlos und matt.

»Ach, du bist es, Beth.«

»Ja ... ich wollte nur mal hören, wie es euch geht.«

Er klang plötzlich gereizt.

»Wie es uns geht? Wie immer natürlich ... du hast es doch selbst erlebt ...«

»Papa«, sagte sie flehentlich, »willst du nicht doch versuchen, sie in einem Pflegeheim unterzubringen. Du kannst doch so nicht weitermachen, das hältst du nicht durch.«

»Das ist leicht gesagt, aber du vergisst da etwas. Man trägt eine gewisse Verantwortung für den anderen. Sie ist immerhin meine Frau.«

»Sie *war* deine Frau, Papa, war. Sie ist eine andere geworden. Die Frau, mit der du jetzt zusammenlebst, ist nicht mehr die selbe Person. Das ist wahrscheinlich der Lauf der Dinge, dass wir uns verändern und anders werden.«

»In unserem tiefsten Inneren bleiben wir immer die selben, Beth.«

»Okay, wie du meinst. Und sonst?«

»Was meinst du?«

»Gibt es sonst etwas Neues?«

»Was sollte das wohl sein?«, erwiderte er müde.

»Ich weiß nicht ... die entflohenen Strafgefangenen haben sie ja anscheinend wieder gefasst ... du weißt schon, als wir euch besucht haben. Wir haben in der Zeitung davon gelesen.«

»Das hatte ich vergessen«, erwiderte ihr Vater.

Sie beendete das Gespräch, weil ihr klar wurde, dass es ihm immer schwerer fiel am Apparat zu bleiben. Im Hintergrund hörte man es rascheln und sie begriff, dass ihre Mutter gerade etwas tat, an dem er sie gern hindern wollte.

Sie trank noch ein Glas Bristol Cream und ging ins Bett. Den süßen Geschmack hatte sie noch im Mund, obwohl sie sich die Zähne geputzt hatte. Der Zahnarzttermin fiel ihr ein und sie stellte sich den Wecker. Wenige Minuten später schlief sie.

Ein Geräusch weckte sie wieder auf.

Ulf, dachte sie und öffnete die Augen. Die gelben Ziffern des Radioweckers leuchteten ihr in der Dunkelheit entgegen: 23:15. Sie schluckte und kaute ein wenig, ihre Zunge war steif.

Wahrscheinlich war er in die Küche gegangen. Mühsam schwang sie die Beine über die Bettkante, blieb in ihrem Nachthemd sitzen und lauschte auf Bewegungen, aber jetzt war es wieder still im Haus.

Sie stand auf. Ihr Nachthemd war zerknittert und noch klamm vom Schlafen.

»Ulf?«, rief sie.

Die Schlafzimmertür war zu, wurde nun jedoch vorsichtig von Beth geöffnet, die ins Wohnzimmer trat. Vielleicht war er gleich ins Gästezimmer gegangen, vielleicht saß er auch in dem Zimmer, dass sie die Bibliothek nannten. Manchmal fiel es ihm schwer, sich nach einem hektischen Arbeitstag zu entspannen, möglich, dass er dort mit einem Glas Bier saß und sich ausruhte.

Sie stand auf dem Perserteppich, den sie von seinen Eltern geschenkt bekommen hatten. Das Muster schien lebendig zu sein, es wogte und krabbelte um ihre nackten Füße.

»Bist du das, Ulf?« Ihre Stimme klang schwach und sie räusperte sich und wiederholte ihre Frage: »Ulf, bist du zu Hause?«

Irgendwo hinter sich hörte sie ein langgezogenes Seufzen. Sie stöhnte auf und fuhr herum, aber es sah alles aus wie immer. Am ganzen Körper zitternd gelang es ihr, die Wand zu erreichen und Licht zu machen. Der Kristallleuchter spendete sanftes gelbliches Licht. Sie schaute sich nach einer Waffe um, fand aber nichts und zwang sich, ruhig und kontrolliert zu atmen.

»Es ist alles in Ordnung, Beth«, murmelte sie. »Es ist alles in Ordnung!«

Sie ging in die Diele und nahm sich einen Regenschirm. Ihre Hände zitterten und sie konnte nicht schlucken. Die Spitze nach vorn gerichtet ging sie durch alle Zimmer.

Nein.

Außer ihr war niemand im Haus, weder Ulf noch sonst jemand.

Sie war allein.

Ihr fiel das Handy ein. Ulf hatte es dabei, sie konnte ihn anrufen und fragen, wann er nach Hause kommen würde. Dummerweise hatte sie die Nummer vergessen und musste ein Weile suchen, bis sie das Adressbuch fand, in dem sie sich die Nummer notiert hatte.

»Der Teilnehmer ist im Moment nicht erreichbar. Bitte versuchen Sie es später noch einmal.«

Natürlich.

Sie ließ sich auf die Couch fallen und schaltete den Fernseher ein, blieb eine Zeit lang sitzen und zappte zwischen den Kanälen hin und her. Sie spürte den Alkohol nicht mehr, geblieben waren ihr jedoch bohrende Kopfschmerzen. Aber da war noch etwas, etwas mit ihrem Herzen, ein beengender Schmerz, der ihr das Zwerchfell abschnürte, sodass sie keine Luft mehr bekam. Nie zuvor hatte sie etwas Vergleichbares gefühlt.

Kurze Zeit später klang der Anfall ab und sie glitt auf der Couch zur Seite und blieb dort liegen. Ihre Tante war mit nicht einmal fünfzig Jahren an einem Herzinfarkt gestorben. Sie erinnerte sich noch an die Bestürzung ihres Vaters und seine überraschend tiefe Trauer. Ihre weltoffene und fröhliche Tante Eva, die Berge bestiegen und viele verrückte Dinge unternommen hatte, die Frauen ihrer Generation normalerweise nicht machten. Als sie daran dachte, kamen ihr die Tränen, und sie atmete keuchend und spürte, dass sich ein weiterer Anfall anbahnte. Als er einsetzte, warf sie den Kopf krampfhaft hin und her, biss sich fest auf die Zunge und verlor das Bewusstsein.

5. KAPITEL

Der Wecker klingelte und Beth fuhr hoch, denn sie war das Ohren betäubende Wecksignal nicht mehr gewohnt. Dem Geräusch der Autoreifen auf der Straße konnte sie anhören, dass es immer noch regnete.

Ulf war da. Er lag mit dem Rücken zu ihr im Bett und schlief.

Sie konnte sich nicht mehr an die Nacht erinnern, nur an die Herzkrämpfe und daran, dass sie auf der Couch gelegen hatte und eingedämmert war. Aber war sie von allein wieder aufgewacht und ins Bett gegangen? Nein, sie wollte glauben, dass er nach Hause gekommen war und sie gefunden hatte. Geliebte Beth, vor Sorge wäre er in Panik geraten, hätte sie mit ängstlichen Händen angefasst. Sollen wir einen Krankenwagen rufen? Dann hätte sie ihn beruhigt.

»Mir geht es schon wieder besser, es ist schon weg, es lag daran, dass ich solche Angst bekommen habe.«

Er rührte sich nicht. Deshalb ging sie hinaus, duschte und zog eine Jeans, eine Bluse und einen Blazer an. Sie schminkte sich dezent, was sie schon lange nicht mehr gemacht hatte. Der Sommer war vorbei, es war an der Zeit wieder die normale Beth zu werden, die ihr Leben im Griff hatte, jeden Tag zur Arbeit ging, gebraucht wurde und beliebt war.

Sie kochte Kaffee, hatte jedoch keinen Hunger. Der Zahn tat ein bisschen weh. Als sie sich die Zähne putzte, kam Ulf ins Badezimmer.

»Ich möchte allein sein«, murmelte er, »kannst du bitte rausgehen.«

Sie stand im Wohnzimmer und lauschte. Er pinkelte lange, wusch sich anschließend gründlich die Hände. Sie öffnete die Badezimmertür.

»Gestern ist es spät geworden, nicht?«

»Das habe ich doch auf den AB gesagt.«

»Ja … natürlich.«

Ulf ging ins Schlafzimmer zurück und legte sich wieder ins Bett.

»Wenn du gestattest, möchte ich noch ein wenig schlafen.«

»Was war das denn für eine Story?«

»Es war einfach eine Story, wieso?«

»Ich frage doch nur.«

»Ich habe eine Frau interviewt, die aus Tschetschenien geflohen ist. Sie heißt Irina.«

»Ist sie gerade erst geflohen?«

»Nein, ist schon etwas her.«

»Wie bist du auf sie gekommen?«

»Jetzt hör endlich auf! Was ist denn los mit dir?«

Er erwähnte die Nacht mit keinem Wort, sagte nichts davon, dass er sie auf der Couch gefunden hatte. Anscheinend war sie allein ins Bett zurückgelangt.

Sie verließ das Haus, ohne sich zu verabschieden, bekam Lust, ihn zu bestrafen. Sie hatte keine Busfahrkarte und beschloss deshalb, bis Hässelby Gård zu Fuß zu gehen und von dort aus die U-Bahn zu nehmen.

Als sie auf den Bürgersteig hinaustrat, sah sie die Katze. Sie saß hinter einem Fenster von Birgitta und verfolgte Beths Bewegungen.

Auf der grünen Linie, die zwischen Hässelby und Hagsätra, Farsta und Skarpnäck verkehrt, hatte es eine Betriebsstörung gegeben. Im Frühjahr war das auch ab und zu passiert, aber sie war im Glauben gewesen, man habe den Fehler inzwischen behoben. Es lag irgendwie an den Signalen, aber im Grunde störte sie das nicht besonders, da sie die U-Bahn nur selten benutzte.

Sie nahm sich eine Gratiszeitung und begann darin zu lesen.

Nach zehn Minuten fuhr ein völlig überfüllter Zug ein, aber sie schaffte es dennoch, sich hineinzuquetschen und einen Stehplatz zu ergattern. Es war einer von den neuen U-Bahn-Waggons, sie war bis jetzt nur wenige Male mit ihnen gefahren. Jeder Waggon trug einen Namen, Sofia, Ulla und Ted. Das gefiel ihr.

Der Zahn schmerzte und sie dachte voller Angst daran, dass jemand mit spitzen Instrumenten in ihrem Mund herumfuhrwerken würde.

Am Odenplan stieg sie aus. Die Zahnarztpraxis war auf der Norrtullsgatan. Sie schaute auf die Uhr, sie würde pünktlich auf die Minute dort sein. Seltsamerweise empfand sie nicht die Spur von jener fast schon primitiv zu nennenden Angst, die sonst immer vor einem Zahnarztbesuch Besitz von ihr ergriff.

Es war eine neue und elegant eingerichtete Praxis. Sie nannte einer Frau hinter einer Empfangstheke ihren Namen und wurde aufgefordert, im Wartezimmer Platz zu nehmen.

»Würden Sie bitte so nett sein und Überschuhe anziehen«, sagte die Frau, die noch sehr jung war. »Sie finden welche in einem gelben Plastikeimer neben der Garderobe.«

Wenn man aufgefordert wurde, Überschuhe anzuziehen, geriet man immer ein wenig in die Position des Unterlegenen. Den schlaffen blauen Plastikdingern begegnete man sowieso nur dort, wo man sich nicht verteidigen konnte, wo man allen möglichen psychischen und physischen Eingriffen ausgesetzt wurde. Sie lehnte sich an die Wand und zog gerade die Überschuhe über, als eine Zahnarzthelferin das Wartezimmer betrat.

»Beth Svärd.«

Die Zahnarzthelferin war ein Mädchen mit einem wippenden Pferdeschwanz. Sie gähnte gedankenverloren hinter vorgehaltener Hand. Als Beth das Behandlungszimmer betrat, spürte sie einen Anflug des vertrauten Schwindelgefühls, das auf einen Vorfall in ihrer Kindheit zurückging. Sie hatte damals oft Löcher in den Zähnen gehabt und man hatte ihr einen Backenzahn ziehen wollen. Sie erinnerte sich noch daran, wie sie auf dem Behandlungsstuhl wegdämmerte und der Zahn immer noch in ihrem Mund war, als sie wieder aufwachte. Er ließ sich einfach nicht ziehen und musste schließlich unter Narkose herausoperiert werden.

Der Zahnarzt war groß und braun gebrannt. Sie hatte das Gefühl, ihn schon einmal gesehen zu haben, vielleicht in einer Anzeige für Herrenunterwäsche. Sie schämte sich fast ein wenig für ihre Gedanken.

»Sie sind also eine Freundin der kleinen Görel«, sagte er verbindlich.

Sie dachte, dass sie sich eigentlich dafür bedanken sollte, so schnell einen Termin bekommen zu haben, brachte aber kein Wort heraus. In manchen Situationen verschlug es ihr die Sprache, als wüsste sie auf einmal nicht mehr, wie man die Wörter artikulierte.

Sie setzte sich hin und das grelle, heiße Licht war direkt auf ihr Gesicht gerichtet.

»Wo tut es denn weh?«, fragte der Zahnarzt sie.

Sie machte eine vage Geste. Er trug einen Mundschutz, sodass sie nur seine Augen sehen konnte. Sie waren blau.

»Ich sehe, dass sie sehr fest beißen«, kommentierte er hinter seinem Mundschutz. »Wie steht es denn mit dem Nachtschlaf. Benutzen Sie eine Aufbiss-Schiene? Wissen Sie, ob Sie im Schlaf mit den Zähnen knirschen?«

Er ist diskret, dachte sie. Er möchte mich nicht direkt fragen, ob ich mit jemand in einem Bett schlafe.

»Keine Ahnung«, antwortete sie.

Sie versuchte an seine Frau und an Görels Vermutung zu denken, die beiden verstünden sich nicht besonders. Auf einmal war der Krampf in ihrem Herzen wieder da. Stoßweise presste er die Luft aus ihr heraus und ließ sie so heftig zusammenzucken, dass das Tablett mit den ganzen Instrumenten fortgeschleudert wurde. Sie schloss die Augen und verlor das Bewusstsein.

Er stand neben ihr, als sie wieder zu sich kam, seine hellen Haare fielen ihm in die Stirn. Sie glaubte, er wäre es, der

Mann, den sie vergraben hatten, und für einen Moment hatte sie das Gefühl, den Verstand zu verlieren. Aber sie wollte nicht fliehen, sondern blieb liegen, wo sie lag und ihre Arme und Beine waren schwer.

Nur langsam dämmerte ihr, dass sie beim Zahnarzt war.

Sie versuchte zu lächeln, was ihn offensichtlich erleichterte. Er tätschelte ihre Wange.

»Sie haben uns Angst gemacht, Beth«, sagte er ernst. »Wir haben einen Krankenwagen gerufen.«

Sie lag immer noch auf dem schwitzigen Plastik.

»Es ist das Herz, nicht wahr?«, flüsterte sie und ihr kamen die Tränen.

»Ist ihnen so etwas schon einmal passiert?«

»Ja, heute Nacht. Aber es ging wieder vorbei.«

»Sie müssen sich im Krankenhaus gründlich untersuchen lassen. Ich bin kein Allgemeinmediziner. Ich verstehe nur etwas von Zähnen. Sie müssen dann später noch einmal anrufen und sich einen neuen Termin geben lassen.«

Offensichtlich glaubte er, dass sie nicht sterben, sondern die Herzattacken überleben und so gesund werden würde, dass sie sich wieder mit ihren Zahnschmerzen beschäftigen konnte. Es war lange her, dass jemand so nett zu ihr gewesen war, richtig, richtig nett.

Wie zerbrechlich ich bin, schoss es ihr durch den Kopf, vielleicht gehe ich gerade kaputt.

Man brachte sie ins Sankt-Görans-Krankenhaus, stellte ihr eine Reihe von Fragen und befestigte Elektroden auf ihrer Brust. Sie wollte aufstehen und auf die Toilette gehen, aber man ermahnte sie, liegen zu bleiben und sich nicht von der Stelle zu rühren.

»Wie heißen Ihre nächsten Angehörigen?«, fragte eine junge Krankenschwester mit Brille und flaumigen Wangen.

Sie ist noch ein Kind, dachte Beth. Alle sind noch so jung, ich bin jetzt alt, mein Leben ist vorbei.

Dann war plötzlich Ulf bei ihr in dem kleinen, stickigen Zimmer. Ihre Augen füllten sich mit Tränen, sie schloss sie und wandte sich ab.

»Wie geht es dir?«, fragte er mit leiser Stimme.

»Erinnerst du dich noch an Tante Eva?«, flüsterte sie.

»Nein.«

»Ich habe dir bestimmt schon einmal von ihr erzählt, sie war meine Tante und ist an einem Herzinfarkt gestorben.«

Er zuckte mit den Schultern und starrte mit leeren Augen die Wand an. Auf dem Korridor waren Schritte zu hören und sie wollte ihn bitten die Tür zu öffnen, sie wollte Menschen sehen und hören, die lebendig waren.

Sie tastete nach seiner Hand.

»Vielleicht ist es ja erblich, Ulf. Vielleicht sterbe ich jetzt, vielleicht ist jetzt alles vorbei.«

Sie begann, hemmungslos zu weinen.

»Beruhige dich, Beth, beruhige dich doch.«

»Heute Nacht ist das Gleiche passiert, ich war allein und es überkam mich, ich war fest davon überzeugt zu sterben ...«

»Jetzt bist du jedenfalls in guten Händen«, sagte er kühl.

Man konnte nichts feststellen. Sie wurde wieder nach Hause geschickt.

»Ihr Herz ist so stark wie das eines Elefanten«, meinte die Ärztin, eine Frau, mit trockenen roten Lippen. Vor Müdigkeit irrten ihre Augen ziellos hin und her.

»Was kann es dann sein, wie kann so etwas passieren?«

»Oh, es gibt eine ganze Reihe möglicher Ursachen. Wie steht es zum Beispiel mit Ihrer Verdauung?«

»Mit meiner Verdauung?«

»Ja, Probleme mit der Peristaltik können zu solchen Symptomen führen, genauso wie starker Stress.«

Beth starrte sie an.

»Jedenfalls fehlt Ihrem Herzen nichts. Das hört man doch gern, nicht wahr?«

In ihrer Brusttasche meldete sich ein Piepser. Sie wirkte auf einmal gehetzt, stand auf und reichte Beth die Hand.

»Wie gesagt, um ihr Herz brauchen Sie sich keine Sorgen zu machen.«

Am Abend riss sie sich zusammen und kochte. Sie schob einen Lachs in den Backofen, kochte Kartoffeln und bereitete einen knackigen, saftigen Salat zu. Im Wäscheschrank fiel ihr eine Damasttischdecke in die Hände, die sie seit Jahren nicht mehr benutzt hatte. Sie deckte festlich im Esszimmer.

Ulf hatte sie nach Hause gebracht und war anschließend wieder zur Arbeit gefahren. Er gehörte zu einer Gruppe freier Journalisten, die sich ein Büro im Stadtteil Södermalm teilten. Er hatte gesagt, dass er gegen sieben zu Hause sein würde.

»Bleib bei mir«, hatte sie ihn angefleht. »Bleib heute bei mir.«

Es zuckte in seinem Gesicht.

»Ich kann nicht. Ich muss noch einen Artikel fertigschreiben. Leg dich hin und ruh dich aus, ich komme dann heute Abend.«

Sie nahm eine lange, heiße Dusche und ging ihre Garderobe durch. Schließlich entschied sie sich für einen dunkelgrünen Rock und einen weichen, weißen Pullover. Sie wusste, dass sie ihm in diesen Kleidern gefiel. Sie schminkte sich und steckte sich das Haar zu einem losen Knoten hoch.

Im Spiegel sah sie ihre verängstigten Augen.

Sie goss sich ein Glas Portwein ein und zwang sich, es langsam zu trinken. Sie suchte einen Sender mit ruhiger Musik und drehte den Ton lauter, sodass die Klänge das ganze Haus erfüllten. Sie wurde warm und müde.

»Wie war es beim Zahnarzt?«, fragte Ulf.

Sie saßen sich an dem großen Tisch im Esszimmer gegenüber, Dinner for one, dachte Beth, es kommt einem vor wie eine Farce.

»Beim Zahnarzt?«

»Ja!«

»Ja, aber das habe ich dir doch erzählt, da habe ich doch die Sache mit dem Herzen bekommen.«

»Okay.«

Sie trank einen Schluck Wein und wischte sich sorgfältig die Mundwinkel trocken.

»Ist dir schon einmal aufgefallen?«, sagte sie gereizt. »Ist dir schon einmal aufgefallen, dass du reichlich oft okay sagst? Das passt überhaupt nicht zu dir. Ich finde, du solltest damit aufhören.«

Er runzelte die Stirn, erwiderte aber nichts.

Schweigend setzten sie die Mahlzeit fort. Sie sah ihn eine Gräte aus dem Mund ziehen, er hielt sie zwischen den Fingern und begutachtete sie.

»War der Fisch nicht ordentlich entgrätet?«, fragte sie.

»Nur eine kleine Gräte, das macht nichts.«

»Es ist etwas Schreckliches passiert«, sagte sie plötzlich. »Als ich auf dem Zahnarztstuhl wieder zu mir kam ... wusste ich nicht mehr, wo ich war. Ich dachte irgendwie, wir wären noch immer auf dem Land und er ... du weißt schon ... er würde sich über mich beugen ... sie sahen sich ähnlich ... hatten irgendwie die gleichen Augen ... und Haare ... ja, ich weiß, dass ich nicht mehr darüber reden soll ... aber ich habe mir eingebildet ...«

Er atmete geräuschvoll durch die Nase.

Sie konnte sich nicht bremsen.

»Oh Ulf, ich kann ihn nicht vergessen ... ich sehe ihn vor mir, sobald ich die Augen schließe, ich habe das Gefühl, dass er irgendwo im Haus ist, dass er kommt ... ich höre seltsame, furchtbare Geräusche, und am liebsten wäre es mir, wenn du nicht mehr fortgingst, wenn du die ganze Zeit bei mir bleiben würdest.«

Ulf zündete sich eine Zigarette an. Sie rauchten inzwischen auch im Haus, es war, als spielten solche Dinge nun keine Rolle mehr.

Beth steckte sich ebenfalls eine an.

»Es ist, als würde man in einem schrecklichen Horrorfilm mitspielen!«, platzte sie heraus. »Man hat eine Hauptrolle bekommen, obwohl man gar keinen Vertrag abgeschlossen hat.«

Er ließ den Rauch zwischen den Lippen heraussickern.

»Und der Regisseur«, fuhr sie fort, » ... ist der Teufel ... oder Gott!«

»Und was willst du jetzt tun?«, fragte er tonlos.

»Tun?«

»Ja. Darf ich dich mal fragen, ob du nie in Erwägung gezogen hast, alles der Polizei zu erzählen?«

Es brannte in ihrem Bauch.

»Was sagst du da?«

Er verzog das Gesicht zu einer Grimasse.

»Schon gut, ich dachte nur ... Nein, vergiss es, vergiss es.«

»Ulf, so etwas darfst du nicht sagen. Wir haben doch beschlossen, dass es nicht passiert ist, dass wir alles vergessen werden.«

»Glaubst du denn wirklich, das könnte man jemals vergessen?«, fragte er.

Sie nahm einen tiefen Lungenzug.

»Wir müssen zusammenhalten! Wir dürfen uns nie verlassen, hörst du, ich liebe und brauche dich, du darfst mich nie verlassen, niemals, hörst du?«

In dieser Nacht schliefen sie miteinander und er hielt sie in den Armen und war in ihr wie damals, als ihre Liebe noch neu und innig war.

»Wir machen ein kleines Baby«, flüsterte sie. »Wir fangen noch einmal von vorne an, es ist noch nicht zu spät, wir haben noch das ganze Leben vor uns und ich liebe dich.«

6. KAPITEL

Beth begann sich nach Albin zu sehnen, sie hatte den Jungen den ganzen Sommer über nicht gesprochen. Er war ein gescheites und etwas altkluges Kind, an dem sie manchmal Ähnlichkeiten mit Ulf entdeckte. Als er noch kleiner war, kam er häufig zu ihnen und blieb manchmal auch über Nacht. Man konnte gut mit ihm auskommen. Er war lustig und sanft und sein Wortschatz war für sein Alter ungewöhnlich groß. Das hatte sie oft gewundert, denn Ylva war alles andere als eine Akademikerin. Sie hatte zwar einmal vorgehabt Psychologin zu werden, das Studium aber bereits nach wenigen Monaten wieder abgebrochen. Heute arbeitete sie in einem Fotogeschäft.

Ylva und Albin wohnten in einem Haus in unmittelbarer Nähe des Krematoriums von Råcksta. Als Albin noch jünger war, hatte ihn das gestört, schon das Wort hatte für ihn etwas Hartes und Unversöhnliches. Es klang nach Auslöschung und Vernichtung.

»Sie sind unsere nächsten Nachbarn«, erzählte er Beth einmal, als er gerade sechs geworden war, und sie verstand zunächst nicht, wovon er sprach.

»Sie kommen nachts und schauen zum Fenster herein, sie sind tot, aber nachts können sie fliegen wie Geister.«

»Wie Geister, Albin?«

»Ja. Aber ich habe ja meinen Säbel, den habe ich von Opa geschenkt bekommen. Also habe ich gar keine Angst. Eigentlich.«

Der Friedhof selbst war flach und trostlos. Im Scherz meinte sie zu Ulf, solltest du mich da beerdigen lassen, wenn ich vor dir sterbe, werde ich solange herumspuken, bis du mich ausgraben und umbetten lässt. Auf den Friedhof von Hässelby.

Sie wusste, dass dieser Friedhof allmählich voll wurde, aber sie erklärte Ulf, im Falle ihres vorzeitigen Ablebens müsse er dort trotzdem eine Grabstelle für sie auftreiben. Damals konnten sie noch Scherze über so etwas machen. Der Tod war etwas Vages und sehr weit weg.

Die Wälder hinter dem Friedhof gehörten zu dem weitläufigen Naherholungsgebiet Grimsta. Beth und Albin hatten mehrmals Ausflüge dorthin gemacht. Sie hatten Spechte beobachtet und sich mit Hilfe eines Kompasses orientiert. Ulf und sie hatten dem Jungen einen hervorragenden Silva-Kompass gekauft, als er acht wurde, und er lernte schnell, damit umzugehen.

Ylva war eine üppige und mollige Frau, natürlich und bodenständig. Ihre Beziehung zu Ulf hatte Beth oft in Erstaunen versetzt, in ihren Augen passten die beiden ganz und gar nicht zusammen und ihre Ehe hatte auch nur ein paar Jahre gehalten. Danach folgte eine Zeit kühler Distanz, in der Ylva sich zurückzog und Ulf seinen Sohn kaum sehen lassen wollte, so als wäre es Ulfs Fehler gewesen, dass sie nicht zusammen geblieben waren, einzig und allein seiner.

»Wir landeten in der großen Gleichgültigkeit«, erzählte er Beth, als sie sich gerade kennen gelernt hatten. »Das große Grau, verstehst du, das sich ausbreitet, wohin man auch blickt. Manchmal haben wir außer dem Allernötigsten tagelang kein Wort miteinander gesprochen. Und in einem solchen Schweigen zu leben … das habe ich nicht mehr ausgehalten. Also habe ich meine Sachen gepackt und bin gegangen.«

Aber Ylva hatte sich verändert, war gereift. Beth musste daran denken, dass Ulf gesagt hatte, sie seien sich wieder näher gekommen. Sie bekam einen metallischen Geschmack im Mund. Beth hob den Telefonhörer ab und wählte Ylvas Nummer, es war zehn Uhr morgens. Eine heisere Stimme im Stimmbruch meldete sich mit Hallo.

»Beth Svärd«, sagte sie überrumpelt. »Bin ich vielleicht falsch verbunden?«

»Hallo, Beth«, sagte die Stimmbruchstimme, und sie begriff zu ihrer Bestürzung, dass es Albin war.

Eine Stunde später ließ er sein Fahrrad auf den Rasen fallen und trat ein. Er hatte im Laufe des Sommers einen ordentlichen Schub in die Höhe gemacht, seine Haare standen ab wie die Borsten eines Besens. Beth ging ihm entgegen und umarmte ihn. Er war angespannt, es war ihm peinlich.

»Setz dich«, sagte sie. »Lange nicht gesehen. Möchtest du was trinken? Ein Glas Saft vielleicht, so wie du geradelt bist, musst du doch einen Riesendurst haben.«

Er sah sie höflich an.

»Nein, lass gut sein, ein Glas Wasser reicht mir.«

»Das macht aber keine Mühe.«

»Nein, ich weiß. Aber es ist schon okay so.«

»Wie du meinst. Habt ihr einen schönen Urlaub gehabt, deine Mama und du?«

»Das kann man wohl sagen.«

»Ich habe gehört, ihr wart auf Fårö.«

»Japp!«

In seiner Art zu sprechen hatte sich etwas Neues und Fremdes eingeschlichen, etwas Gleichgültiges, das nichts mit dem Stimmbruch zu tun hatte. Plötzlich wusste sie nichts mehr zu sagen.

»Du bist groß geworden, Albin«, murmelte sie schließlich.

Er grinste.

»Ich kenne dich fast nicht mehr wieder.«

»Ach Quatsch.«

»Ich habe aber auch schon länger nichts mehr von dir gehört.«

»Ihr seid doch auf dem Land gewesen.«

»Oh, wir sind schon eine ganze Weile wieder zu Hause.«

»Papa hat gesagt, dass …« Er verstummte und wurde rot.

Beth räusperte sich und griff nach einer Zigarette.

»Was meinst du, was hat dein Vater gesagt?«

»Ach nichts.«

»Hat er doch«, sagte sie laut. »Was hat er gesagt, ich würde es wirklich gerne wissen!«

Der Junge schluckte und zupfte nervös an einem Hautfetzen am Nagelbett seines Daumens.

»Ach Mensch! Er hat gesagt ... dass du deine Ruhe haben willst ... dass ich dich nicht ...«

Beth blies einen Rauchring aus.

»So, so«, meinte sie ruhig. »Dass ich nicht will, dass du vorbeikommst?«

»Nicht direkt, nee ... aber dass ... ja, dass du die nächste Zeit lieber allein bleiben würdest.«

»Und warum sollte ich das wollen? Hat er das vielleicht auch gesagt, dein bezaubernder und fürsorglicher Vater?«

Der Junge fuhr von seinem Stuhl auf.

»Woher soll ich das denn wissen!«, schnauzte er sie an. »Eure Angelegenheiten sind mir scheißegal.«

»Entschuldige!«, flüsterte sie. »Ich wollte dich nicht ... Entschuldige, Albin. Das Ganze muss ein Missverständnis sein. Ich bin gestern nicht ganz ich selbst gewesen, ich habe gedacht, ich hätte einen Herzinfarkt bekommen, das muss er gemeint haben. Entschuldige bitte, Albin, manchmal redet man dummes Zeug.«

Der Junge ging ins Wohnzimmer. Er setzte sich auf die Couch, machte den Fernseher an, schaltete von einem Programm zum nächsten und entschied sich schließlich für MTV. Beth folgte ihm.

»Soll ich uns Birneneis aus der Tiefkühltruhe holen?«, sagte sie angespannt. »Ich habe auch noch eine Tube Schokoladensauce. Was meinst du, wär das was?«

»Klingt gut«, antwortete Albin und klang schon fast wieder wie immer.

Sie aßen Eis und Beth suchte vorsichtig nach den richtigen Worten.

»Erinnerst du dich an früher«, sagte sie leise, »erinnerst du dich, wie wir Memory gespielt haben? Du hattest so ein fantastisches Gedächtnis und wusstest immer haargenau, welche Karten du umdrehen musstest.«

»Das nennt man fotografisches Gedächtnis«, antwortete er und hatte einen Eisbart, und sie bekam große Lust, ihn mit dem Zeigefinger abzuwischen.

»So ein Gedächtnis muss doch ziemlich nützlich für dich sein. In der Schule, meine ich. Das Lernen muss dir doch leicht fallen.«

»Tja.«

»Und, freust du dich, dass die Schule bald wieder anfängt?«

»Doch, ist schon okay ... aber auch ein bisschen komisch. Tobbe, falls du dich an ihn erinnerst. Er ...«

»War das dein bester Freund?«, fragte sie unbeholfen.

»Nein. Aber trotzdem. Es kommt einem so verdammt seltsam vor, irgendwie total grausam. Voll ungerecht.«

»Was ist denn eigentlich passiert?«, fragte sie, obwohl sie es wusste, weil sie dachte, es würde ihm vielleicht gut tun, es mit seinen eigenen Worten zu erzählen.

»Na ja, das war doch nur eine ganz normale Operation, er hatte so Schmerzen im Knie und ist dann aus der Narkose nie wieder aufgewacht.«

»Hat er vielleicht die Narkose nicht vertragen?«

»Weiß nicht.«

»So etwas müssen die im Krankenhaus doch vorher überprüfen.«

Er verzog das Gesicht zu einer Grimasse.

»Das ist wirklich furchtbar traurig, Albin.«

Er stand auf. Er war lang und schlaksig.

»Ich wäre so gerne hingegangen«, platzte er heraus, »ich wäre gerne hingegangen um tschüss zu sagen ... verstehst du, es kommt mir so vor, als hätten wir ihn im Stich gelassen, wir anderen haben einfach weitergelebt, als wäre nichts gewesen, wir haben rumgehangen und Sommerferien gehabt. Während er ... ich habe noch nie eine Leiche gesehen, hast du schon mal eine Leiche gesehen, außer den Zwillingen, meine ich, eine größere, jemand, der länger gelebt hat?«

Sie bekam Stiche im Herzen, die wie schwache Stromstöße waren. Dennoch gelang es ihr, regelmäßig zu atmen. Sie schloss die Augen und schüttelte den Kopf.

»Nein«, flüsterte sie. »Nein ... habe ich nicht. Aber es heißt, dass sie aussehen, als würden sie schlafen. Wenn sie krank gewesen sind und Schmerzen hatten, liegen sie einfach nur da und sind ... na ja, wie befreit. Aber Tobbe ... er war ja noch jung, deshalb denkt man, dass er sein Leben noch vor sich hatte wie jeder andere junge Mensch ... Obwohl ich nicht glaube ... dass man Angst vor dem Tod haben muss. In gewisser Weise ist er ja auch ein Teil unseres Lebens.«

Beth war erleichtert, als die Schule wieder anfing. Endlich gab es etwas, das sie auf andere Gedanken brachte, die Arbeit würde sie geistig und körperlich ermüden und die Müdigkeit dazu führen, dass sie sich entspannte.

Sie übernahm eine fünfte Klasse und in den ersten Wochen war sie stark, fast enthusiastisch. Mit ihrem Schlaf stand es allerdings nicht zum Besten. Sie ging zum Arzt, um sich Schlaftabletten verschreiben zu lassen, aber der Arzt wollte ihr keine geben.

»Sie sind jung und gesund«, sagte er. »Es gibt auch noch andere Möglichkeiten einzuschlafen, als Tabletten zu nehmen. Treiben Sie Sport? Das sollten Sie aber. Sie müssen an die frische Luft und laufen oder wandern. Es gibt keine Schlaftabletten, die auf Dauer nicht abhängig machen.«

Sie traute sich nicht ihm zu widersprechen.

Nachts kamen die Erinnerungen wieder hoch.

Sie läuft über das braune Gras, er steht hinter der Scheunentür und beginnt nach ihr zu greifen, tastet ins Leere, streckt sich, der schwere Stiel der Axt in ihren Händen und dann das Geräusch, dieses Geräusch.

Sie musste oft an Albins Frage denken. Hast du schon einmal eine Leiche gesehen? Sie sah sich nicht als einen Menschen, der getötet hatte.

Nein. Es war ein Unfall gewesen, etwas, wozu er sie provoziert hatte. Der Tote, das Opfer. Wäre er nicht in ihr Grundstück eingedrungen, in privates und geschütztes Gelände! Hätte er das nicht getan – wäre er heute noch am Leben und hätte ihr nichts angetan.

Sie dämmerte oft ein, um kurz darauf mit einem Stöhnen wieder aus dem Schlaf gerissen zu werden. Sie lag zu einem Bogen gespannt im Bett, mit geballten Fäusten, in denen ihre Fingernägel Abdrücke hinterlassen hatten. Sie tastete ihre Hände ab und wunderte sich über ihre Form, es waren die Hände einer erwachsenen Frau, aber es kam ihr vor, als gehörten sie gar nicht zu ihr.

Es fiel ihr in diesem Herbst schwer, sich die Namen der Kinder in ihrer Klasse zu merken. Sie waren sich so ähnlich und die Kinder waren sich genauso ähnlich wie die Namen. Vier Mädchen hießen Fanny, vier Jungen hießen Jens. Und Jonatan und Marcus und Maria.

Sie hatte die Klasse von einer Kollegin übernommen, die krankgeschrieben war.

Die kleinen Mädchen glichen einander wie ein Ei dem anderen, sie trugen enge Hosen mit weiten Schlägen aus einem glänzenden Material und Jacken mit Pelzkragen. Alle banden ihre Haare hinten zu einem Knoten zusammen, sodass die Stirn frei lag. Die Haare der Jungen standen nach allen Seiten ab, ihre Kleider stanken nach Zigarettenrauch.

Beth mühte sich redlich, ihnen Konturen zu geben, sie in Individuen zu verwandeln, aber sie verschwammen immer wieder und ihre Stimmen wurden zu einem dumpfen Rauschen, das sich im Moment noch übertönen ließ. Aber wie lange noch?

Ihre Aufgabe war es, ihnen nützliche Dinge über ihre Herkunft und Geschichte beizubringen. Über die Gesellschaft. Und über das Leben.

Das Sprechen fiel ihr immer schwerer. Sie bekam Schwindelanfälle, die im Tagesverlauf immer stärker wurden, sodass sie sich manchmal mit den Händen an der Wand abstützen musste. Auf Dauer ließ sich das natürlich nicht verbergen. Eines

Freitagnachmittags wartete Görel nach der letzten Stunde auf sie. Frost lag in der Luft, es ging ein kalter Wind. Trotz der Wärme im Klassenzimmer hatte sie gefroren und sich nach einem dickeren Pullover gesehnt. Die Kinder waren unruhig gewesen und Beth hatte sie schließlich anflehen müssen, endlich Ruhe zu geben, was der Anfang einer Unterlegenheit war, aber sie konnte nichts dagegen tun.

Als es klingelte, betrat Görel das Klassenzimmer. Sie ging zu einem der Fenster und öffnete es.

»Dass ein Haufen Kinder die Luft in einem Raum so verbrauchen kann«, seufzte sie.

»Mit der Zeit wird man müde«, erwiderte Beth.

»Bist du in Eile oder sollen wir einen Spaziergang machen?«

Beth war unbehaglich zu Mute.

»Ich habe eigentlich keine Zeit«, meinte sie.

Ihre Kollegin berührte sie am Arm.

»Ich muss mit dir reden«, sagte sie mit Nachdruck. »Es ist wichtig.«

Görel war an diesem Tag mit dem Auto zur Arbeit gekommen, was merkwürdig war, da sie nur wenige Minuten von der Schule entfernt wohnte.

»Steig ein!«, sagte sie. »Wir fahren nach Lövsta. Jetzt im Herbst, wenn die Blätter bunt sind, ist es besonders schön da draußen.«

Beth schnallte sich an, in ihren Ohren rauschte es schwach.

Das Blut, dachte sie, ich höre meinen Blutkreislauf. Sie strich sich mit dem Handrücken über die Stirn.

»Ist dir nicht gut?«, fragte Görel.

»Ich bin müde, todmüde. Es war eine anstrengende Woche. Schön, dass jetzt endlich Wochenende ist.«

»Ja, da hast du Recht. Hab ihr am Wochenende schon was vor, du und Ulf?«

»Ich glaube nicht. Und ihr?«

»Ich wollte im Garten arbeiten, die Gartenmöbel und die Hollywoodschaukel reinholen. Ich glaube nicht, dass man dieses Jahr noch einmal draußen sitzen kann.«

»Jedenfalls ist es ein schöner Sommer gewesen«, erwiderte Beth mechanisch.

Görel bog auf den Kyrkhamnsvägen, der zum Naherholungsgebiet von Lövsta führte. Sie parkte den Wagen an der Badestelle. An warmen Tagen war hier alles voller Menschen, die sich sonnten und im lauen Mälarwasser plantschten. Heute tummelten sich hier nur die Enten. Sie hockten dicht gedrängt wie graue Klumpen zusammen.

»Worüber wolltest du denn mit mir reden?«, fragte Beth. »Geht es um dich und Martin?«

Görel lachte kurz und nervös auf.

»Um mich und Martin? Nein, ganz und gar nicht. Die Sache ist, hm ... komplizierter.«

Sie gingen den Feldweg hinab. Auf einer Anhöhe rechts von ihnen lag eine alte Schule, in der Gunnar Sträng, der legendäre Finanzminister, einmal Schüler gewesen war. Sie war um 1900 erbaut worden und hatte jahrelang leer gestanden. Mittlerweile hatte man das Gebäude und die Häuser unten bei Kyrkhamn, in denen jetzt Künstler ihre Ateliers hatten, renoviert.

Beth zog die Kapuze auf.

»Es ist windig«, sagte sie.

»Beth, was ist eigentlich los mit dir? Wir merken doch, dass etwas ist, alle merken das, und wir machen uns Sorgen um dich, Beth ... Wir sind deine Freunde und wenn wir dir irgendwie helfen können, werden wir das auch tun.«

Beth blieb stehen. Ihre Augen tränten im Wind.

»Es ist nichts«, erwiderte sie. »Ich bin im Moment nur nicht richtig in Form.«

Görel fasste sie an, hielt sie fest. Sie wollte sich freimachen, zwang sich dann jedoch, stehen zu bleiben und ruhig weiterzuatmen.

»Du trinkst ein bisschen zu viel, stimmt's, Beth? Mehrere Kollegen haben dich durch die Flure schwanken sehen. Okay, wir hätten auch die Augen davor verschließen können, dann wäre es allein dein Problem, das wäre für uns am einfachsten gewesen. Aber als echte Freundin kann man nicht immer den einfachsten Weg gehen. Deshalb habe ich es auf mich genommen, mit dir zu reden, wir kennen uns doch, du und ich, wir haben uns doch auch schon früher Dinge anvertraut.«

»Trinken«, stieß Beth hervor und war erleichtert. »Ich trinke nicht mehr als andere auch. Sicher, ich gönne mir von Zeit zu Zeit etwas Wein und den einen oder anderen Whisky, das will ich gar nicht abstreiten. Aber ich trinke nun wirklich nicht mehr als andere auch.«

Görels Gesicht rückte näher. Ihre Nase hatte große grobe Poren.

»Das ist ganz typisch«, sagte sie in einem leicht traurigen Tonfall. »Es so abzustreiten ist typisch für jemanden, der abhängig ist.«

»Du willst also damit sagen, dass ich eine Alkoholikerin bin!«

»Aber meine Liebe, beruhige dich doch. Das ist doch kein Schimpfwort, falls du das glauben solltest. Aber du brauchst Hilfe, um da wieder rauszukommen ... das lässt sich organisieren. Wir wenden uns einfach an das St.-Eriks-Krankenhaus, dort haben sie Experten ... du bist doch nicht die Einzige, die ...«

Beth biss sich auf die Unterlippe, sie konnte sich das Lachen einfach nicht länger verkneifen. Görel starrte sie mit leeren hellen Augen an.

»Görel. Du sagst, du bist meine Freundin. Darf ich dich dann fragen, ob du mich jemals betrunken gesehen hast? Ich meine, hast du das wirklich getan? Hast du gehört, wie ich lalle, hast du bei mir eine Fahne gerochen?«

»Mehrere von uns haben ...«

»Aber hast du persönlich? Ist dir nie der Gedanke gekommen, dass etwas anderes der Grund sein könnte? Sicher, ich gebe zu, dass ich in letzter Zeit ein wenig von der Rolle gewesen bin. Aber das muss doch nicht unbedingt mit Alkohol zu tun haben, oder?«

»Aber Beth ... was ist es denn dann?«

Beth antwortete leise.

»Na schön, ich werde es dir erzählen«, sagte sie mit belegter

Stimme. »Es ist das Herz. Du kannst deinen Zahnarzt fragen. Er musste sogar einen Krankenwagen rufen, als ich neulich bei ihm war. Ich hatte gehofft, es ließe sich verbergen, weil ich keine Lust habe, als Märtyrerin durch die Gegend zu laufen. Ich wollte euch nichts davon sagen, aber es ist mein Herz ... Das liegt in der Familie, verstehst du, die jüngere Schwester meines Vaters war erst neunundvierzig Jahre alt, als sie an einem Herzinfarkt starb. Und mir wird allmählich klar ... was das für mich bedeuten könnte.«

7. KAPITEL

Der Zusammenbruch kam am Montag. Beth hatte in der Nacht kaum geschlafen und sich in ihrem Bett hin und her gewälzt. Als sie in der Dunkelheit wach lag, bildete sie sich plötzlich ein, jemand hätte das Grab entdeckt. Ihr wurde klar, dass sie zurückfahren musste um sich zu vergewissern, dass alles in Ordnung war. Sie zerbrach sich den Kopf, wie sie Ulf zum Mitkommen überreden konnte, denn allein würde sie nicht die Kraft dazu haben, es nicht wagen. Die Bilder kamen und gingen.

Eine Stunde vor dem Klingeln des Weckers stand sie auf. Ulf lag auf der Seite und schlief mit offenem Mund. Er hatte immer schon einen besseren Schlaf gehabt als sie. Das ganze Haus war still. Sie sah einen Hasen mitten im Garten auf dem Gras hocken und staunte, wie groß er war. Seine Ohren wippten auf und ab und sie dachte, ich will ihn streicheln, etwas Weiches in den Armen halten. Auf dem Sandviksvägen hörte man das leise Geräusch eines vorbeifahrenden Busses. Der Hase zuckte zusammen und verschwand mit ein paar lässigen Sprüngen im Gebüsch.

Sie wollte, dass es Tag wurde, sie konnte die Nächte nicht mehr ertragen, die Tage allerdings auch nicht. Bei dem Gedanken an die Schule begann es in ihren Schläfen zu pochen. Sie nahm ein paar Tabletten und schluckte sie mit einem großen Glas lauwarmen Wassers herunter. Sie dachte an das Gespräch mit Görel zurück, daran, dass die anderen hinter ihrem Rücken getuschelt haben mussten. Man hatte sie beobachtet, studiert und Schlüsse gezogen. Dann hatte man sich beraten und die tatkräftige Görel wurde vorgeschickt, um die Befürchtungen des Lehrerkollegiums vorzubringen.

Alkoholprobleme!

Görel war verlegen geworden, als sie begriff, dass sie in einen Fettnapf getreten war. Entschuldigt hatte sie sich jedoch nicht.

»Eins sollst du wissen, Beth«, sagte Görel, als sie zum Auto zurückgingen. »Ich habe dich immer sehr gemocht und ich hoffe, du weißt, dass ich deine Freundin bin.«

Beth nickte.

»Freunde sind wichtig«, erwiderte sie.

Sie sehnte sich danach, endlich ihre Ruhe zu haben. Görel bestand darauf, sie nach Hause zu fahren und wäre sicher auch noch auf einen Sprung hereingekommen, wenn Beth nicht behauptet hätte, noch etwas vorzuhaben.

Als sie im Haus war, ließ sie sich ein heißes, duftendes Bad ein. Sie war völlig durchgefroren und hatte das Gefühl nie wieder warm und weich zu werden.

Das Wochenende war lang und rastlos gewesen. Sie putzte sämtliche Fenster und fuhr anschließend nach Vällingby, um sich nach neuen Gardinen umzuschauen. Ulf arbeitete wie üblich. Sie hatte ihn nicht zur Rede gestellt, weil er Albin gesagt hatte, sie wolle in Ruhe gelassen werden. Ihr fehlte die Kraft für einen solchen Wortwechsel, sie wollte Ruhe und Harmonie um sich haben.

Im Kaufhaus entdeckte sie schöne dunkelblaue Gläser, die sie kaufte, aber keine Gardinen. Es war mal wieder alles umgeräumt worden, nichts war mehr an seinem alten Platz. Auf einmal wurde sie unheimlich müde. Es war Samstag und die Geschäfte waren voll. Sie hatte lange nach einem Parkplatz suchen müssen, bis sie letzten Endes einen auf dem obersten Deck des hässlichen Parkhauses fand.

Sie ging in ein Café, trank einen Milchkaffee und rief ihren Vater an. In letzter Zeit hatte sie täglich mit ihm telefoniert. Nur durch ihn konnte sie Informationen über eventuelle Funde bekommen. Er würde in der Lokalzeitung davon lesen, noch ehe die überregionalen Medien Wind davon bekamen. Dann würde er es ihr erzählen. Man hat eine Leiche gefunden, ganz in der Nähe von unserem Haus. Er nannte es immer noch so: unser Haus.

Ihr Vater klang erkältet und war abweisend und wortkarg, was sie traurig machte. Plötzlich empfand sie eine vollkommen irrationale Wut auf die Frau, die ihre Mutter war, oder besser gesagt, gewesen war. Wenn ihr Vater doch endlich damit einverstanden wäre, sie in einem Pflegeheim unterzubringen.

Jetzt war Montag und eine neue Arbeitswoche lag vor ihr.

Das ist dein Leben, dachte sie bitter. Sei dankbar und froh darüber, dass du Arbeit hast, gesund bist, einen Mann hast und nicht zu hungern brauchst.

Sie lachte leise und zynisch auf und schlug sich mit den Fingern auf den Mund.

»Ulf, ich gehe jetzt«, sagte sie in die stickige Schlafzimmerluft hinein. Sie hörte, dass er sich unter der Decke bewegte.

»Wo ... wo gehst du hin ...?«

»In die Schule natürlich. Es ist Montag. Wann stehst du auf?«

»Später.«

»In der Thermoskanne ist noch Kaffee.«

Er bedankte sich murmelnd.

Sag etwas, schoss es ihr durch den Kopf. Sag, dass du mich liebst.

Aber er schlief schon fast wieder. Sie zog ihre neue Winterjacke an und begutachtete sich im Spiegel. Sie hatte die Jacke letztes Frühjahr gekauft. Damals hatte sie ihr gefallen und Beth hatte sich regelrecht danach gesehnt, sie endlich anziehen zu können. Nun fand sie plötzlich, dass die Jacke zu groß war. Offensichtlich hatte sie mehrere Kilo abgenommen.

Als sie vor das Haus trat, hockte die Katze auf dem schmalen Gartenweg und räumte ihren Platz auch nicht, als Beth näher kam. Sie musste ins Gras ausweichen und bekam nasse Schuhe.

»Weg mit dir!«, zischte sie. »Bleib da, wo du hingehörst!«

Die Katze starrte sie an, rührte sich aber nicht vom Fleck.

Beth folgte dem Loviselundvägen und bog dann rechts auf den Blomodlarvägen ab. Die Luft war klar. Ein paar Kinder radelten emsig klingelnd an ihr vorbei. Als sie Beth passiert hatten, drehte sich eines von ihnen noch einmal um und rief ihr etwas zu. Sie dachte, dass sie sich verhört haben musste. Es hatte sich angehört wie Hure. Das Schwindelgefühl wurde stärker, es rauschte in ihren Ohren.

»Jetzt reiß dich aber zusammen, Beth!«, befahl sie sich selbst. »Das sind doch nur Kinder!«

Linker Hand lag ein verwahrlostes Haus, in dem schon viele Jahre niemand mehr wohnte. Der Besitzer, ein altes Original, wollte es offenkundig nicht verkaufen. Sie sah die Überreste von eingestürzten Gewächshäusern, verbogene Eisenstangen und Rohre. Die prächtige Goldrute, die überall wuchs, hatte noch keinen Frost abbekommen und gab ihr Bestes, um den allgemeinen Verfall zu bemänteln.

Wann würde in der umgegrabenen Erde auf dem Land wieder etwas wachsen? Wie lange würde es dauern, bis das, was sie vergraben hatten, zu Erde geworden war. Zehn Jahre? Zwanzig? Während dieser ganzen langen Zeit würde sie warten müssen.

Wenigstens würde sie für gewisse Zeit Ruhe haben, sobald der erste Schnee gefallen war. Der Hof lag ziemlich hoch, weshalb dort in der Regel viel Schnee fiel, der lange liegen blieb. Schnee und Kälte würden ihre Verbündeten sein.

Nie zuvor hatte sie so viele Gedanken an die Tiere des Waldes verschwendet, aber beim Gehen hegte sie plötzlich die Befürchtung, ein Fuchs könnte die Witterung aufnehmen. Nach der jahrelang grassierenden Fuchskrätze, die fast den ganzen Bestand dahingerafft hatte, breiteten sich die Füchse wieder aus. Es lief ihr heiß den Rücken herab, aber ihre Fingerspitzen blieben eiskalt. Sie schob die Hände in die Jackentaschen und versuchte, ein wenig schneller zu gehen.

Am Zebrastreifen über den Sandviksvägen standen zwei Mädchen aus ihrer Klasse, Anna B. und Anna S.. Beth öffnete den Mund zu einem Gruß. Sie wollte noch etwas hinzufügen, sich erkundigen, ob sie ein schönes Wochenende gehabt hatten, oder irgendetwas anderes sagen, schaffte es aber nicht. Ihr wurde schwindlig und sie musste blindlings Halt suchen.

Die beiden Mädchen starrten sie an und schienen vor Schreck wie gelähmt zu sein.

»Hoppla«, brachte sie heraus. »Jetzt wäre ich doch beinahe hingefallen.«

Sie gingen mit sehr geraden Rücken und zusammengesteckten Köpfen davon.

Sie hatte vor, die Kinder einen Aufsatz schreiben zu lassen. Sie konnte einfach nicht sprechen, die Kopfschmerzen bohrten sich immer tiefer in ihren Kopf. Das Klassenzimmer war wie ein brodelnder Kochtopf aus Lärm und schlechter Luft. Die Kinder liefen zwischen den Bänken hin und her, ein Mädchen blies rosa Kaugummiblasen. Ein anderes Mädchen schlug mit der flachen Hand dagegen, sodass die Blase platzte und auf Mund und Wangen klebte. Sie lachten, bis sie quiekten.

»Könntet ihr jetzt bitte still sein!«, rief Beth, aber ihre Stimme trug nicht und sie brachte nur ein leises, piepsendes Flüstern heraus.

Sie sind noch klein, dachte sie. Es sind nur Kinder und du bist groß und stark und erwachsen. Erneut rief sie: »Könnt ihr euch jetzt bitte beruhigen und still sein.«

Schließlich hatte sie die Schüler so weit, dass sie sich hinsetzten. Sie zitterte am ganzen Körper und hatte einen säuerlichen Geschmack im Mund. Sie schluckte und nahm Anlauf.

»Holt bitte eure Schreibhefte heraus«, brachte sie hervor. »Ihr werdet heute einen Aufsatz schreiben.«

In den Ecken wurde gekichert und getuschelt. Sie ignorierte es und sagte: »Ich habe mir gedacht, dass ihr einen Aufsatz über euren Schulweg schreibt, zum Beispiel darüber, wie ihr heute zur Schule gekommen seid. Oder aber ihr lasst eure Fantasie ein wenig spielen und denkt euch eine spannendere Art aus, zur Schule zu kommen, als mit dem Rad zu fahren oder zu gehen.«

Zu ihrer Überraschung verstummten die Kinder, öffneten

ihre Hefte und holten Stifte hervor. Sie glaubte, die Kinder besiegt zu haben, und ihr Körper wurde müde und schwer und sie zog den Stuhl an ihrem Pult zurück, um sich zu setzen.

Auf der Sitzfläche lag etwas, das sie erst jetzt bemerkte. Sie hatte am Lehrerpult gestanden und gedacht, dass sie sich setzen und wieder zur Ruhe kommen würde, während die Schüler schrieben. Das Schwindelgefühl würde abklingen und alles wieder so sein wie immer.

Aber es lag etwas auf dem Stuhl, eine grüne, durchsichtige Flasche. Und in der Flasche war etwas, das sich bewegte. Es sah aus wie eine Schlange. Sie betrachtete den kriechenden Körper, blieb stehen, hob langsam den Blick und bemerkte, dass alle Kinder sie beobachteten. Die Schüler hatten ihre Stifte weggelegt, starrten sie an und ihre Augen leuchteten höhnisch. In ihren Ohren begann es zu rauschen und dieses Rauschen wurde immer lauter und steigerte sich schließlich zu einem Brüllen.

Sie griff nach dem Buch, das auf dem Lehrerpult lag, und warf es in Richtung Klasse. Dann öffnete sie die Tür und lief los.

8. KAPITEL

Beth wurde zunächst zwei Wochen krankgeschrieben. Sie glaubte, weinen zu können, weil es unter ihren Augenlidern so brannte. Unverwandt starrte sie sich im Badezimmerspiegel an.

»Du bist hässlich«, sagte sie laut. »Eine hässliche Versagerin, eine Missgeburt, nichts anderes als eine Missgeburt.« Sie spannte die Lippen und malträtierte sich selbst mit Fäusten.

Aber selbst dann konnte sie nicht weinen.

An einem der ersten Tage nach ihrem Zusammenbruch besuchte Görel sie gemeinsam mit einer Schülerin aus ihrer Klasse, Malin oder Anna C.. Beth sah sie kommen und dass die beiden sie ebenfalls entdeckt hatten. Görel winkte, sie hatten Blumen dabei. Sie musste die Tür öffnen und die beiden hereinlassen.

Görel umarmte sie. Ihre Jacke roch nach Schnee.

»Die Blumen sind vom Lehrerkollegium, es sind Rosen, eine von jedem von uns. Wir hoffen alle, dass du bald wieder auf dem Damm bist und zurückkommst.«

»Danke«, sagte sie leise.

Görel schob das Mädchen auf sie zu. Beth sah direkt in seine porzellanblauen Augen. Emaille, dachte sie, Emaille. Das Mädchen öffnete den Mund.

»Ja also, ich wollte vielmals um Entschuldigung bitten«, plapperte es mit harter, metallischer und leiser Stimme. »Wir wollten Ihnen keine Angst machen. Ich habe doch nur meine zahme Kornnatter Emil mitgebracht, er ist wirklich ganz lieb.«

Görel tätschelte Beths Arm.

»Da hörst du es, sie hat es nicht böse gemeint.«

»Ich war nur einfach nicht darauf gefasst«, erwiderte Beth. »Ich war so überrascht und deshalb ...«

Das Mädchen ließ sie nicht aus den Augen.

»Wir wollten nur einen kleinen Scherz machen«, sagte es.

Görel strich ihr über den Arm und lächelte strahlend.

»Man muss auf seine alten Lehrer etwas Rücksicht nehmen, weißt du.«

Und an Beth gewandt: »Sie haben es nicht böse gemeint, du musst versuchen, das zu verstehen. Manchmal ist man eben besonders empfindlich, ich kenne das, mir geht es genauso, und dann werfen einen solche Überraschungen aus der Bahn. Halten Schlangen nicht eigentlich einen Winterschlaf?«

Die letzten Worte hatte sie wieder an das Mädchen gerichtet, das jedoch den Kopf schüttelte.

»Emil nicht. Er ist das ganze Jahr über wach.«

Beth bat sie nicht herein. Steif stand sie an der Wand, die Rosen lagen auf dem kleinen Tisch im Flur. Sie leuchteten gelb.

»Ja, dann werden wir wohl mal wieder gehen«, meinte Görel schließlich. »Erhol dich gut und komm zurück, sobald du wieder zu Kräften gekommen bist. Wir vermissen dich ...«

Das Mädchen streckte ihre magere kleine Hand aus, sagte aber nichts.

Beth verließ das Haus nicht mehr. In einem abgetragenen Jogginganzug verbrachte sie die Tage damit, sich Hunderte von Videokassetten und Filmen anzusehen, die sich im Laufe der Jahre angesammelt hatten. Görel rief gelegentlich an und Beth musste an den Apparat gehen, weil sonst die Gefahr bestand, dass ihre Kollegin vorbeikam um nach ihr zu schauen. Das Wetter wurde immer herbstlicher und eines Morgens war die Erde mit einer dünnen Schneeschicht bedeckt. Beth sah Spuren von Tieren im Garten, kleine krakelige Vogelfüße und die Pfotenabdrücke der Nachbarskatze. An einem der nächsten Morgen entdeckte sie direkt unter dem Schlafzimmerfenster Fußspuren. Jemand war nachts um das Haus geschlichen, hatte eventuell dort draußen gestanden und hineingeschaut. Sie hatte nichts bemerkt, Ulf auch nicht. Wenn sie daran dachte, bekam sie Angst.

Ulf machte oft Überstunden. Einmal in der Woche fuhr er zu einem Großeinkauf ins Einkaufszentrum, bestand jedoch nie darauf, dass Beth mitkam, nicht einmal darauf, dass sie sich die Haare wusch und etwas Ordentliches anzog.

Außer Ulf sah sie kaum andere Menschen, abgesehen von den Passanten, die auf der Straße vorbeigingen, wenn sie am Küchenfenster saß, und die fast wie Bekannte für sie waren. Eine Frau in einer gelben Jacke kam des Öfteren mit einem Hund vorbei. Er war struppig und schwarz und Beth dachte, dass sie Gefallen an ihm finden könnte. Einmal machte er genau vor ihrem Briefkasten sein Geschäft, sodass sie schon wutentbrannt losrennen wollte, aber die Frau holte eine Plastiktüte heraus und hob auf, was der Hund fallen gelassen hatte. Sie sah nett aus und redete die ganze Zeit mit dem Hund.

Vielleicht sollte ich mir ein Haustier anschaffen, dachte Beth. Es könnte mir helfen zu vergessen.

Sie wohnten in einer ruhigen und friedlichen Wohngegend, in der sie fand, was sie im Moment vor allem brauchte: Stille und Leere. Gleichzeitig bedrückte diese Stille sie aber auch. Wenn die Bilder vor ihrem inneren Auge auftauchten, drehte sie den Ton des Fernsehapparats lauter, zündete sich eine Zigarette an und begann mit lauter und gellender Stimme zu singen.

Oh Tannenbaum, oh Tannenbaum, wie grün sind deine Blätter.
Du grünst nicht nur zur Sommerzeit, nein auch im Winter, wenn es schneit.
Oh Tannenbaum, oh Tannenbaum, wie grün sind deine Blätter.

Es war ein altes deutsches Weihnachtslied, das wie aus dem Nichts in ihrem Kopf auftauchte, sie kannte im Grunde nur diese eine Strophe. Sie sang sie immer wieder, bis die Bilder verblassten und aus ihrem Bewusstsein glitten.

Eines Abends klingelte gegen sechs das Telefon. Widerwillig ging sie an den Apparat, weil sie allein war und es Ulf sein konnte.

Die Stimme einer Frau drang aus weiter Ferne an ihr Ohr. Sie klang atemlos und schwach, war aber dennoch deutlich zu verstehen.

»Spricht dort Beth?«

»Ja«, flüsterte sie.

Es blieb still am anderen Ende der Leitung. Sie wiederholte:

»Ja, hier spricht Beth Svärd.«

Aus dem Hörer drang ein Schluchzen.

»Hallo«, rief Beth. »Hallo, wer ist da?«

Aber es war nichts mehr zu hören und unmittelbar darauf wurde die Leitung unterbrochen.

Beths Hände begannen zu zittern. Sie irrte umher, suchte und fand schließlich ihre Zigaretten, zündete sich eine an und nahm einen tiefen Lungenzug. Im gleichen Moment ging die Tür auf und Ulf kam herein. Sie lief zu ihm.

»Ich habe Angst, Ulf, ich habe solche Angst!«

»Was ist denn mit dir los?«

»Es hat jemand angerufen, es klang wie eine Frau ... sie fragte, ob ich Beth sei, dann hat sie nichts mehr gesagt ... und dann ... dann hörte es sich so an, als würde sie weinen.«

Er hängte seine Jacke auf.

»Es gibt so viele Verrückte«, murmelte er.

»Sie hat einfach aufgelegt ... oder die Leitung wurde unterbrochen!«

»Vergiss es. Mach dir deshalb keine Gedanken!«

»Nein! Wir müssen eine Geheimnummer beantragen!«

»Jetzt übertreibst du aber. Wegen eines einzigen Anrufs. Da wollte sich bestimmt nur jemand einen Scherz erlauben.«

»Und wenn es nicht bei dem einen Anruf bleibt?«

»Ach Unsinn, lass gut sein. Da darfst du nichts drauf geben. Was ist, sollen wir was essen?«

An diesem Abend kam er ihr wieder nahe. Sie tranken eine Flasche Wein, unterhielten sich aber nicht, sondern hörten klassische Musik und saßen nebeneinander auf dem Sofa. Plötzlich legte er die Arme um sie und zog sie auf den weißen Teppich unter dem Tisch herab. Er zog ihr den Jogginganzug aus und sie liebten sich zu den Tönen der Pathétique.

Nachher weinte sie.

Er streichelte ihren Kopf und flüsterte ihr zu, dass sie wieder normal werden müsse.

»Normal, Beth, normal. So wie jetzt kannst du nicht weitermachen. Du kannst dich doch nicht immer weiter krankschreiben lassen, das ist nicht gut für dich, nicht gut für uns.«

Sie lag auf dem Rücken, hielt seinen Kopf in ihren Händen.

»Gibt es denn noch etwas, das gut für uns ist, Ulf, glaubst du das?«

Er setzte sich auf, zog sich ein bisschen von ihr zurück und rauchte.

»Ja«, sagte er vorsichtig.

»Was denn?«

»Was hältst du davon ... es zu erzählen?«

Sie stöhnte auf.

»Es erzählen?«

»Ja, vielleicht nicht unbedingt der Polizei, aber einem Geistlichen, Beth. Ein Priester unterliegt der Schweigepflicht. Ich sehe doch, was mit dir los ist, du wirst nie wieder normal leben können, wenn du nicht versuchst, dich auszusprechen und eine Art Absolution zu bekommen.«

»Und du?«, flüsterte sie. »Du bist doch auch darin verwickelt. Mindestens genauso sehr wie ich.«

»Sicher«, sagte er müde.

Ihr kam ein Gedanke.

»Hast du etwa mit jemand darüber gesprochen?«

»Natürlich nicht. Die Sache nagt auch an mir, alles andere wäre doch verdammt seltsam. Aber Tatsache bleibt, dass ich die Axt nicht in der Hand hatte.«

9. KAPITEL

Ulf ging am nächsten Morgen schon früh aus dem Haus. Er wollte nach Kopenhagen fahren um dort einen schwedischen Künstler zu interviewen, der mit seinen provozierenden Wandmalereien in der dänischen Hauptstadt für Aufsehen gesorgt hatte. Beth war erleichtert, als er fuhr. Immer wieder kamen ihr seine Worte in den Sinn. Er hatte sie allen Ernstes aufgefordert, mit einem Außenstehenden über das Schreckliche zu sprechen.

Es zu berühren, sichtbar und wirklich zu machen!

Ihr Kopf blieb völlig leer, wenn sie den Versuch machte, sich die Situation auszumalen. Ein Priester mit traurigen Wangen würde ihr schweigend lauschen, ein distanzierter Ausdruck in seine Augen treten, Reserviertheit und vielleicht sogar Furcht.

»Ich kann Ihnen im Grunde keinen Rat geben«, würde er sagen, »ich kann nur aus tiefstem Herzen hoffen, dass Sie den richtigen Weg finden, den einzigen, der ihrem Gewissen ein wenig Linderung verschaffen kann. Sie verstehen sicher, was ich meine, nicht wahr, liebes Kind?«

Das Gefühl bodenloser Einsamkeit übermannte sie, einer Einsamkeit, die sie nicht mehr stark machte, sondern quälte. Sie war extrem angespannt und bei dem Gedanken, die Frau könne sie wieder anrufen, stockte ihr der Atem. Wer war sie? Wusste sie etwas? Nein. Vermutlich nicht. Es war bestimmt nur ein Scherz gewesen oder eine geistesgestörte Person, die das Telefonbuch aufgeschlagen und willkürlich eine Nummer gewählt hatte. Es war sicher reiner Zufall, dass ausgerechnet sie herausgepickt worden waren.

In der Post war ein Brief von ihrem Vater. Als sie seine Handschrift auf dem Briefumschlag sah, wurde ihr schlagartig bewusst, dass er alt geworden war. Seine Schrift war zittrig und unregelmäßig. Sie saß am Küchentisch, und plötzlich liefen ihr heiße Tränen die Wangen herab.

Sie wäre so gerne wieder klein gewesen, denn dann hätte er sie an der Hand genommen und gegen das Böse und Harte beschützt, das man das Leben nannte. Sie hätte noch einmal von vorn anfangen können und alles wäre ganz anders gekommen.

Nervös öffnete sie den Brief. Es kam nur selten vor, dass ihr Vater einen Brief schrieb. Sie empfand eine immer größer werdende Zärtlichkeit für ihn und alles, wofür er einmal gestanden hatte. Ich habe ihn im Stich gelassen, schoss es ihr durch den Kopf, aber sie schob den Gedanken sofort beiseite.

Das war nicht mein Fehler!

Sie las den Brief ihres Vaters.

> *Liebe Beth. Ich habe viel darüber nachgedacht, was du über Mama gesagt hast. Mittlerweile bin ich zu der Überzeugung gelangt, dass du vermutlich Recht hast, wir können so nicht weitermachen, uns fehlt dazu die Kraft, und deshalb erwäge ich nun ernsthaft den Vorschlag, den du im Sommer gemacht hast, Mama in ein Pflegeheim umziehen zu lassen. Natürlich habe ich eine Reihe alarmierender Berichte über die schlechte Pflege alter Leute gelesen, die mich sehr beunruhigen. Aber ich habe jetzt keine Wahl mehr. Im Übrigen habe ich alles getan, was in meiner Macht steht, viel mehr kann ich jetzt nicht mehr tun. Was meinst du, Beth, tue ich das Richtige? Ich habe auch mit Juni gesprochen. Sie sagt dasselbe wie du. Ich habe mich mit einem neu eröffneten Pflegeheim in Verbindung gesetzt und die Heimleiterin macht einen ordentlichen Eindruck. Sie heißt Merit Svedberg und hat mir versprochen, dass deine Mutter dort zunächst einmal zur Probe unterge-*

bracht werden kann, vielleicht schon diese Woche. Es grüßt dich herzlich dein Papa.

Sie hob den Hörer ab und rief ihn an. Er ging sofort an den Apparat und klang bedrückt und unglücklich.

»Ich komme zu dir«, sagte sie. »Ich mache mich sofort auf den Weg und helfe dir. Ich habe ein paar Tage frei.«

Sie konnte seiner Stimme anhören, wie sehr er sich freute.

Als sie sich auf den Weg machte, regnete es. Es war ein kalter Regen, der jeden Moment in Schnee übergehen konnte. Als sie die Zeitung zuschlug, sah sie das Datum und ihr wurde bewusst, dass es schon Ende Oktober war.

Es tat ihr gut, Auto zu fahren, wegzufahren. Sie lauschte dem Geräusch des Motors und genoss es, nicht mehr zu Hause zu sein. Als sie sich Enköping näherte, wurde der Verkehr dichter, weil mehrere schwere Fernlaster ihn behinderten. Sie überholte die Lastwagen und war eigenartig aufgekratzt.

Sie hatte Ulf auf dem Handy angerufen. Er antwortete nicht, aber sie hinterließ eine Nachricht.

»Ich fahre für ein paar Tage zu meinem Vater. Wenn du möchtest, kannst du mich dort erreichen.«

In der Nähe von Västerås machte sie Pause und trank eine Tasse Kaffee in einer schäbigen Raststätte. Die restliche Strecke fuhr sie durch. Als sie Falköping erreichte, dämmerte es bereits. Körperlich und geistig erschöpft kaufte sie im Stadtzentrum etwas zu essen ein, fuhr anschließend zum Haus ihrer Eltern, parkte und stieg aus. Die Aussicht, ihrer Mutter zu begegnen, hatte sie nervös gemacht, aber als sie die Wohnung betrat, war ihr Vater allein. Er hatte seine braune Strickjacke mit den Lederflicken an den Ellbogen an, die er getragen hatte, solange sie denken konnte. Sein Gesicht war mager, eingefallen, die Augen trüb. Sie sah, dass er geweint hatte.

»Papa«, flüsterte sie und umarmte ihn. Sein Körper war zart und klein und sie dachte, dass sie ihn nicht zu hart anfassen durfte, weil er sonst kaputtgehen würde, seine Knochen könnten brechen.

»Sie sind hier gewesen und haben sie mitgenommen«, murmelte er. Sie roch seinen schalen Atem und seine Finger fuhren auf und ab und zupften unablässig an ihr.

»Wer war hier?«

»Diese Merit Svedberg hat angerufen, es sei jetzt alles vorbereitet, ich hatte nicht gedacht, dass es so schnell gehen würde. Sie ist selbst hier gewesen. Sie meinte, sie wolle sich ansehen, wie Susanne gelebt hat, wie sie gewohnt hat und so.«

»Das klingt aber doch gut, Papa«, sagte sie unbestimmt.

Er starrte ausdruckslos zum Fenster hinaus.

»Sie scheint sich doch wirklich Gedanken zu machen, diese Heimleiterin!«

»Sie haben sie mitgenommen und Susanne hat kein einziges Wort gesagt, ich weiß nicht einmal, ob sie überhaupt begriffen hat, was vor sich ging, gerade darum habe ich mir solche Sorgen gemacht, ich erinnere mich noch an meine Mutter ... also Großmutter ... wie sie plötzlich die Kraft eines wilden Tiers bekam, als sie kamen, um Mutter zu holen, das war bei Lisbet, weißt du, Tante Lisbet, sie hatte Mutter ja so lange gepflegt ... aber dann konnte sie nicht mehr. Erst viel später hat sie mir erzählt, wie Großmutter sich im Türrahmen festgeklammert hat und die Männer ihre Hände regelrecht aufbiegen mussten.«

Er schluckte und lehnte sich schwer an die Küchenzeile.

»Dann ist sie also einfach mitgegangen?«, fragte Beth.

»Ja. Und sie ... sie hat gesungen.«

»Gesungen?«

»Ja. Zwei sonnenrote Segel, nehmen Kurs aufs Meer.«

»Das mochte sie gern.« Es klang, als wäre ihre Mutter bereits tot. Beth wurde bewusst, dass sie von ihrer Mutter in der Vergangenheit gesprochen hatte, und berichtigte sich hastig: »Das Lied hat sie immer schon gern gehabt.«

Ihr Vater lächelte schwach.

»Bist du mitgefahren?«, fragte sie.

»Ja, natürlich. Sie hat ein schönes Zimmer bekommen, es sieht überhaupt nicht nach einem Heimzimmer aus. Sie hat ein schönes breites, höhenverstellbares Bett und die Gemeinschaftsräume sind mit einer Mischung aus älteren und neuen Möbeln eingerichtet. Sie schien sich dort sofort heimisch zu fühlen.«

»Wie schön, Papa.«

»Ja.« Er seufzte.

»Hast du Hunger?«, fragte er dann. »Du hast eine lange Fahrt hinter dir.«

»Ich habe Krabben und eine Flasche Wein gekauft.«

»Das war lieb von dir, Beth. Du bist so fürsorglich.«

Er ging durch das Zimmer und sein Rücken war so krumm, als hätte er einen Buckel. Nein, wollte sie ausrufen, das stimmt nicht, ich bin ganz und gar nicht so lieb und unschuldig, wie du vielleicht glaubst.

Und zum ersten Mal nahmen die Worte in ihr Gestalt an, unausgesprochen aber dennoch deutlich: »Ich, deine Tochter Beth Svärd, habe einen Menschen getötet.«

Immer wieder hörte sie innerlich diese Worte, ich habe einen Menschen getötet, ich, Beth. Seltsamerweise berührten die Worte sie nicht. Sie zuckte nur leicht mit den Schultern.

»Wollen wir in der Küche decken, was meinst du?«, fragte sie rasch.

10. KAPITEL

Im Badezimmerschrank fand sie eine Packung mit Schlaftabletten. Sie schluckte eine der kleinen weißen Pillen und schlief eine Stunde später ein. In dieser Nacht schlief sie zum ersten Mal seit sehr langer Zeit tief und fest. Ihr Vater hatte die Bettcouch für sie bezogen und sie lag zwischen den Laken, die ihre Mutter einmal mit Schleifen und Monogrammen verziert hatte. Sie rochen etwas muffig, weil sie lange nicht mehr benutzt worden waren. Beth fror ein wenig, als sie sich auszog und wickelte sich in eine zusätzliche Decke, ehe sie sich unter die Bettdecke legte. Die Tür zum Flur stand offen wie früher, als Juni und sie noch klein waren und Angst im Dunkeln hatten. Sie fühlten sich geborgen, wenn sie die Worte und andere Geräusche der Erwachsenen hören konnten.

Draußen bewegte sich ihr Vater durch die Wohnung und räumte auf, redete mit sich selbst und summte vor sich hin.

Er hatte im Pflegeheim angerufen, wo alles in bester Ordnung war.

Ulf hatte von sich hören lassen. Er saß in einem Restaurant, im Hintergrund hörte man Lärm und Stimmen.

»Wie lange bleibst du?«, fragte er.

»Ich weiß nicht, ein paar Tage.«

»Er braucht dich jetzt sicher.«

»Ja. Morgen gehen wir meine Mutter besuchen.«

»Das hört sich gut an. Du, ich muss Schluss machen. Tschüss.«

Sie wollte ihn am Telefon halten, warte, sag, dass du mich

liebst, sag, dass du dich nach mir sehnst und dir Sorgen gemacht hast, als du hörtest, dass ich bei diesen Straßenverhältnissen eine so lange Strecke fahren wollte.

Nein.

Nichts in der Art.

»Tschüss«, sagte sie tonlos. »Bis bald.«

Sie schlief, und als sie aufwachte, schien die Sonne zum Wohnzimmerfenster herein. Im Bett liegend sah sie Spinnweben an der Decke. Ich werde ihm beim Putzen helfen, dachte sie, er kann das nicht mehr, und wir werden ihre Kleider packen, sie wird jetzt dort bleiben.

Aus der Küche zog Kaffeeduft zu ihr herein. Beth schluckte, sie hatte leichte Halsschmerzen. Ihr Vater trat bereits angezogen in den Flur. Vorsichtig schaute er zu ihr herein.

»Bist du wach, Kleines?«

»Wie viel Uhr ist es?«, fragte sie heiser.

»Kurz nach neun.«

Ich habe geschlafen, dachte sie, eine ganze lange Nacht geschlafen.

Auf dem niedrigen Mahagonibücherregal standen Fotografien von ihr selbst und Juni mit Abitursmützen auf dem Kopf und umrahmten das Hochzeitsfoto ihrer Eltern. Sie sahen so jung aus. Die Wangen ihrer Mutter waren kindlich rund und ihr Vater hatte noch seine Haare. Seine dichte, dunkle Haarpracht war im Laufe der Jahre immer schütterer geworden, bis schließlich nur noch ein dünner, weißer Haarkranz übrig geblieben war.

Sie stand auf und der Fußboden war hart und kalt.

Ihr Vater hatte den Frühstückstisch in der Küche gedeckt, zwei Tassen und ein Brotkorb mit Knäckebrot, Margarine und ein schwitzender Käse. Offensichtlich hatte er schon länger auf sie gewartet.

»Was meinst du, kann ich jetzt anrufen?«, fragte er. »Oder ist es noch zu früh?«

»Nein, natürlich kannst du anrufen.«

Sie trank einen Schluck von dem Kaffee, der bitter und ein wenig angebrannt schmeckte. Sie hörte ihn mit jemandem im Pflegeheim sprechen. Dann kehrte er zurück. Auf seinem Gesicht stand ein Ausdruck von Überraschung und er zog an seiner Oberlippe, sodass sie einen Zipfel bildete.

»Sie sagen, dass alles in Ordnung ist«, sagte er langsam. »Das hätte ich ehrlich gesagt nicht gedacht.«

»Wie schön.«

»Ich habe mit diesem Mädchen gesprochen, mit Merit. Hat meine Frau nach mir gefragt, habe ich gesagt. Und das hatte sie, aber höflich, nicht hysterisch. Wir fahren doch heute zu ihr, nicht? Ich möchte so viel Zeit wie möglich bei ihr verbringen, das wirst du sicher verstehen. Ich glaube, das tut ihr gut. Sie soll nicht glauben, dass ich sie verlassen habe.«

Als sie im Auto saßen, gestand er ihr, wie nervös er war.

»Meine Hände zittern, fühl mal.«

Sie nahm seine kalte magere Hand in ihre und rieb sie.

»Es ist eine große Umstellung für dich«, sagte sie und hörte selbst, wie platt ihre Worte klangen. »Ich meine natürlich, für euch beide.«

Vorsichtig zog er seine Hand zurück.

»Das Leben besteht nun mal aus solchen Umstellungen ... Übrigens Beth, fast hätte ich es vergessen. Es geht um die Heimleiterin. Oder habe ich das schon erzählt, ich erinnere mich nicht mehr. Sie heißt Merit Svedberg, habe ich das gesagt? Sie und ihr Mann sind auf der Suche nach einem Haus auf dem Land. Sie kennen unser Haus und sind anscheinend schon einmal da gewesen.«

»Unser Haus? Waldesglück?«

»Ja.«

»Wann sind sie denn da gewesen ... vor kurzem?«

»Das weiß ich nicht, aber sie macht dir vielleicht ein Angebot. Obwohl ich ihr schon gesagt habe, dass ihr bestimmt nicht verkaufen wollt, Juni und du. Immerhin ist es unser alter Familienhof, den verkauft man nicht einfach so.«

Das Pflegeheim hieß Sonnenhöhe und lag etwas außerhalb der Stadt. Es war ein neu errichteter, pastellfarbener und einladend aussehender Flachbau. Beth dachte, dass es ein typischer Name für eine Einrichtung dieser Art war. Altersheime und Kindergärten hießen oft etwas mit Sonne, so als könne der Name über Missstände auf Grund von zu knappen Mitteln und überlastetem oder gleichgültigem Personal hinwegtäuschen.

Ihr war angst und bange geworden, als ihr Vater vom Interesse der Heimleiterin an Waldesglück erzählte. Möglich, dass die Frau erst kürzlich dort gewesen war. Plötzlich musste sie aufstoßen und ein bitterer Kaffeegeschmack stieg ihr in den Mund.

Ihr Vater hatte sie seltsam angesehen.

»Was haben sie da draußen gemacht?«, fragte sie angespannt. »Bei uns, meine ich. Da ist jetzt doch keiner, wir haben doch vor dem Winter alles dicht gemacht.«

»Hm … sie war bestimmt früher einmal da oder nicht sie selbst, sondern ihre Mutter, wenn ich mich recht erinnere. Ihre Mutter und Susanne kannten sich offensichtlich.«

Beths Mutter aß gerade zu Mittag, als sie ankamen. Sie blickte auf, aß dann aber weiter, schnell und begleitet von ständigen Seitenblicken. Ihr Vater eilte zu ihr und wollte ihr über den Kopf streicheln, aber sie duckte sich hastig weg. Essen lief ihr das Kinn herab und sie saugte an einem Bissen Kartoffelpüree.

»Beth ist gekommen«, sagte er sanft.

Ihre Mutter warf ihr einen kurzen, desinteressierten Blick zu.

»Hallo Mama«, sagte Beth.

Die Kiefer der alten Frau mahlten, auf ihrem Kinn sprossen Härchen wie Bartstoppeln. Sie hatte sich verändert. Von ihrer einst so gepflegten Erscheinung war nichts mehr übrig geblieben. Ein verschlagener Ausdruck trat in ihre Augen, dann gähnte sie ausgiebig. In ihrem Schlund sah man Speichelfäden und Essensreste.

»Wie geht es dir?«, fragte Beths Vater. »Hast du gut geschlafen in deinem neuen Bett?«

Sie zupfte mit ihren groben, knochigen Fingern am Tischtuch.

Beth setzte sich auf einen der Stühle, hatte aber keine Ruhe. Es kam ihr so vor, als würden sie alle anstarren, und sie wusste nicht, wo sie hinsehen sollte. Eine groß gewachsene Frau, die mit einem Rock und einer rosa Bluse bekleidet ganz adrett aussah, näherte sich mit einer Gehhilfe. Als sie Beth erreicht hatte, blieb sie stehen.

»Und wer bist du?«, fragte sie feindselig.

»Ich heiße Beth.«

»Was sagst du?«

»Beth!«, wiederholte sie.

»Bett?«

Beth nickte.

»Aha, Bett. Was ist das denn für ein Name?«

»Ich weiß nicht, ich heiße eben so.«

»Aber du wohnst doch nicht bei uns, oder etwa doch?«

»Ich wohne in Stockholm«, antwortete sie deutlich.

»In Stockholm? Wo der König wohnt? Da hat Greta Garbo ihre letzte Ruhestätte gefunden. Auf dem Waldfriedhof. Nach all den Jahren. Ist das vielleicht eine Art? Mit unseren toten Heiligen so umzugehen!«

»Nein ...«

»Hör mal, was machst du hier eigentlich?« Das Gesicht der Frau kam näher, Beth sah die flinken, schwarzen Augen. Ihr Rücken wurde schweißnass. Das frage ich mich auch, dachte sie, entgegnete aber:

»Ich besuche meine Mutter.«

Die andere Frau packte sie am Arm, ihre Fingernägel waren hart, schmutzig und verfärbt.

»Ich will dir mal was sagen«, zischte sie. »Junge Leute haben hier nichts zu suchen. Ich hab dich übrigens schon mal gesehen. Du bist kein netter Mensch, du bist falsch. Mata Hari, weißt du, wer das ist? Weißt du das?«

Beth wand sich vergeblich, um sich aus dem Griff der Frau zu befreien. Eine Pflegerin eilte ihr zu Hilfe.

»Aber Gerda, was machst du denn?«, sagte sie entschuldigend. »Komm mit, ich gebe dir ein paar Rosinen.«

Die alte Frau löste ihren Griff und ließ ein zufriedenes Glucksen hören.

»Rosinen, Gerda will Rosinen haben«, piepste sie mit schriller und schwacher Stimme. Die Pflegerin lächelte entschuldigend. »Sie sind die Tochter von Susanne Svärd, nicht wahr?«, sagte sie.

Beth nickte.

»Meine Mutter ging früher immer zu Ihrer Mutter, um sich die Haare schneiden zu lassen.«

»Oh, tatsächlich.«

»Ja, aber das ist natürlich schon lange her, sie lebt nicht mehr.«

»Aha.«

»Sie trafen sich auch so ab und zu. Sie gehörten zu einem Kaffeekränzchen. Einmal haben sie gemeinsam das Landhaus Ihrer Mutter besucht, Waldesglück heißt es, nicht wahr, meine Mutter hat immer erzählt, wie schön es da draußen war, sie hätte nämlich auch gerne ein Haus auf dem Land gehabt ... aber daraus ist leider nie etwas geworden.«

»Nein.«

Die Frau streckte ihre Hand aus.

»Oh, ich habe ganz vergessen mich vorzustellen, ich heiße Merit Svedberg. Ich bin die Heimleiterin.«

»Ach so, mein Vater hat Ihren Namen erwähnt.«

»Sagen Sie, haben Sie das Haus noch? Oder haben Sie es verkauft? Ihr Vater kann sich doch nicht mehr darum ...?«

»Wir haben den Hof geerbt, meine Schwester und ich.«

»Tatsächlich. Dann sind Sie des Öfteren hier in der Gegend?«

»Ja«, lautete ihre knappe Antwort.

»Sie haben nicht zufällig vor, das Haus zu verkaufen? Ich frage ja nur. Es ist so wunderschön da oben in den Wäldern und mein Mann und ich überlegen, aufs Land hinaus zu ziehen.«

Sie senkte die Stimme.

»Ove möchte Schweine züchten. Können Sie sich das vorstellen! Schweine. Allerdings auf ökologischer Basis. Die Tiere werden artgerecht gehalten und an Ort und Stelle geschlachtet, damit sie keinen Stress empfinden. Ja, so was gefällt meinem Mann. Er ist ein Tierfreund, verstehen Sie, außerdem stammt er aus einer alteingesessenen Bauernfamilie. Aber Bauer sei ein Beruf ohne Zukunft, meinte der Berufsberater natürlich, als es darum ging, eine berufliche Laufbahn einzuschlagen, und deshalb arbeitet er heute bei einer Bank, bei der hiesigen Sparkasse … obwohl er sich dort nie richtig wohl gefühlt hat, er fühlt sich eingesperrt und will noch mal von vorn anfangen. Ich habe nichts dagegen. Ich könnte ja pendeln, so weit ist das doch nicht, zwanzig, dreißig Kilometer vielleicht, oder? Wir haben zwei Autos.«

Beth wurde heiß um die Brust. Sie merkte, dass sie nach Achselschweiß roch.

»Dann könnten wir uns auch ein paar Norweger halten«, fuhr Merit Svedberg fort. »Oder Islandpferde. Wenn man schon auf dem Land wohnt, dann richtig.« Sie lächelte freundlich und ihre Augen leuchteten enthusiastisch.

»Nun ja, wir haben eigentlich noch nie ernsthaft darüber nachgedacht das Haus zu verkaufen«, meinte Beth vage.

Sie hatte das Gefühl, dass Merit sie prüfend und mit einem Ausdruck schadenfroher Erwartung ansah. Sie hatte ein schmales, spitzes Gesicht, ihr Mund war dunkelrot, etwas Lippenstift hatte auf ihre Schneidezähne abgefärbt.

»Nein, nein«, sagte sie. »Nehmen Sie es mir bitte nicht übel, ich frage ja nur. Es hätte doch sein können. Wenn man nicht fragt, bekommt man auch keine Antwort.«

Am nächsten Morgen setzte Beth ihren Vater am Pflegeheim ab, begleitete ihn jedoch nicht hinein. Stattdessen fuhr sie in die Wohnung zurück und widmete sich vormittags einem gründlichen Hausputz. Ihr Hals tat weh, und sie hatte in der Apotheke Halstabletten gekauft. Richtig krank fühlte sie sich allerdings nicht.

Während sie mit dem Staubsauger durch die Wohnung wirbelte, wollte ihr ein Gedanke nicht mehr aus dem Kopf, der ihr Angst machte und ihr Übelkeit verursachte, dem sie aber gleichzeitig nicht aus dem Weg gehen konnte.

Waldesglück. Sie musste hinfahren, um mit eigenen Augen den Ort und das Grab wieder zu sehen, um sich zu vergewissern, dass alles in Ordnung war und niemand jemals entdecken würde, was geschehen war.

Nur so konnte sie wieder zur Ruhe kommen.

In der Nacht hatte es geschneit. Dicke weiße Flocken waren gefallen und die Temperatur lag mehrere Grad unter Null. Sie putzte die Fenster und ging anschließend zum nächstgelegenen Supermarkt, wo sie zwei Usambaraveilchen kaufte, die sie auf den Küchentisch stellte. Sie hätte gerne kräftigere Exemplare gekauft, nicht so mickrige und zerzauste. Aber die Auswahl war nicht besonders groß gewesen und dank der dunkelblauen Blüten wirkte der Raum jetzt trotz allem etwas freundlicher.

Blau ist die Farbe der Hoffnung und der Zuversicht, dachte sie. In diesem Haus kann man beides gut gebrauchen.

Um Viertel nach eins war sie fertig.

Sie versuchte Ulf anzurufen, aber es meldete sich nur der Anrufbeantworter. *Hier spricht Ulf Nordin, ich habe im Moment leider keine Zeit, bitte versuchen Sie es später noch einmal oder hinterlassen Sie eine Nachricht nach dem Signal.* Sie wartete, aber als das Signal kam, wusste sie plötzlich nicht mehr, was sie sagen sollte. Missmutig legte sie wieder auf.

Sie ging zum Auto hinunter und fuhr anfangs ziellos in der Gegend herum, merkte dann jedoch, dass sie sich immer weiter vom Stadtzentrum entfernte. Plötzlich erinnerte sie sich an einen Spruch, der eingerahmt an der Wand des Lehrerzimmers hing.

»Wenn du Angst vor etwas hast, erledige es sofort!«

»So soll es sein!«, dachte sie.

In der Stadt waren die Straßen voller Schneematsch gewesen, hier draußen waren sie trockener. Sie folgte der breiten kurvenlosen Straße, zu deren Seiten sich die Ebene ausbreitete. Das letzte Mal, als sie diese Straße gefahren war, hatte die Sonne wie eine glühende Kugel am Himmel gehangen, die Luft war heiß und schwer zu atmen und sie war müde und verkatert gewesen ... und das Furchtbare war noch nicht passiert.

Jetzt war es Herbst, fast schon Winter. Ein paar lehmverschmierte, schwarzweiß gefleckte Kühe drängten sich auf einer Weide aneinander. Sie streckten die Hälse und ihr Muhen war noch über das Motorengeräusch hinweg zu hören. Sie saß sehr aufrecht auf dem Fahrersitz und gab Gas. Es war ihr, als müsste sie sich beeilen um sich auf diese Weise jede Chance zum Umkehren zu nehmen.

Nach einer Weile wurden die Straßen immer schmaler und kurvenreicher. Sie musste langsamer fahren, denn an manchen Stellen lag ziemlich viel Schnee und einmal geriet der Wagen heftig ins Schleudern. Erneut überkam sie das Gefühl, die Hauptrolle in einem gruseligen Thriller zu spielen. Das gottverlassene Haus wäre ein passender Titel und sie dachte, dass sich sonst nur im Film Frauen einsam auf den Weg machten. Musik erklänge dann lauernd und stimmungsvoll im Hintergrund und jetzt säßen die Menschen im Kinosaal und schauten ihr, Beth Svärd, zu. Sie saß in ihrem Auto und in der nächsten Sequenz fuhr die Kamera auf das Haus zu und glitt von oben kommend zur Eingangstür herab. Vielleicht sah man ganz kurz, dass sich ein Schatten hinter den Gardinen zurückzog. Geh nicht da rein, würde man denken, du dumme Kuh, geh da bloß nicht rein! Es würde übertrieben wirken und auf typische Weise konstruiert, um den größtmöglichen Schockeffekt zu erzeugen. Die Hellsichtigen im Publikum würden das Spiel durchschauen und lächerlich finden, die Gutgläubigeren jedoch solche Angst bekommen, dass sie nicht mehr alleine zu sein wagten.

Es half ihr, solchen Gedanken nachzuhängen.

Als sie den kleinen Waldweg erreichte, der nach Waldesglück hinaufführte, hielt sie an. Sie konnte immer noch wenden und zurückfahren. Das Ganze war so unwirklich, als läge sie in Hässelby im Bett und schliefe, als könnte sie jeden Moment aufwachen. Schon häufig hatte sie Albträume dieser Art gehabt, in denen sie sich wieder dem Haus näherte, das sich vor ihr auftürmte und brütend auf sie wartete.

Jetzt war sie hier und sie war wach und alles war kalt und wirklich.

Sie musste es tun. Es würde ihr helfen darüber hinwegzukommen, wieder alles unter Kontrolle zu bekommen und zu der Beth zurückzufinden, die sie vor weniger als einem halben Jahr gewesen war – und zu Ulf zurückzufinden.

Im Wald lag viel Schnee. Dennoch glaubte sie, bis zum Haus fahren zu können. Ihr Wagen hatte ordentliche Winterreifen mit Spikes. Als sie den ersten Gang einlegte und in den schmalen ansteigenden Weg bog, der zum Hof führte, bekam sie leichte Zuckungen im Gesicht. Überall lag reiner, weißer Schnee und sie sah die Spuren eines Hasen, die charakteristischen vier Abdrücke. Ihr Vater hatte ihr die Spuren damals erklärt, sie sehen aus wie ein Ypsilon, wenn man sie mit Strichen verbindet, wird aus den Spuren ein Ypsilon.

Kleiner Papa, dachte sie und musste plötzlich weinen.

Als sie den halben Weg zurückgelegt hatte, musste sie anhalten, weil sie wieder Herzstiche bekam. Sie blieb eine Zeit lang mit zurückgelehntem Kopf sitzen und versuchte, langsam zu atmen und sich einzureden, dass ihrem Herzen wirklich nichts fehlte. Die Internistin im Krankenhaus hatte ihr immerhin bestätigt, dass es am Stress liegen konnte, Tausende litten unter den gleichen Symptomen.

Nach einer Weile beruhigte sie sich wieder. Sie hatte den Motor ausgemacht und öffnete das Seitenfenster. Raue kalte Luft strömte herein. Die Bäume säuselten in der Stille.

Als sie den Motor wieder anlassen wollte, sprang er nicht an, was ab und zu vorkam, sodass sie im Grunde nicht beunruhigt war. Man brauchte das Auto nur kurze Zeit stehen zu lassen, etwa eine Viertelstunde, dann sprang es wieder an. Sie zog Handschuhe an, öffnete die Autotür und stieg aus.

»Jetzt ist wieder Meisterregisseur Alfred Hitchcock am Werk«, murrte sie, »war ja klar, dass dieser verdammte Wagen Probleme machen würde, fehlt nur noch, dass ich meine Schlüssel irgendwo im Schnee verliere und Frankensteins Monster seinen Schwanz aus irgendeinem Strauch streckt und Jagd auf mich macht.«

Es war nicht mehr weit, sodass sie den Rest des Wegs genauso gut zu Fuß gehen konnte. Zu dieser Jahreszeit sah alles völlig verändert aus. Auf den kleinen Tannen lag Schnee, die Stämme der Laubbäume waren nackt und grau. Sie wollte sich eine Zigarette anzünden, hatte die Schachtel aber im Auto vergessen. Entschlossen schob sie die Hände in die Taschen und ging weiter. Der Schnee war tiefer, als sie gedacht hatte. Nach einer Weile wurde ihr klar, dass sie besser festere Stiefel angezogen hätte. Die Nässe drang in die Schuhe und ihre Strümpfe wurden nass. Das war bei ihrer Erkältung nicht gut. Außerdem war der Weg glatt. Ihre Schritte wurden schwerer, sie atmete laut und keuchend.

Sie sah das Haus schon von weitem. Erst zuckte sie etwas zurück, weil es einem so groß und fremd vorkam, wenn alle Blätter fort waren. Auf dem Dach lag stellenweise Schnee und ein Dachziegel hatte sich gelöst und war heruntergerutscht, dann aber von der Dachrinne aufgehalten worden. Im fahlen Nachmittagslicht bemerkte sie, dass die Fassade neu gestrichen werden musste. Die rote Farbe war verblasst, die grüne Schicht, die von der zunehmenden Versauerung und dem Alter kam, fraß sich aus dem Fundament immer weiter nach oben und ließ das Haus ein wenig verwahrlost aussehen. Sie war angespannt, hielt sich kerzengerade, hatte die Schultern hochgezogen und den Kopf etwas schräg gelegt, um auf mögliche Geräusche zu lauschen.

Das Gatter ging schwer auf. Es musste geölt werden, man musste ein wenig Maschinenöl in die Scharniere träufeln. Wenn sie nächsten Sommer wieder herkamen, mussten sie sich darum kümmern. Außerdem würden sie rote Farbe kaufen und das Haus streichen. Gemeinsam würde es ganz schnell gehen und alles wäre wieder wie immer. Ulf und sie würden unter den Bäumen sitzen und lesen, abends etwas Leckeres kochen und eine Flasche Wein trinken und nichts wäre geschehen, nicht das Geringste.

Sie stand auf dem Gartenweg. Welch eine eigenartige Stille. Ein blindes und gedämpftes Sirren, das Klirren sehr kleiner und gefrorener Wassertropfen wie etwas, das sich unsichtbar zwischen den Ästen bewegte, das sind Vögel, dachte sie, Vögel, die hier überwintern, die von Flechten und schlafenden kleinen Larven leben, sie sah sie nicht, hörte nur ihre Bewegungen in den Bäumen.

Zögernd näherte sie sich dem Haus. Das weiße Licht wurde vom Schnee reflektiert und schoss ihr in die Augen, sodass sie anfingen zu tränen. Sie zog die Handschuhe aus, wischte sich die Nase ab und musste niesen. Im gleichen Moment entdeckte sie es. Jemand war hier gewesen. Kurz vor ihr waren deutlich Fußspuren im Schnee zu erkennen, in denen gelbe, plattgetretene Grashalme zu erkennen waren. Beth blieb mit halb erhobenen Armen stehen und lauschte.

Nein.

Nur die kaum vernehmlichen Vogellaute waren zu hören.

Die Spuren führten zum Fenster. Jemand hatte dort gestanden, war um das Haus geschlichen.

Das hatte natürlich noch nichts zu sagen. Die Leute waren neugierig und wollten gerne sehen, wie es bei anderen aussah, es war eine Art Spannermentalität, wer wollte nicht schon mal durch einen Spalt zwischen den Vorhängen linsen, vielleicht hätte sie dasselbe getan. Davon abgesehen gab es ja auch noch Leute, die sich für das Haus interessierten. Vielleicht waren Merit Svedberg und ihr Mann hier gewesen.

Sie fühlte sich vage erleichtert und schüttelte sich wie ein Hund, der etwas Lästiges loswerden will. Zögernd folgte sie den Fußspuren, die um das Haus herum führten und unter jedem Fenster Abdrücke hinterlassen hatten. Die Spuren mussten frisch sein, aber dann konnten es nicht Merit Svedbergs sein.

Sie überprüfte die Scharniere der Fenster, nein, sie saßen fest, niemand hatte sie aufgebrochen und war ins Haus eingedrungen. Sie steckte die Hand in die Tasche, wo der Schlüsselbund mit den Ersatzschlüsseln lag, er kühlte ihre Haut. Im Grunde brauchte sie gar nicht ins Haus gehen. Dazu bestand kein Anlass. Es stand an seinem Platz und sah völlig normal aus, ebenso wie die Scheune und die kleineren Schuppen. Sie sah, dass die Fußspuren auch zu den anderen Gebäuden führten. Schüchtern schielte sie zur Scheunentür hinüber und sah dort für Sekundenbruchteile einen Mann stehen, einen Mann mit hellen, ins Gesicht fallenden Haaren, nein. Hör auf, dich da hineinzusteigern! Sie schnauzte sich selbst an, Speichel sammelte sich in ihrem Mund. Durch den Schnee senkte sich die Stille wie eine Kuppel auf sie herab. Sie musste sich bewegen, die Arme kreisen lassen, springen und sich drehen. Ihre Lungen schnürten sich zusammen, sie bekam keine Luft mehr.

»Ah!«, schrie sie auf. Es war ein kurzer und gebrochener Laut ohne Echo. Sie ging zum Zaun und dem Loch darin, durch das sie sich gelegentlich hinausschoben, wenn sie zu faul waren, das Tor zu benutzen. Ulf hatte überlegt, dort einen richtigen Durchgang mit einer Eisenpforte zu machen. Als sie sich bückte, hörte sie ein Reißen und begriff, dass sie ihre Jacke am Zaun eingerissen hatte.

»Mist«, murmelte sie, es war ihre neue Jacke. Aber dann stand sie hinter dem Zaun und musste weitergehen, ihren Weg fortsetzen und die kurze Strecke bis zu der Stelle gehen, die sie schon so oft vor sich gesehen hatte, wenn sie die Augen schloss, die Stelle, die sie vor Angst um den Verstand brachte. Sie musste sich mit eigenen Augen vergewissern: dass es dort nichts zu sehen gab.

Aber.

So war es nicht.

Ganz und gar nicht.

Denn jetzt kamen ihr die Fußspuren entgegen und sie erkannte, dass sie geriffelt waren, sah das deutliche Profil der Sohle, Gummistiefel, schoss es ihr durch den Kopf. Die Spuren führten zur gleichen Stelle, zu der auch sie unterwegs war, und sie blieb stehen und ballte ihre Hände zu Fäusten, denn von dem, was sie dort sah, wurde ihr schwindlig und sie sank in der Nässe auf die Knie.

Eine große Zahl glänzender brauner Tannenzapfen lagen auf dem Grab und das nicht nur zufällig, denn sie bildeten ein Muster, ein schmales, aber deutlich erkennbares Grabkreuz.

11. KAPITEL

In der darauf folgenden Nacht bekam sie Fieber, nachdem es ihr schon am Abend nicht gut gegangen war. Sie und ihr Vater saßen zusammen vor dem Fernseher und sie fror. Ihr Vater stand auf und schaltete den Apparat aus.

»Ich habe dich beobachtet, Beth«, sagte er unsicher. »Irgendetwas bedrückt dich. Habe ich nicht Recht?«

Beth zuckte mit den Schultern. Ihre Augen brannten. Zehen und Finger waren durchgefroren.

Ihr Vater kam zu ihr.

»Du denkst vielleicht, dass man mit seinem alten Vater nicht über seine Probleme reden kann, wo ich doch schon genug eigene Probleme am Hals habe. Ich weiß deine Rücksichtnahme zu schätzen, Beth, aber ich hoffe, du weißt, dass ich immer für dich da bin, wenn du mich brauchst.«

Sie zog die Nase hoch.

»Möchtest du etwas trinken? Ich glaube, ich habe noch einen Schluck Kognak im Schrank, wenn du magst.«

»Danke, gern.«

Sie hörte ihn in der Küche die Schranktüren öffnen. Dann kehrte er mit einer Flasche und zwei Gläsern zurück.

»Ich nehme auch einen Schluck. Und ersäufe die Sorgen damit.« Er lachte ironisch.

»Ja, dir muss jetzt alles furchtbar leer und eigenartig vorkommen«, sagte sie. »Euer ganzes Leben … und dann das. Seit Mama krank geworden ist, hast du es nicht leicht gehabt. Du bist zu alt, um hier noch die Krankenschwester zu spielen.«

»Sollen wir ihn mal probieren? Hennessy. Verdammt, der soll gut sein.«

Ihr fiel auf, dass sie ihn zum ersten Mal fluchen hörte.

Sie tranken und Beth spürte, wie die Flüssigkeit wie eine kurze und heftige Welle aus Wärme ihre Kehle hinabsickerte. Ihr Vater beobachtete sie unter seinen buschigen Augenbrauen.

»Ist es wegen Ulf?«, fragte er.

»Wie bitte?«

»Ihr versteht euch im Moment nicht so gut, stimmt's? Sogar ein Vater merkt das eine oder andere.«

»Ich weiß nicht, ach, ich weiß nicht.«

»Seid ihr auch lieb zueinander? Bist du lieb, Beth? Als du noch ein Kind warst, war es nicht immer leicht mit dir auszukommen. Ich erinnere mich noch gut ... Doch, doch, du hast immer schon ein hitziges Temperament gehabt, Kleines. Aber vielleicht hat es sich mit den Jahren ja ein wenig beruhigt.«

Sie wurde rot.

»Manchmal bist du wahnsinnig wütend geworden«, fuhr ihr Vater fort. »Wie eine kleine Furie. Und man begriff nie, warum. Juni war da ganz anders.«

»Die Menschen sind eben verschieden«, erwiderte sie ausweichend.

»Ja, da hast du wahrscheinlich Recht, obwohl man die gleiche Erziehung genießt. Weißt du, was ich glaube? Ich glaube, dass Ulf und du traurig seid, weil ihr keine Kinder bekommen habt. Ich glaube, ihr seid so sehr darauf fixiert, dass ihr eure ganze Kraft für diese Trauer verbraucht.«

»Aber wir haben doch Kinder bekommen«, platzte sie heraus.

»Du weißt schon, wie ich es meine, Beth. Habt ihr denn nie darüber nachgedacht ein Kind zu adoptieren?«

Sie war erleichtert. Über dieses Thema zu sprechen, fiel ihr nicht mehr schwer.

»Wir haben die Hoffnung wohl noch nicht ganz aufgegeben«, sagte sie und trank einen Schluck Kognak.

»Das sollt ihr auch nicht. Aber wenn ihr ein Kind adoptieren wollt, müsst ihr es tun, ehe es zu spät ist. Mal überlegen, wie alt bist du jetzt eigentlich, sechsunddreißig?«

»Ich bin gerade achtundreißig geworden.«

»Sieh einer an. Herzlichen Glückwunsch. Im September, nicht wahr? Am Zwanzigsten?«

»Ja.«

»Ich erinnere mich noch genau, es war ein wunderbarer Herbsttag ... obwohl dann diese schweren Herbststürme kamen und der Sturm das Dach des Holzschuppens auf dem Land abgedeckt hat. Ich musste rausfahren und Schwiegervater helfen. Im Alter bekam er Höhenangst, erinnerst du dich?«

»Nein.« Sie lächelte schwach. »Ich erinnere mich nur noch, dass er einmal furchtbar wütend geworden ist, als Juni in den Kirschbaum geklettert ist, er nahm einen Fahrradschlauch und knallte ihr eine auf den Po. Hm ... vielleicht habe ich mein Temperament ja von ihm.«

Ihr Vater schwieg eine Weile.

»Sie sind alle fort«, meinte er dann. »So viele sind jetzt fort und bald ist man selbst an der Reihe. In gewisser Weise hat es schon angefangen, dadurch, dass Mama ...«

»Und ihr zwei, habt ihr ein gutes Leben gehabt?«, unterbrach sie ihn.

»Oh ja, das haben wir, ein ungewöhnlich gutes sogar. Wir sind Menschen, die Kompromisse schließen und sich anpassen können. Susanne und ich sind zu einer Einheit geworden. Deshalb ist es jetzt auch so furchtbar schwer.«

»Du musst uns mal besuchen kommen«, sagte sie. »Mein Gott, ist mir kalt, wird in diesem verdammten Haus nicht geheizt?«

»Findest du es hier so kalt?«

»Allerdings! Du etwa nicht?«

»Du bist doch hoffentlich nicht krank, Beth. Lass mich mal deine Stirn fühlen. Aber mein Kind, du bist ja glühend heiß.«

Sie rief Ulf an, bestimmt zehn Mal hatte sie die Nummer seines Handys schon gewählt. Es war immer das Gleiche, sie hörte seine muntere, schnelle Stimme vom Band. Sie lag auf der Bettcouch, ihr Vater hatte sie mit zwei dicken Decken zugedeckt. Jetzt schlief er, und obwohl die Schlafzimmertür geschlossen war, hörte sie sein grollendes Schnarchen. Sie sah sich selbst als Kind vor sich, sie und Juni zu Besuch bei den Großeltern. Manchmal wurde sie nachts wach, weil es immer irgendwelche Geräusche gab, ein Knarren und Knacken in den Wänden, das ihr Angst machte, sodass sie vollkommen regungslos im Bett liegen bleiben musste. Dann hörte sie das Schnarchen aus dem Schlafzimmer der Großeltern, das sie hätte beruhigen müssen, aber stattdessen fühlte sie sich dadurch noch verlassener, sie war die Einzige, die in diesem großen, lebendigen Haus wach war. Aus dem Erdgeschoss hallte der Klang der beiden Uhrpendel nach oben, zwei Schläge, drei Schläge, vier, das eine massiv dröhnend, das andere wie ein bimmelndes Echo. Sie versuchte auszurechnen, wie viele Stunden es bis zur Morgendämmerung und den beruhigenden Morgengeräuschen noch waren.

Ihre Großmutter stand immer als Erste auf. Sie ging auf die Toilette und es plätscherte laut und lange, ehe sie schließlich die Schnur der Wasserspülung zog. In ihrem alten Morgenrock ging sie in die Küche hinunter und begann mit den Frühstücksvorbereitungen. Beth hörte das Knarren des Doppelbetts, wenn sich ihr Großvater umdrehte und die ganze Matratze ausnutzte. Er hatte Rückenschmerzen, stöhnte und ächzte und ließ dermaßen einen fahren, dass Beth und Juni einen Lachanfall bekommen hätten, wenn sie beide wach gewesen wären.

Juni war eine richtige Schlafmütze. Beth stand in ihrem Nachthemd leise auf und schlich die Treppe hinab zu ihrer Großmutter, die sie lange und innig umarmte.

»Geh rauf und leg dich wieder hin, ich rufe, wenn das Frühstück fertig ist.«

Die Großmutter wollte morgens ihre Ruhe haben. Also tapste Beth wieder zurück und kroch unter die noch warme Decke. Jetzt wurde sie wieder müde und hätte noch einmal einschlafen können, aber stattdessen schaute sie an die Decke und betrachtete die feuchten, dunkelbraunen Stellen.

Am anderen Ende des Zimmers hörte man Junis leise säuselnde Atemzüge. Ab und zu wimmerte sie im Schlaf, so als hätte sie Schmerzen. Ihre Brust war voller Liebe für ihre große Schwester. Wenn sie sich nur hätte aufraffen können, wäre sie zu Junis Bett hinübergeschlichen und sie hätten in der gleichen warmen Grube gelegen und sich im Licht der Dämmerung umarmt.

Jetzt war sie erwachsen. Sobald sie die Augen schloss, sah sie das Grab und das Kreuz aus Tannenzapfen vor sich. Sie hatte sich in Panik umgedreht, weil sie glaubte, jemand, der mit einem starren höhnischen Grinsen auf sie gewartet hatte, stände unmittelbar hinter ihr, aber es war niemand da. Nur die kahlen Äste der Bäume streckten sich in die raue Luft hinauf. Sie wollte schlucken, verschluckte sich dabei und lief hustend und keuchend den Hang hinab. Dann machte sie kehrt und lief wieder zurück. Das Kreuz! Sie musste es entfernen. Ungeschickt riss sie sich die Jacke vom Leibe und sammelte alle Tannenzapfen auf ihr, faltete die Jacke zu einem Paket zusammen und lief los. Ihr Herz pochte so sehr, dass sie unterhalb des Schlüsselbeins Schmerzen hatte. Auf ihren dünnen Sohlen rutschte sie weiter und erreichte schließlich das Auto. Für einen Moment hatte sie sich eingebildet, dass es nicht mehr da sein würde, aber es stand noch auf dem Weg und wartete auf sie, und sie öffnete die Jacke und schüttete die Tannenzapfen in den Schnee. Während sie an der Jackentasche herumfummelte, drehte sie vor Angst fast durch. Was sollte sie bloß tun, wenn die Schlüssel beim Laufen rausgefallen waren. Aber die Schlüssel waren noch da, und sie versuchte zitternd aufzuschließen und ließ sie fallen, ehe sie zu guter Letzt die Autotür aufbekam und einsteigen konnte. Ihre Haut brannte, als würde sie mit tausend Nadelspitzen gestochen, und sie griff sich ins Gesicht und bekam nasse Finger. Jetzt erst merkte sie, dass sie weinte.

Sie musste eine Zeit lang sitzen bleiben, sich auf die Hände setzen und sie wärmen. Schließlich hatte sie sich so weit wieder beruhigt, dass sie den Wagen anlassen und langsam, ganz langsam zur Landstraße zurücksetzen konnte.

Kurz bevor sie die Landstraße erreichte, erblickte sie die Katze. Es war die graue Katze, die im Sommer oft bei ihnen gewesen war. Jetzt war sie allein, hatte ein verfilztes Fell und war abgemagert. Plötzlich saß sie dort im Schnee und als Beth dem Blick ihrer leuchtenden Augen begegnete, machte das Tier einen Satz auf das Auto zu. Beth zuckte zusammen. Reflexartig gab sie Vollgas und schoss rückwärts auf die Landstraße, ohne sich vorher zu vergewissern, ob die Straße überhaupt frei war.

Ihre Hände zitterten am Lenkrad. Sie schien völlig vergessen zu haben, in welche Richtung sie fahren musste. Umständlich wendete sie mitten auf der Straße und machte anschließend einen Kavalierstart. Ohne zu überlegen fuhr sie los, schleuderte und rutschte und sah wie in Zeitlupe ein fremdes Auto, das immer näher kam, auf der gleichen Straßenseite, direkt auf sie zu. Sie schrie auf.

Sie musste eine Vollbremsung gemacht und nach links gelenkt haben. Es wurde vollkommen still. Dann hörte sie eine Autotür zuschlagen und sah kurz das leichenblasse Gesicht eines Manns, der unterwegs zu ihrem Auto war. Er trug eine spitze Wollmütze, beugte sich vor und bewegte seine breiten Lippen. Beth drehte den Zündschlüssel um. Im Rückspiegel sah sie ihn auf der vereisten Fahrbahn stehen. Er hob beide Hände, als wollte er etwas aus dem Himmel herunterziehen. Sein Mund war ein klaffendes Loch.

Ganz langsam dämmerte ihr, dass sie nur knapp einem furchtbaren Unfall entgangen war, an dem sie schuld gewesen wäre. Sie war auf der linken Straßenseite gefahren.

Auf der Couch im Wohnzimmer ihres Vaters kam ihr ein Gedanke: Was, wenn er ihr Autokennzeichen notiert hatte? Was würde dann passieren? Würde man sie bitten, sich im Polizeipräsidium einzufinden? Würde dann alles aufgeklärt werden?

Auch das andere?

Sie fand einfach keinen Schlaf. Erst als sie ins Badezimmer ging und zwei von den Schlaftabletten ihres Vaters nahm, fiel sie in einen tiefen Schlaf, der eher einem Koma glich.

12. KAPITEL

Ein surrendes Geräusch im Gehirn, immer und immer wieder, sie warf den Kopf hin und her und öffnete die Augen zu kleinen, verquollenen Schlitzen. Erst wusste sie nicht, wo sie sich befand. Das Zimmer war dunkel und durch den Türspalt sah sie einen Streifen elektrischen Lichts. Sie hörte ihren Vater aufstehen, seine Schritte waren schwer und er warf etwas um. Dann hörte das Geräusch auf.

Es war das Klingeln des Telefons gewesen.

Blitze zuckten unter ihren Augenlidern, allmählich wurde sie wacher. War es noch Nacht? Mit einem Ruck hielt sie sich die Armbanduhr vor die Augen, deren Zeiger grün leuchteten, aber sie konnte keine Ziffern erkennen.

Vielleicht ist etwas mit Mama, dachte sie träge. Oder es ist Ulf. Aber dann würde Papa die Tür aufmachen und mich an den Apparat holen. Nein, es ist was mit Mama, Mama geht es schlechter, sie rufen an und bitten ihn zu kommen.

Ihr Vater blieb stumm, hatte aber nicht aufgelegt. Er räusperte sich gelegentlich, hörte zu. Der Geruch von Bratkartoffeln hing noch im Wohnzimmer. Er hatte sie bekocht, aber sie hatte keinen Hunger gehabt.

Oh nein, das Kreuz, dachte sie plötzlich. Im Schlaf hatte sie es vergessen, aber jetzt sah sie die glänzenden braunen Tannenzapfen wieder vor sich. Wer mochte sie dorthin gelegt haben? Irgendjemand wusste also davon, musste etwas gesehen haben.

Es war kühl im Zimmer. Sie steckte ihre Hände zwischen die

Schenkel und versuchte sie zu wärmen. Die Kälte drang in ihre Haut ein.

Sie hörte, wie ihr Vater die Stimme erhob und den Anrufer zu beruhigen versuchte.

Mit wem sprach er?

Sie musste aufstehen, konnte nicht länger lieben bleiben. Bibbernd hüllte sie sich in eine Decke und öffnete die Tür. Ihr Vater lehnte an der Wand. Er trug einen dunkelblauen Pyjama. Der Hosenschlitz war nicht richtig zugeknöpft. Sie sah ein Stück seines verschrumpelten, müden Glieds und schaute schnell weg.

»Ist ja gut, ist ja gut«, sagte er hilflos in den Hörer und sie hörte laute Geräusche von jemandem, der schrie und schluchzte.

Er starrte sie verwirrt an, ihm standen die Haare zu Berge. Dann reichte er ihr das Telefon.

»Es ist etwas Schreckliches passiert«, sagte er. »Juni ist am Apparat. Sie sagt, dass Werner tot ist.«

13. KAPITEL

Beth fuhr am nächsten Tag nach Stockholm zurück. Sie hatte ihrer Schwester versprochen zu ihr zu kommen und fuhr auf direktem Wege zu Junis Wohnung im vornehmen Stadtteil Östermalm. Sie war voller Eifer, fühlte sich stark. Jetzt würde sie sich um ihre Schwester kümmern und ihr genauso helfen, wie Juni ihr damals geholfen hatte, als die Zwillinge geboren wurden. Vor hundert Jahren.

Juni stand am Fenster, sah Beth kommen, öffnete das Fenster und warf ihr den Haustürschlüssel herunter. Dann standen sie lange da und umarmten sich.

Es sei alles ganz schnell gegangen, berichtete sie. Es war abends passiert. Werner war von der Arbeit gekommen und hatte gesagt, er sei müde.

»Aber was heißt das schon, müde, er ist schon so lange müde gewesen, alle Menschen sind müde, ich auch«, sagte Juni. Sie saß zusammengekauert auf dem Ledersofa und hatte Kaiser auf dem Schoß. Sie hatte abgekaute Fingernägel.

»Dann leg dich doch ein bisschen hin, Liebling, habe ich gesagt, und er meinte, das würde er tun, und dann ging er ins Schlafzimmer und ich hörte so ein Gurgeln und ein Plumpsen! Ich begriff sofort, dass etwas passiert war und lief ihm nach, und da lag er auf der Erde, so auf der Seite und röchelte und die Spucke lief ihm aus dem Mund und ich habe gerufen, stirb nicht, Werner, stirb nicht, und bin zum Telefon gerannt und habe 112 gewählt, aber es dauerte eine Ewigkeit, bis der Krankenwagen hier war. Ich werde sie verklagen, jawohl, das werde ich, das kann doch nicht so verdammt lange dauern und ich habe mit ihnen geschimpft, als sie kamen, warum beeilt ihr euch nicht, er stirbt doch, aber sie meinten, sie seien sofort gekommen und ich saß auf der Erde und habe versucht, Mund-zu-Mund-Beatmung zu machen und dann Kaiser, mitten in dem ganzen Theater ist er zu dem Fenster da hinten gelaufen und hochgesprungen und und hat geheult, es klang so verdammt schrecklich, aber er muss kapiert haben, was los ist, denn Hunde sind klüger als man sich vorstellen kann, sie haben einen sechsten Sinn ... Und jetzt ... jetzt wird er sein Herrchen nie mehr wiedersehen ...«

Sie verstummte und begann laut jammernd zu weinen.

Beth saß wortlos bei ihr.

»Möchtest du etwas?«, fragte sie schließlich. »Soll ich einen Kaffee aufsetzen oder möchtest du etwas anderes?«

Juni schüttelte den Kopf. Ihre Gesichtszüge waren gröber geworden. Der Hund legte seine Pfoten an ihre Brust und leckte ihre Wangen. Sie schluchzte auf und wurde still.

»Sie haben dann direkt mit ihren ganzen Apparaten losgelegt ... aber ... es war natürlich zu spät, das Herz schlug einfach nicht mehr, mein großer, schöner, starker Werner ... und jetzt ... jetzt liegt er irgendwo in einem Kühlfach, ich habe ihn geliebt, Beth, du kannst dir gar nicht vorstellen, wie sehr ich ihn geliebt habe. Dieser verdammte Job, den er hatte, der hat ihm seine ganze Lebenskraft genommen, die Leute glauben, es gehe einem unheimlich gut, nur weil man ein bisschen Geld verdient, aber sie haben doch keine Ahnung, welchen Preis man dafür bezahlt, dass man dafür mit seinem Leben bezahlen muss!«

Die Beerdigung war zwei Wochen später. Es war eine große und teure Trauerfeier mit langen Reden in der Kirche und dem Gesang einer jungen Solistin. Beth erkannte die Sängerin. Sie hatte die Frau des Öfteren in Hässelby gesehen und Artikel über sie gelesen. Sie hieß Waltraut Eng und war mit einem großen und plumpen Mann zusammen, der ganz und gar nicht zu ihr passte.

Juni hatte schwere und altmodische Trauerkleider angezogen, ein schwarzes Wollkostüm und einen Hut mit einem

Schleier, der ihr Gesicht verbarg. Dennoch kam sie Beth stark vor, als sie an den blumengeschmückten Sarg trat und eine poetische und ergreifende Rede vortrug, die sie selbst verfasst hatte. Es war der gleiche Text wie in der Todesanzeige.

»Wo du hingehst, gibt es keine Dunkelheit, kein Licht, ein stilles Wellenland nur, in das die Worte gleiten, um dort zu verweilen, meine Worte an dich, Geliebter, meine Worte an dich werden nie verstummen, meine Gedanken nie aufhören um diese Liebe zu kreisen, die unser war, nein, nicht war, sondern ist, und all die Zärtlichkeit, die ich für dich empfinde, Geliebter, wird niemals verklingen und ich werde in und mit deinem Andenken leben, deine heiteren, sanften Träume werde ich durch Zeit und Raum bis zu dem Tage weiterführen, an dem wir uns in den Tempeln der Ewigkeit wiedersehen, bis dahin!«

Nachher gab es in Junis Wohnung ein Buffet.

»Werner möchte es so, da bin ich mir sicher«, erklärte sie. »Er möchte alle in seinem Zuhause vereint sehen, Freunde, Arbeitskollegen, alle Menschen, die ihm nahe stehen.«

Es störte Beth, dass sie von dem Toten in der Gegenwart sprach, als wäre er noch unter ihnen und schwebe umher wie ein unsichtbares Gespenst.

Die junge Sängerin war ebenfalls eingeladen worden und Beth sah, dass sie einen schmalen Verlobungsring trug. Sie dachte mit Abscheu an den Mann, den sie in Waltraut Engs Begleitung gesehen hatte.

»Ich glaube, ich kenne Sie«, sagte Beth vorsichtig. »Wohnen Sie nicht in Hässelby?«

Die Frau nickte.

»Ich nämlich auch«, fuhr Beth fort. »Auf dem Markviksvägen. Ganz in der Nähe des Sportplatzes, wenn Sie wissen, wo der liegt.«

»Ja, natürlich. Ich wohne unten in Hässelbystrand, in einem der Hochhäuser im Zentrum.«

»Ich glaube, ich habe schon einmal in der Zeitung von Ihnen gelesen.«

»Ja. Es ist so einiges geschrieben worden.«

»Werden Sie oft bei solchen … Anlässen verpflichtet?«

»Ja, ziemlich oft, übrigens auch für Hochzeiten. Ich mag es, in Trauer und Freude zu singen. Das verstärkt irgendwie die Gefühle. Das lässt einen total wachsen.«

Sie hatte eine lustige Art sich auszudrücken. Ihre oft feierliche Wortwahl vermischte sich mit Slang und Modeworten. Beth hätte sich gerne noch länger mit ihr unterhalten, aber Juni kam, legte eine Hand auf Waltraut Engs Schulter und flüsterte ihr etwas ins Ohr.

»Gern.« Waltraut stand auf und ging zu dem kleinen Tischchen, auf das Juni ein Porträt Werners in einem Porzellanrahmen und zwei hohe weiße Kerzen gestellt hatte. Dort sang sie noch ein paar Texte aus Harry Martinsons Versepos *Aniara* und erwähnte, dass sie die Texte selbst vertont habe.

Beth stand neben Ulf. Sie nahm seine Hand und drückte sie fest, ganz fest.

Wir leben wenigstens noch, dachte sie, und haben uns.

Es hatte sich noch keine Gelegenheit ergeben, von ihrem Abstecher zum Haus zu erzählen. Eigentlich hatte sie es ihm erzählen wollen, sobald sie ihn wieder sah, kam aber nie dazu. Und nun wusste sie nicht mehr, ob sie es noch tun sollte. Die richtige Gelegenheit hatte sich noch nicht ergeben. Vielleicht sagte sie es ihm besser gar nicht. Sonst kam er womöglich wieder auf die Idee, dass sie mit jemandem sprechen musste. Bei dem bloßen Gedanken wurde ihr schon schlecht.

Sie suchte seinen Blick, um ihn anzulächeln und ihm zu zeigen, dass sie ihn liebte und niemals ohne ihn sein wollte. Aber er stand steif und aufrecht da und sah nicht in ihre Richtung.

Am Abend teilte er ihr mit, dass er eine Reise ins Ausland plane, die er schon seit langem vorbereitet habe. Es ging um eine Reportage für das Magazin *Die Welt wird kleiner.* Er sollte über Massai in einer Siedlung am Rande der Serengeti in Tansania schreiben.

»Ich habe Juni davon erzählt und sie will mitkommen, um ein paar Artikel für andere Zeitungen zu schreiben.«

»Juni?«, flüsterte Beth.

»Ja. Die Wiege der Menschheit … da unten hat man die Spuren unserer allerersten Vorfahren gefunden. Das ist der Aufhänger. Wir sind erst gestern auf die Idee gekommen. Sie muss aus dem ganzen Elend rauskommen.«

»Sie! Und was ist mit mir?«

»Du bist doch krankgeschrieben. Juni und ich werden arbeiten. Wir sind Journalisten. Wir leben davon, dass wir Reportagen schreiben.«

»Du brauchst jetzt nicht gemein zu werden«, sagte sie lahm.

»Was glaubst du, wird deine Krankenkasse dazu sagen, wenn du einfach so abhaust? Oder deine Kollegen. Und dein Chef!«

»Du willst mich also nicht dabei haben!«

»Jetzt hör doch auf, darum geht es doch gar nicht!«

»Das habt ihr beiden gemeinsam ausgeheckt. Ihr wollt, dass ich außen vor bleibe!«

»Mach dich nicht lächerlich! Warum zum Teufel sollten wir das tun?«

Sie begann zu weinen, legte sich auf den Boden und hämmerte mit den Handflächen auf den Parkettboden.

»Das könnt ihr nicht machen, du kannst mich hier nicht einfach allein lassen, das halte ich nicht aus, du musst mich mitnehmen, ich kann hier nicht mehr allein bleiben.«

Er stand am Fenster und rauchte. Sie spürte eine Bewegung an ihrer Hand und glaubte zunächst, es wäre eine Wollmaus. Dann erkannte sie, dass es eine Spinne mit hauchdünnen Beinen und einem fleischfarbenen Körper war. Sie schauderte und setzte sich wieder auf.

»Ich würde euch ganz bestimmt nicht zur Last fallen«, sagte sie mit abgewandtem Kopf. »Ich könnte euch beim Tragen helfen, Ordnung halten, waschen und kochen, ich würde mucksmäuschenstill sein, wenn ihr schreiben müsst, ich würde still sein und mir allein die Zeit vertreiben. Aber lass mich hier bitte nicht allein zurück!«

»Und was ist mit deinem Zahn? Man kann doch nicht verreisen, wenn man Zahnschmerzen hat.«

»Oh, der hat sich schon länger nicht mehr gemeldet, aber ich werde natürlich vorher noch zum Zahnarzt gehen, das ist doch klar, Ulf.«

Er ging im Zimmer auf und ab, sah sie aber nicht an.

»Und der Herzinfarkt?«, fragte er. »Du wirst verstehen, dass wir niemanden mitschleifen können, der krank ist.«

»Das war doch gar kein Herzinfarkt, das war doch nur der Stress! Ich muss auch mal raus, sonst werde ich nicht mehr gesund, ich werde nie mehr arbeiten gehen können ...«

»Also schön«, sagte er. »Wenn deine Krankenkasse dir erlaubt das Land zu verlassen. Das musst du erst abklären. Das muss geklärt sein, ehe wir fahren. Und vergiss nicht, wir sind da unten um zu arbeiten. Du musst dich nach uns richten!«

Kaarina I

1. KAPITEL

An einem der Tage, an denen Holger in die Stadt fuhr, war sie bei seinem Haus gewesen, weil sie sich so sehr nach ihm gesehnt hatte.

Jeden zweiten Freitag fuhr Holger zu Versammlungen der Raiffeisenkooperative. Dann nahm er am frühen Morgen den Bus und manchmal, wenn die Versammlung gut verlief, übernachtete er in der Stadt im Hotel. Wenn er am nächsten Tag wieder nach Hause kam, roch er nach Tabak und Seife und brachte Baisers mit.

Am Liebsten war es ihm, wenn sie in seiner Abwesenheit in der Nähe des Hofs blieb. Sonst passiert noch etwas, sagte er. Man kann keinem Menschen trauen.

Aber an solchen Tagen, wenn er frisch rasiert und in seinem weißen Baumwollhemd, die Aktentasche unter den Arm geklemmt, in Richtung Bushaltestelle ging, an solchen Tagen konnte sie sich freier bewegen.

Sie räumte die Küche auf, spülte das Frühstücksgeschirr, wischte die löwenzahngelbe Wachstuchdecke ab, hängte das nasse Küchenhandtuch auf den Wäscheständer und kehrte die Krümel auf dem Fußboden unter der Ablage weg, auf der sie das Brot geschnitten hatte. Nichts durfte ihn Unrat wittern lassen, falls er plötzlich doch zurückkehrte, denn das war schon vorgekommen, der verdammte Bus kommt nicht oder eine andere Entschuldigung, vielleicht hatte er einfach die Lust verloren oder an jemanden gedacht, den er nicht leiden konnte und der auch bei der Versammlung anwesend sein würde, ja, falls er zurückkam, würde im Haus alles so sein wie immer.

Sie würde seine Stimme schon hören, noch ehe er die Eingangstreppe erreicht hatte.

»Kaarina«, würde er brummen, »Kaarina. Wo zum Teufel steckst du?«

Und sie würde ihre Schürze ausziehen: »Was ist denn, Holger? Hast du vergessen, dass ihr heute eine Versammlung in der Stadt habt?«

Er würde ihr daraufhin einen kalten, flackernden Blick zuwerfen. »Vergessen? Was redest du da, Frau! Es gibt viel zu tun auf dem Hof, wo sind mein Overall und meine Mütze?«

Aber heute war es so weit.

Sie hatte am Fenster gestanden und zugesehen, wie die Sonne in die gewaltige Krone der Birke aufstieg, ein bisschen niedriger als noch vor kurzem. Anhand der langsamen Bahn der Sonne über den Hof verfolgte sie den Wechsel der Jahreszeiten. Sie hatte ihn den Hügel hinuntergehen sehen. Seine Schritte waren zielstrebig gewesen. Heute war er nicht zögerlich und sie wusste, dass er in den Bus steigen würde, wenn er kam, und etwas später, als es schon kurz nach acht war, hörte sie das Geräusch des schweren Dieselmotors und wusste, dass er nun gefahren war.

Ihre Erregung wuchs und sie lief in ihr Zimmer in der oberen Etage und zog den weiten Rock an, denn es war noch Sommer und die Wärme machte die Erde weich und sanft. Anschließend ging sie kurz in die Toilette, feuchtete eine Handtuchecke an, wusch sich unten und rieb ihre Hände und den Hals mit Nivea-Creme ein.

Die Hühner sahen sie, als sie auf den Hof hinaustrat und liefen mit gespreizten Zehen auf sie zu.

»Verschwindet!«, rief sie ungeduldig. »Weg mit euch. Ich komme nicht wegen euch.«

Die Hühner starrten sie mit unsteten Blicken an, ihre Kämme und blutgefüllten Kinnlappen zuckten. Sie ahnten das Fremde, das Besitz von ihr ergriffen hatte, jetzt war für sie kein Platz mehr in der Frau, die sie sonst pflegte und fütterte, die das alte, verdreckte Stroh ausmistete und Grütze in ihren Trog gab. Deren Hände sich unter ihre Bäuche schoben und ein Ei nach dem anderen hervorholten.

Sie schwang den Rock und die Hühner flatterten gackernd zur Seite.

»Der Fuchs kommt!«, fauchte sie, zog die Augenbrauen zusammen und lachte gedankenverloren, als sie davonflatterten.

Sie schob sich durch das Gatter und schloss es sorgfältig hinter sich. Plötzlich hatte sie es eilig und beschleunigte ihre Schritte, jedoch ohne zu laufen, nein, sie lief schon lange nicht mehr. Sie ging durch Haufen von totem, sonnenverbranntem Laub. Herbst lag in der Luft, obwohl die Luft nicht einmal morgens richtig kalt war. Abends lag sie nur in ein Laken gehüllt im Bett und die Luft im Zimmer war stickig und die Wärme der Sonne staute sich in den Mauern. Um Mitternacht stand sie leise auf und öffnete das Fenster einen Spalt breit, sodass sie hören konnte, dass Holger schlief. Er war nach einem langen Arbeitstag müde. Sie selbst schlief in letzter Zeit nicht besonders gut, was wahrscheinlich mit dem Alter zu tun hatte. Sie hatte ihre Tage schon lange nicht mehr bekommen, war grobschlächtiger und trocken geworden.

Ihre nächtlichen Gedanken endeten in Tränen. Sie empfand Angst und Trauer.

Noch bevor sie darüber sprachen, hatte sie es insgeheim gewusst. Sie wollte Holger nicht fragen, weil er sonst Verdacht schöpfen würde, und das wollte sie nicht, sie wollte nicht, dass er davon wusste. Aber er brachte die Sache selbst beim Frühstück zur Sprache. Er blickte auf, Eigelb hing in seinen Bartstoppeln.

»Ich könnte jetzt gut seine Hilfe gebrauchen!«, sagte er, aber nicht unzufrieden, sondern eher verblüfft. Der Mann, der ihnen sonst bei allen möglichen Arbeiten zur Hand ging, hatte sich schon eine ganze Weile nicht mehr gezeigt. Wie lange, wussten sie nicht genau, es wurde ihnen nur plötzlich bewusst, dass er nicht da gewesen war.

»Hast du ihn vielleicht gesehen, Kaarina?« Seine kleinen braunen Augen brannten sich in ihre. Nein, schüttelte sie den Kopf, nein.

Er trank von dem Kaffee, den sie vom Herd holte, nahm ein Stück Zucker zwischen die Zähne und schlürfte den Kaffee.

Erneut warf er ihr einen lauernden Blick zu.

»Oben bei Vrängen müsste der Zaun repariert werden«, sagte er nachgrübelnd. »Dazu brauche ich seine Hilfe, aber wenn er nicht kommt, musst du mir eben helfen.«

»Er kommt bestimmt«, erwiderte sie und im gleichen Moment wurde ihr bewusst, dass sie ihn vermisst hatte, »sei nicht immer so ungeduldig, er wird schon kommen.«

Aber die Tage waren vergangen und er hatte nicht dagestanden, wie es sonst seine Art war, schwerfällig mit hängenden Schultern, hellen, schräg ins Gesicht fallenden Haaren. Sobald er sie erblickte, veränderte sich das Blau in seinen Augen blitzschnell.

Sein Atem zwischen den Boxen im Stall: »Kaarina, darf ich deinen Hals anfassen, da pocht es, als säße ein kleines Tier drin, hast du da eins, hast du ein kleines Tier da drin?«

Er brachte sie zum Lachen, ihr ganzer Körper wollte ihn aufnehmen und fest halten, ihre Beine umklammerten ihn und hielten ihn fest, denn sie hatte breite und kräftige Schenkel, Kaarina, Kaarina, sein gespieltes Jammern, wenn er versuchte sich loszumachen.

Es war ein Spiel zwischen ihnen. Fast immer jedenfalls.

Holger hatte das Fahrrad genommen und war weggefahren.

Nachmittags war er wieder zurück. Seine Stirn war dreckverschmiert, und obwohl er sonst fast alles für sich behielt, musste er ihr diesmal einfach berichten.

»Ich war an seinem Haus. Es war abgeschlossen und alle Fenster waren zu! Weißt du was darüber, Kaarina?«

»Nein«, sagte sie ausdruckslos.

»Man hätte doch etwas hören müssen«, murmelte er, beugte sich über den Wasserhahn, ließ das Wasser etwas laufen und trank dann. »Man hätte doch wirklich was hören müssen.«

Sie dachte, vielleicht liegt er krank im Haus, was weiß denn ich, und sie wollte fragen, ob er angeklopft hatte und zwischen den Vorhängen ins Haus sehen konnte.

2. KAPITEL

Sie ging über das von der Sonne verbrannte Laub. Die Bäume blieben stumm, die Vögel waren fort. Sie hatte gesehen, dass sie sich auf dem Dach der Scheune sammelten. Dort hockten sie jedes Jahr und gewöhnten sich an den Gedanken an die lange Reise, die sie vor sich hatten. Sie wusste, dass die Luft sich über Nacht verändern konnte. Es begann mit einem Hauch kühlerer Luft, dann kamen Regen und Feuchtigkeit und das Wasser im See wurde schwarz und undurchdringlich. Schließlich würden die letzten Blätter von den Espen herabsegeln, die rundherum wuchsen.

Früher hatten sie dort gebadet. Früher, als Lena noch lebte.

Sie dachte, dass sie sich heute sein Fahrrad hätte leihen können. Ihr eigenes hatte einen Platten. Sie hatte Holger gebeten, es zu reparieren, aber er kam nie dazu. Schließlich hatte sie das Radfahren ganz aufgegeben, was aber auch an den Beinen, an den Gelenken lag. Sie war einfach nicht mehr so beweglich wie früher.

Es war schwierig, auf einem Fahrrad zu fahren, das für Männer gemacht war. Aber sie hätte es schieben und ab und zu auf der Pedale stehen und sich rollen lassen können.

Sie nahm die Abkürzung durch den Wald, was mit dem Rad wiederum nicht möglich gewesen wäre.

In der ersten Zeit hatte der Wald ihr Angst gemacht, daran erinnerte sie sich noch gut. Die hohen, schnurgeraden Baumstämme, ihr Rauschen und Schwanken, das Licht, das sich in den Wipfeln brach und über das Moos huschte.

Darüber hinaus erinnerte sie sich nur noch fragmentarisch.

Sie wird zu einem Fenster hochgehoben, sieht ein feuerrotes Licht in der Ferne, hört ein Donnern.

Kalte, schnelle Finger, eine Frau, die ihre Mutter ist.

Dann das Zugabteil, sie ist so müde, unendlich müde, aber sie muss gucken.

Schlaf, sagt eine harte und fremde Stimme.

Sie isst Brot mit *juustoa.* An das Wort kann sie sich noch erinnern. Der säuerliche Käse auf einem Brot, das so schwarz ist wie Erde.

Der Vierjährigen wurde auf einen Bahnsteig hinuntergeholfen. Die Schneewälle überragten ihren Kopf. Britten nahm sie in Empfang, Klas saß im Auto. Die beiden sollten nun ihre schwedischen Eltern sein. Sie hatte nie zuvor ein Pferd gestreichelt und lachte, als sie ihm nahe kam, in ihrer Hose wurde es warm und feucht.

Dann gab es Hafergrütze in der großen Küche, wo der Herd glühend heiß war. Damals war es ihr unvorstellbar erschienen, dass sie eines Tages am besten wissen würde, was sich in den hohen Schränken befand.

Holger und Lena. Die beiden waren älter als sie, Kaarina wurde ihre kleine Schwester.

Sie war bei ihnen geblieben, was so nicht geplant gewesen war. Eigentlich hätte sie nur bleiben sollen, bis der Krieg in Finnland vorbei war.

Aber Britten setzte Kaarina auf ihren Schoß. Sie war nun schon etwas länger da, verstand die Sprache und konnte sie auch sprechen.

»Erinnerst du dich an deinen Vater, Kaarina?« Britten schien traurig zu sein, hatte lange hagere Wangen. Nachts konnte Kaarina manchmal hören, dass sie weinte. Aber sie beachtete dies nicht weiter, weil ihre Mutter auch immer geweint hatte, vielleicht gehörten Tränen zum Leben einer erwachsenen Frau.

»Erinnerst du dich an deinen Vater?«

Sie hörte die Worte, verstand aber die Frage nicht.

Britten streichelte ihre Hand.

»Dein Vater war ein mutiger Mann, er hat für Finnland gekämpft.«

»*Isäni*!«, platzte sie heraus, denn plötzlich begriff sie, dass der Mann, auf dessen Schoß sie gesessen hatte, auf dessen hartem grauem Uniformschoß, dass er gewesen war, was man auf Schwedisch Vater nannte.

Auf Mama Kerttu war dagegen noch nie Verlass gewesen. Ein Brief mit steilen Buchstaben kam mit der Post, der voller Verzweiflung diktiert worden war.

»Deine Mutter kann bestimmt kein Schwedisch«, meinte Britten. »Jemand muss ihr geholfen haben. Sie schreibt, dass du noch etwas warten musst, ›hab Geduld, denn wir haben dich nicht vergessen‹, nun ja, mir macht es nichts aus und dir bestimmt auch nicht, was? So mickrig und unterernährt, wie du warst, du hast ausgesehen, als würdest du gar nicht mehr wachsen. Bei dir zu Hause gibt es nach wie vor kaum etwas zu essen, da bleibst du besser noch ein bisschen auf unserem Hof.«

Im Laufe der Zeit kamen die Briefe immer seltener. Das letzte Lebenszeichen war eine Karte zu Kaarinas neuntem Geburtstag, die sie in ihrer Schublade aufbewahrte. Auf der Vorderseite sah man eine gezeichnete Katze mit einer rosa Schleife um den Hals. Ihre Mutter hatte geschrieben:

Paljon onnea 9-vuotispäivänä. Äiti.

Britten meinte: »Sie gratuliert dir bestimmt zum Geburtstag.«

3. KAPITEL

Sie war auch früher schon an seinem Haus gewesen, hatte es aber nie betreten. Das Wohnhaus war rot und ein wenig gedrungen, so als hätte das Dach einen Knacks bekommen und würde nicht mehr lange halten.

Er hatte dort zusammen mit seiner Mutter gewohnt.

Hanghütte, sagte Holger und grinste jedes Mal, wenn er das sagte.

Der kleine Hof lag am Fuße einer Anhöhe. Daher kam wahrscheinlich sein Spitzname.

Sie stand am Gartentor und wusste sofort Bescheid.

Er war nicht da.

Das Haus war verwaist, die Tür schon seit Tagen nicht mehr geöffnet worden.

Es war nicht nötig, bis zu den Fenstern zu gehen, aber sie tat es dennoch. Die schweren dunklen Möbel, zwei Kissen mit Sternzeichen auf dem Sofa. Und oben auf dem Sekretär stand, wie um ihn vor harten Stößen zu schützen, ein verstaubter und abgewetzter Globus.

Sie ging um das Haus herum. Eine Leiter, der mehrere Sprossen fehlten, stand an die Hauswand gelehnt. War er etwa heruntergefallen und hatte sich verletzt? Aber dann müsste er doch irgendwo liegen, sie müsste ihn sehen.

Die Küche war aufgeräumt und das Geschirr gespült. Auf dem Tisch stand ein Eimer, so als hätte er Wasser holen wollen. Sie wunderte sich ein wenig darüber, denn sie sah Wasserhähne aus rostfreiem Stahl. Sie konnte auch ein Waschbecken erkennen, in dem ein paar Kleidungsstücke zum Einweichen lagen. Ein zähe schleimige Schicht hatte sich auf der Wasseroberfläche gebildet.

Sie spürte etwas Kühles und Weiches an ihrer Wade, bekam aber keine Angst. Es war nur eine Katze, eine graue, hell getigerte Katze, die sie mit der Pfote anstubste und auffordernd miaute. Etwas weiter weg spielten zwei kleine Kätzchen.

»Mieze!«, sagte sie leise, ging in die Hocke und streichelte ihr Fell und den kleinen harten Schädel. Unter einem Stapel Bretter entdeckte sie zwei leere Schalen. Die Katze lief zu ihnen, starrte Kaarina an und miaute kläglich.

Sie schüttelte den Kopf. Eine furchtbare Vorahnung überkam sie. Er hatte ein Herz für Tiere, das war ihr aufgefallen. Sie hatte sein Gesicht an jenem Tag vor ein paar Jahren gesehen, als Holger mit dem Karton auf ihn zukam. Sie hatte geweint und getobt und versucht, die jungen Kätzchen zu verstecken, aber Holger hatte sie trotzdem gefunden und in den Karton befördert.

»Das soll er erledigen!«, hatte er geknurrt.

Daraufhin hatte Holger die Schrotflinte geholt und sie musste Abschied nehmen von den Tieren, ihren kleinen und warmen Körpern. Sie steckte ihre Hand in den Karton und spürte die Zungen der Kätzchen. Weinend trug sie die Jungen zur Treppe vor dem Haus. Dort stand er bereit und hielt das Gewehr unbeholfen im Arm und sie sah ihn, sah die Angst in seinen Augen und dass er sich gern geweigert hätte, dazu aber nicht in der Lage war.

Er war ein fügsamer Mann.

Er tat, worum man ihn bat.

An diesem Tag war Holger nicht sehr nett zu ihr gewesen. Seine Stimme wurde schleppend und gehässig, man kann die ganzen Katzen doch nicht behalten, das musst du doch verstehen, Kaarina, sonst werden es immer mehr. Es wäre das Beste gewesen, sie direkt nach der Geburt fortzuschaffen, du hast den Fehler begangen, dich an sie zu gewöhnen, für dich sind sie mehr als nur Tiere gewesen, du wolltest sie nicht loslassen.

Am nächsten Morgen fuhr er in die Stadt und kehrte um die Mittagszeit mit einem Videorekorder zurück. Außerdem hatte er einen Film gekauft, eine Komödie. Ohne dabei aus der Haut zu fahren, gelang es ihm, den Videorekorder und den Fernseher miteinander zu verbinden.

»Koch uns einen Kaffee«, sagte er zu ihr, »und leg ein paar Kekse dazu. Jetzt spielen wir Kino!«

Mit versteinerter Miene saß sie auf dem Sofa und rührte den Kaffee nicht an, aber der Film war lustig und sie wurde immer milder gestimmt. Nachher, als er ihn zurückspulte, strich er ihr hastig über die Schulter.

»Habe ich nicht Recht?«, sagte er. »Man kann doch nicht zu viele Katzen haben.«

Im Übrigen war die Mutter der Kätzchen ja noch da. Grållan. Sie wurde langsam alt, es war ihr letzter Wurf. Mit hängendem Bauch lief sie herum und Holger beobachtete sie manchmal, denn auch er war ein Tierfreund.

»Ich glaube fast, sie hat es schwer«, murmelte er.

Mehr war zu diesem Thema nicht aus ihm heraus zu bekommen.

Sie fror ein wenig. Es hatte aufgefrischt und die Bäume wiegten sich im Wind.

Ich hätte die Strickjacke anziehen sollen, dachte sie und entfernte sich wieder vom Haus. Anfangs folgten die Katzen ihr noch, aber nach einer Weile wurden die Jungen müde und das Muttertier blieb stehen, legte sich hin und ließ sie trinken.

Es waren seine Katzen.

Und er war nicht da.

Sie dachte, dass sie verwildern würden, es würde so kommen, wie Holger es prophezeit hatte. Wenn man nicht Acht gab auf sie, pflanzten sie sich fort und überschwemmten die ganze Welt.

Aber im Moment war das nicht ihr größtes Problem.

4. KAPITEL

Sie kam zu einem Hof und sah, dass er abgeschlossen und verlassen war. Deshalb wagte sie sich auf das Grundstück. Sie kannte die Besitzer nicht, wusste nur, dass sie aus Stockholm kamen. Den Hof hatten sie geerbt.

Nachts hatte es in der letzten Woche ab und zu geregnet, sodass das Gras sich allmählich erholte und nach der langen Trockenheit wieder spross. Die Vorhänge waren zugezogen, sie konnte nicht hineinsehen. Vielleicht hätte sie sich das sowieso nicht getraut. Immerhin war das, was sie tat, unbefugtes Betreten eines Privatgrundstücks. Sie hatte das unangenehme Gefühl, beobachtet zu werden.

Sie musste pinkeln, ging hinter das Haus und hockte sich umständlich hinter den grasbewachsenen Vorratskeller. Dort lagen ein paar Plastiktüten, die zugeschnürt waren und leere Flaschen enthielten. Vier oder fünf Flaschen lagen auf der Erde.

Was sind das nur für Menschen, dachte sie.

Links von der Scheune sah man einen zugewucherten Kartoffelacker und einige verwilderte Beerensträucher. Sie dachte, dass diese Leute anscheinend keine Freude daran hatten etwas anzubauen.

Dann erinnerte sie sich wieder.

Er.

Er hatte von einem Mann und einer Frau gesprochen, die er insgeheim beobachtet hatte. Einmal hatte er sie sogar gebeten, ihn zu begleiten, aber sie hatte ihn bei den Handgelenken gepackt und ihm eindringlich klar zu machen versucht, dass so etwas gefährlich werden konnte. Man soll niemals den Grund und Boden anderer Leute betreten.

Haargenau dasselbe hatte sie nun selbst getan.

Ja, sie hatte seine Arme fest gehalten und er hatte sich gewehrt, sie war wahnsinnig wütend geworden, als sie sich das vorstellte ... die fremde Frau, ihre Nacktheit. Und dann er. Es hatte ihm gefallen.

Er riss sich los, und sie schlug und kratzte mit kurz geschnittenen Nägeln und klang, als würde sie gleichzeitig lachen und weinen.

Dann fiel ihr etwas auf die Füße.

Er sagte mit kindlicher Stimme: »Meine Uhr, du hast meine Uhr kaputtgemacht!«

Das Armband war gerissen.

Sie nahm die Uhr mit in ihr Zimmer und reparierte sie. Das Leder war zerschlissen. Dennoch zerstach sie sich die Finger.

5. KAPITEL

Holger kam mit dem Bus um 17:20 zurück und überreichte ihr ein großes, viereckiges Paket. Er schenkte gern.

»Wir essen erst«, sagte er und zog die schwarze Weste an, die wie eine Schärpe mit Kordeln verschnürt wurde.

Sie stellte Kartoffeln, Sülze und Rote Bete auf den Tisch. Heute hatte sie sich mit einer einfachen Mahlzeit begnügt. Holger legte die Arme auf den Tisch und blinzelte. Ein sanftes Lächeln spielte um seine Lippen.

»Und, wie war es in der Stadt?«, sagte sie.

»Oh, auf den Straßen sind endlich nicht mehr so viele Menschen unterwegs.«

»Ja, die Schule hat bestimmt wieder angefangen. Die Urlauber sind abgereist.«

Er kaute lautstark.

»Und du?«, fragte er und zog so fest an den Fingern seiner linken Hand, dass es knackte. »Was hast du den lieben langen Tag getrieben?«

Sie merkte, dass sie rot wurde.

»Das Übliche«, antwortete sie ausweichend.

Er blinzelte im Sonnenlicht, war aber offensichtlich gut gelaunt.

»Ich war bei Egon und habe ein wenig mit ihm geplaudert. Er macht bald zu. Er meint, er werde zu alt. So ein Schwachsinn, er ist doch nicht älter als ich. Sein Junge war auch da. Du kennst ihn bestimmt, er ist bei der Polizei.«

Kaarina nickte.

»Ja, Lars-Göran. Wir sind in die gleiche Klasse gegangen.«

»Lars-Göran? Kann sein, dass er so heißt. Jedenfalls war er dabei, als sie neulich diese beiden Halbstarken geschnappt haben, erinnerst du dich? Die hatten für alle Zeit genug von den Mücken. Er meinte, sie wären so zerstochen gewesen, dass nicht einmal ihre Mütter sie noch wieder erkannt hätten.«

Sie dachte an das Vieh. Es war schon vorgekommen, dass Kühe an den Stichen der Kriebelmücken gestorben waren.

»Du kannst mir glauben, die beiden waren nicht mehr gefährlich«, fuhr Holger fort. »Sie waren nur noch zwei verrotzte Lausebengel, denen man nicht oft genug eine Tracht Prügel verpasst hat.«

Als sie die Kaffeekanne auf den Tisch stellte, legte er das Paket dazu.

»Jetzt musst du dir aber anschauen, was ich für dich gekauft habe!«

Es war ein Paar glänzender grüner Gummistiefel. Sie hielt sie an die Nase und atmete ein.

»Tretorn«, brummte er zufrieden. »Mir war aufgefallen, dass du ein neues Paar brauchen könntest.«

Ihre alten Stiefel waren undicht, er hatte es bemerkt.

»Größe vierzig, die müssten der Dame doch eigentlich passen.«

Sie ging in die Diele und holte ein Paar Wollsocken, setzte sich in die Küche und zog die Stiefel an. Kaarina hatte zwar kräftige Waden, aber der Schaft war dennoch breit genug. Holger kniete vor ihr und fühlte mit dem Finger hinein.

Näher als so kam er ihr nie.

6. KAPITEL

Widerwillig ging sie ihm bei der Feldarbeit zur Hand. Diese Art von Arbeit war mittlerweile zu schwer für sie, sie war einfach nicht mehr so beweglich wie früher. Er hatte versucht, jemanden aufzutreiben, der ihm half, aber es war ihm nicht gelungen.

Über den Verschwundenen wurde kein Wort verloren.

»Man könnte meinen, es gäbe keine Arbeitslosigkeit in diesem Land«, knurrte Holger und nahm sie mit, damit sie ihm die langen glatten Stangen für den neuen Zaun anreichte.

Es folgten ein paar Tage, an denen es anhaltend regnete.

Eines Morgens lag ihre alte Katze tot in der Küche, die Oberlippe zu einem Grinsen hochgezogen. Kaarina legte sie in den leeren Stiefelkarton. Er war ein wenig zu kurz, sodass sie ihn an einer Seite aufschneiden musste.

Die Katze hatte Lena damals für 50 Öre gekauft. Wie alt war sie wohl geworden? Lena hatte sie in jenem Sommer gekauft, in dem ihnen klar geworden war, dass sie nicht mehr zu Hause bleiben konnte.

Sie hatten einen Wendepunkt erreicht.

Lena hatte sich seltsam aufgeführt, was schon gegen Ende des Winters anfing. Sie war launisch und schroff gewesen und hatte einem kaum Antwort gegeben, wenn man mit ihr sprach. Dafür redete sie umso mehr hinter der verschlossenen Zimmertür.

Sie waren nur noch zu dritt gewesen. Britten und Klas lagen

auf dem Friedhof, sie waren kurz hintereinander gestorben. Lena wollte im Herbst nach Tidaholm ziehen. Sie hatte eine Stelle im dortigen Alkoholgeschäft angenommen und eine Wohnung mit Blick auf den Fluss gefunden.

Aber dann geschah etwas mit ihr. Sie veränderte sich.

»Kaarina, du musst sie zur Besinnung bringen«, sagte Holger. »Ihr Frauen habt doch eure eigene Art miteinander zu reden. Auf mich hört sie nicht mehr. Weiß der Teufel, was da los ist.«

Lena war zehn Jahre älter als sie, dennoch hatten sie sich immer so gut verstanden, als wären sie gleich alt. Im Giebelzimmer in der oberen Etage zog Lena eine Kommodenschublade auf und zeigte Kaarina, was sie schrieb. Sie bewegte sich wie im Fieber und ihre Stimme war metallisch hart. Im Befehlston sagte sie: »Ich lese und du hörst zu!«

Kaarina saß auf der Bettkante. Die Worte, die aus Lenas Mund kamen, waren eindringlich und verwirrend. Sie empfand eine vage Furcht.

»Was ist das, hast du dir das selbst ausgedacht?«, fragte sie.

Lena nickte. Sie fingerte an ihrer Haarspange herum, bis sie sich löste und die Haare ihr wie ein unbändiger welliger Vorhang ins Gesicht fielen.

»Ich habe so viel ... hier drin!«, sagte sie und schlug sich mit der flachen Hand gegen die Stirn. »Es tut weh, verstehst du, ich muss es herausschreiben!«

Später, als sie Lenas Sachen durchgingen, fanden sie ganze Stapel vollgekritzelter Blätter. Sie lagen überall, im Schrank und in den Schubladen der Kommode, unter dem Teppich und der fleckigen Matratze. Holger warf alles in einen Sack.

»Diese verdammten Schmierereien haben sie kaputt gemacht, ich will das nicht in meinem Haus haben.«

Er kippte die Blätter in eine Metalltonne und zündete sie an. Schwarzer Rauch stieg wabernd in die Höhe. Ohne dass er es bemerkte, gelang es Kaarina, sich zwei verknitterte Blätter unter den Rocksaum zu schieben. Sie schloss sich auf der Toilette ein und las sie, nahm die Worte in sich auf und bekam einen trockenen Mund.

Deine schwarze Klaue, deine Greifklaue,
an meiner schneckenhauszerbrochenen Nacktheit,
die Klaue, die mich aufschlitzt,
die meine Lungen bloßlegt,
und du kamst
und du warst der gute Hirte
wasmussichlachenwasmussichlachenwasmussichlachen
oder der feine Herr H
und ich beugte mich und empfing dich.
Ich empfing dich
und das Erz des Jüngsten Gerichts,
des Jüngsten Gerichts
Erz
erklang:
denn ich wollte:
Dich.

Schneckenhauszerbrochen? Sie benutzte Worte, die es überhaupt nicht gab.

Kaarina verwahrte die Blätter immer noch, sie lagen zwischen ihrer Unterwäsche. Sie holte die Aufzeichnungen jedoch nur selten hervor, weil die Texte sie deprimierten und ihr Angst machten. Aber sie konnte sich auch nicht dazu durchringen sie wegzuschmeißen, so als hegte sie immer noch die Hoffnung, in ihnen eines Tages eine Antwort auf die Frage zu finden, was mit Lena geschehen war.

Holger musste die Wohnung und die Stelle kündigen. Anfangs glaubte er, dass sie trotzdem noch zu Hause bleiben können würde, aber sie wurde gewalttätig, schrie nachts und schmiss Stühle um, schloss sich ein und verbarrikadierte sich.

Eines Morgens sickerte beißender, grauer Rauch unter ihrer Zimmertür hervor. Holger stemmte sich mit der Schulter gegen die Tür und sprengte sie auf. Auf dem Fußboden brannte ein Stapel Blätter. Lena stand im Nachthemd davor und heulte wie ein Schlosshund. Er griff nach ihrem Bettüberzug und erstickte die Flammen damit. Lena kroch von einer Ecke zur anderen und schrie und Holger musste Gewalt anwenden, um sie wieder zur Vernunft zu bringen.

Sie waren gezwungen Doktor Bergström zu rufen. Als er eintraf, war sie ruhig und gefügig und trug ihren roten Rock.

»Ich glaube, du kommst jetzt besser mit, Lena«, sagte er und Kaarina biss sich fast die Lippe blutig. Aber sie bekam keinen neuen Anfall, sondern blieb sanft und gefügig. Kaarina reichte ihr den Mantel. Es war ein kalter, regnerischer und windiger Tag.

»Kannst du dich bitte um Grållan kümmern, Kaarina«, sagte sie und ihr Blick war voller Energie, als sie sich nach ihrem Schal streckte. »Sie ist jetzt deine Katze. Kümmere dich gut um sie, bis ich zurück bin.«

Aber Lena kam nie wieder zurück.

Ein Mal fuhren sie ins Krankenhaus um sie zu besuchen. Ein einziges Mal. Lena erkannte sie nicht mehr. Sie saß im Aufenthaltsraum und die Sonne fiel auf den gebohnerten Fußboden und warf grelle Reflexe an die Wand.

Als Mitbringsel hatten sie eine Schachtel Schokoladenpralinen gekauft. Eine Krankenschwester nahm sie ihnen ab und meinte, dass sie den Inhalt portionieren werde.

»Sonst isst sie alle auf einmal«, meinte sie entschuldigend. »Sie neigt dazu, alles in sich hineinzustopfen.«

Lena war immer schon kräftig gebaut gewesen. Darin ähnelte sie ihrem Vater. Sie hatte die gleiche kräftige Schulterpartie, die gleichen kantigen breiten Hände wie er.

Jetzt war sie dick.

Sie sahen Lena zunächst nur von hinten, erkannten sie aber erst, als sie sich zu ihnen umdrehte. Sie trug einen gemusterten Baumwollkittel, der sich kaum noch schließen ließ. Man hatte ihr die Haare knapp über den Ohren abgeschnitten, die Augen lagen klein und trüb in ihrem blassen, aufgedunsenen Gesicht.

Holger blieb wie angewurzelt stehen. Es roch nach Essen, aus den Lautsprechern unter der Decke erklang fröhliche Akkordeonmusik.

»Lena«, sagte er, aber so leise, dass nur Kaarina es hören konnte.

Die Krankenschwester stand hinter ihnen.

»Sie haben Besuch bekommen, Lena«, sagte sie. »Ihr Bruder und ihre Schwester sind hier.«

Die farblosen Lippen verzogen sich zu einem Lächeln. Die Frau, die Lena war, hob die Hände und schlug sie mit einer solchen Wucht zusammen, dass ihre Wangen vibrierten. Kaarina überwand sich, zu der unförmigen Frauengestalt zu gehen.

»Hallo, Lena«, sagte sie leise.

Lenas Lippen lächelten weiterhin, aber in ihren Augen deutete nichts darauf hin, dass sie die beiden erkannte.

»Ich bin es, Kaarina, ich wollte dir von ... von Grållan erzählen«, fuhr Kaarina fort, aber ihre Stimme versagte und sie musste sich abwenden und fest, ganz fest die Augen zusammenkneifen.

»Manchmal zieht sie sich ganz in sich selbst zurück«, meinte die Krankenschwester. »Das ist ein Teil ihrer Krankheit. Außerdem bekommt sie natürlich ziemlich starke Medikamente. Aber ich glaube, dass es ihr bei uns recht gut gefällt.«

In diesem Moment hob Lena einen ihrer wuchtigen Arme und streckte ihn in einer unnatürlichen und steifen Haltung nach oben. Sie lachte leise und kollernd.

»Wir gehen!«, sagte Holger. »Hier drinnen riecht es komisch, ich kann den Geruch nicht ertragen, komm, wir gehen.«

Sie traten auf den Korridor hinaus. Lena streckte immer noch ihren Arm in die Höhe.

»Was ist mit ihr?«, flüsterte Kaarina. »Das ist doch gar nicht mehr sie, das ist doch nicht Lena.«

Die Krankenschwester war ihnen gefolgt.

»Es geht ihr gut bei uns, darauf gebe ich Ihnen mein Wort. Sie ist ruhig und genügsam und wird von ihren inneren Stimmen nicht mehr gequält. Das ist für uns das Wichtigste, zumindest bis auf weiteres. Um den Rest kümmern wir uns dann später.«

»Das ist schön«, erwiderte Holger. »Aber wir müssen uns jetzt beeilen, unser Bus geht gleich.«

Auf der Heimfahrt war er sehr still. Am Abend meinte er, er finde es schade, dass man ihr die Haare abgeschnitten habe.

»Sie hatte so dichtes braunes Haar. Es hat Spaß gemacht, ihr zuzusehen, wenn sie es kämmte. Aber es macht wahrscheinlich zu viel Arbeit, deshalb mussten sie es abschneiden.«

Kaarina nickte.

Sie fühlte sich innerlich vollkommen leer.

In jener Nacht kam Holger zu ihr. Halb angezogen in Hemd und Unterhose stand er vor ihr und sie wich zurück, aber nach einer Weile schlug sie die Decke zur Seite. Seine Füße und Beine waren eiskalt.

»Ich lege mich hier einfach hin, Kaarina. Du brauchst keine Angst zu haben, ich werde dich nicht anrühren.«

»Ich habe keine Angst«, flüsterte sie.

Er drehte ihr den Rücken zu und legte ihre Arme um seinen Körper. Sie merkte, dass er zitterte.

»Es ging doch nicht mehr«, sagte er undeutlich. »Bei uns konnte sie nicht mehr bleiben. Sie hätte uns doch das ganze Haus in Brand gesteckt.«

»Ja«, flüsterte sie und bewegte die Finger, so als wollte sie ihn streicheln. Er nahm ihre Hand und hielt sie fest.

»Diese Krankenschwestern …«, fuhr er fort. »Die sorgen schon dafür, dass sie so etwas nicht mehr macht. Diese Schreiberei … und andere Sachen, die nur kaputtmachen.«

Einige Zeit später, im Oktober, erreichte sie die Nachricht von Lenas Tod. Trotz aller Schlösser und verriegelten Türen war sie aus der geschlossenen Abteilung entwischt. Ihr Verschwinden war augenblicklich entdeckt worden und alle hatten sich an der Suche nach ihr beteiligt. Aber es nützte nichts.

Am späten Nachmittag wurde sie von einem Hausmeister gefunden. Sie lag in der hintersten Ecke des Parks, unter den Weißdornsträuchern und hatte sich mit einer Rasierklinge die Kehle durchgeschnitten.

7. KAPITEL

Die graue Katze wurde immer zutraulicher. Eines Morgens, als Kaarina bei den Hühnern war, hörte sie ein klägliches Maunzen. Mager, mit verfilztem Fell und einer langen Fleischwunde an der linken Seite saß sie in der Spreu.

Kaarina stand mit langsamen Bewegungen auf. In der Küche holte sie eine Schale mit Milch.

Die Katze war völlig ausgehungert.

Es war seine Katze. Kaarina erkannte sie. Sie ähnelte Grållan, war aber kleiner und hatte ganz weiße Pfoten. Sie dachte, dass sie gekommen war, um eine Lücke zu füllen.

Grållan hatte sie hinter den Johannisbeersträuchern begraben und dabei geweint.

Mehr als nach Lenas Tod.

Die Katze kam jetzt fast täglich zum Haus. Kaarina fütterte sie mit Milch und Essensresten. Holger bemerkte, dass sie mit den Schalen hinausging, mischte sich aber nicht ein. Und falls er doch etwas gesagt hätte, wäre sie ihm eine passende Antwort nicht schuldig geblieben.

Sie dachte daran, dass die Katze Junge gehabt hatte. Sie waren zwar mittlerweile sicher schon groß, aber nicht groß genug, um alleine zurecht zu kommen.

Sie dachte, dass sie nach ihnen suchen würde. Holger war im Wald, aber wenn er in der Zwischenzeit unvermutet zurückkam, würde sie ihm sagen, dass sie Pilze suchen war. Er hatte so große Angst, dass ihr etwas zustoßen könnte, falls sie sich zu weit vom Hof entfernte. Nach Lenas Tod war es noch schlimmer geworden, so als hätte er Angst allein gelassen zu werden.

Im Grunde hatte sie sich nie bewusst dafür entschieden auf dem Hof zu bleiben. Es hatte sich einfach so ergeben. Die Tage verstrichen, Jahr um Jahr ging ins Land. Holger und sie waren wie zwei alte, strebsame Geschwister. Als Lena noch lebte, hatte er sie mehrmals regelrecht aufgefordert wegzuziehen.

»Du möchtest dir doch bestimmt ein eigenes Leben aufbauen«, hatte er gemeint und sich feierlich geräuspert. »Du möchtest doch bestimmt lieber eine andere Arbeit haben, als auf einem verfallenen Bauernhof die unbezahlte Haushälterin zu spielen.«

Das stimmte überhaupt nicht, der Hof war alles andere als verfallen. Holger neigte zu Übertreibungen.

»Vielleicht«, sagte sie. »Aber jetzt noch nicht, ich bleibe noch ein bisschen. Natürlich nur, wenn ich darf.«

Sein Mund wurde breit und er verzog das Gesicht zu einer Grimasse, als hätte er in einen sauren Apfel gebissen.

Und sie blieb.

Sie dachte an den Verschwundenen. Manchmal hatte er von Segeltörns auf weit entfernten Meeren geträumt.

»Weißt du, ich bin vielleicht ein Mann, der dafür geschaffen ist, zur See zu gehen«, hatte er gesagt und mit weit ausholenden Gesten erzählt, was er sich in der Nacht alles ausgemalt hatte: Wie er auf einem großen und mächtigen Schiff an der Spitze des Bugs stand, wie der Wind ihm die Haare zerzauste.

»Ich habe den weißen Schiffsrumpf gesehen«, erzählte er ihr, »und den Namen, der in schwarzen, riesengroßen Buchstaben darauf gemalt war. Oceania stand da, kann man eigentlich von etwas träumen, das es gar nicht gibt? Und als ich aufwachte … hatte ich einen salzigen Geschmack auf der Zunge.«

War er womöglich einfach zur See gegangen?

Nein. Das passte nicht zu ihm, er war ein Träumer voller Sehnsucht, aber ganz sicher kein Mensch, der seinen Worten auch Taten folgen ließ.

Sie folgte dem Pfad und es roch nach Erde und Nässe. Auf einmal war die Katze wieder da. Kaarina bückte sich, aber die Katze fauchte sie an und sprang weg. Ihre Wunde sah besser aus, sie begann zu verheilen.

»Wo hast du denn deine Jungen gelassen, Mieze?«, fragte Kaarina. »Bring sie doch mit und komm zu uns nach Hause. Es wird bald kalt, ihr werdet es schwer haben.«

Es kam ihr vor, als sähe das Tier sie an und verstünde, was sie gesagt hatte. Die Katze riss ihr rosa Maul auf, miaute und ließ sie keine Sekunde aus den Augen. Dann schlich sie davon. Kaarina folgte ihr, und sobald sie zögerte, lief die Katze ein paar Schritte zurück. Es sah fast aus, als wollte sie ihr den Weg zeigen. Kaarina dachte, dass es um die Jungen ging, und lief durch das nasse glatte Gras und folgte der Katze, weil die Katze sie zu ihnen führen würde und sie die Kätzchen dann mit nach Hause nehmen konnte. Sogar Holger würde nichts dagegen haben.

Sie waren jetzt in der Nähe des alten Hofs, der dem Mann und der Frau gehörte. Sie erstarrte. Da wollen wir nicht hin. Sie hatte ein ungutes Gefühl, er hatte im Unterholz gehockt, hatte beobachtet, ohne gesehen zu werden, so etwas tat man nicht, es war hässlich und gemein und zudem noch gefährlich, das hatte sie ihm auch gesagt. Was ist, wenn sie dich entdecken!

Er hatte gelacht und sie gebeten, ihn zu begleiten.

Aber wenn die Katze tatsächlich ihre Jungen hier hatte, würde Kaarina sie ziemlich schnell finden, ausgehungert und klein würden sie angelaufen kommen, sobald sie ihre Mutter witterten. Sie konnte die beiden auf den Arm nehmen und tragen, dann würde auch ihre Mutter mitkommen, sie würde ihre Jungen nicht allein lassen.

Kaarina blickte von den glänzenden braunen Blättern auf und gab vorsichtig Lockrufe von sich. Erst sah sie die Katze nicht mehr, aber dann war sie wieder da, gleich hinter dem Zaun, ihr buschiger Schwanz ragte hoch und sie hatte den Rücken eigenartig gekrümmt.

Sie lockte die Katze noch einmal, aber da zuckte sie im Gras zusammen und verschwand.

Kaarina ging ein paar Schritte, blieb stehen. Ihr krampfte sich der Magen zusammen. Im Morast sah sie die Spuren von Krallen und Pfoten und schließlich das Schreckliche, das aus dem Boden ragte.

Sie wollte es nicht sehen, aber sie musste.

Es war ein Stück von einem Menschenarm.

Ihr wurde furchtbar schwindlig. Sie wimmerte leise und ging in die Knie, stützte sich schwer auf die Hände. Doch. Es war ein arg mitgenommener Männerarm mit hellen Haaren, an dem eine Uhr hing. Sie war schmutzig und verrutscht, aber Kaarina erkannte sie trotzdem.

Er war es.

8. KAPITEL

Sie handelte, ohne zu denken.

Warum verhielt sie sich so? Warum lief sie nicht los, als sie aufgehört hatte zu schreien, warum lief sie nicht heim zu Holger und bat ihn die Polizei zu rufen?

Sie verstand es selbst nicht.

Stattdessen blieb sie dort, schaffte Sand und Erde herbei und bedeckte ihn damit.

Halb entblößt lag er in der Erde. Das war eine Schande, ein Verstoß.

Im Tod soll man geborgen und behütet sein.

Doch hier waren wilde Tiere gewesen, Füchse und Raben.

Sie musste sich übergeben, als sie daran dachte.

Hinter einem der Geräteschuppen fand sie einen Spaten. Er war verbogen und verrostet, taugte aber noch zum Graben. Sie schlängelte sich durch das Loch im Zaun und holte Erde von dem alten Kartoffelacker, die sie zu einem Wall aufschüttete. Als sie damit fertig war, riss sie Blätter von den kleinen Ebereschen und legte mit ihnen eine Umrandung.

Von der Katze war währenddessen nichts zu sehen.

Aber als sie sich Stunden später auf den Heimweg machte, war die Katze ihr auf den Fersen.

Nachts lag sie starr in ihrem Bett.

Ihr Kopf war voller Gedanken.

Und Bilder.

Er ist wiedergefunden worden, dachte sie und ihre Brust war

von einer solchen Trauer erfüllt, dass sie sich ihr Kissen auf den Mund pressen musste, um den Schrei zurückzudrängen.

Er ist wiedergefunden worden und er lebt nicht mehr.

Sie hatte es gewusst. In ihrem tiefsten Inneren hatte sie gewusst: Er kehrt nie mehr zurück.

Aber er hatte sich bestimmt nicht selbst in die Grube gelegt!

Sie dachte an den Mann und die Frau, vor allem an die Frau. Vor Wut stockte ihr der Atem. Sie musste aufstehen und auf dem Teppich auf und ab gehen, auf Socken, damit Holger sie nicht hörte.

Er hatte sie beobachtet, als sie vor dem Fernseher saßen. Sie hatte seinen Blick gespürt, aber er hatte ihr keine Fragen gestellt. Zu groß war seine Sorge, sie könnte sich verwandeln und wie Lena werden. Es passierte so viel bei Frauen, ihre Hormone, ihr Blut, es musste anders sein als das der Männer.

Sie musste einfach wieder zu dem Haus zurückkehren. Als das Blättermuster in Unordnung geraten war, musste sie es wieder herrichten. Sie holte Zweige, mit denen sie ein Netzmuster legte.

Ein Mann, um den niemand trauert.

Sie würde um ihn trauern.

Aber sie weinte nicht mehr.

Die Uhr versteckte sie im Kleiderschrank in einem der schwarzen Pumps, die sie getragen hatte, als sie einen runden Geburtstag feierte, danach aber nur noch selten angezogen hatte. Sie standen im Kleiderschrank und wurden ihr mit der Zeit zu klein. Die Zeit ließ ihre Füße wachsen.

Sie hatte ihm die Uhr abgenommen. Es war nicht schwer gewesen. Zu Hause wickelte sie Watte um ein Streichholz und säuberte die Uhr. Die Zeiger standen still, Schmutz und Wasser waren in das Uhrwerk eingedrungen. Sie würde nie wieder gehen.

Ab und zu holte sie die Uhr hervor, betrachtete sie, sah den Faden, mit dem sie damals das Lederband geflickt hatte.

»Du bist eine Handwerkerin«, hatte er gesagt. »Du hast so gute Hände.«

Sie hatte sich nach ihm gesehnt, nach seinem Körper. Das ließ sich nicht leugnen. Er sollte es ihr zwar nicht ansehen, aber sie hatte ihn auch nicht zurückgewiesen, wenn er sie an die Wand drückte und ihr mit der Hand unter den Rock ging.

Wie er sie aufspießte, wie sie das Heiße umschloss, das er war.

Ihre Wangen glühten und sie stieß unterdrückte, heisere Laute aus. Bis in ihrem Kopf alles weiß und schlaff wurde und sie zusammensank.

»Holger kommt!«, zischte er.

Aber er sagte das nur, um anschließend lauthals über ihre aufflackernde Angst lachen zu können.

Sie dachte oft, dass alles einfacher gewesen wäre, wenn sie einen Ort gehabt hätten, an dem sie ihre Ruhe hatten.

Er hatte doch sein kleines Haus.

Aber das kam ihm nie in den Sinn.

Und in Zukunft?

Die fremde Frau und der Mann. Sie wollten ihr nicht aus dem Kopf. Holger wusste bestimmt, wer sie waren, wie sie hießen und wo sie wohnten. Im Winter, wenn sie nicht hier waren. Aber ihn würde sie niemals fragen können.

Sie würde das Grab pflegen.

Niemand würde es verlegen.

Niemand würde ihn je wieder anrühren.

9. KAPITEL

Kaarina näherte sich dem Haus und die Katze folgte ihr. Sie war immer noch allein. Kaarina dachte eigentlich nicht mehr an die Jungen, wünschte sich aber, die Katze würde zu ihr in die Küche kommen. Einmal war es ihr tatsächlich gelungen, die Katze hochzuheben, aber das machte sie ganz wild und sie biss Kaarina in den Daumen, sodass sie sich beeilte, das Tier wieder loszulassen.

Sie öffnete das fremde Gatter. Inzwischen machte sie sich keine Gedanken mehr über das Betreten fremden Grund und Bodens. Die Fenster saßen niedrig und die Vorhänge waren so zugezogen, wie man es tut, wenn man lang fort sein wird. Sie stellte sich davor und drückte ihr Gesicht an die Scheibe. Durch das Fadengeflecht hindurch sah sie Möbel; ein Sofa und einen alten Sekretär. Auf dem Fußboden lag ein weißer, flusender Knüpfteppich. Dann kam ihr die Idee, nach unten zu schauen. Direkt unter dem Fenster stand ein kleiner Tisch, auf dem ein Stapel Illustrierter lag. Und in der rechten oberen Ecke der obersten Zeitschrift klebte ein Adressenfeld mit einem undeutlichen Namen und einer Adresse.

Sie wusste, dass sie sich Zugang zum Haus verschaffen musste.

Beide Haustüren waren abgeschlossen, alles andere hätte sie auch gewundert. Sie würde also ein Fenster einschlagen müssen. Sie schaute sich um. Die graue Steintreppe begann zu verfallen. Jemand hatte runde, glatte Steine zu einem Haufen aufgeschichtet um dies zu kaschieren. Sie bückte sich steif und hob einen von ihnen auf, woraufhin es zu ihren Füßen leise klirrte.

Ein Schlüssel.

Ja, natürlich. So machte man es auf fast allen Höfen. Man hinterlegte einen Schlüssel, von dem nur wenige Personen wussten.

Sie hatte das Versteck sofort gefunden, das war ein Zeichen.

Sie hielt den Schlüssel in der Hand.

Die Frau oder der Mann hatten ihn zuletzt in der Hand gehalten. Sie hatten abgeschlossen und waren in ihr Auto gestiegen. Aber ehe sie sich auf den Weg machten, ging einer von ihnen zu den Steinen und versteckte den Schlüssel zum Haus unter ihnen.

Das Schloss klemmte ein wenig. Sie musste sich beim Drehen mit der Hüfte gegen die Tür stemmen. Angst hatte sie nicht. Sie gelangte in eine Art Vestibül, wo im Winter die Gartenmöbel aufbewahrt wurden. Die Stühle hatten sie auf dem Tisch aufgestapelt, die gestreiften Bezüge lagen in durchsichtigen Plastikhüllen. Sie schloss die Tür hinter sich und betrat das Haus.

Schwacher Tabakgeruch hing noch in der Luft. Auf einem Tisch stand ein Aschenbecher, der abgesehen von einer einzigen Zigarettenkippe sauber war. An ein paar Haken hingen Kleidungsstücke, ein leuchtend blaugrünes Kleid und eine Mütze. Sie konnte es sich nicht verkneifen an ihnen zu schnuppern und roch den Geruch eines fremden Körpers, des Körpers der Frau.

Die sich nackt zwischen den Bäumen bewegt hatte.

Er hatte Kaarina davon erzählt und seine Lippen hatten sich geöffnet. Er hatte nach Kaarina gegriffen und seine Hände waren hart gewesen.

Eine schlechte Frau. Du weißt schon, was für eine!

Dennoch hatte er sich zu ihr hingezogen gefühlt.

Regungslos stand sie da und lauschte. Nein. Kein Laut. Bohrende Kopfschmerzen meldeten sich hinter ihrer Stirn.

Sie machte ein paar Schritte in das große Zimmer, das sie durch das Fenster gesehen hatte. Es wurde schon dunkel, vielleicht würde es in der Nacht wieder schneien. Unter dem Sofa lag eine braune Sandale und an der Wand dahinter hing ein gesticktes Bild mit einem Blumenmotiv. Langsam ging sie zum Fenster. Der Fußboden knarrte und sie dachte, dass man hier nicht herumschleichen konnte. Wenn jemand zu Hause war, würde man sofort bemerkt werden.

Dann sah sie die Zeitschriften. *Femina* und *Der ICA-Kurier. Land*. Letztere bekamen sie auch. Am oberen Rand stand ein Name, so wie sie es von draußen gesehen hatte. Sie hatte ihre Brille nicht dabei, aber das machte nichts. Rasch riss sie die Rückseite der obersten Zeitschrift ab und faltete sie zu einem kleinen Viereck zusammen.

Das war alles, was sie brauchte.

Beth III

1. KAPITEL

Sie wurde von einem Geräusch geweckt. Es klang wie ein lauter Knall, so als wäre in ihrem Zimmer etwas umgefallen.

Erst dachte sie, es wäre der Wind gewesen. Die Klimaanlage klang wie ein Sturm, wie Wellen, die sich in der Ferne brachen. Dann erinnerte sie sich wieder. Sie waren in ihrem Bungalow, neben ihr in dem breiten Bett lag Ulf und schlief.

Sie bekam panische Angst und bildete sich ein, dass auf dem Fußboden eine Schlange war, die sich tagsüber zusammengeringelt versteckt gehalten hatte und nun im Schutz der Dunkelheit herausgekommen war, im Zimmer etwas umgestoßen und sie so geweckt hatte.

Sie musste auf die Toilette, traute sich aber nicht aufzustehen. Die Lampe am Bett funktionierte nicht, sie hatten es mehrfach erfolglos reklamiert. Vorsichtig hob sie das Betttuch und fächerte ihrem Körper Luft zu. Vielleicht wurde Ulf wach, wenn sie sich ein wenig bewegte. Sie wollte ihn nicht wecken. Immerhin hatte sie ihm versprochen, sich zu verhalten, als wäre sie gar nicht da.

Was hätten die beiden getan, wenn sie nicht mitgekommen wäre? Wie hätten sie geschlafen? Jeder in seinem eigenen Bungalow und einem eigenen Doppelbett?

Sie hatte in ihrer Schwester noch nie eine Rivalin gesehen. Vielleicht war sie es auch jetzt nicht. Seit Werners Tod war noch nicht mehr als ein guter Monat vergangen und Juni hatte ihren Mann geliebt. Daran gab es keinen Zweifel.

Und trotzdem. Zwei Bungalows?

Sie hörte ein Geräusch, ein kaum wahrnehmbares und knirschendes Huschen.

Es ging nicht länger. Sie musste schreien.

Das Zimmer war in elektrisches Licht getaucht. Durch das Moskitonetz sah Beth Ulf durch das Zimmer gehen, Möbelstücke verrücken, fluchen.

»Wir hätten die Koffer zumachen sollen«, schimpfte er. »Warum haben wir das nicht getan, sie könnte hineingekrochen sein um sich dort zu verstecken.«

Außer der Schlange war ihr auch noch anderes in den Sinn gekommen. Ungeziefer, das sich hier eventuell tummelte, Getier, das kroch und krabbelte. Sie hatte versucht, es zu ignorieren, aber ihre Angst gewann die Oberhand.

Sein Gesicht kam näher. Die strohigen Locken fingen an grau zu werden. Beth hatte es vor ein paar Tagen entdeckt, im grellen Sonnenlicht am Strand.

»Was denkst du wohl, wie sich Juni verhalten hätte!«, sagte er und seine Lippen kräuselten sich ironisch. »Sie hat niemand, nach dem sie rufen kann, wenn sie zufällig einmal ein Geräusch hört. Leg dich hin und schlaf jetzt, verdammt nochmal. Und lass mich endlich schlafen. Ich bin hier um zu arbeiten, das weißt du ganz genau.«

Es war erst eine knappe Woche her, dass sie Schweden verlassen hatten, aber es kam ihr viel länger vor. Die Reise war anstrengend und ganz ohne die freudige Erwartung gewesen, die sonst mit Urlaubsreisen einhergeht. Sie dachte, dass es eine Flucht war. Zumindest für sie selbst, vielleicht aber auch für sie alle. So weit wie möglich zu verreisen war nichts anderes, als ein verzweifelter Versuch zu vergessen.

In Amsterdam mussten sie umsteigen und die KLM-Maschine zum Kilimandscharo-Airport außerhalb von Arusha hatte mehrere Stunden Verspätung. Im Grunde spielte das keine Rolle. Im Grunde hatten sie es nicht eilig. Aber das lange untätige Warten machte sie empfindlich und leicht reizbar.

Kurz vor Mitternacht setzte das Flugzeug in der undurchdringlichen afrikanischen Dunkelheit endlich zur Landung an. Beth war während des Flugs nur einmal kurz eingenickt. Ihr taten alle Glieder weh, ihre Fußgelenke und Beine waren geschwollen. Sie saß in der Mitte. Ulf saß mit seinen langen Beinen am Gang und Juni am Fenster.

Juni schlief sofort ein. Nachher bemerkte sie beiläufig, dass sie eine Schlaftablette genommen habe, was Beth ärgerte. Juni hätte ihr ruhig eine Tablette abgeben können. Sie selbst hatte keine mehr, denn die Tabletten, die sie von ihrem Vater mitgebracht hatte, waren längst aufgebraucht.

Als sie aus dem Flugzeug stiegen, schlug ihnen eine kompakte, drückende Hitze entgegen. Beth blieb einen Moment lang auf der obersten Treppenstufe stehen. Alles kam ihr fremd vor, sogar die Luft. Wie eine Bedrohung schloss sie sich um Beth und machte ihr Angst.

Die Scheinwerfer wurden von Insektenwolken umschwärmt. Der Geruch von brennender und glühender Kohle lag in der Luft. Schon nach den wenigen Sekunden am Kopfende der Treppe bereute sie, dass sie mitgekommen war. Aber was wäre die Alternative gewesen? Allein in dem leeren Haus zu bleiben, nachts einsam im Bett zu liegen und voller Angst und Schrecken aufzuwachen.

Es war kein Problem gewesen, von ihrem Chef die Erlaubnis zu der Reise zu bekommen, obwohl Beth sich innerlich auf einen Streit eingestellt hatte. Jetzt kam ihr sogar der Gedanke, dass man es eher angenehm fand, wenn sie für eine Weile verschwand. Dass sie in der Schule nicht wussten, wie sie sich ihr gegenüber verhalten sollten.

Der Arbeitgeber trug immerhin eine gewisse Verantwortung. Seine Aufgabe war es, sie wieder in den Arbeitsprozess zu integrieren, einen Plan zu entwerfen, um sie wieder an ihren Berufsalltag heranzuführen. Doch es hatte niemand die Initiative in dieser Richtung ergriffen. Sie war darüber erleichtert. Ihr Chef hatte sie nur einmal gebeten, in der Schule vorbeizuschauen, »um die Situation zu besprechen«, wie er sich ausgedrückt hatte. Sie machte auch tatsächlich einen Versuch, aber als sie sich dem Hügel bei den Gewächshäusern näherte und die spielenden Kinder hörte, ihre Vogelschreie, ihre Füße auf dem Asphalt – da geriet sie außer Atem und die Stiche in der Herzgegend machten sich wieder bemerkbar. Ihr war vor Angst ganz übel und sie ging wieder nach Hause.

Die Kinder hatten ihr Zeichnungen geschickt, Bilder mit harten Konturen.

»Herzlich willkommen bei uns!«, hatte jemand im Begleitbrief geschrieben, aber es war die Handschrift eines Erwachsenen. Der Brief wühlte sie merkwürdig auf. Sie riss die Zeichnungen in Streifen und verbrannte sie im Kamin.

Sie folgten dem Menschenstrom und wurden über den glänzenden braunen Holzfußboden der Ankunfthalle geschoben. Ulf ging vor Beth, seine Kameras hatte er über die Schulter gehängt.

»Da sind wir«, sagte er und drehte sich zu ihr um. So gut gelaunt hatte er schon lange nicht mehr ausgesehen. Sie schob ihre Hand in seine und zwang sich, etwas zu sagen.

»Stell dir vor, wir im tiefsten Afrika ... wer hätte gedacht, dass es uns jemals hierher verschlagen würde?«

Plötzlich lief alles völlig reibungslos. Als sie ihr Gepäck bekommen und den Zoll hinter sich gelassen hatten, stand Mr Graham wie verabredet mit einem Schild vor ihnen. Mr Graham war Ulfs Kontaktmann. Er war Mitte dreißig, hatte ein kindlich rundes Gesicht und trug eine khakifarbene Hose und ein gemustertes Hemd. Seine Hand war kühl und gepflegt.

»*Karibu*«, sagte er und lächelte Beth an.

Sie nickte verwirrt.

»Das bedeutet herzlich willkommen auf Swahili«, erklärte er. »Hat alles geklappt?«

Sein Jeep stand auf der Straße. Er sagte, dass sie noch ein wenig warten müssten.

»Wir müssen im Konvoi ins Stadtzentrum fahren.«

Beth stieg ins Auto. Auf dem Bürgersteig näherte sich eine aufrecht gehende Frau, die ein Bündel auf dem Kopf trug. Sie hatte zwei kleine Kinder dabei, deren runde schwarze Augen zu Beth hinaufstarrten. Eines der Kinder, das jüngere, streckte seine Hand aus. Seine Lippen bewegten sich. Es sah Beth unablässig an, der nicht wohl in ihrer Haut war.

»Sollten wir ihnen nicht etwas geben?«, murmelte sie.

»Wenn du allen, die hier betteln, etwas geben willst, bist du bald selbst eine Bettlerin«, antwortete Juni. Sie lehnte sich zurück und reckte ihre schmalen Arme.

»Einen Whisky on the rocks und dann ab ins Bett«, seufzte sie. »Wie lange wollen wir hier eigentlich noch warten!«

Schließlich machte sich die Autokarawane, eskortiert von einigen Polizeifahrzeugen, auf den Weg.

»Es ist in letzter Zeit leider zu einigen Überfällen gekommen«, meinte Mr Graham. »Ich muss Sie deshalb bitten, vorsichtig zu sein.«

»Ach was, wir sitzen doch im Auto«, platzte Juni heraus. »Man braucht doch nur Vollgas zu geben und abzudüsen.«

Er warf ihr einen bekümmerten Blick zu.

»Ich fürchte, so einfach ist das nicht. Die Straßen werden allzu häufig mit Steinblöcken oder altem Schrott blockiert.«

Beth versuchte, in die kompakte Dunkelheit hinauszuspähen, konnte aber nichts erkennen.

»Es gibt Menschen, die so ... böse sind«, sagte Mr Graham gepresst. »So *hostile*. Sie sind eine Schande für Tansania, eine Schande.«

Während sie sich der Stadt näherten, wurde es allmählich hell. Die Straßen waren schmal und voller Schlaglöcher und Unebenheiten. Sie wurden von flachen Baracken gesäumt, deren Dächer aus Wellblech waren. In den Türöffnungen saßen Menschen und unterhielten sich. Sie blickten auf, als die Autos vorbeifuhren, winkten und riefen.

»Was rufen sie?«, fragte Beth.

Mr Graham antwortete nicht, aber vielleicht hatte er auch nicht gehört, was sie gesagt hatte.

Eine Zeit lang befürchtete sie, dass sie in den Slums übernachten müssten, in einem schäbigen Guesthouse zusammen mit einer Menge Rucksacktouristen. Sie war zu alt für so etwas und sehnte sich nach einer kühlen Dusche und einem Bett, auf dem sie sich ausstrecken konnte um zu schlafen, einfach nur zu schlafen. Zu ihrer Erleichterung bog der Wagen in eine Toreinfahrt mit zwei bewaffneten Wachmännern ein.

Hinter dem Tor war alles anders. Dort war es genauso, wie sie es sich erhofft hatte.

Als sie am nächsten Morgen im Garten saßen und frühstückten, kam Mr Graham zu ihnen. Er wirkte ein wenig lustlos, seine runden Wangen waren schlaff.

»Ich hoffe, es geht Ihnen gut und Sie haben gut geschlafen«, begrüßte er sie.

»Natürlich«, erwiderte Ulf. »Alles ist zu unserer vollsten Zufriedenheit.«

Ulf trug seine dunkelblauen Shorts und ein T-Shirt. Seine dichten Haare waren nach dem Duschen noch feucht. Beth betrachtete seine Knie, sie wollte sie in den Händen halten und streicheln, ihre Lippen auf die weiche Haut unter seinem Ohr drücken, das hatte nichts mit Sexualität zu tun, sondern war nur ein Ausdruck grenzenloser Zärtlichkeit. Vorsichtig legte sie ihre Hand auf seine. Er zog sie sofort weg und holte einen Stift hervor, um sich Notizen zu machen.

Mr Graham setzte sich auf den leeren Stuhl neben Juni.

»Es tut mir sehr Leid«, sagte er. »Aber es gibt Probleme.«

Er hatte die Eigenart, seine Schultern hochzuschieben und krank und unterwürfig auszusehen. Sie hatten geplant, bereits an diesem ersten Tag nach ihrer Ankunft zu den Massai hinauszufahren. Aber aus Gründen, die ihnen nicht ganz klar wurden, musste ihr Vorhaben verschoben werden.

»Wir müssen warten«, sagte Mr Graham und zupfte an den Schnürsenkeln seiner blank polierten Schuhe. »In der Zwischenzeit sollten sie das Leben in Arusha genießen.«

Er nahm sie mit ins Stadtzentrum und half ihnen Geld zu wechseln. Arusha war eine heruntergekommene, schäbige Stadt, in der große Armut herrschte. Er führte sie zu seinem Büro und bat sie, auf einem tiefen, durchgesessenen Ledersofa zu warten, während er ein paar Telefonate erledigte.

Beth musste auf die Toilette. Sie fragte eine Frau hinter einem Schreibtisch. Sie war Mr Grahams Sekretärin. J. Croeze stand auf einem kleinen Metallschild neben ihrem Computer. Es gab nur die beiden in diesem Büro.

Die Frau holte einen Schlüssel aus ihrer Schreibtischschublade und zeigte widerwillig in Richtung Korridor, machte aber keine Anstalten, Beth zu begleiten und ihr den Weg zu zeigen. Beth probierte ein paar Türen, aber der Schlüssel passte nirgends. Plötzlich stand sie im gleißenden Sonnenlicht auf der Straße, wo sie augenblicklich von einem Haufen junger Burschen umringt wurde, die fast darauf gewartet zu haben schienen, dass sie herauskam. Sie wollten Halsketten und Batikstoffe verkaufen.

»Nein«, sagte sie mit Nachdruck. »Ich werde nichts kaufen.«

Sie taten, als hätten sie es nicht gehört, zogen an ihr und wirkten aggressiv. Sie versuchte, wieder in das Haus zurückzukehren, aber die Tür war ins Schloss gefallen. Einer der Jungen – er war vielleicht vierzehn – tat so, als würde er anklopfen und schüttelte anschließend heftig seinen lockigen Kopf. Die anderen lachten. Sie rochen nach Schmutz und ranzigem Öl.

Sie wiederholte, dass sie nichts kaufen wollte.

»Very cheap!«, sagte der größte Junge. Er trug ein Hemd, dessen Rücken durchlöchert war.

»Diese Halsketten!«

Er ließ sie vor ihren Augen baumeln.

»Sag, was du geben willst. Sag einfach einen Preis, sag, was du bezahlen willst!«

Um sie loszuwerden zeigte Beth auf ein Batiktuch, auf dem ein trompetender Elefant abgebildet war. Der Junge breitete es vor ihr aus.

»Beautiful!«, sagte er hart. »Very beautiful. Very cheap, too.«

»Okay«, murmelte Beth. Die Sonne stand auf der Hauswand, es war unerträglich heiß. Warum kamen Ulf und Juni nicht heraus und halfen ihr? Ihnen musste doch mittlerweile klar geworden sein, dass etwas passiert war. Sie wollte den Jungen ihr Portmonee nicht zeigen, steckte deshalb die Hand in ihren Rucksack und fand nach einer Weile tatsächlich eine Dollarnote. Sie hatte keine Ahnung, wie viel es war. Der Junge riss sie ihr aus den Fingern, steckte sie in die Tasche und gab ihr das Batiktuch. Sie blieb mit dem Tuch in der Hand stehen.

Es schien die anderen Jungen aufzustacheln, dass sie sich ausgerechnet für ihn entschieden hatte und nicht für sie. Einer von ihnen griff nach ihrer Bluse. Sie versuchte sich freizumachen, aber er ließ nicht los. Ihre Gesichter kamen immer näher, sie spürte ihren Atem.

»Schau dir diese Kette an«, riefen sie. »Nenn einen Preis. Was willst du geben, nenn einfach einen Preis. Very, very cheap!«

»Geht weg!«, schrie sie auf Englisch. »Lasst mich in Ruhe!«

Im gleichen Augenblick ging die Tür auf und Mr Graham trat auf die Straße heraus. Schweißperlen liefen ihm Hals und Stirn herab.

»*Ondokeni*!«, brüllte er.

Die Jungen ließen sie auf der Stelle los und verschwanden in einer Gasse. Beth schluchzte auf.

»Verdammt!«, sagte sie dann auf Schwedisch und sprach dann auf Englisch weiter. »Wo ist mein Mann, wo sind Ulf und Juni?«

»Sie kommen gleich. Sie ... haben etwas gekauft, wie ich sehe. Seien Sie vorsichtig. Die legen Sie rein. Bitten Sie mich lieber um Hilfe.«

Nach diesem Zwischenfall wollte Beth die anderen nicht mehr ins Stadtzentrum begleiten. Sie blieb im Hotel, saß im Garten und versuchte, ein Taschenbuch zu lesen, das sie in Stockholm auf dem Flughafen gekauft hatte, aber es fiel ihr schwer, sich auf die Handlung zu konzentrieren.

Juni und Ulf zogen zu mehreren Erkundungstouren los und einige Tage später hatten sie einen Entschluss gefasst.

»Unser Freund Mr Graham scheint einen Fehler gemacht zu

haben«, meinte Ulf beim Abendessen. »Er hat das auch eingesehen und ist bereit, die Konsequenzen daraus zu ziehen. Sein Bruder hat gerade ein Hotel auf Sansibar eröffnet. Wir dürfen dort zu einem Sonderpreis wohnen, bis die Sache mit den Massai geregelt ist.«

»Sansibar«, wiederholte Beth. »Mein Gott, wie exotisch das klingt!«

»Es ist die Insel der Gewürze und der Sklaven«, klärte Juni sie auf. »Dort gibt es viel alten Mist, in dem man herumwühlen kann. Es gab dort einen richtig mächtigen Sklavenhändler namens Tippu Tip, ja ... ich weiß, das klingt wie ein Kinderreim, aber er soll ein richtiger Teufel gewesen sein. Ich habe vor unserer Abreise von ihm gelesen. Ich glaube, sein Haus steht noch. Stanley ... ihr wisst schon, der Typ, der Livingstone aufgestöbert hat ... war sehr beeindruckt von diesem Tippu Tip. Daraus könnte man bestimmt eine Story basteln. Ein Porträt von diesem Tip. Ich sehe die Überschrift schon vor mir: Er verkaufte das schwarze Gold!«

»Aber können wir unsere Reise denn einfach so verlängern?«, warf Beth ein. »Was ist mit den Flugtickets und den Visa und so?«

Ulf versetzte ihr einen kameradschaftlichen Stoß.

»Das ist bestimmt kein Problem. So haben wir jedenfalls die Gelegenheit, auch noch einen kleine Badeurlaub einzuschieben. Während unsere Freunde in Schweden in der Winterkälte bibbern.«

2. KAPITEL

Das Hotel hatte eine traumhafte Lage. Es war direkt am Strand gebaut worden und unmittelbar davor breitete sich der große, grün schimmernde Indische Ozean aus. Wenn sie auf der Terrasse saßen und zu Mittag aßen, hörten sie das Tosen der Flut, die um diese Tageszeit kam.

In der Mitte des Hotelkomplexes lag das Hauptgebäude mit Rezeption und Restaurant. Es hatte hohe Decken und seine Wände öffneten sich zu Gewölbebögen, wodurch eine beinahe religiöse Stimmung heraufbeschworen wurde. Man hatte das Gefühl eine Kathedrale zu betreten. Der Fußboden bestand aus glänzenden Steinplatten und einer der Angestellten war laufend damit beschäftigt ihn zu putzen und zu wienern. Auf das Gelände waren etwa fünfzig weiße Bungalows mit großen Zimmern und Terrassen verteilt, auf denen man abends sitzen und den Zikaden lauschen konnte. Die einzelnen Häuser waren durch gepflasterte Gehwege miteinander verbunden, die von strohigem Gras und verschiedenen Ziersträuchern gesäumt wurden. Jeden Morgen sah Beth nach dem Aufwachen Frauen, die in gebückter Haltung mit altertümlichen Werkzeugen die Beete harkten.

Einige Sträucher erkannte sie wieder, da sie im Lehrerzimmer ihrer Schule an einem nach Süden gehenden Fenster in Blumentöpfen wuchsen. Es waren Hibiskuspflanzen und eine Strauchsorte mit gelb gefleckten Blättern. Görel hatte es übernommen sie zu pflegen. In der Woche nach den Skiferien räumte sie immer den Kaffeetisch ab und breitete Zeitungen auf ihm aus.

Dann wechselte sie die Erde in allen Töpfen und ihre Bewegungen waren dabei gestresst und umständlich, so als hätte sie jemand gezwungen, sich dieser wichtigen Aufgabe anzunehmen.

Wenn Beth an die Schule und ihre Arbeitskollegen dachte, wurde ihr Körper schwer. Sie versuchte, sich darüber zu freuen, dass sie nicht mehr dort sein musste, aber auch das wollte ihr nicht recht gelingen. Sie konnte sich einfach nicht entspannen. Es kam ihr alles so unecht vor. Die Strände, das Wasser, die Sonne. Sie bewegte sich durch dieses unwirkliche Paradies, war jedoch trotzdem gar nicht richtig da.

Es gab einen großen, langen Pool und eine Bar unten am Strand. Sie pflegte sich mit ihrem Buch in einen Liegestuhl zu setzen, woraufhin sofort ein Bademeister zu ihr kam und ihr ein Frotteehandtuch reichte, was ihr das Gefühl gab, sitzen bleiben zu müssen, aber sie wurde immer rastloser. Sie blätterte in ihrem Buch und wusste nicht einmal genau, wovon es handelte. Schließlich musste sie aufstehen und an der Poolkante spazieren gehen. Der Bademeister beobachtete sie und trat manchmal zu ihr, um sie mit einer Verbeugung zu fragen, ob sie noch einen Wunsch habe. Das machte sie verlegen und sie wickelte sich in ihr Handtuch und schüttelte matt den Kopf.

»No, thank you, I'm fine.«

Er schien ihr anzusehen, dass sie nicht die Wahrheit sagte.

»Möchten Sie nicht eine Runde in dem schönen Pool schwimmen?«, fragte er auf Englisch in dem Versuch, ihr näher zu kommen. Er war noch sehr jung und wandte den Blick nicht von ihr ab.

»Das Wasser ist sauber, keine Bakterien, keine Krankheiten.«

Sie merkte, dass sie rot wurde.

»Later«, antwortete sie. Die ganze Zeit »later«.

Ulf und Juni arbeiteten. Jeden Tag nach dem Frühstück machten sie sich mit den örtlichen, völlig überfüllten Dalla-dalla-Bussen, die in der Nähe des Hotels hielten, auf den Weg. Beth traute sich nicht, die beiden darum zu bitten, mitkommen zu dürfen, und Juni und Ulf fragten sie auch nicht. Beth begleitete sie zur Haltestelle, sah sie einsteigen und sich auf einer der Sitzbänke niederlassen, sich zwischen die Passagiere zwängen, die ihnen kichernd Platz machten.

Juni hatte ein bisschen Swahili aufgeschnappt.

»*Kwaheri*«, rief sie und winkte übertrieben, als der Bus sich in Bewegung setzte. Beth blieb zurück und winkte auch. Das Busdach war immer mit Säcken, Körben und Paketen beladen. Manchmal standen hinten Leute auf dem Trittbrett und klammerten sich an den Türen fest.

Nichts in diesem Land erinnerte an Schweden.

Dennoch hatte sie manchmal Heimweh. Besonders morgens, wenn der Bus in einer Staubwolke verschwunden war und sie zum Hotel zurückkehrte. Das ganze Gelände wurde von einer hohen Betonmauer geschützt, deren Krone mit Stacheldraht besetzt war. An der Einfahrt stand ein Häuschen mit bewaffneten Wächtern. Der örtlichen Bevölkerung war mit Ausnahme der zahlreichen Angestellten der Zutritt nicht erlaubt.

Beth lächelte den Wächtern in ihren Khakiuniformen schwach zu. Die Männer starrten sie an, bewegten sich kaum. Sie las Verachtung in ihren Augen. Sie versuchte sich aufrecht zu halten. Ich bin weiß und stark und reich, ich scheiße auf euch, ihr Idioten! Sie bekam Kopfschmerzen.

Die große Hotelanlage wirkte verlassen. Als sie ankamen, hatte es noch andere Gäste gegeben, zumindest drei, einen fetten Deutschen und seine zwei halb erwachsenen Töchter. Die Töchter hatten im Pool Tauchunterricht von einem Weißen mit Pferdeschwanz bekommen. Mittlerweile waren sie abgereist und Beth war vollkommen allein. Sie überlegte, dass die Anlage anscheinend noch so neu war, dass niemand sie kannte. Bald wird es besser werden, dachte sie, heute kommen bestimmt neue Gäste. Jeden Morgen auf dem Rückweg von der Bushaltestelle dachte sie das.

Aber wenn es Abend wurde, waren sie immer noch nur zu dritt, sie, Ulf und Juni.

Beth ging zu ihrem Bungalow. Sie hatte das Gefühl, ihre Tage bekommen zu haben. Die Tür stand weit offen und eine Frau in einem hellblauen Kittel putzte den Bungalow. Beth wollte lieber nicht hineingehen, war plötzlich scheu, als würde sie es weder wagen noch die Kraft finden, der Frau zu antworten, wenn sie von ihr angesprochen würde. Sie ging zum Strand hinab. Im Moment war Ebbe und weit draußen im flachen Wasser sah sie die Frauen aus den Dörfern der näheren Umgebung. Sie bearbeiteten ihre Seetangpflanzungen. Der Tang, den sie ernteten, wurde unter anderem nach Japan exportiert. Er stand in dem Ruf potenzfördernd zu wirken. Einer der Kellner hatte ihnen das erzählt. Seine Frau arbeitete auch dort draußen im Wasser.

Beth blieb eine Weile im Sand sitzen. Ein paar fast durchsichtige, kleine Krebse schossen über den festgebackenen Sand. Sie hatten eine lustige Art sich zu bewegen, liefen seitlich. Sie stand auf und versuchte einen von ihnen zu fangen. Schnurstracks verschwand er in seinem kreisrunden Loch.

Die Luft flimmerte, sie hätte sich eincremen sollen. Ihre Haut war zu hell, um die brennend heißen Sonnenstrahlen zu vertragen. Sie watete durch das trübe Wasser, weit draußen arbeiteten die Frauen in ihren bunten Kleidern. Sie fragte sich, worin genau ihre Arbeit bestand. Stockreihen, die bei steigender Flut unter der Wasseroberfläche verschwanden, ragten aus dem Wasser heraus. Dann balancierten die Frauen Säcke voller Seetang auf ihren Köpfen und kehrten stolpernd an Land zurück.

Sie müssen ganz verschrumpelte Zehen und Fingerkuppen haben, dachte sie, wenn sie so im Wasser arbeiten. Männer sah man keine, es war eine typische Frauenarbeit.

Die Hitze machte sie durstig. Sie ging zur Bar, die aus einer Theke unter einem gewölbten Palmenblätterdach bestand. Ein Mann in schwarzen Hosen und einem weißen, langärmligen Hemd stand hinter der Theke und trocknete Gläser ab. Eigentlich hatte Beth eine Cola bestellen wollen, überlegte es sich dann aber anders.

»Ein Glas Weißwein, bitte.«

Er nickte. Seine Hände waren sehnig und schwarz, an einem Finger saß ein schmaler Ring. Sie setzte sich auf einen Barhocker, trank von dem Wein und kam zur Ruhe.

Der Mann hinter der Theke schaute auf das Meer hinaus.

»Es ist schön hier«, sagte sie.

Er nickte bedächtig.

»Aber ... es sind nicht sehr viele Gäste im Hotel«, fuhr sie zögernd fort.

»Noch nicht«, antwortete er. »Es ist noch ganz neu.«

»Es ist schön hier.«

»Ja. Sehr schön.«

»Stammen Sie aus einem der Dörfer in der Nähe?«

»Ja. Viele von uns haben hier im Hotel eine Anstellung bekommen. Das ist wichtig für uns. Es ermöglicht uns zu leben.«

»Zu leben?«

»Ja. Essen zu kaufen. Und Kleider. Und Bücher für unsere Kinder.«

»Ich verstehe.«

»Sie kommen aus Europa?«, fragte er.

»Aus Schweden. Kennen Sie Schweden? Es gehört zu Skandinavien. Hoch im Norden, schon fast am Nordpol.«

Er lachte.

»Am Nordpol. Das klingt aber dunkel und kalt.«

»Das ist es auch.«

Beth trank noch einen Schluck Wein und drückte mit einem Zahnstocher gegen das Nagelbett eines Fingernagels.

»What's your name?«, fragte sie schließlich.

Er antwortete nicht. Stattdessen drehte er sich zu ihr um und servierte ihr ein weiteres Glas Wein.

»Es ist heiß«, sagte er und seine Mundwinkel zuckten ein wenig.

»Yes, very hot.«

»Where are your friends?«

»They are working. They are journalists.«

»And you?«

»Ich bin einfach.«

Sie saßen im Restaurant. Es war Abend.

»Wir waren in Stone Town«, erzählte Juni. Sie sprach unnatürlich schnell. »Ich will was über eine arabische Prinzessin schreiben, die im 19. Jahrhundert gelebt hat. Sie hieß Salme und ich will versuchen ihr Tagebuch aufzutreiben, sie war die Tochter eines Sultans und einer Haremsdame ... oder Konkubine, wie man sie damals nannte, das klang wahrscheinlich vornehmer, gab ihr einen ganz anderen Status. Sie ist dann mit einem Deutschen abgehauen, in den sie sich verliebt hatte. Salme, meine ich. Er war ihr Nachbar in Stone Town, man kann sich richtig vorstellen, wie sie auf ihren Balkonen gesessen und ein Auge aufeinander geworfen haben. Salme hatte sich nämlich mit ihrer Familie überworfen und musste deshalb aus dem Palast verduften. Das ist ein Ding, was? Am liebsten würde ich ein ganzes Buch über diese Braut schreiben. Es ist irgendwie so modern. Obwohl es schon so lange her ist.«

Ulf lachte.

»Jetzt komm mal wieder runter, Juni. Du musst doch auch von etwas leben. Das schaffst du wohl kaum mit einem Buch.«

»Ach verdammt, das wird ein Bestseller. Ich kann ja auch noch ein paar Artikel über sie schreiben.«

Beth hatte geduscht und ihre weite helle Hose angezogen. Die Haut auf den Schultern brannte und sie fröstelte, als hätte sie Fieber.

Die beiden Gläser Wein in der Bar hatten sie müde gemacht. Sie war in ihren Bungalow gegangen um sich auszuruhen und auf dem Bett eingeschlafen. Das war nicht gut. Jetzt würde sie in der Nacht schlecht schlafen.

»Ihr seid lange weg gewesen«, sagte sie tonlos.

»Wir haben uns in den Gassen verirrt«, erwiderte Juni. »Es ist ein einziges Gewirr, wie ein Labyrinth. Und das mir mit meinem miserablen Orientierungssinn. Am Ende haben wir ein paar Kinder gefragt, die mit einem Ball aus Stofffetzen kickten. Wir haben ihnen etwas Geld gegeben. Daraufhin wären wir sie fast nicht mehr losgeworden.«

Im Moment schien sie guter Dinge zu sein. Ihre Stimmung pendelte zwischen plötzlichen Weinkrämpfen und einem fast schon manischen Enthusiasmus.

»Und wie läuft es bei dir, Ulf?«, fragte Beth. »Hast du auch eine Prinzessin gefunden, über die du schreiben willst?«

»Ich bin immer noch dabei Kontakte zu knüpfen«, antwortete er ausweichend. »Aber die Sache geht mir allmählich ein bisschen auf die Nerven. Ich bin verdammt enttäuscht von Mr Graham, allmählich verliere ich die Geduld.«

»Worauf wartet er denn eigentlich?«

»Auf eine Art Genehmigung von der Massaisiedlung. Wir wollen ja ein paar Tage bei den Massai bleiben. Ich nehme an, sie müssen sich über uns erkundigen.«

»Jedenfalls wohnen wir hier gut und billig«, meinte Juni. »Wir können uns nicht beklagen.«

Sie hatten sich für einen Tisch in der Mitte des menschenleeren Speisesaals entschieden. Die Angestellten liefen nervös mit Desserttellern und Schüsseln herum. Ulf hatte eine Flasche Wein bestellt, aber es dauerte lange, bis sie schließlich kam.

»Er sagt immer bald, bald ... jedes Mal, wenn man anruft«, fuhr Ulf fort. »Man könnte fast den Verdacht bekommen, dass sie uns hier als eine Art Geiseln festhalten. Oder als Lockvögel! Um andere Gäste anzulocken.«

»Aber wie sollen sie denn ...?«, sagte Beth.

»Quatsch, das war doch ein Scherz!«, schnauzte er sie an.

»Und du, Beth?«, sagte Juni beschwichtigend. »Hast du heute was Nettes unternommen?«

»Viel zu tun gibt es hier ja nicht gerade. Ich versuche zu lesen und so.«

»Ist das Buch gut?«

»Nicht besonders.«

»Du kannst eins von meinen leihen, wenn du willst. Es ist ein Thriller. Ich lese ihn heute Abend bestimmt aus. Er ist verdammt gruselig und handelt von einer Psychopathin.«

Juni hatte aufgehört sich zu schminken. Ihre Haare hingen strähnig herab und umrahmten leblos ihr mageres Gesicht. Sie zündete sich eine Zigarette an.

»Ich muss an Werner denken«, meinte sie plötzlich. »Er sollte jetzt bei uns sein. Das hätte ihm gefallen.«

Ulf legte den Arm um sie.

»Ja, das hätte es bestimmt.«

Juni stieß eine Rauchwolke aus. Sie leerte ihr Weinglas.

»Ist diese Flasche etwa schon wieder leer? Die haben wirklich kleine Pullen in diesem Land. Ungewöhnlich kleine, ist euch das auch schon aufgefallen?«

»Wir bestellen lieber Bier, sonst müssen wir hier noch die ganze Nacht warten. Wein kennen sie hier offensichtlich nicht so.«

Sie aßen Hähnchen mit Reis. Das Hähnchen war trocken und ein wenig faserig.

Ich habe eh keinen Hunger, dachte Beth.

Sie tranken jeder ein Glas Kibu, das wohlschmeckende lokale Bier.

»*Asante sana*«, sagte Juni und die Miene des Kellners heiterte sich auf.

»Das bedeutet vielen Dank«, erklärte sie und machte ein zufriedenes Gesicht. Nach einer Weile sagte sie: »Ich soll euch übrigens von Papa grüßen, ich habe ihn vor dem Essen angerufen. Ich musste mich doch mal erkundigen, wie es Kaiser geht.«

Sie hatte den Hund bei ihrem Vater untergebracht, der davon nicht sonderlich begeistert gewesen war.

»Es ist alles in Ordnung, genau wie ich es mir gedacht habe. Sie wollten gerade raus, Gassi gehen. Ich glaube, ein bisschen Gesellschaft tut unserem lieben Vater ganz gut, jetzt wo Mama nicht mehr zu Hause ist. Kaiser wird ihm ans Herz wachsen. Er hat Tiere immer schon gemocht.«

Beth blickte geistesabwesend in die Finsternis hinaus. Man sah kleine leuchtende Punkte in dem harten, scharfblättrigen Gras. Es waren Glühwürmchen. Ulf hatte am Abend zuvor ein paar gefangen und auf die Veranda gelegt. Am nächsten Morgen waren sie verschwunden.

»Ich frage mich, ob zu Hause Schnee liegt«, sagte sie leise. »Hoffentlich liegt ganz viel. Dann können wir es umso mehr genießen, dass wir hier sind.«

Juni lachte auf.

»Allerdings, das wäre schön. Aber Papa hat gesagt, dass der ganze Schnee mittlerweile weggetaut ist. Es ist ein paar Grad über Null und windig. Und die Wiesen sind ein einziger Morast. Ihr könnt euch ja vorstellen, wie Kaiser da aussieht.«

Wie sie befürchtet hatte, konnte sie nicht schlafen. Ulf lag von ihr abgewandt auf der Seite und atmete so schwer, als wäre jeder Atemzug eine Qual.

Sobald sie die Augen schloss, hatte sie wieder die Bilder vor Augen. Sie hatte gehofft, dass sie angesichts der vielen Eindrücke in dem unbekannten Land verblassen und verschwinden würden.

Aber nein: Sein starres, totes Gesicht, die Masse aus Haaren und Blut.

Und das Geräusch. Das Geräusch, als sie ihn von der Schubkarre kippten. Ein dumpfes Plumpsen.

Die Erde, die an den Grubenrändern hinabrieselte.

Die Arme, die hochstanden. Sie hatten biegen und pressen müssen.

Der Geruch von Wurzeln und Erde.

Sie hatte das alles verdrängt, aber jetzt tauchte es wieder in ihrem Bewusstsein auf. Die Stiefelspuren. Die Tannenzapfen. Es gab jemanden, der Bescheid wusste, der die Grube in ein richtiges Grab verwandelt hatte, einen Ort, zu dem man hingehen konnte um zu trauern.

Der Gedanke machte ihr Angst.

3. KAPITEL

Sie ging hinaus. Die Dunkelheit umhüllte sie dicht und warm. Es war nicht still, denn von allen Seiten erklangen die Laute der Zikaden und Frösche. Sie stand auf der Terrasse und rauchte eine Zigarette. Um sie herum lagen die anderen kleinen Bungalows mit ihren spitzen Ziegeldächern. Niemand wohnte in ihnen. Es war irgendwie gespenstisch. Und dann diese graue Gefängnismauer.

Im Gefängnis zu sitzen.

Nein.

Das wäre sicher ganz anders als hier, das hier war dagegen das Paradies.

Hinseberg. Dort würde sie im Fall der Fälle wahrscheinlich landen, wenn es jemals herauskam. Unter Huren und Rauschgiftsüchtigen. Vulgären, ungebildeten Frauen, mit denen sie nichts verband. Die anderen Frauen würden das sofort merken, sich zusammenrotten und auf sie losgehen, sie verhöhnen und ihr wehtun.

Sie schluckte schwer.

Dazu durfte es niemals kommen.

Niemals!

Junis Bungalow lag gleich neben ihrem. Er war schwach erleuchtet. Sie hörte, dass eine Tür geöffnet wurde. Juni stand in ihrem kurzen Nachthemd auf der Treppe. Sie zündete sich eine Zigarette an, sodass ihr Gesicht für eine Sekunde in Licht getaucht wurde. Dann entdeckte sie Beth, hob die Hand und winkte.

Vielleicht hat sie noch ein paar Schlaftabletten übrig, dachte Beth. Ich werde sie fragen.

»Setz dich einen Moment, Schwesterherz«, sagte Juni. »Willst du eine Kippe?«

»Ja, danke.«

Juni strich ihre Haare hinter die Ohren und kauerte sich auf dem Stuhl zusammen.

»Was für eine Nacht«, flüsterte sie. »Wie Samt. Was für eine Nacht zum Alleinsein.«

»Ich kann nicht schlafen«, sagte Beth. »Ich tue zu wenig, ich werde einfach nicht müde.«

Juni griff nach ihr, ihre Hand war trocken und knöchern.

»Ich vermisse ihn so sehr!«, brach es aus ihr hervor. »Es ist so schrecklich. Du ahnst gar nicht, wie glücklich du dich schätzen kannst ... versucht, füreinander da zu sein, versucht, euch gegenseitig zu schätzen, solange ihr euch noch ...«

Sie weinte leise.

»Ich verstehe, dass du dich leer fühlst«, erwiderte Beth unbeholfen.

Mit einer ärgerlichen Geste wischte Juni sich Rotz von der Oberlippe.

»Manchmal bin ich auch wütend auf ihn!«, sagte sie. »Verdammt wütend. Mich einfach so zu verlassen, im Stich zu lassen.«

»Ja ...«

»Plötzlich nicht mehr da zu sein und einfach auszusteigen aus der ganzen Scheiße. Und mich stehen zu lassen. Allein. Es ist so grausam ... dass man nie eine Chance hatte, sich darauf vorzubereiten ... alles zu regeln ... und Abschied zu nehmen.«

Beth nickte.

»Darf ich noch eine Zigarette haben?«

»Sicher, nimm so viele du willst. Und dann Kaiser ... er kann das doch gar nicht verstehen. Jeden Abend läuft er zur Haustür, ganz gespannt steht er da und lauscht und sein kleiner Körper ... Wie soll man einem Tier begreiflich machen, dass sein

Herrchen nie wieder nach Hause kommen wird, Beth? Wie soll man ihm das begreiflich machen?«

Es raschelte auf der Treppe. Eine Gecko beäugte sie einen Moment lang regungslos und verschwand danach wieder.

»Es schießen einem so viele verrückte Gedanken durch den Kopf«, sagte Juni. »Wie es wohl ist. Oder sein wird. Ich meine … wenn man nicht mehr lebt. Stell dir vor, man würde in der Gestalt eines Tieres zurückkehren. Stell dir vor, dieser kleine Gecko gerade wäre Werner gewesen … Ich möchte es wissen, denn ich kann einfach nicht glauben, dass alles vorbei sein soll.«

»Aber, das muss es doch sein. Natürlich ist alles vorbei, wenn man stirbt, sonst würde doch …«

Juni sah sich zu ihr um. Sie sah müde aus und war alt geworden. Tiefe Furchen hatten sich von den Nasenflügeln bis um den Mund herum eingegraben. In der Dunkelheit sah ihr Kinn wie abgeschnitten aus. Wie bei einer Kasperlepuppe aus Holz. Sie stand auf.

»Ich hole den Whisky. Du willst doch sicher auch einen, oder?«

Beth blieb sitzen. Sie hörte die Toilettenspülung. Dann glaubte sie, jemand würde sie berühren, etwas Kühles war auf ihrer nackten, verbrannten Schulter. Erschrocken zuckte sie zusammen und fuhr herum, aber es war niemand da. Es musste ein Tier gewesen sein, ein Nachtfalter oder eine Fledermaus. Sie hörte ihr Herz schlagen.

Juni kam mit einer Flasche und zwei Gläsern wieder heraus.

»Hier!«, sagte sie. »Trink, dann werde ich dir was erzählen.«

Beth goss ein wenig von dem hellgelben Whisky in ihr Glas. Sie trank einen Schluck, der in ihrer Kehle brannte.

»Du darfst jetzt bitte nicht glauben, dass ich verrückt geworden bin«, sagte Juni. »Versprich mir das!«

»Ich verspreche es.«

»Gerade eben, als ich da drinnen im Bett lag. Erinnerst du dich, ich habe doch diesen großen Spiegel direkt gegenüber, ihr sicher auch, die Zimmer sind sich ja ziemlich ähnlich. Ich lag da und habe gelesen … und dann war es, als würde ich … als stünde jemand da und beobachte mich ... das Gefühl war so stark und wirklich ... ich kann es gar nicht beschreiben ... als ich das Buch weglegte und aufschaute, sah ich ... ich verspreche dir, das ist jetzt wirklich wahr, da sah ich eine Bewegung im Spiegel.«

Beth bekam langsam eiskalte Fingerspitzen.

»Aber ich bekam keine Angst, seltsamerweise bekam ich überhaupt keine Angst. Ich fühlte mich nur schwach, irgendwie elend. Ich setzte mich im Bett auf und versuchte zu sehen, ob jemand in meinem Zimmer war. Aber ich habe natürlich niemanden gesehen.«

Sie verstummte und drückte ihre Zigarette aus. Vom Strand drang das Geräusch der Wellen zu ihnen herauf.

»Ich glaube, das war *er*«, fuhr sie nach einer Weile fort. »Ich glaube, dass es Werner war und dass die Toten bei uns bleiben und uns begleiten und über uns wachen. Davon bin ich fest überzeugt. Es ist beruhigend zu wissen, dass er mich nie verlassen wird, dass er immer in meiner Nähe sein wird ... so lange ich lebe.«

4. KAPITEL

Ein neuer Tag. Ulf und Beth hatten sich gestritten. Sie hatte darum gebeten, die beiden nach Stone Town begleiten zu dürfen, weil sie es nicht ertrug, noch einen Tag allein zu bleiben.

»Das geht im Moment nicht«, beschied er sie schroff.

Sie begann zu toben und zu weinen, erniedrigte sich.

Er sagte: »Es war deine Entscheidung mitzukommen. Du hast versprochen keinen Unfug zu machen.«

Unfug zu machen.

Als wäre sie ein ungezogenes Kind.

Sie war mit Kopfschmerzen aufgewacht, die ihren ganzen Schädel umspannten. Wie eine Weidenrute, dachte sie, mit kleinen Stacheln auf der Innenseite wie bei einer Dornenkrone.

Trotzdem war ihre Lust da wie eine Geschwulst, ein Gewicht zwischen ihren Beinen.

Sie hatte immer noch nicht ihre Tage bekommen. Kurz vor ihrer Regel hatte sie immer am meisten Lust.

Sie drehte sich zu Ulf um und begann ihn vorsichtig zu streicheln: den langen breiten Rücken, seinen Po. Ihre Finger wanderten unter seinen Hodensack, bis er ihre gewölbte Handfläche füllte. Mit kurzen schnellen Bewegungen begann sie ihn zu küssen, bedeckte seine Haut mit ihren Lippen.

Er stöhnte auf, erwachte, lag steif und abgewandt im Bett.

»Was ist?«, flüsterte sie.

»Wie viel Uhr ist es?«

»Vergiss die Uhr … ich sehne mich nach dir, ich habe hier

gelegen und an dich gedacht … und Lust auf dich bekommen.«

Er schwang die Beine über die Bettkante und stand auf.

»Was ist denn los, Ulf?« Ihre Stimme klang spröde und brüchig, alles an ihr war spröde und brüchig.

Er schwieg.

Sie kroch über das Bett zu ihm und klammerte sich an ihn.

»Ist es wegen Juni?«, rief sie aufbrausend.

»Was redest du da?«

»Habt ihr noch etwas anderes, was euch verbindet, etwas anderes als eure so genannten Berufsgeheimnisse?«

Er machte sich frei und sie hörte, wie er sich die Wand entlang zum Lichtschalter vortastete und das Licht anmachte. Mit einer Hand lehnte er an der Wand und veränderte seine Körperhaltung während ihres Gesprächs nicht.

»Die Sache ist die, Beth: Ich werde nie wieder mit einer Frau schlafen können. Nie wieder! Weder mit dir noch mit einer anderen. Ich habe die Fähigkeit zu lieben verloren.«

»Was?«, sagte sie tonlos.

»Quält es dich denn gar nicht, was wir letzten Sommer getan haben? Ja, ich weiß, dass wir beschlossen haben, nicht mehr darüber zu sprechen, aber so etwas kann man doch nicht einfach … Wir hätten zur Polizei gehen sollen, das wäre das Beste gewesen! Er … dieser Mann … er wird immer bei uns sein, egal, was wir anfangen. Nichts kann mehr so sein wie früher. Wir werden nie wieder normal leben können!«

»Hast du es erzählt«, keuchte sie. »Hast du es jemand erzählt?«

Er schüttelte den Kopf.

»Nein«, sagte er müde. »Ich habe es niemandem erzählt. Aber manchmal habe ich keine Lust mehr zu leben.«

Beth ging am Strand spazieren und dachte darüber nach, dass sie die Musik nicht vermisste, die klassische Musik, die sie sonst immer ausfüllen und wieder aufbauen konnte.

Sie hatte das Gefühl, nur noch Luft in ihrem Gehirn zu haben. Eine völlige Leere.

Sie hätte sich etwas auf den Kopf setzen sollen. Die Sonne lag schwer auf ihrem Scheitel und machte sie krank. Weit draußen im halbmetertiefen Wasser sah sie die Frauen, ihre gebückten Rücken. Jeden Morgen wateten sie ins Meer hinaus und kümmerten sich um ihre Pflanzungen. Sie hatten eine Aufgabe.

Sie selbst hatte nichts.

Sie ging barfuß. Der Sand brannte.

»Entfernen Sie sich nicht zu weit vom Hotel«, hatte Mr Graham sie ermahnt. »Es ist noch so neu. Die Leute haben sich noch nicht daran gewöhnt.«

Ein paar Boote waren auf den Strand gezogen worden. Beth hatte sie in See stechen sehen, als das Wasser höher stand. Sie waren von einfacher Bauart, aus einem groben Baumstamm gehauen hatten sie Ausleger an beiden Seiten. Die Segel hatte man aus alten Reissäcken zusammengenäht. Auf einigen war die Aufschrift noch zu erkennen, *white rice* stand in schwarzen oder roten Druckbuchstaben auf ihnen.

Sie ließ sich im nassen Sand auf die Knie fallen. Es blubberte und klackte, kleine Tiere liefen umher, kleine wurmartige Tiere mit zahlreichen fadendünnen Beinen. Sie grub mit den Händen, Muschelschalen und Steinchen setzten sich unter ihren Fingernägeln fest. Mit schweren, offenen Händen saß sie da und wunderte sich auf einmal über die Form der Hände.

Plötzlich fühlte sie sich gestresst, stand schwerfällig wieder auf. Ihre Füße schmatzten im Schlick. Sie ging weiter.

In der Ferne entdeckte sie eine Ansammlung flacher grauer Lehmhütten. So weit war sie noch nie gegangen. Im Gras vor den Häusern standen verstreut Trockengerüste mit geerntetem Tang. Sie ähnelten Tierkadavern. Der Wind trug einen schalen Geruch zu ihr herüber. Kein Mensch war zu sehen.

Ich gehe, dachte sie. Ich gehe und gehe.

Ein Punkt tauchte in der Ferne auf. Sie nahm ihn zunächst verschwommen und fließend wahr, es war ein Punkt, der zu wachsen und zu leben schien. Sie behielt diesen Punkt fest im Blick, starrte ihn mit weit aufgerissenen Augen an.

Als sie näher kam, wurde ihr klar, dass es ein Mann war. Er ging langsam vor ihr, so als würde er auf sie warten.

Er trug eine abgeschnittene Jeans und ein Hemd mit heruntergeschlagenen, offenen Manschetten. Um den Kopf hatte er einen Turban gebunden. Sie sah die Abdrücke seiner Füße in dem festen Sand und folgte ihnen. Als sie nur noch wenige Meter von ihm entfernt war, drehte er sich zu ihr um. Sie sah seine Augen und etwas von seinem Haar, das ihm in die Stirn fiel. Es war blond.

Sand kratzte über ihre Arme und knirschte in ihrem Mund. Sie bewegte die Zungenspitze, leckte sich die Lippen. Der Geschmack von Salz, von Durst. Etwas Raues und Aufgesprungenes, Hautfetzen.

Ein Fingernagel schabte über ihren Hals und dann hörte sie eine Stimme: »Sie kommen wieder auf die Beine, ja, Sie kommen wieder auf die Beine. Wie es mich freut, das zu sehen!«

Ein zögerndes, feierliches Schwedisch.

Sie lag mit dem Gesicht zur Sonne und sah ihn nur als einen Schatten, über sie gebeugt hockend, ohne Farben oder Licht.

Dann erinnerte sie sich wieder.

Er hatte sich umgedreht und sie hatte ihm direkt in die Augen gesehen. Sie waren blau und seine Haare hingen herab. Mit voller Wucht hatte sie die Angst gepackt. Der träge, schwere Sand, und sie lief, lief immer weiter.

»Sie sind gestolpert und hingefallen«, sagte er und seine Stimme war heiser und ein wenig belegt, sodass er sich ständig räuspern musste. »Ich glaube, Sie sind ein bisschen zu lange in der Sonne geblieben.«

Sie zuckte zusammen und zog die Arme an den Körper. Er saß mit einer mit trübem Wasser gefüllten Flasche vor ihr, fasste sie an und bat sie sich aufzurichten.

Das Wasser war weich und lauwarm.

»Sie sind mir aufgefallen«, sagte er. »Sie wohnen in dem neuen Hotel.«

»Ja.« Das Wort klang wie ein Zischen.

»Ich habe Sie dort gesehen. Es ist nicht gut, das Gelände zu verlassen.«

»Warum nicht?«

Er schüttelte den Kopf.

»Und was ist mit Ihnen?«, flüsterte sie.

»Bei mir ist das etwas anderes. Ich habe einen Großteil meines Lebens hier verbracht.«

Langsam kam sie wieder auf die Beine. Er stand neben ihr, damit sie sich auf ihn stützen konnte, falls ihr schwindlig werden sollte.

Sie schnappte hastig nach Luft.

»Okay, dann gehe ich mal zurück«, meinte sie. »Vielen Dank für Ihre Hilfe.«

Er stand nun so, dass die Sonne ihm direkt in die Augen schien. Sie dachte, dass sie schon lange keine Augen mehr gesehen hatte, die nicht braun waren.

»Ich werde Sie begleiten«, sagte er. »Im Hotel werden heute neue Gäste erwartet, die im Pool tauchen lernen wollen.«

Erst jetzt erkannte sie ihn wieder. Es war der Tauchlehrer.

Sie ging los und er ging vor, als wollte er ihr den Weg zeigen.

Aber dann war da etwas mit seiner Körperhaltung, mit seiner Art, die eine Schulter vorzuschieben und mit seinen hellen braunen Händen. Sie hörte einen unterdrückten Schrei und danach das Krachen … von Eisen auf Haut und Knochen.

Er hatte ruckartig den Arm gehoben um sich zu wehren –
er hatte sich nicht mehr zur Seite drehen können
sondern war an der Stirn getroffen worden
am Schädel
und sie erinnerte sich an das Gewicht der Axt
in ihren Händen.

Sie wurde von ihrer eigenen Mattheit nach vorn geworfen und schlug mit dem Gesicht in den Sand, diesmal jedoch, ohne bewusstlos zu werden. Mit einem Prusten rollte sie auf den Rücken und schnaubte den Sand weg, der auf ihren Schleimhäuten lag, und wollte die Hände heben um ihn abzureiben. Aber sie war wie gelähmt.

Er war stehen geblieben, hatte aber nichts unternommen um ihren Sturz zu verhindern. Er stand da und betrachtete sie.

Beth versuchte etwas zu sagen.

Ihre rissigen, verbrannten Lippen.

Er legte einen Finger an den Mund.

»Seien Sie still. Ich weiß, wie wir das lösen.«

Und aus ihrer Froschperspektive sah sie ihn niederknien und langsam, ganz langsam den Turban abwickeln. Sie wollte die Augen schließen, ihre Augenlider waren verschlissen, waren wie Papier und sie hatte einen steifen Nacken.

Jetzt stand er auf. Sie sah den ausgefransten Rand seiner Hose, Salz und Nässe hatten Flecken auf ihr hinterlassen. Er hielt seinen Turban in der Hand, ein langes und gemustertes Baumwolltuch. Er wandte ihr den Rücken zu und ging ins Wasser, bückte sich und tränkte den Turban im Wasser. Die Flut kam. Er hob das Tuch aus dem Wasser und wrang es ein, zwei Mal aus.

Anschließend kehrte er zu ihr zurück.

Sie hatte sich in der Zwischenzeit aufgesetzt. Mit der rechten Hand berührte sie seine Stirn. Während er den nassen Stoff um ihren Kopf wickelte, tastete sie ihn ab. Er hatte glattes und ziemlich langes Haar. Es war dick und hart wie Rosshaar.

Seine Stirn war glatt und gänzlich unversehrt.

Ein verlorenes Geräusch drang glucksend aus ihrer Kehle, es klang wie ein Lachen. Sie schlug ihre Hände vor den Mund und biss in sie hinein, Speichel lief ihr Kinn herab.

Seine Hand fiel auf ihre Nase herab, der Geschmack von Blut, von Angst. Sie jammerte wie ein kleines, verletztes Tier.

Aber das Lachen hatte sie vertrieben.

Mit seinen blonden Haaren und dem Gesicht im Schatten stand er vor ihr.

»Die Sonne«, sagte er. »Sie kann einen Menschen hysterisch werden lassen.«

Er zeigte auf ihren Kopf.

»Sie müssen sich vor ihr schützen. Sonst könnte ihr Gehirn überkochen.«

Er kam ihr nahe. Seine Stirn war sauber und braun gebrannt. Erneut hob sie die Hand und fasste ihn an. Sie griff nach seinem Haaransatz und strich die herabhängenden Haare aus der Stirn.

»Sie sehen jemandem ähnlich«, flüsterte sie. »Entschuldigen Sie bitte ... mir ist so furchtbar schlecht.«

5. KAPITEL

Er hieß Jóhann. Seine Eltern waren isländische Bauern. Vor zehn Jahren hatte er seine Heimat im Norden Islands verlassen.

»Varmahlið«, sagte er und sah weg. »Das ist ein schöner und freundlicher Name, aber die Wirklichkeit sieht anders aus.«

»Inwiefern?«, fragte Beth.

»Die Menschen frieren in einem solchen Klima. Sie frieren und werden hart. Sie haben nur noch Kraft für eine Sache, für das Überleben.«

»Trotzdem ... sehnen Sie sich nie nach Ihrer Heimat zurück?«

»Heimat? Meine Heimat ist hier. Ich bin nicht dafür geschaffen, in Dunkelheit und Eis zu leben. Das ist nicht normal.«

Er sagte, er habe nun eine neue Familie. Er sei auf Sansibar von einer Frau adoptiert worden.

»Adoptiert?«, fragte sie verblüfft.

»Ja. Sie heißt Maja. Sie kümmert sich um mich und ernährt mich.«

Er lachte vergnügt.

»Obwohl ich in letzter Zeit immer mehr zu unserem Lebensunterhalt beitrage.«

Beth empfand eine unbestimmte Eifersucht.

»Die Touristen«, fuhr er fort, »die Touristen haben Geld. Sonst würden sie nicht herkommen. Ich bringe ihnen die Grundlagen des Tauchens bei, *scuba diving*.«

Er reichte ihr die Flasche und sie trank von dem faden Getränk. Allmählich ging es ihr wieder besser.

»Möchten Sie vielleicht mal einen Abend zu uns kommen? Bringen Sie Ihre Freunde ruhig mit. Majas Essen ist besser als das im Hotel. Sie kann viele Gerichte zubereiten. Und teuer ist es auch nicht. Wir könnten uns vorher auf einen Preis einigen.«

Beth zuckte mit den Schultern.

»Ich werde es meinen Freunden vorschlagen. Aber sie arbeiten ziemlich viel.«

Sie war ein wenig enttäuscht. Er ging so dicht neben ihr und ihr Kopf war in seinen Turban gehüllt. Sie wollte, dass er sie fragte, wer sie war, warum sie allein war und dass er ihren Namen erfuhr. Sie wollte ihm zuhören, wenn er ihn aussprach.

Sie erreichten das Hotelgelände. Er gab ihr die Hand.

»Ich muss mich jetzt mit einer Gruppe Touristen treffen, die gleich ankommen wird.«

Sie fasste sich an den Kopf, hielt dann aber inne: »Ich werde Ihren Turban waschen.«

»Das ist nicht nötig.«

»Doch, ich bestehe darauf!«

Ein groß gewachsener schwarzer Mann tauchte hinter den Sonnenstühlen auf. Er winkte Jóhann zu und rief etwas.

»*Kwaheri*«, sagte er. »Ich muss gehen.«

Gegenüber der Rezeption lag eine kleine Boutique. Beth hatte sie mehrmals besucht und lustlos in den halb leeren Regalen gestöbert. Das junge Mädchen an der Kasse machte jedes Mal ein verlegenes Gesicht. Außer etwas Schmuck, ein paar Tonschalen, Shampoo, allerdings nur für schwarzes Haar, und einem Stapel Ansichtskarten mit den üblichen einfallslosen Motiven gab es praktisch nichts zu kaufen.

Beth kam am Eingang des Geschäfts vorbei und bemerkte, dass das Mädchen dabei war, Kleidungsstücke auf Bügel zu hängen. Es waren einfache Batikkleider. Das Mädchen triumphierte.

Eine Umkleidekabine gab es nicht. Beth hielt ein hellblaues Kleid hoch. Es war aus zwei Stoffbahnen genäht und wurde an den Schultern verknotet. Sie hatte abgenommen und fühlte sich platt und vertrocknet. Sie kaufte das Kleid und bezahlte es ohne das sonst übliche Feilschen.

Als sie ging, kam es ihr vor, als würde das Mädchen sie höhnisch angrinsen.

Ihr Zimmer war aufgeräumt und die Betten waren gemacht worden. Das Zimmermädchen hatte ihnen eine Vase mit einer einzelnen Blume aufs Zimmer gestellt. Mit ihren glänzenden fleischigen Blütenblättern sah sie künstlich aus und verströmte einen intensiven, fast schon betäubenden Duft. Sie wollte die Blume schon auf die Terrasse hinausstellen, traute sich dann aber doch nicht, weil sie fürchtete, es könnte als Beleidigung aufgefasst werden.

Nachdem sie sich aufs Bett gelegt hatte, schlief sie praktisch sofort ein. Als sie wieder aufwachte, waren ihre Kopfschmerzen fort. Sie stand auf, ging in die Dusche und blieb lange unter dem spärlichen Wasserstrahl stehen.

Das neue Kleid war ihr ein wenig zu groß, ließ sich jedoch mit einer Schärpe um die Taille enger ziehen. Sie betrachtete sich kritisch im Spiegel.

»Wo-man«, sagte sie laut und spitzte ihre Lippen. Erneut stieg ein Lachen in ihr hoch, sie konnte nichts dagegen tun.

Sie biss sich fest in die Wangen und spürte den Geschmack von Metall.

Sie holte eine Whiskyflasche aus dem Koffer, die fast leer war. Sie hätten im Tax-free-Shop mehr einkaufen sollen, aber Ulf hatte protestiert, zum Teufel, wir fahren da nicht hin, um uns die Hucke voll zu saufen, ich muss arbeiten, ich will alle Eindrücke bei klarem Verstand in mich aufnehmen.

»Ich werde es dir schon zeigen«, flüsterte sie. »Ich werde dir ein paar neue Eindrücke geben!«

Sie goss sich ein Glas ein und trank es in einem Zug aus.

Der Turban war gewaschen. Sie hatte ihn über das Geländer der Terasse gehängt und die Sonne hatte ihn blitzschnell getrocknet. Jetzt faltete sie ihn zu einem kleinen, ordentlichen Paket zusammen.

Sie wusste nicht, wo Jóhann wohnte, ging aber wieder zum Strand hinunter. Der Pool war verwaist. Falls jemand dort gewesen war um tauchen zu lernen, dann während sie geschlafen hatte. Sie hatte ihren Sonnenhut aufgesetzt und begann im Nacken bereits zu schwitzen. Nun ging sie in die andere Richtung, zu den Grotten. Bei Ebbe konnte man in die feuchten Löcher hinunterklettern und auf der anderen Seite wieder herauskommen, aber jetzt war Nachmittag und man kam nicht an ihnen vorbei, ohne über sie zu klettern.

Sie stand da und überlegte, was zu tun sei, als sie plötzlich eine Stimme hörte.

»*Jambo*.«

Etwas weiter oben saß ein Kind auf den Felsen. Es war ein Mädchen. Sie war vielleicht sieben, fingerte an ihren nackten Füßen herum und machte ein mürrisches Gesicht. Das schmutzige Kleid, das sie trug, war ihr zu klein geworden. Früher war es wahrscheinlich einmal rosa gewesen, ein richtiges kleines Prinzessinnenkleid. Jetzt hingen die Volants in Fetzen.

»*Jambo*«, wiederholte Beth.

Das Mädchen starrte seine Zehen an.

»*Habari*«, murmelte es.

Jambo und *habari* schienen die üblichen Begrüßungsfloskeln in diesem Land zu sein. Jambo sagte man zu Touristen. Man markierte damit einen Abstand zu ihnen und ermahnte sie, einem nicht zu nahe zu kommen.

Man soll sich bloß nichts einbilden, dachte Beth. Glaub ja nicht, dass du etwas Besseres bist, nur weil deine Haut weiß ist.

Sie lächelte das Mädchen vorsichtig an.

»Jóhann«, sagte sie langsam. »Do you know where Jóhann is?«

Das Kind verzog das Gesicht zu einer Grimasse.

Beth wiederholte ihre Frauge: »Jóhann? Do you know Jóhann?«

Daraufhin drehte sich das Mädchen um und begann, wie eine flinke kleine Bergziege die Felsen hinaufzuklettern. Beth folgte ihr. Sie band sich den Turban lose um den Hals und stemmte sich auf den Felsabsatz hinauf. Das Mädchen wartete auf sie. Ihre Arme waren mit kleinen Pickeln übersät, von denen sie einige aufgekratzt hatte. Die Wunden waren verschorft.

»Komm«, sagte sie und es klang Schwedisch.

Zwischen den Felsen verlief ein schmaler Trampelpfad. Das Mädchen schaute sie verstohlen an und ging dann los.

Hinter dem Hügel stand eine Reihe baufälliger Häuser. Hühner liefen herum und scharrten in der Erde, eine magere Kuh hatte man mit einem Seil angebunden.

Das Mädchen war vorgegangen, wartete bei den Häusern, drehte den Kopf weg und kicherte. Beth näherte sich zögernd.

»Jóhann?«, sagte sie.

Das Mädchen nickte und kratzte sich heftig an den Armen.

»Jóhann. *Ndiyo*.«

Er tauchte hinter einem Stoffvorhang auf, gähnte und sah sie zuerst nicht. Sie wiederholte seinen Namen, diesmal jedoch etwas lauter.

Seine stechende, blauen Augen. Er sah jetzt jünger aus, hatte offenbar geschlafen.

»Was wollen Sie?«, fragte er kurz angebunden.

Sie spürte den Schweiß, der unter ihren Haaren klebte.

»Ich wollte bloß etwas zurückbringen ...«

Sie hatte den Turban abgenommen, faltete ihn nun zusammen und ging zu ihm.

»Ach so. Sie sind es!«

Man hätte meinen können, dass er sie gar nicht erkannt hatte.

»Danke, dass Sie ihn mir geliehen haben«, sagte sie verwirrt. »Jetzt brauche ich ihn ja nicht mehr. Ich bin eine vernünftige Touristin geworden und habe einen Hut aufgesetzt.«

Er schwieg einen Moment und betrachtete sie.

»Treten Sie doch ein«, sagte er schließlich langsam. »Ich bin allein.«

Die Worte klangen wie Gesang in ihren Ohren, sie stiegen aus der Erde auf, laute Töne.

»Ja«, antwortete sie.

Sie ging auf ihn zu und sah, dass er mit dem Mädchen redete. Er suchte in seiner Hosentasche und fischte einen Geldschein heraus. Das Mädchen nickte und lief davon. Plötzlich ähnelte sie ihm, es lag an ihrer Art mit den Schultern zu zucken. Schlagartig wurde ihr klar, dass er vielleicht der Vater des Kindes war.

Sie waren allein. Jóhann stellte sich in die Türöffnung.

»Treten Sie ein!«, sagte er. »*Karibu nyumbani*!«

Es standen nur wenige Möbelstücke in dem Raum. Der Fußboden war mit Bastmatten bedeckt. Ein paar Plastikkissen lagen aufgestapelt an einer Wand. In einer Ecke standen ein Aschenbecher und eine Schüssel mit kleinen Bananen.

Jóhann setzte sich im Schneidersitz auf die Erde. Zum Zeichen, dass auch sie sich hinsetzen sollte, klopfte er mit der Hand auf die Bastmatten. Es war heiß und stickig im Inneren des Hauses. Die Wände waren einmal grün gewesen, jetzt aber blätterte die Farbe ebenso ab wie an einigen Stellen der Putz.

Beth ließ sich auf die Knie fallen.

»Sie tragen ein hübsches Kleid«, sagte er. »Maja hat es gemacht. Sie ist geschickt. Maja könnte Sie mit Hennafarbe schminken, wenn Sie möchten.«

»Wohnen Sie hier, Maja und Sie?«

»Ja. Das ist mein Zuhause.«

»Wo sind denn die ganzen Leute? Es ist überall so leer.«

»Sie arbeiten.«

»Und Maja?«

»Sie ist in der Stadt und näht. Sie fährt jeden Morgen weg.«

»Dann sind also nur sie hier ... und das kleine Mädchen?«

»Ja«, antwortete er und zog den Vorhang zu.

Er tat es ohne große Raffinesse, aber das machte ihr nichts aus. Sie hatte ihr Kleid angelassen, sich auf den unebenen Boden gelegt und ihren Slip abgestreift.

Er war braun und gut gebaut. Nackt stand er über ihr und sein Penis erhob sich aus dem dichten, rötlich goldenen Schamhaar. Er hockte vor ihr, stützte sich auf die Hände und drang in sie ein.

Sie lag mit offenen Augen da, und während er zustieß und schließlich seinen Rhythmus fand, schaute sie starr an die Decke. In einer Ecke saß eine Spinne, sie war dick und behaart. Beth hatte keine Angst.

Nachher blieb er schwer und keuchend auf ihr liegen. Sie streichelte seinen Rücken. Dann hob er den Kopf und es zog kalt an der Stelle an ihrem Hals, auf die er geatmet hatte.

»Hast du Hunger?«, fragte er.

»Ein bisschen.«

Er glitt auf die Matte herunter und streckte sich nach einer Banane.

»Hier.«

Sie aß mit klebrigen Fingern.

Anschließend zog sie ihren Slip wieder an und stand auf. Durch die Fensteröffnung blickte sie auf den verlassenen, staubigen Hof hinaus.

»Möchtest du gehen?«, fragte er.

Sie nickte.

Er stand jetzt neben ihr und hatte seine Jeans angezogen.

»Willst du nie wieder nach Hause fahren?«, fragte sie.

»Nach Hause? Ich habe doch schon gesagt, dass das hier mein Zuhause ist.«

»Aber vermisst du denn gar nichts, die gute klare Luft oder den Schnee, der über die Felder weht ...«

Er schwieg eine Weile.

»Doch, es gibt etwas, das ich vermisse. Manchmal denke ich an die Pferde, die starken kleinen Pferde, wenn sie zu hunderten von den Bergen herunterströmen ... im Herbst, wenn der Sommer vorbei ist. Ab und zu sehne ich mich danach, diesen Anblick noch einmal haben zu dürfen.«

Dann lachte er auf.

»Ein solches Pferd könnte niemals in Afrika leben. Aber Pferde und Menschen sind eben verschieden.«

»Ja.«

Sie drehte sich zu ihm um und gab ihm die Hand.

»Ich werde jetzt wohl zurückgehen.«

Er nahm ihre Finger und hielt sie fest.

»Du ... wie du siehst, sind wir recht arm. Matilda kommt bald in die Schule und braucht eine Schuluniform.«

»Ich verstehe.« Beth zog ein paar Geldscheine aus dem Rucksack. Er nahm sie wortlos entgegen.

»Ist das nicht schwer«, sagte sie mit belegter Stimme. »So etwas ... auf Kommando zu tun.«

Er schüttelte den Kopf.

»Nein«, sagte er. »Bei dir war es nicht schwer. Aber bei den dicken deutschen Frauen, die so alt sind, dass sie wie Elefanten aussehen. Hast du schon einmal einen Elefanten aus der Nähe gesehen? Hast du seine Falten und Wülste gesehen?«

Als sie in die Helligkeit hinaustraten, kam Matilda auf sie zu und trug etwas Lebendiges, eine Katze. Das Tier kratzte und wehrte sich, das Mädchen hielt die Katze mit beiden Händen fest.

»Findest du wieder zurück?« Jóhann stand hinter ihr und bohrte sich mit dem kleinen Finger im Ohr. Sie wollte ihn anschreien, er solle damit aufhören, dass es sie kränke, dass man so etwas in Gegenwart einer Dame nicht tue.

»Ich finde den Weg schon«, sagte sie.

»Ich könnte Matilda sonst auch bitten, ihn dir zu zeigen.«

»Das ist nicht nötig«, erwiderte sie schroff.

Die Katze wand sich immer noch in den Armen des kleinen Mädchens, das nun aber aufschrie und das Tier fallen ließ. Die Katze fauchte und verschwand unter einer Blechtür. Das Kind hielt den Arm hoch, auf dem ein langer und grellroter Kratzer zu sehen war.

Jóhann sagte etwas zu ihr. Sie schluchzte und ging langsam ins Haus.

»Ich hatte sie gewarnt«, brummte er. »Tiere können so gefährlich werden. Ein Junge in einem anderen Dorf ist von einer Katze gebissen worden und hat eine Blutvergiftung bekommen.«

6. KAPITEL

Ulf und Juni waren schon zurück, als sie ins Hotel kam. Ulf packte, er hatte seinen Koffer auf das Bett gelegt.

»Es ist so weit«, sagte er und verstaute ein paar Filme in einer Tüte. »Morgen früh fahren wir ab.«

»Wohin?«, fragte sie ausdruckslos.

»Zu den Massai. Sie haben endlich verlauten lassen, dass sie gewillt sind, uns zu empfangen.«

»Und was ist mit mir?«

Er sah sie erstaunt an.

»Du kommst natürlich mit.«

»Vielen herzlichen Dank!«

Sie ging ins Bad, zog das Kleid aus und blieb einen Moment mit geschlossenen Augen stehen.

Seit sie Ulf kennen gelernt hatte, war sie zum ersten Mal mit einem anderen Mann zusammen gewesen.

Ein Wort kam ihr in den Sinn, ein hartes und schönes Wort: Petrifiziert.

Sie strich mit der Hand über ihren platten Bauch. Ihre Haut war glatt und weich, von der Schwangerschaft waren Streifen geblieben.

Von der gescheiterten Schwangerschaft.

Nackt trat sie in das Zimmer.

Er blätterte in einem Notizblock. Zwischen seinen Augenbrauen stand eine steile Falte.

»Ulf«, sagte sie angespannt.

Er antwortete nicht.

Sie wiederholte seinen Namen, diesmal jedoch bedeutend lauter: »Ulf!«

Geistesabwesend schaute er auf, noch ganz in seine Worte und Formulierungen versunken.

»Bei mir ist es anders«, sagte sie ins Zimmer hinein.

Er machte ein genervtes Gesicht.

»Wovon redest du?«

»Auch wenn du nie wieder mit einer Frau schlafen kannst ... Ich musste es einfach ausprobieren.«

»Wie bitte?«

»Ich habe heute einen Mann getroffen. Er hat mich begehrt. Wir haben miteinander geschlafen.«

Ulf warf seinen Notizblock weg. Er landete auf dem Fußboden und eine Seite wurde aufgeschlagen. Sie sah seine kleinen, krakeligen Buchstaben. Er war sehr blass geworden.

»Du hast sie doch nicht mehr alle«, sagte er mit belegter Stimme.

»Willst du mich etwa daran hindern es auszuprobieren? Willst du das?«

»Beth!«

»Er hatte Lust auf mich und ist in mir gekommen und er war jung und stark.«

»Du ekelst mich an!«

»Ja. Das ist mir heute Morgen auch klar geworden. Aber du sollst nicht glauben, dass ich mich dadurch davon abhalten lasse zu leben. Auch dieser Kerl, der gestorben ist, wird mich nicht daran hindern können. Ich werde jedes einzelne Bild, jede einzelne Erinnerung auslöschen. Und das tue ich, in dem ich lebe, verstehst du, mit jeder Faser meines Körpers lebe.«

Er war auf das Bett gesunken und saß nun vollkommen regungslos und mit hochgezogenen Schultern da. Ihre Kräfte schwanden bei diesem Anblick. Sie trat zwei Schritte vor und stand neben ihm, griff nach seinen Armen, damit er sie umarmte und ihre Blöße bedeckte. Mit einem gurgelnden Laut stieß er sie von sich.

»Du hast einen Menschen getötet, einen wildfremden Menschen, du hast ihn mit einer Axt erschlagen, und jetzt liegt er an unserem Sommerhaus in der Erde … und das Schlimmste dabei ist fast, dass du es überhaupt nicht zu bereuen scheinst. Begreifst du denn nicht, dass du mir Angst machst! Ich halte das nicht mehr aus, ich will dir nichts Böses, aber … wenn wir wieder zu Hause sind … müssen wir zur Polizei gehen.«

Sie hörten ein Geräusch, das von der Tür kam. Es war Juni. Ihr Mund stand offen, ihr Körper war gekrümmt und fluchtbereit.

Ulf fing sich als Erster.

»Hereinspaziert«, sagte er unbeschwert. »Hereinspaziert in unsere kleine Kajüte.«

Junis Gesicht war verzerrt, sie atmete schnell und flach. Beth griff nach einem Badetuch und wickelte es um sich.

Juni schien zu schrumpfen. Sie starrte die beiden anderen an, ihre Mundwinkel zuckten.

»Was ich da gerade gehört habe«, sagte sie undeutlich. »Sagt, dass das nicht wahr ist, sagt, dass ich mich verhört habe, dass ich müde bin, dass …«

»Deine Schwester hat Probleme«, erwiderte Ulf. Er ging zum Tisch und zündete sich eine Zigarette an. »Im Moment können wir nichts tun, erst wenn wir wieder in Schweden sind.«

Juni bückte sich, hob einen Schuh auf, der auf der Erde lag, und fingerte an ihm herum.

»Damals, letzten Sommer«, sagte sie tonlos, »als wir euch in Waldesglück besucht haben … Es war alles so seltsam und krank, aber allmählich wird mir einiges klar, glaube ich.«

»Was wird dir klar?«, fragte Beth.

Ihre Schwester sah sie an. Sie hob die Hand mit dem Schuh und schmiss ihn Beth plötzlich ins Gesicht. Der Schuh traf sie am Kinn und sie schrie vor Schmerz auf.

Juni keuchte so, als wäre sie gelaufen.

»Das war also der Grund. Deshalb hast du Kaiser so behandelt. Einen Hund täuscht man nicht, kapierst du! Er wusste, dass da etwas in der Erde war, ein Körper … ein Toter … Oh, mein Gott, großer Gott … sag, dass das nicht wahr ist!«

»Hast du noch Whisky, Juni, verdammt, ich brauche jetzt einen Whisky!«

Ulf ging zur Tür und schob Juni zur Seite.

»In meinem Zimmer ... auf dem Tisch.«

Er ging.

Beth sagte: »Juni. Du warst immer schon schnell dabei, wenn es darum ging, andere zu verurteilen.«

Juni ließ ein ersticktes Schluchzen hören.

»Doch!«, fuhr Beth fort. »Du hast immer gleich das Schlimmste angenommen. Wie damals bei der Sache mit Markus, als wir noch klein waren. Du hast mich gequält, noch Jahre später hast du nicht locker gelassen und mich terrorisiert und gedroht mich zu verpetzen, es war Erpressung.«

Juni ließ sich auf den Stuhl neben dem Schreibtisch fallen.

»Wir waren Kinder«, sagte sie mit dünner Stimme.

Beth packte sie bei den Armen und schüttelte sie.

»Was im Sommer passiert ist, war ein Unfall!«, schrie sie. »Ich habe mich nur gewehrt. Er war gefährlich ... er hat mich gewürgt, ich musste mich wehren, verstehst du! Er hätte mich sonst umgebracht, es war Notwehr, kapierst du?«

Juni begann, sich langsam hin und her zu wiegen. Sie gab einen kläglichen jammernden Laut von sich.

»Wir waren schon auf dem Weg zur Polizei«, fuhr Beth fort. »Ich hatte geglaubt, es wäre jemand gewesen, der aus dem Gefängnis von Tidaholm ausgebrochen war ... aber dann haben wir gehört ... dass man die Ausbrecher wieder gefangen hatte. Und dann sind wir wieder nach Hause gefahren ... weil ... und dann sind wir auf die Idee gekommen ... es gab ja keine Zeugen ... warum sollten wir uns also einer Menge erniedrigender Ermittlungen aussetzen und zu beweisen versuchen, dass ... ich habe noch nie etwas mit der Polizei zu tun gehabt, Juni.«

»Du bist doch verrückt!«

»So war es jedenfalls. Wir haben ihn hinter dem Zaun begraben, niemand braucht davon zu wissen, ständig verschwinden Leute und tauchen nie wieder auf.«

»Was war das für ein Mann ... Wer war er, war er jung oder

alt?« Juni schluchzte laut, Tränen liefen ihr die Wangen herab.

»Ich weiß es nicht, ich glaube, er war ein Penner, zumindest sah er so aus.«

»Er muss doch Familie haben! Es muss doch jemand geben, der ihn vermisst. Du musst doch verstehen, dass das nicht geht ... man muss doch erfahren ... man muss doch die Chance haben zu trauern.«

»Nein. Ich glaube nicht, dass er eine Familie hatte. Sonst hätten wir längst etwas davon hören müssen, es hätte bestimmt in der Zeitung gestanden.«

»Und Ulf ... Ulf war damit einverstanden?«

»Es war der einzige Ausweg, Juni. Versuch bitte, das zu begreifen. Es war der einzig denkbare Ausweg.«

Beth IV

1. KAPITEL

Sie nahmen die Fähre von Stone Town nach Daressalam. Es wehte ein kräftiger Wind. Überall kauerten Menschen mit Plastiktüten vor dem Mund. Beth hatte einen Sitzplatz im Salon ergattert, aber der Gestank und die Geräusche trieben sie gleich wieder auf Deck hinaus. Sie stand im Spritzwasser und klammerte sich an eines der schmalen Rohre, die entlang der Wände des Schiffs liefen. Mehrmals wäre sie vom Rollen des Schiffs fast umgeworfen worden. Als sie endlich den Hafen erreichten, war sie erschöpft und durchnässt.

Ulf und Juni waren auf der Überfahrt seekrank geworden. Beth musste jetzt Stärke beweisen und dafür sorgen, dass sie ihr Gepäck dabei hatten und die anderen den Landungssteg hinunterschleusen. Sie war es auch, die Mr Graham zuerst sah. Er stand auf der Straße und winkte ihnen eifrig zu, sein schwarzes Gesicht glänzte.

Als er sie begrüßte, machte er ein bekümmertes Gesicht.

»Sie sind alle so mager und blass. Ist es Ihnen im Hotel nicht gut gegangen?«

»Doch, doch«, erwiderte Ulf. »Es liegt nur an dieser verdammten Fähre.«

»Ja, der Seegang ist oft ziemlich heftig. Sie sind das vermutlich nicht gewohnt, oder?«

»Kann man sich jemals an Seegang gewöhnen?«, knurrte Ulf auf Schwedisch.

Mr Graham wollte gerne eine kleine Stadtrundfahrt mit ihnen machen, um ihnen verschiedene Sehenswürdigkeiten zu zeigen, und sie waren zu erschöpft um das Angebot abzulehnen und stiegen in den Jeep. Beth setzte sich nach vorn, Juni und Ulf stiegen hinten ein.

Seit dem gestrigen Abend hatten sie kaum miteinander gesprochen.

In der Nacht hatte Beth Albträume gehabt. Sie kam nach Waldesglück. Es lag Schnee und sie stapfte durch den Schnee und versank tief in der eiskalten Nässe. Im Traum gelangte sie zum Grab und wusste, dass sie so schnell wie möglich alles entfernen musste, was darauf hindeuten konnte, dass es sich um ein Grab handelte. Aber als sie ankam, fand sie nur ein leeres Loch vor. Im Traum sah sie deutlich die kleinen Erdhaufen, die überall auf dem Schnee verteilt lagen. Sie hörte eine Bewegung, fuhr herum und sah ihn dort stehen, sah die Wunde an seiner Stirn und die klaffenden Wundränder. Im gleichen Moment wachte sie auf. Sie fühlte etwas Loses auf der Zunge. Es war ein Zahn. Sie hatte die Zähne so fest zusammengebissen, dass er sich gelöst hatte. Sein Zahnschmelz war grau und hässlich. Sie legte ihn in ihr Reisenecessaire.

Ihr Körper war mit kleinen roten Pickeln übersät. Sie konnte es nicht bleiben lassen, an ihnen zu kratzen, und wenn sie erst einmal damit angefangen hatte, konnte sie erst recht nicht mehr aufhören. Es juckte auch jetzt wieder. Wütend ballte sie die Hände zu Fäusten und versuchte, sich auf das zu konzentrieren, was es zu sehen gab.

»Was wissen Sie über Dar?«, fragte Mr Graham erwartungsvoll.

»Nicht viel«, antwortete Beth.

»Dann werde ich Ihnen ein wenig erzählen. Ich bin nämlich hier geboren, meine Eltern stammen von hier.«

Beth drehte sich zur Rückbank um.

»Gebt euch doch ein bisschen Mühe!«, sagte sie schnell auf Schwedisch. »Sonst wird es peinlich.«

Sie antworteten nicht. Vor langer Zeit hatte Beth sich schon einmal so gefühlt. Sie war damals ungefähr acht Jahre alt gewesen und wollte mit Juni und ihrer Freundin Camilla spielen, aber die beiden hatten sie nicht mitspielen lassen wollen. Von einer Sekunde zur nächsten hatten sie aufgehört, mit ihr zu sprechen, so als hätte sie überhaupt nicht mehr existiert.

Der Wagen bog auf eine stark befahrene Straße ab. Die Bürgersteige auf beiden Seiten waren voller Menschen, die bummelten oder in Grüppchen zusammenstanden und sich unterhielten.

»Daressalam ist arabisch und bedeutet Haus des Friedens«, erläuterte Mr Graham, »aber das sollte Sie nicht in falscher Sicherheit wiegen, ich muss Sie leider bitten, Türen und Fenster nicht zu öffnen. Es tut mir Leid, aber so ist es nun mal. Weiße Menschen sind hier die Ausnahme und Sie dürfen nicht vergessen, dass unser Land sehr arm ist, weshalb die Versuchung für meine lieben Landsleute bisweilen etwas zu groß wird.«

Er lächelte Beth abwartend an.

»Aber schön ist es, nicht wahr?«

Sie nickte nervös.

»Jetzt fahren wir auf der Samora Machel Avenue. Dort sehen Sie eines unserer bekanntesten Denkmäler, das so genannte Askari-Monument. Sie haben vielleicht schon einmal vom Eiskrieg gehört, der hier während des Ersten Weltkriegs ausgefochten wurde. Sehen Sie den Soldaten dort? Ein *Askari,* er ist ein Symbol für die vielen afrikanischen Soldaten, die ihr Leben in Konflikten lassen mussten, die nicht das Geringste mit Afrika zu tun hatten ... Der Eiskrieg im Osten Afrikas war ja ein Konflikt zwischen Engländern und Deutschen.«

»Warum spricht man eigentlich von Eiskrieg?«, fragte Beth und drehte sich erneut nach hinten um. Juni saß unnatürlich aufrecht. Sie hatte ihre Sonnenbrille aufgesetzt.

»Nun ja, das haben sich die Engländer ausgedacht. Sie meinten, die Deutschen würden zerschmelzen wie Eis in der Sonne. Was sie in gewissem Sinne auch taten. Jetzt sehen Sie auf der einen Seite den Botanischen Garten und auf der anderen das Nationalmuseum. Juni, waren Sie nicht an Lucy und anderen prähistorischen Vorfahren von uns interessiert? In dem Museum wird das Kranium des so genannten Nussknackermenschen aufbewahrt. Er ist nicht mehr der Jüngste mit seinen zwei Millionen Jahren, man nennt ihn übrigens auch Dear Boy. Sollen wir anhalten und reingehen?«

»Im Moment bin ich nicht in der rechten Stimmung, um mir alte Knochengerippe anzusehen«, brummte Juni. »Trotzdem vielen Dank, ich werde es mir für meine Reportage merken.«

»Wie geht es Ihnen eigentlich?«, fragte Mr Graham.

»Es liegt an der Überfahrt«, schaltete Beth sich hastig ein. »Der Seegang hätte uns fast um den Verstand gebracht.«

»Oh, war es wirklich so schlimm? Das hatte ich nicht mitbekommen. Dann sollten wir jetzt irgendwo eine Kleinigkeit essen gehen. Anschließend fahren wir dann zum Dorf der Massai. Die Fahrt wird einige Zeit in Anspruch nehmen, die Straße ist in einem fürchterlichen Zustand.«

2. KAPITEL

Am späten Nachmittag erreichten sie die Siedlung. Mr Graham hatte mit seiner Bemerkung über die Straßenverhältnisse nicht übertrieben. Zeitweise war es überhaupt keine richtige Straße, sondern eine verwitterte Lehmpiste mit tiefen Furchen und Kratern. Mehrmals blieben sie stecken und mussten alle drei aussteigen und anschieben. Wenn sie fuhren, staubte es heftig und der Sand legte sich wie eine körnige Puderschicht auf die Haut und drang in Augen und Ohren. Beth sehnte sich intensiv nach einer Dusche, ahnte jedoch, dass es lange dauern würde, bis sie wieder duschen konnte. Wasser war Mangelware in diesem Land, besonders für die primitiven Nomaden.

Die Stimmung war unverändert kühl. Ulf und Juni schwiegen. Juni trug ihre Sonnenbrille, und als sie einmal Seite an Seite versuchten, das schwere Auto wieder frei zu bekommen, sah Beth, dass sie weinte. Das gefiel ihr nicht. Es gab keinen Grund zu weinen. Der Tote hätte sie nicht bis hierher begleiten dürfen, das war Ulfs Schuld, er hatte davon angefangen. Und Juni war hereingekommen und hatte es zufällig gehört. Alles war entsetzlich schief gegangen. Immerhin waren sie auf diesen entlegenen Kontinent gereist, um zumindest den Versuch zu machen, das Ganze zu vergessen.

Ich bin doch hier das Opfer, schoss es ihr durch den Kopf. Warum können sie die Dinge nicht sehen, wie sie sind. Warum können sie nicht sehen, dass ich, seine Lebensgefährtin und ihre Schwester, um ein Haar getötet worden wäre und dieser Mann meinen Hals so fest umklammert hielt, dass ich fast erstickt wäre. Aber das kümmert sie überhaupt nicht. Es ist ihnen völlig egal, ob ich existiere oder nicht.

Es juckte immer schlimmer und sie musste sich einfach kratzen, was Ulf nicht entging, den es zu stören schien.

Alles Weiche und Nachgiebige fiel von ihr ab.

Ich brauche euch nicht, dachte sie. Ich komme auch ohne euch zurecht!

Sie saß auf dem Beifahrersitz und unterhielt sich mit Mr Graham. Er kannte sich gut aus und zeigte ihr eine ganze Reihe von Tieren. Er erklärte ihr, wie man eine Thomson- von einer Grantgazelle unterschied und dass man die kleinsten Antilopen Dikdik nannte. Er zeigte auf einen Vogel mit einem langen Schnabel, der aus einem Baum aufflog.

»Ich habe gehört, dass der Marabu bei Ihnen für Schokolade wirbt«, sagte er und seine Stimme ging ins Falsett. »Das ist ein bisschen merkwürdig, weil er sich wie ein Geier verhält und Aas und Leichen frisst.«

»Tatsächlich!«

Er kicherte.

»Ja. Sehen Sie den da hinten? Nein, jetzt ist er natürlich weg. Was soll's, wir bekommen bestimmt noch mehr zu sehen. Ich finde, wir sollten auch auf Safari gehen. Sie können doch nicht in Tansania gewesen sein, ohne einen Elefanten gesehen zu haben. Wie wäre es mit übermorgen, was halten Sie davon?«

Am späten Nachmittag näherten sie sich *enkangen,* wie die Massai ihre Siedlungen nennen. Unterwegs waren sie bereits vereinzelten Massai begegnet, die mit ihren charakteristischen rot karierten Tüchern bekleidet waren. In der Ferne sahen sie Jungen, die Kühe und Ziegen hüteten. Unter einer Akazie stand eine Gruppe junger Männer. Ihre Gesichter waren weiß angemalt und alle trugen einen wippenden Kopfschmuck aus Federn und sogar kleinen Vögeln. Mr Graham erklärte ihnen, dass sie erst vor kurzem beschnitten worden waren und nach einer langen Wanderung als *ilmurran,* als Krieger, wieder in ihr Dorf zurückkehren würden.

Die Siedlung bestand aus einer Reihe von Hütten, die einen weiträumigen Kreis bildeten. Dieser war von einer Umzäunung umgeben, die aus dicht nebeneinander in die Erde gerammten stacheligen Ästen bestand. Die meisten von ihnen schienen dort Wurzeln geschlagen zu haben und waren grün.

Vorsichtig fuhr Mr Graham durch eine Lücke in der Palisade hinein. Er hielt an und es wurde sehr still.

»Okay, Sie können aussteigen«, sagte er. »Wir sind da und werden sicher schon erwartet.«

Sie blieben stehen, ohne genau zu wissen, was sie tun sollten. Beth tat alles weh. In ihrem Mund knirschte Sand, sogar in ihrer Zahnlücke spürte sie kleine harte Körner. Immer wieder musste sie mit der Zungenspitze dort hineinfahren. Das Loch war glatt, warm und schmeckte süßlich.

Anfangs kam ihnen das Lager verlassen vor, aber plötzlich tauchten zwei junge Hunde auf. Sie bellten nicht, sondern wedelten nur mit den Schwänzen und machten kleine Sprünge im Staub. Nach ihnen zeigten sich einige Männer und Frauen, die allesamt in Decken und Stoffbahnen gehüllt waren. Mr Graham bedeutete ihnen, ruhig näher zu kommen. Daraufhin kamen sie schüchtern zum Auto, streckten ihre kalten Finger aus, schüttelten ihnen die Hand.

Mr Graham sagte etwas, das wie eine Frage klang. Einer der Männer zeigte erst auf eine Hütte, ging dann zu ihr und verschwand im Eingang, um gleich darauf wieder in Gesellschaft eines großen und sehr schlanken Manns herauszukommen, der älter als die anderen war und einen dünnen grauen Schnurrbart auf der Oberlippe trug. Er ging mit forschen Schritten auf sie zu.

»Seien Sie herzlich willkommen«, begrüßte er sie auf Englisch. Das rot-blau karierte Gewand, das er trug, franste an den Rändern ein wenig aus. Am Handgelenk trug er eine moderne Armbanduhr.

»Das ist Kinaru, er ist der Stammesälteste«, erklärte Mr Graham. »Kinaru ist ein Freund von mir. Früher haben wir gemeinsam gejagt und den Gefleckten erlegt, den Leopard. Aber um ein Haar wäre er uns zuvorgekommen.«

Kinaru lachte und sie sahen, dass in seinem Unterkiefer zwei Schneidezähne fehlten. Später entdeckte Beth, dass fast allen Massai zwei Schneidezähne fehlten. Mr Graham nannte ihr den Grund.

»Die Zähne werden im Kindesalter gezogen, damit man auch dann noch Nahrung aufnehmen kann, wenn man Krämpfe hat und deshalb den Mund nicht mehr öffnen kann. Es gibt hier einige solcher Krankheiten.«

»Was den Gefleckten angeht«, erläuterte Kinaru in ausgezeichnetem Englisch. »Ich möchte, dass Sie ein paar Dinge beachten. Sie sind unsere Gäste, und wir werden Sie vor allen denkbaren Gefahren beschützen. Aber es hängt auch ein wenig von Ihnen ab. Sie dürfen die Siedlung unter gar keinen Umständen allein verlassen, sie müssen immer in Begleitung eines Kriegers sein. Sonst könnte es unangenehm für Sie werden. Erst gestern Abend ist ein Leopard eingedrungen und hat eine unserer Ziegen gerissen. Der Gefleckte hat Angst vor uns und unseren Speeren, aber wenn er großen Hunger hat, vergisst er seine Angst.«

»Er meint, wenn sie auf die Toilette müssen«, verdeutlichte Mr Graham. »Es gibt hier keine richtigen Toiletten, Sie müssen die Büsche außerhalb der Umzäunung benutzen.«

3. KAPITEL

Die Luft war plötzlich voller Geräusche, und es roch um sie herum intensiv nach Stall und ranzigem Fett. Man hörte Blöken und Muhen und durch die Öffnung in der Umzäunung strömte Vieh herein: Kühe, Ziegen und Esel. Sie wurden von ihnen umringt, denn die mageren Tiere füllten den ganzen Platz. Als sie das Auto entdeckten, scheuten sie ein wenig zurück und zogen dann zur Mitte des Lagers weiter. Dort gab es einen kleineren Kral, der ebenfalls kreisförmig war und auf die gleiche Weise aus dichten, dornigen Stämmen errichtet worden war wie die Umzäunung. Zwei Jungen, fast noch Kinder, trieben die Tiere zusammen und ließen lange Peitschen durch die Luft sausen.

Auf einmal herrschte ein reges Treiben. Beth entdeckte, dass mehrere Ziegen im Laufe des Tages geworfen hatten. Eingetrocknetes Blut war unter ihren Schwänzen und über die unförmigen Euter herabgelaufen. Mindestens zehn kleine Zicklein taumelten umher und blökten auf der Suche nach ihren Müttern. Nun eilten die Frauen, die in farbenfrohe Gewänder gehüllt und mit Perlen und Armreifen geschmückt waren, hinzu. Sie hoben die Zicklein hoch, begutachteten sie und halfen ihnen, zum richtigen Muttertier zu finden. Ihre Bewegungen waren sanft, fast schon liebevoll.

»Die Tiere«, sagte Kinaru zufrieden, »die Tiere sind unser Gold.«

Mit den Beinen eines weißen, neugeborenen Zickleins stimmte etwas nicht. Es konnte nicht stehen. Immer wieder gaben seine Beine nach und knickten seitlich weg. Vergeblich versuchte eine der Frauen es aufzurichten.

»Schaut doch, nun schaut euch mal das arme kleine Ding an«, platzte Juni heraus, »was ist denn nur mit ihm passiert, es scheint missgebildet zu sein.«

Die Frau warf Juni einen scheuen Blick zu. Sie zog eine Ziege heran, steckte ihr eine Hand ins Maul und hielt sie mit einem kraftvollen Griff um den Unterkiefer gut fest. Eine andere Frau legte das Zicklein an den Euter, damit es trinken konnte.

»Oh, das süße kleine Ding …«

Juni ging in die Hocke und streichelte das verstaubte Fell. Die Frau hielt das Zicklein unter dem Bauch fest, wo noch ein eingetrocknetes Stück der Nabelschnur saß. Das kleine Tier stubste mit der Schnauze, bekam eine der Zitzen zu fassen und begann gierig Milch zu schlürfen.

»Jedenfalls hatte es Hunger«, meinte Juni. »Wir hätten ein Fläschchen dabei haben sollen. Obwohl … seine Beine wären dadurch natürlich auch nicht gesund geworden.«

Mr Graham lachte.

»So etwas kommt gelegentlich vor. Die Natur hat sich verrechnet. Da kann man nichts machen.«

»Was wird mit ihm geschehen?«

Er zuckte mit den Schultern.

Einer der jungen Hunde näherte sich und beschnüffelte Beth. Sie bückte sich, um ihn zu streicheln, merkte dann jedoch, dass sich sein ganzes Fell zu bewegen schien. Es war voller kleiner Tiere. Hastig zog sie die Hand wieder zurück. Im gleichen Moment traten zwei Männer zwischen die Ziegen, begutachteten sie und zeigten schließlich auf eine große, prachtvolle Ziege mit schwarzem, zottigen Fell. Die Sonne stand schon tief und warf lange Schatten. Das gelbe Auge der Ziege glänzte, vollkommen reglos stand sie da und schien die milde Abendwärme zu genießen.

Der jüngere der beiden Männer packte die Ziege und warf sie sich über die Schulter. Das Tier blökte und wand sich krampfhaft. Dann hielt es auf einmal still. Beth sah die honiggelbe Iris.

Sie dachte, dass man der Mimik von Tieren nie ansehen konnte, ob sie Angst oder Schmerzen hatten. Sie wurden mit einem immer gleichen Ausdruck im Gesicht geboren. Sie dachte, dass dadurch jenen Menschen das Leben leichter gemacht wurde, die Gefallen daran fanden, Tiere zu quälen.

Das Vieh wurde nun in den Kral getrieben, wo es die Nacht verbringen sollte. Bis dorthin hatte der Leopard es also trotz der Krieger und ihrer Speere geschafft. Beth bekam einen trockenen Hals, wenn sie daran dachte.

Zweige wurden herbeigeschleppt und der Eingang damit verschlossen. Im Inneren des Krals begannen die Frauen mit dem Melken. Durch die Äste hindurch sah sie ihre bunten Kleider.

Das weiße Zicklein lag noch in der Sonne. Niemand kümmerte sich mehr darum.

»Ich habe ein Zelt für Sie aufgestellt«, sagte Mr Graham. »Es steht da hinten. Es ist ziemlich primitiv, aber für ein paar Nächte wird es wohl gehen. Für Fremde ist es etwas gewöhnungsbedürftig, in einer Massaihütte zu schlafen. Sie heizen wie verrückt da drinnen, man bekommt fast eine Rauchvergiftung.«

Beth und Ulf nahmen ihr Gepäck und gingen zu dem Zelt. Ein paar Kinder beobachteten sie. Ein halb nackter Junge ließ eine Plastikdose auf einem Stock kreisen.

»*Jambo*«, rief Beth.

Der Junge hörte auf zu spielen.

»Man hat sie dazu erzogen Respekt zu zeigen«, meinte Mr Graham. Er legte seine Hand auf den Kopf des Jungen, der Angst zu haben schien.

»Fragen Sie ihn bitte, wie er heißt!«, sagte Beth.

Aber das Kind hatte sich bereits umgedreht und lief fort.

Mr Graham zog den Reißverschluss des Zelts auf und schlug den Stoff zur Seite.

»Ich hoffe, das wird gehen«, meinte er.

»Können wir nicht wenigstens mal in eine der Hütten hineinschauen?«, bat Ulf.

Kinaru stand neben ihnen. Er stellte eine Frage und zeigte auf Ulf. Mr Graham nickte.

»Was hat er gesagt?«, fragte Ulf.

»Ob Sie ein Mann sind.«

»Ja, das ... hm ... hoffe ich jedenfalls.«

»Dann kommen Sie mit uns. Wir gehen sofort. Sie beide dürfen leider nicht mitkommen. Es geht um etwas, das Frauen nicht sehen dürfen, es ist nur den Männern vorbehalten.«

»Was haben Sie vor?«, fragte Juni beunruhigt.

»Wir werden die Ziege schlachten.«

Juni und Beth blieben im Zelt. Beth hatte die drei Matratzen ausgebreitet und das Gepäck so verteilt, dass es möglichst wenig Platz wegnahm. Sie saßen da und lauschten den Geräuschen aus dem Kral: muhende Kühe, klingelnde Glocken.

»Man könnte fast meinen, wir wären auf einem schwedischen Bauernhof«, sagte Beth.

Juni legte sich auf den Bauch.

»Ich bin müde«, sagte sie.

»Ich auch. Es war eine anstrengende Fahrt.«

Beth holte eine Schachtel Zigaretten heraus.

»Meinst du, man kann hier drinnen rauchen?«, fragte sie.

Sie bemerkte, dass Juni weinte.

»Juni«, flüsterte sie, bekam aber keine Antwort.

Dann kamen auch ihr die Tränen und sie weinte so krampfhaft, dass ihr die Stirn wehtat.

»Juni ... Haben wir jemals Spaß zusammen gehabt?«, sagte sie erstickt.

Ihre Schwester drehte sich auf den Rücken. Ihr Gesicht war dreckverschmiert. Es war ein nacktes und verzerrtes Gesicht. Sie kroch auf Beth zu und presste ihre Stirn gegen Beths Schulter.

»Oh, Juni«, flüsterte Beth. »Liebe, liebe Juni.«

»Ich bin so furchtbar traurig«, schluchzte Juni. »Das kleine Zicklein, das da draußen liegt, es war so weich, wenn man es anfasste. Warum sind seine Beine nicht kräftig genug gewesen, was hat das denn für einen Sinn, geboren zu werden, wenn man dann doch gleich wieder sterben muss. Die Welt, in der wir leben, ist so grausam und widerwärtig … und dann diese Ziege, diese stolze schwarze … sie hatte doch keine Ahnung, was auf sie zukam … und jetzt …«

»Es sind doch nur Tiere, Juni, sie denken und fühlen nicht wie wir.«

Langsam hob sie die Hand und strich behutsam über Junis Rücken. Sie war so mager, dass man jeden einzelnen Wirbel fühlen konnte.

»Erinnerst du dich«, flüsterte Beth. »Als ich vier war, sollten mir die Polypen herausgenommen werden.«

Juni schluchzte.

»Ich wollte nicht fahren«, fuhr Beth fort. »Ich begriff, dass es wehtun würde … Ich kann mich noch erinnern, dass ich schrie und mich wehrte. Aber als Kind hat man keine Rechte, ebenso wenig wie ein Tier. Aber dann, als ich wieder nach Hause kam, hattest du massenhaft lustige Bilder aus alten Zeitungen ausgeschnitten, es waren Schweine und kleine Kinder, die auf dem Töpfchen saßen und was noch alles … und du hattest sie auf die Seiten meines Betts geklebt.«

»Ja, ich erinnere mich.«

»Du wolltest mich trösten, mir eine Freude machen.«

Juni fiel Beth entgegen und ihr brennend heißes Gesicht legte sich auf Beths Knie, die den Kopf ihrer Schwester streichelte.

»Und ein anderes Mal … waren wir zusammen mit Großmutter und Großvater auf einer Art Jahrmarkt … und dort gab es einen Stand, an dem man Wundertüten kaufen konnte … In meiner lag eine Haarspange, ich erinnere mich noch genau, wie sie aussah, es waren hellblaue Blumen darauf. Aber als wir dann nach Hause fuhren … wir saßen auf Großmutters und Großvaters Rädern hinten drauf … habe ich die Spange verloren. Wir sind noch einmal zurückgefahren und haben gesucht, den ganzen Weg, den wir mit den Fahrrädern gefahren waren, haben wir abgesucht, die Spange aber nicht mehr gefunden. Da hast du mir geschenkt … was du bekommen hattest … es war ein kleiner Kamm mit ganz ähnlichen Blumen.«

Der Stoff ihrer Hose wurde warm und nass von Junis Tränen.

»Wir sind Schwestern, Juni. Wir sind aus dem gleichen Fleisch und Blut. Was immer auch passiert ... und passiert ist ... wir dürfen niemals aufhören, einander gern zu haben.«

Ulf kam zurück. Er sah mitgenommen aus.

»Hol den Whisky raus«, bat er.

»Was habt ihr gemacht?«, fragte Beth.

»Das war echt heftig. Mann, oh Mann. Aber das wird ein guter Artikel.«

»Wieso, was haben sie denn gemacht?«, fragte Juni. Sie saß mit angezogenen Knien auf der Matratze und rauchte.

»Sie haben die verdammte Ziege erstickt. Sie haben sie auf die Seite gelegt und ihr das Ohr über ihr Auge geknickt und einer der Massai ist mit seinen Fingern in die Nase des armen Tiers gefahren und hat ihm gleichzeitig das Maul zugehalten.«

»Sie haben die Ziege erstickt ...?«

»Ja. Es dauerte ein paar Minuten. Dann war es vorbei.«

Er trank Whisky und reichte die Flasche an die anderen weiter.

»Anschließend haben sie die Ziege aufgeschlitzt und in einer bestimmten Rangordnung von den Eingeweiden gegessen, von den noch ganz warmen Eingeweiden, Herz, Nieren ...«

»Hör auf!«, stöhnte Juni.

»Was denn? That's reality. Schade, dass ich die Kamera nicht dabei hatte.«

»Ich frage mich, ob wir sie wirklich fotografieren müssen?«, sagte Juni. »Das kommt einem alles so anachronistisch vor. Auf der anderen Seite habe ich gesehen, dass mehrere von ihnen moderne Armbanduhren tragen, vielleicht nicht unbedingt eine Rolex, aber ...«

Sie hatte sich wieder etwas gefangen, weinte nicht mehr und kramte einen Pullover und ein Paar Strümpfe heraus.

»Verdammt, ist mir kalt«, meinte sie. »Außerdem macht sich allmählich auch noch ein anderes Problem bemerkbar. Ich muss mal.«

»Wir gehen zusammen«, sagte Beth.

Sie wurden von einem Krieger begleitet, einem großen und gut gebauten Mann, dessen Beinmuskeln sie unter dem roten Stoff sehen konnten. Er trug Schuhe, die aus alten Autoreifen ausgeschnitten worden waren, und sein Arm wurde von einem zwanzig bis dreißig Zentimeter breiten und eng anliegenden Perlenarmreif geschmückt.

Er hielt einen Speer in der Hand.

Mr Graham stand am Auto und stapelte ein paar Kisten aufeinander.

»Da haben Sie sich eine gute Eskorte ausgesucht«, rief er ihnen zu. »Dieser Mann hat schon zwei Löwen getötet.«

Sie ließen die Umzäunung des Dorfes hinter sich. Der Krieger deutete auf einige niedrige Büsche. Ein wenig verlegen zeigte er ihnen, wie sie mit den Füßen aufstampfen sollten um Schlangen in die Flucht zu schlagen. Während sie sich hinhockten, sahen sie ihn wie einen Schatten im Sonnenlicht.

»What's your name?«, fragte Beth auf dem Rückweg in die Siedlung.

Er antwortete ohne zu zögern.

»My name is Manketi.«

»Manketi?«

»Yes.«

Er hatte schöne, klare Gesichtszüge. Auf seiner Wange war ein Zeichen in Form eines Auges eingebrannt worden. Juni und Beth nannten ihre Namen. Er wiederholte sie unbeholfen.

Mr Graham bereitete gerade das Essen zu. Er kochte Reis und schnitt Fleisch und Gemüse klein. Beth setzte sich zu ihm.

»Kann ich Ihnen helfen?«

»Nein, das meiste ist schon vorbereitet. Wir müssen nur noch warten, bis der Reis gar ist.«

Sie kratzte sich an den Armen. Er sah es und ermahnte sie vorsichtig zu sein.

»Wunden entzünden sich leicht.«

»Ich dachte, wir würden gemeinsam mit den Dorfbewohnern essen«, sagte sie.

»Es ist nicht genug da, sie haben nur wenig zu essen. Die Ernte war schlecht, außerdem sind sie von einigen Krankheiten heimgesucht worden, von Malaria und einer Grippeepidemie. Viele haben ihr Leben verloren.«

»Oh ...«

»Deshalb hat es auch so lange gedauert, bis sie herkommen konnten. Die Massai mussten erst wieder zu Kräften kommen.«

»Haben sie denn keine Medikamente?«

»Doch. Sie haben ihre eigenen Tränke aus verschiedenen Kräutern und Ähnlichem. Aber manchmal ist die Krankheit eben stärker.«

Juni gesellte sich zu ihnen. Sie hatte sich einen Pullover und eine Jacke übergezogen und sah blass aus.

»Kommen Sie, setzen Sie sich ans Feuer«, sagte Mr Graham. »Abends kann es hier ganz schön kalt werden.«

»Dann essen wir also nicht von der Ziege?«, fragte Juni und schaute in den Topf.

»Sie können sie gerne probieren, wenn Sie möchten. Sie wird gerade dort hinten gebraten.«

Mittlerweile war es fast völlig dunkel. Der Mann, der Manketi hieß, ging mit einem kleinen Kind auf dem Arm vorbei.

»Seine Frau ist an der Grippe gestorben«, erklärte Mr Graham.

»Oh ... dann ist das sein Kind?«

»Ja, ich denke schon. Sie hatten mehrere, das da muss das kleinste sein.«

»Dann ist er jetzt allein mit den Kindern?«

»Die Frauen helfen ihm.«

»Er sieht gut aus«, bemerkte Beth. »Ich könnte mir vorstellen, dass sie sich regelrecht um ihn schlagen.«

»Ja, er ist sehr beliebt. Aber Manketi ist ein gezeichneter Mann. Vor einem Jahr ist seine Mutter gestorben. Sie hatte sich morgens auf den Weg gemacht um Wasser zu holen. Es hat hier schon relativ lange nicht mehr geregnet, sodass sie bis zu einem Wasserloch gehen musste, das ein ganzes Stück entfernt liegt. Als sie dort ihren Wasserbehälter füllte, wurde sie hinterrücks von einer Hyäne angegriffen, die Tollwut hatte.«

»Tollwut?«, flüsterte Juni.

»Ja. Hyänen können dann sehr angriffslustig werden. Gott sei Dank starb die Frau, noch ehe die Krankheit zum Ausbruch kam. Aber es war ein großer Verlust. Koko war eine sehr angesehene Frau.«

»Was machen sie ... haben sie eine Art Friedhof?«, fragte Juni.

»Hm, Friedhof. Nein, sie sehen den Tod etwas anders als wir. Ist man tot, dann ist man weg. Die Leute trauern nicht und gehen auch nicht zu einem Grab oder so. Mit den Toten will man am liebsten nichts zu tun haben. Ich habe einmal einer Frau geholfen, einer jungen Mutter. Sie hatte Zwillinge zur Welt gebracht und eines der Mädchen wurde sehr krank. Ich wollte sowieso nach Arusha und bot deshalb an, die Mutter und das kranke Kind zu einem Arzt zu fahren. Sie nahm das Angebot an, aber auf der Fahrt starb das Kind.«

Beth spürte, dass Juni sie ansah. Sie fasste Junis Jacke an.

»Sie nahm dem Mädchen seine Halskette ab und bat mich anschließend anzuhalten, damit sie den toten kleinen Körper ins Gebüsch werfen könne. Ich konnte sie dann wenigstens dazu überreden, mich ein ordentliches Loch in der Erde graben zu lassen. Während ich damit beschäftigt war, blieb sie im Auto sitzen. Sie wollte nur möglichst schnell weg.«

»Wie seltsam«, sagte Beth. »Ihr eigenes kleines Kind ...«

»Es ist besser, ein Kind stirbt, solange es noch klein ist. Wenn es schwach und krank ist, kann es unter den hier herrschenden Verhältnissen doch nicht leben und stirbt nach ein paar Jahren.«

»So ähnlich wie das Zicklein«, flüsterte Juni.

»Ja. Man muss stark sein, wenn man hier leben will. Es ist ein ungeheuer hartes Leben. Nicht zuletzt für die Frauen.«

»Wie ist das eigentlich ...«, sagte Juni zögernd. »werden sie beschnitten und so?«

»Ja«, antwortete Mr Graham ausweichend.

»Die Frauen auch?«

»Ja. Männer und Frauen. Es ist ein großer Moment, ein Fest,

bei dem sie den entscheidenden Schritt in die Welt der Erwachsenen machen.«

»Folglich wird auch nie die Möglichkeit diskutiert, mit diesen Traditionen zu brechen? Ich habe gelesen, welche Probleme die beschnittenen Frauen haben, alle möglichen natürlichen Funktionen sind mit Schmerzen verbunden.«

»Es ist ein Teil ihrer Kultur«, erwiderte Mr Graham kurz.

»Die Schmerzen müssen doch furchtbar sein«, warf Beth ein.

Die Augen ihres Führers blitzten auf.

»Als Massai muss man Schmerz ertragen können, man darf keine Schwäche zeigen, sonst wird man für alle Zeit verhöhnt und verspottet. Schmerzen ertragen zu können, ist eine Voraussetzung dafür, sein Leben zu meistern.«

Sie schwiegen eine Weile.

»Möchten Sie ein Bier?«, fragte Mr Graham. »Ich habe welches im Auto, ich kann eins holen, wenn Sie möchten.«

»Danke, das wäre nett«, erwiderte Beth.

Er kehrte mit zwei Flaschen Kilimandscharo zurück. Sie tranken direkt aus der Flasche.

»Jetzt muss man bestimmt gleich wieder pinkeln«, meinte Juni. »Was macht man denn, wenn man nachts einmal raus muss?«

Beth lachte auf.

»Das ist doch noch das kleinste Problem«, sagte sie ironisch. »Hock dich hinter das Zelt, so werde ich es jedenfalls machen.«

Mr Graham hob den Deckel vom Kochtopf. Der Geruch von gekochtem Reis und Gewürzen schlug ihnen entgegen. Beth wurde bewusst, dass sie schon lange nichts mehr gegessen hatten.

Juni strich sich mit den Fingern durch die Haare.

»Verzeihen Sie, dass ich frage«, sagte sie zögernd. »Wir haben doch gerade über den Tod gesprochen … Ich frage mich … was machen sie denn dann mit ihren Toten? Ich habe kürzlich meinen Mann verloren … deshalb würde ich so gerne wissen …«

»Oh, aha.« Mr Graham legte den Löffel weg und betrachtete

sie. »Ich habe gespürt, dass etwas nicht in Ordnung ist, ein trauriger, fast schon zerstörerischer Schatten hat über Ihnen gehangen … ja, Sie haben alle drei diesen traurigen Schatten gehabt und ich habe mich gefragt, woran das liegen könnte. Aber jetzt habe ich vielleicht eine Erklärung dafür bekommen.«

»Wenn ich kein Grab hätte, zu dem ich hingehen kann, keinen Stein mit Werners Namen …«

»Hier ist das alles so anders, verstehen Sie. Die richtig Reichen bekommen unter Umständen einen Steinhaufen. Aber sonst … Man legt den toten Körper einfach raus und bedeckt ihn mit Laub. Am nächsten Morgen geht man hin und sieht nach, ob die Hyänen ihre Arbeit gemacht haben. Und falls sie das nicht getan haben sollten, schlachtet man eine Ziege, zieht ihr das Fell ab und schleppt es in drei verschiedenen Richtungen von der Stelle aus, an der die Leiche liegt. Das funktioniert im Allgemeinen.«

Am späten Abend, als sie gegessen hatten, begannen die Massai zu tanzen. Sie bildeten einen Kreis und sangen mit dunklen, immer lauter werdenden Stimmen. Einer nach dem anderen stellte sich in den Kreis und machte Sprünge, höher, immer höher, hoch in die Luft, angestachelt vom Gesang der anderen.

Die Frauen hatten sich mit Halsketten geschmückt, die wie Kragen waren und in doppelten, bunten Reihen übereinander lagen. Wenn sie tanzten, schüttelten ihre Körper sich so, dass diese Halsketten hochgeworfen wurden und rasselten. Beth, Ulf und Juni hielten sich zurück. Am Himmel zogen Wolken vorüber. Für einen kurzen Moment konnten sie den Mond sehen. Eine Zeit lang war es so klar gewesen, dass sie auch die Sterne sehen konnten.

Der Eingang zum *enkangen* war nun mit Zweigen und großen Ästen versperrt. Als sie aßen, hörten sie draußen Laute, die nach einer Balgerei unter Hunden klangen. Aber die beiden jungen Hunde lagen zusammengerollt am Feuer.

»Es ist vermutlich ein Löwe«, meinte Mr Graham. »Aber es besteht keine Gefahr. Wir sind ja alle wach.«

Beth hatte die Hände in die Jackentaschen geschoben, weil sie fror. Sie war steif und ihr taten die Knochen weh. Sie sehnte sich danach, schlafen zu dürfen. Der Tanz ging weiter und wurde immer wilder und wilder. Plötzlich hörte man verängstigte Schreie und Stimmen. Einer der Männer hatte aufgehört zu tanzen und lief nun direkt auf Beth zu. Seine Augen waren weit aufgerissen und er hielt seinen Speer vor sich, als wolle er sie aufspießen. Sie schrie auf. Jemand riss sie zur Seite. Der Mann lief noch zwei, drei Meter weiter, wurde dann aber von den anderen eingeholt, die ihn zu Boden schlugen und festhielten. Er gab einen gurgelnden Laut von sich.

Beth begann am ganzen Körper zu zittern. Sie bohrte ihre Fingernägel so fest in die Handflächen, dass es wehtat, starrte auf ihre Schuhe hinunter und konnte den Kopf nicht heben. Dieser Blick in den Augen des Mannes, sie hatte diesen Blick schon einmal gesehen. In ihm lag Angst, aber auch noch etwas anderes, eine Art Hass. Er hatte sie mit diesem Blick angesehen.

Er hatte sie töten wollen.

Mr Graham stand neben ihr. Er fasste sie am Kinn und hob ihren Kopf. Im Lichtschein des Feuers sah sie sein rundes, freundliches Gesicht.

»Er wollte mich töten«, flüsterte sie. »Ich habe es ihm angesehen … Er kam direkt auf mich zu …«

»Nein, das stimmt nicht!«

»Aber ich habe es doch gesehen, ich habe es in seinen Augen gesehen!«

»Es hatte nichts mit Ihnen zu tun, wirklich nicht. Manchmal, wenn sie besonders lange tanzen, passiert es, dass einer von ihnen irgendwie psychotisch wird oder, wie soll ich es ausdrücken … Sie stacheln sich gegenseitig an und treiben sich über eine Grenze.«

Sie hatten sich hingelegt. Ulf lag in der Mitte. Sie hatte seinen Gesichtsausdruck bemerkt, als Mr Graham sie zu beruhigen versuchte. Beth wusste, woran er dachte.

Sie vermieden es tunlichst, den Zwischenfall zu erwähnen.

Sie konnte nicht einschlafen, weil ihr der Blick in den Augen des verrückten Mannes einfach nicht aus dem Kopf gehen wollte. Er war irgendwo dort draußen und sie spürte seine Nähe so intensiv, dass sie fröstelte.

Ulf und Juni schliefen. Beth hörte ihre säuselnden Atemzüge. Es war ein langer Tag gewesen. Sie drehte sich auf die Seite und spürte den Stoff des Zelts an ihrem Gesicht.

Sie kauerte sich wie ein Fötus zusammen und dann kamen ihr die Tränen.

4. KAPITEL

Sie musste schließlich doch noch eingenickt sein, denn plötzlich lag sie mit weit aufgerissenen Augen da und wusste nicht mehr, wo sie war. Undurchdringliche Dunkelheit umgab sie und ein eigentümliches Grunzen drang an ihr Ohr.

Dann erinnerte sie sich wieder, wo sie war.

Das musste ein Raubtier sein, vielleicht ein Leopard. Irgendwo da draußen schlich er herum und witterte die neugeborenen Zicklein.

Großer Gott, dachte sie. Ich kann nur hoffen, dass die Krieger wach sind.

Im gleichen Moment war ihr, als würde sich neben ihr etwas bewegen. Sie lag auf dem Rücken, die Arme auf ihrem Schlafsack, und spürte deutlich eine gleichsam schleppende Bewegung auf ihrer nackten Haut.

Mucksmäuschenstill lag sie da und roch den Schweiß, der ihr am ganzen Leib ausbrach.

Eine Schlange.

In ihrem Zelt war eine Schlange.

Ihr erster Impuls war zu fliehen, alles zur Seite zu werfen, was auf sie zukam, das Zelt aufzureißen und hinauszustürzen.

Aber da draußen war der Leopard.

Sie zwang sich, weiter zu atmen, sich nicht zu bewegen, keinen Angriff zu provozieren. So viel war ihr trotz allem klar, sie durfte jetzt nicht bedrohlich wirken.

Die Schlange lag noch immer auf ihrem Arm, sie konnte das Tier jetzt ganz deutlich spüren, einen glatten, warmen Körper, einen einzigen langen und kraftvollen Muskel. Ein Zittern brach sich Bahn in ihr und ließ sich nicht mehr unterdrücken. Die Schlange spürte es auch und glitt langsam zu ihrem Schlüsselbein hinauf.

Ihre Zähne klapperten.

»Uuuuulf ...«

Abgehackt und flüsternd brachte sie den Namen hervor. Sie schluckte und setzte noch einmal an: »Uuuuulf ...«

Es blieb ein leises und wimmerndes Jammern: »Uuuuulf ...«

Aber er schlief so fest, dass er sie nicht hörte.

Was sollte sie tun? Würde die Schlange reagieren, wenn sie schrie, waren Schlangen nicht taub ... oder würde das Tier seine Zähne in die weiche Haut am Hals schlagen, transportierten die Adern, die dort verliefen, nicht das Blut direkt zum Herzen ...

Sie hielt den Oberkörper still und versuchte so unmerklich wie möglich ein Bein zu Ulf hinüberzustrecken, ihn anzustoßen und zu einer Reaktion zu bewegen.

»Uuuulf«, wiederholte sie mit einem Zittern in den Stimmbändern. »Uuuulf.«

Er hüstelte und sie sah, dass er den Kopf hob.

»Ulf«, sagte sie, jetzt mit mehr Kraft in der Stimme, die sich jedoch gleichzeitig überschlug. Die kalte, nagende Angst verwandelte ihre Stimme.

»Was ist denn?«

»Bleib liegen, still liegen, beweg dich nicht ... aber ... wir haben eine Schlange im Zelt.«

Es war zu spät. Er hatte sich bereits aufgesetzt und zerrte und fuchtelte und dann hielt sie es auch nicht mehr aus und fuhr hoch und ihre Hände tasteten und zogen, fummelten und suchten, bis sie schließlich den Reißverschluss am Zelteingang fanden.

Barfuß stand sie im Staub. Sie hatte sich das Knie aufgeschürft, etwas Warmes lief ihr Bein herab. Er kam ihr nach, gefolgt von Juni, die in ihrem weißen Jogginganzug wie ein Gespenst aussah.

»Da war eine Schlange, ich habe sie gefühlt, sie lag auf meinem Arm und hat mich geweckt!«

»Verdammt, wir brauchen die Taschenlampe!«

»Und wo ist sie?«

»Sie liegt noch im Zelt.«

Der Mond war inzwischen aufgegangen und sein heller, kalter Schein lag auf den Hütten und warf groteske Schatten. Ulf kniete sich hin und begann hinter der Zeltwand zu suchen.

»Sei vorsichtig«, flüsterte Beth. »Hörst du, Ulf, du musst vorsichtig sein.«

»Hier ist die Lampe«, sagte er verbissen und sie sah, wie das Zeltinnere erhellt wurde. Im gleichen Augenblick war das grunzende Geräusch wieder zu hören, es erklang knapp hinter der Palisade.

»Was zum Teufel war denn das jetzt wieder?«, keuchte Juni und schlang die Arme fest um ihren Körper.

»Ein Leopard, glaube ich ... aber er ist Gott sei Dank auf der anderen Seite.«

Beth fror so sehr, dass sie zitterte, aber die Kälte kam aus ihrem Inneren.

Zwei schemenhafte Gestalten hatten sich ihnen unmerklich angeschlossen. Es waren zwei Krieger, die mit ihren Speeren bei ihnen standen. Sie waren stumm, ihre Gesichter verschlossen.

Hinter den Dornenbüschen wurde das Grunzen lauter und entwickelte sich zu einem grollenden Brüllen.

Beth griff nach einem der Speere und klammerte sich mit beiden Händen an ihm fest.

Der Krieger sah sie an.

»Lion«, sagte er kurz angebunden.

Sie nickte.

»And in the tent ... we have a snake.«

Ulf stand auf. Er leuchtete mit der Taschenlampe in Richtung Dornensträucher. Plötzlich wurde es still.

»Lion has gone«, sagte der Mann mit dem Speer. Beth ließ los. Sie zeigte in Richtung Zelt und sagte mit schriller und gebrochener Stimme:

»But the snake …«

»Ich habe nichts gesehen«, sagte Ulf.

»Sie ist da drin, ich weiß es genau!«

»Okay, dann müssen wir eben das Gepäck rausholen und alles aus unseren verdammten Koffern auspacken.«

Die beiden Krieger blieben neben ihnen stehen, während sie das Zelt leerten. Einer von ihnen nahm die Taschenlampe und leuchtete in jeden Winkel. Er leuchtete ihnen auch, als sie ihre Sachen aus den Koffern nahmen und Stück für Stück durchsuchten.

Der Anflug eines Lächelns zeigte sich auf seinem Gesicht.

»No snake«, sagte er.

»Sie muss rausgekrochen sein, ich weiß, dass es eine Schlange war, ich habe sie gespürt!«

Er reichte ihr die Taschenlampe.

Die beiden Männer entfernten sich.

Sie griff in ihr Haar, es war taufeucht. Alles war feucht und schmutzig. Gemeinsam trugen sie ihre Sachen wieder ins Zelt.

»Du hast bestimmt nur geträumt«, sagte Ulf.

»Das habe ich nicht, das weiß ich genau!«

»Dann war die Schlange eben ein Produkt deines kranken Hirns.«

»Sie wollen mich nicht hier haben, niemand will mich hier haben. Ich habe seine Augen gestern gesehen, er wollte mich umbringen … Und jetzt das … Ich weiß, dass es eine Schlange war, bei so etwas irrt man sich doch nicht.«

»Jetzt haltet ihr alle beide den Mund«, mischte sich Juni ein. »Wir müssen versuchen zu schlafen. Wenn es erst einmal hell ist, sieht die Welt schon wieder anders aus.«

Sie legten sich wieder hin. Juni sagte, dass sie an einen Film denken müsse, den sie einmal gesehen habe. Er spielte in Indien. Man sah eine schlafende Familie und dann plötzlich, in der Dunkelheit, eine Schlange. Die Kamera folgte ihr, während sie über die Körper der Kinder kroch. Die Schlange rührte die Kinder nicht an, sondern verschwand nach unten auf den Steinfußboden.

»Sehr rücksichtsvoll von dir, so etwas ausgerechnet jetzt zu erzählen«, zischte Beth, aber Juni sprach weiter.

»Es war ein Thriller, ein richtiger Schocker. Und das hier … das hier ist der Stoff zu einem verdammt guten Artikel, meinst du nicht auch, Ulf?«

Sie wirkte seltsam ruhig und Beth wurde klar, dass die beiden ihr nicht glaubten. Sie dachten, sie hätte das Ganze nur geträumt. Aber sie konnte die Berührung des Schlangenkörpers noch auf der Haut spüren. Er war so trocken gewesen. Und warm.

5. KAPITEL

Das erste morgendliche Geräusch war das Meckern einer Ziege. Kurze Zeit später begannen die Kühe zu muhen und ihre Glocken bimmelten. Beth hatte mit offenen brennenden Augen wach gelegen, die Taschenlampe neben sich in Bereitschaft. Aber nichts störte mehr die nächtliche Ruhe.

Nun begann die bleiche Morgendämmerung und sie krabbelte zum Zelteingang und zog den Reißverschluss ein wenig auf. Es war kalt und sie fror. Sie sah zwei Frauen, die Kalebassen trugen und einen Teil der Äste, die den Eingang zum Kral versperrten, zur Seite schoben, sodass man hineingehen konnte. Das Muhen wurde lauter.

Sie musste pinkeln, zog die Turnschuhe an und schob sich ins Freie. Hinter dem Zelt war sie vor Blicken einigermaßen geschützt. Sie schaute in den grauen Himmel hinauf.

»Danke, lieber Gott«, flüsterte sie, »danke, dass es Morgen geworden ist.«

Mr Graham bereitete das Frühstück vor. Er kochte Eier in einem verbeulten Kochtopf und schnitt Brot und Bananen auf. Währenddessen redete er ununterbrochen und erzählte von den Massai und ihrem Leben.

»Diese Augen, die Sie sicher gesehen haben, werden mit einem glühenden Stahldraht eingebrannt, sie sind als Ersatz gedacht ... für den Fall, dass man ein Auge verliert ...«

Beth beobachtete ihre Schwester, ihren Mund und ihre Zähne, während sie Mr Graham zuhörte und alles notierte, was er sagte. Affengesicht, schoss es ihr durch den Kopf. Sie hat ein kleines spitzes Affengesicht. Ein Gedanke wollte sie nicht mehr loslassen: Wenn man seine Finger in ihren Mund stecken und dann mit einem Ruck ziehen würde ... sodass sich die Gesichtshaut löste, säße sie da wie ein Schädel und lächelte genauso, wie sie es jetzt gerade tut, das gleiche Grinsen, die grinsenden Zähne, sie verändern sich nicht ... sie bleiben ... selbst wenn alles andere ausgelöscht wird.

Ich habe nicht mehr alle Tassen im Schrank, dachte sie. Ich habe wirklich nicht mehr alle Tassen im Schrank.

Der Juckreiz hatte sich weiter ausgebreitet, sodass es sie jetzt am ganzen Körper und sogar an den Fußsohlen juckte. Sie merkte, dass sich Ulf durch ihr Kratzen gestört fühlte, auch wenn er mit Papier und Bleistift Mr Grahams Worte notierte.

Ich arbeite, Beth.

Nein, er sagte nichts, aber sie sah es ihm an, sah es an seiner Art, den Stift in der Hand zu halten, wenn sie sich an den Waden kratzte. Verdammt, kannst du nicht stillhalten.

Am Kral waren ein paar Jungen damit beschäftigt, das Strauchwerk zur Seite zu ziehen. Als sie fertig waren, trotteten die Kühe heraus, graue, braune und weiße Tiere in den verschiedensten Farbschattierungen.

»Sind diese Kinder nicht noch etwas klein für diese Arbeit?«, hörte sie Juni sagen. »Was sollen sie denn machen, wenn ein Löwe kommt oder ein Leopard? Sie haben doch nur ihre lächerlichen Ruten und sind barfuß und so.«

»Oh, es ist immer ein Krieger in ihrer Nähe.«

Er reichte jedem eine Tasse Kaffee. Das heiße Getränk sickerte in Beths Magen. Sie legten die Hände um die Tasse.

Ich will nach Hause, dachte sie auf einmal.

Mr Graham machte ein bekümmertes Gesicht.

»Sie sind von bösen Träumen geplagt worden, Beth. Ihre Stirn hat eine Falte bekommen.«

»Bitte?«

»Beth hatte Schlangen im Schlafsack.«

War das tatsächlich Ulf, der Mann, den sie liebte? Sein graues

Haar hing schlaff und ungekämmt herab, er ist hässlich, er will mir etwas antun, er verhöhnt mich.

»Nein, ich …«

»Der Tanz gestern Abend hat Ihnen sicher ein wenig Angst eingejagt, Beth. Das wundert mich nicht. Deshalb möchte ich vorschlagen, dass wir schon heute unsere Safari machen. Ich glaube, das wird allen Beteiligten gut tun. Wir machen uns auf den Weg, schauen uns wilde Tiere an und wenn es spät werden sollte, übernachten wir in einem Hotel. Dann brauchen wir auch keine Angst vor unangenehmen Überraschungen zu haben und können sogar duschen. Was halten Sie davon?«

»Aber wie soll ich denn so etwas über die Massai schreiben können?« Ulf streckte sich nach einem Stück Brot. »Jetzt sind wir nach langem Warten doch endlich hier. So eine dämliche Safari kann ich niemandem andrehen, solche Reportagen hat doch schon jedes schwedische Käseblatt gebracht.«

»Wir kommen doch wieder zurück. Ihre Frau muss sich ein wenig erholen. Sie müssen Geduld haben. Außerdem können wir unterwegs eine Salbe besorgen, damit es sie nicht mehr so juckt.«

Die Massai beobachteten sie, als sie sich auf den Weg machten. Außerhalb der Palisade entdeckte sie den Mann, der aus dem Kreis der Tänzer ausgebrochen war. Er hatte sein Stoffgewand über den Kopf gezogen, aber sie erkannte ihn trotzdem. Regungslos stand er mit seinem Speer, dessen Spitze himmelwärts zeigte. Für einen Moment begegneten sich ihre Blicke.

Mr Graham hatte einen Rucksack mit Proviant gefüllt. Er schien wirklich unerschöpfliche Reserven in den Hohlräumen seines Autos aufzubewahren. Diesmal saß Ulf vorne, um während der Fahrt Fragen stellen zu können. Beth saß hinter ihm und betrachtete den Stoff seines Hemdes, die Stiche in den groben Nähten. Es kam ihr alles merkwürdig fremd vor. Details wie die Falte in seinem Nacken, der säuerliche Geruch seines Körpers, seine Art sich zu räuspern, sie wollte seine Haut anfassen, sie berühren, denn dann würde er sich zu ihr umdrehen –

und alles wäre wieder normal.

Normal Ulf, so wie es vor langer Zeit einmal war.

Aber ich erinnere mich nicht mehr daran. Mein Gedächtnis ist leer.

Er legte einen neuen Film ein und sie betrachtete seine kurzen, breiten Fingernägel.

»Er hätte mich fast umgebracht«, hörte sie sich mit hoher und tonloser Stimme sagen. »Ich spürte seine Hände und seine Kraft, ich allein kenne dieses Gefühl und das macht mir Angst.«

»Wovon redest du?«, erwiderte er schroff.

»Ich bin vollkommen allein … darum geht es.«

Er setzte seine Mütze auf, rückte sie auf seinem Kopf zurecht und schwieg.

»Du weißt genau, wovon ich rede, Ulf, aber du lässt mich im Stich und machst mich so noch einsamer.«

»Dürfte ich mich jetzt bitte auf meine Arbeit konzentrieren! Könntest du bitte so freundlich sein und mich nicht länger stören. Es war ein Fehler dich mitzunehmen, ein verdammt großer Fehler. Böse Schatten, wie unser großartiger Führer sich ausgedrückt hat. Du verbreitest böse Schatten um dich herum, das ist es, was du tust. Nur wegen dir müssen wir heute das Lager verlassen.«

»Wie bitte?«

»Nichts anderes hat unser Freund neben mir doch gemeint, als er sagte, dass es für alle Beteiligten besser wäre, wenn wir schon heute auf Safari gingen.«

»Na und … was kann ich denn dafür?«

»Halt jetzt verdammt nochmal die Schnauze, du gehst mir auf den Geist! Ich muss versuchen, ihn zu interviewen und die Zeit auszunutzen. Ich habe tief in die Tasche gegriffen um hierher zu kommen, und jetzt will ich meine Sache gut machen, das lasse ich mir von niemandem vermiesen.«

Sie bekam einen trockenen Mund und hatte das Gefühl, ihre Schleimhäute würden zu einem Netz aus sehr kleinen und feinen Rissen zerplatzen. Das Auto wurde durchgerüttelt, denn sie fuhren wieder auf der Straße, die mit Schlaglöchern übersät war. Hinter ihr saß Juni schweigend mit ihrem Sonnenhut und der schwarzen verspiegelten Sonnenbrille.

Beth drehte sich zu ihr um.

»Würdest du weinen, wenn ich sterben würde«, sagte sie wie ein Kind. In dem gleichen quengelnden Tonfall wie damals, als sie über den Boden des Kinderzimmers krabbelten und sie etwas haben wollte, das Juni gehörte. Juni zog ihre Mundwinkel genauso nach unten wie damals.

»Zweimal kurz hintereinander ... ist es äußerst knapp gewesen, Juni. Du warst gestern selbst dabei, hast diesen verrückten Massai gesehen. Stell dir vor ... vielleicht hat er uns die Schlange sogar ins Zelt gelegt ... Er wollte mir etwas antun, ich weiß es genau. Und dann letzten Sommer ... Er hat mich angegriffen, er lag auf der Lauer, er ist in unser Haus eingedrungen und hat Sachen mitgehen lassen. Erinnerst du dich noch an die Kissen, die Mama genäht hat? Ein fremder Mann inmitten unserer Habseligkeiten. Er bekam Angst, als er mich in der Scheune sah, eine Scheißangst bekam er ... Aber ich komme klar, Juni, ich komme schon klar, denn ich bin stark.«

Mr Graham sagte: »Sehen Sie die Geier, die da drüben kreisen? Da kann ihre Beute nicht weit weg sein.«

Als sie ins Auto gestiegen waren, hatte es kurz geregnet, aber jetzt war es wieder trocken. Ein heißer Wind wirbelte Straßenstaub auf.

»Wir erreichen in Kürze den Nationalpark. Und ich verspreche Ihnen, dass Sie nicht nur *The Big Five* sehen werden, sondern sogar *The Big Nine*.«

Er drehte sich zu ihnen um. Beth fiel auf, dass an einem seiner Schneidezähne ein Stück fehlte, was sie bislang noch nicht bemerkt hatte.

»Ich möchte ja nicht angeben«, sagte er, »aber ich bin bekannt für meine Fähigkeit Wild aufzuspüren. Haben Sie vielleicht Durst? In den Sitztaschen gibt es Wasser und Bier.«

Die ersten Tiere, die sie sahen, waren Affen. Eine Kolonie von Pavianen lauste sich in der prallen Sonne. Sie hatten nicht die geringste Scheu, sondern stierten sie mit ihren eng stehenden Augen griesgrämig an. Ein kleines Jungtier klammerte sich an seine Mutter.

»Oh, schau mal, wie süß die sind«, rief Juni.

Tiere. Tiere sind das Einzige, woran sie denkt.

»Ja, aber sie können auch ganz schön wild werden«, meinte Mr Graham. »Je nachdem, wie sie gelaunt sind, können sie ganze Felder verwüsten. Meistens werden sie von einem älteren Männchen angeführt, ich glaube, es ist der da hinten, da links, können Sie ihn sehen?«

Aber Menschen, ihre eigene Schwester. Oh … dabei brauche ich die beiden jetzt mehr als je zuvor, sie sollen mich schützen und stützen und wenn wir nach Hause kommen … Niemand darf mich mitnehmen, niemand darf mich in einen engen, kleinen Raum sperren, stattdessen werden sie zu meinen Gunsten aussagen und erzählen, wie er mich angegriffen hat und wie sein Speer … und wie seine Hände …

»Hör auf damit!«, entrang es sich leise ihrer Kehle. »Was ist denn bloß los mit dir?«

Sie stand auf und schaute auf die weite Savanne hinaus. Das Autodach war flexibel. Es ließ sich anheben, sodass man die Tiere aufrecht stehend beobachten konnte. Gleichzeitig schützte es einen vor der Sonne. Das Fernglas hing um ihren Hals, sie setzte es an die Augen. In der Ferne zog eine Herde großer Büffel vorbei, sie musste etwas darüber sagen und rief auf Schwedisch: »Hui, seht euch mal die Büffel da hinten an. Ihre Hörner sehen ein bisschen aus wie die Zöpfe von Pippi Langstrumpf!

»Die Büffel?«, sagte Mr Graham. »Sprechen Sie von den *buffaloes*?«

»Ja, sie ähneln …«

»Sie gehören zu den gefährlichsten Tieren hier draußen und sind unglaublich aggressiv. Stellen Sie sich einen gereizten Stier in einer Stierkampfarena vor. Sie haben ungefähr das gleiche Temperament wie er.«

»Was ist, wenn sie uns angreifen?«

Er gluckste zufrieden.

»Nicht, solange wir im Auto sitzen.«

»Aber könnten sie nicht wütend auf das Auto werden?«

Er lächelte sie an, die Haut auf seiner Nase kräuselte sich.

»Wie gesagt, ich habe einige Erfahrung mit wilden Tieren. Verlassen Sie sich ganz auf mich, Beth. Ich sehe, wenn sich etwas zusammenbraut.«

Langsam fuhren sie weiter. Zwischen den Bäumen entdeckten sie eine Herde Zebras. Sie hatten ihre gestreiften Hinterteile alle in die gleiche Richtung gestreckt. Außerdem weideten einige Gnus in der Nähe.

»Hört mal, wie sie sich anhören«, sagte Juni. »Es ist das erste Mal, dass ich ein Gnu höre.«

»Tatsächlich verdanken sie ihren Namen ihren Rufen«, erklärte Mr Graham. »Dieses muhende Schnauben klingt genau wie *gnuh, gnuh, gnuh*.«

Dann sahen sie die Löwen. Es war ein großes Rudel und Mr Graham fuhr ins hohe Gras, ganz nah an sie heran. Ihre Mäuler und Tatzen waren blutig, ein Bein ihrer Beute ragte senkrecht nach oben.

»Sie haben ein Gnu gerissen«, sagte Mr Graham. »Wenn wir etwas früher gekommen wären, hätten wir die Jagd beobachten können. Und das Töten. *The killing.*«

»Ich bin wirklich dankbar, dass wir nicht früher hier waren«, murmelte Juni. »Aber können wir denn wirklich so nah an sie heranfahren? Was ist, wenn sie uns angreifen! Wollen sie nicht verteidigen, was sie einmal erbeutet haben?«

»Sie sind Autos gewöhnt ... aber ich würde Ihnen nicht raten auszusteigen.«

Ein wenig weiter weg stand ein einsames Gnukalb. Es schaute zu den Löwen hinüber und machte Anstalten, zu ihnen zu laufen. Mr Graham zeigte auf das Tier.

»Sie essen gerade seine Mama zu Mittag. Vielleicht wird es selbst der Nachtisch sein.«

Er hatte den Motor ausgeschaltet. Wenn die großen Katzen fraßen, hörte man Schmatzen und Schlürfen, ab und zu erklang ein dumpfes Grollen. Ein beißender Geruch nach Blut und

Dung drang durch das offene Autodach herein. Beth holte eine Wasserflasche hervor und trank. Ihre Hände zitterten. Der Schlafmangel machte sie ganz benommen. Vor ihr stand Ulf, der seine Kamera unter dem angehobenen Autodach vorgeschoben hatte. Seine Kniekehlen waren auf ihrer Augenhöhe, dünne und hellere Partien, sie hatte sie immer mit der Zunge gekitzelt, er hatte sie dann sanft im Nacken gepackt und zu sich hochgezogen.

Das ist jetzt vorbei.

Ihr wurde schlecht und sie fühlte sich wie in der ersten Zeit ihrer Schwangerschaft. Der Anblick einer Apfelsine, der erstickende, schale Geruch.

Als noch alles vor uns lag… und du mich mit deinen großen schlanken Händen im Arm hieltest und wir Witze über die Kinder machten, die wir bekommen würden und unsere Enkel und Urenkel… und wir würden im Gras an unserem blauen Haus sitzen, einfach dasitzen und uns wiegen, während die Kinder in unseren Armen schliefen, gewiegt von der Geborgenheit, von uns… und alles lag doch noch vor uns, die Träume und das Leben… aber jetzt… jetzt ist das alles vorbei… es ist so wahnsinnig schnell gegangen, und wenn ich wieder nach Hause komme, geht es nicht mehr um dich und mich, du treibst mich von dir weg, Ulf, ich werde nie wieder im Bett liegen und dich beobachten, wenn du aus deiner Hose steigst, wenn du das Hemd über den Stuhl hängst, wenn du mir diesen Blick zuwirfst, sollen wir ein bisschen spielen…

Der Wagen sprang an. Sie schlang ihre Arme um die Nackenstütze und hörte dem Vortrag ihres Führers zu. Er redete über die Löwen, die Männchen:

»… die Weibchen finden die große Mähne äußerst sexy und sie schützt auch, wenn sie von anderen Löwen angegriffen werden, aber gleichzeitig kann man mit ihr nicht jagen. Junge Männchen jagen noch, ehe die Mähne ausgewachsen ist, aber ab dann ist die Jagd eine Sache der Löwinnen, *the females …*«

Er fuhr weiter. Seine Hände drehten am Lenkrad und zeigten und seine Stimme machte keine Pause. Sie hatte den Kopf an das Fenster gelehnt und schlief ein. Ja, in dem rüttelnden, hüpfenden, unbequemen Auto saß sie und schlief und wusste im Schlaf, dass die anderen sahen, dass sie schlief und beschlossen, sie schlafen zu lassen.

Als wäre so alles ruhiger.

Beth wachte davon auf, dass sie tief Luft holte. Der Motor war stumm. Sie hatte Nackenschmerzen und sah, dass die anderen standen. Sie hatte schrecklichen Durst.

Die Sonne stand schon tief, sie musste lange geschlafen haben. Niemand sagte etwas. Sie hörte das leise Klicken von Ulfs Kamera und anschließend ein Schnauben und ein hartes, klatschendes Geräusch.

Langsam wandte sie sich um.

Es war ein Elefant und er war nur wenige Meter von ihrem Auto entfernt. Sie sah die runzlige Haut und ein sehr kleines Auge, das mit Lehm verklebt zu sein schien. Das Tier schnaubte erneut und bewegte heftig seine Ohren. Es knallte, wenn sie seinen Körper trafen.

Plötzlich bekam sie furchtbare Angst. Sie hörte Mr Grahams Stimme, die verändert klang. Er warf sich nach unten und drehte in Panik den Zündschlüssel. Danach ging alles ganz schnell. Eine graue, alles verschluckende Dunkelheit und ein Brüllen, es schaukelte gewaltig, als das gewaltige Tier sich gegen den Wagen warf und ihn umstieß. Sie wurde schräg nach vorn über die Sitze geworfen und schlug mit der Stirn gegen das Armaturenbrett. Das Letzte, was sie sah, war ein riesiger weißer Stoßzahn, der sich im Autodach festhakte und es mit einem schneidenden Reißlaut zerfetzte.

6. KAPITEL

Die Stille. Es war die Stille selbst, die sie die Augen öffnen ließ. Ihre Zunge lag wie ein aufgedunsenes Stück Fleisch im Mund, sie musste sich an mehreren Stellen auf die Zunge gebissen haben. In dieser ersten Minute nach dem Aufwachen galten ihre Gedanken nur ihrer Zunge. Sie hustete kurz und versuchte zu atmen, lag eingeklemmt in einer stickigen, kompakten Dunkelheit.

»Hilfe«, wimmerte sie, aber ohne dass es zu hören gewesen wäre, sie konnte nicht mehr sprechen und das versetzte sie in panische Angst.

Sie spürte, dass etwas Warmes und Dickflüssiges auf sie herabtropfte und ihre Wange traf. Sie konnte nicht tasten, was es war, denn ihre Arme waren festgekeilt. Als Beth versuchte, sie zu bewegen, durchzuckte ein heftiger Schmerz ihre Schulter.

Stück für Stück kehrten die Erinnerungen zurück, aber das wollte sie nicht und versuchte, sie zu verdrängen. Aber die Bilder in ihrer Erinnerung kamen näher und wurden immer klarer.

Das Auto.

Mr Grahams Hand, die am Zündschlüssel zerrte. Sie erinnerte sich an den Siegelring, den er trug, dann … das kreischende Geräusch der Gangschaltung, seine hohe, verängstigte Stimme und der Motor, der aufheulte und anschließend verstummte.

All das schien ihr unendlich lange her zu sein.

Doch sie befand sich noch im Auto.

Sie spürte eines der Pedale, es drückte in ihren Bauch und tat ihr weh. Schnell und flach ging ihr Atem, es ging nicht anders, weil es sonst zu wehtat, außerdem lag etwas auf ihr, etwas, das sie herunterdrückte und den Brustkorb daran hinderte, sich zu füllen. Ihre Lungen keuchten.

Sie blieb regungslos liegen und wartete.

Sie hatte das Gefühl, die Erde würde vibrieren. Ein Schnauben und ein wütendes Trompeten. Dann schaukelte der Wagen hin und her. Ein heftiger Stoß ließ ihren Körper noch tiefer rutschen.

Das Letzte in ihrer Erinnerung:

Der Elefant!

Er war immer noch da draußen und massakrierte das Auto. Sie wimmerte lautlos. Sie hatte von Elefanten gehört, die plötzlich verrückt wurden und Amok liefen.

Wie dieser Massai. Die sind doch alle verrückt in diesem Land, ich will nach Hause …

Draußen donnerte es und es wurde gekratzt und gezerrt, als würde eine gewaltige Windhose das ganze Fahrzeug erfassen. Sie glaubte Schreie zu hören und wollte auch schreien, aber es ging nicht, dann verschluckte sie der Schmerz wie ein roter, wogender Nebel. Sie wusste nichts mehr.

Sie konnte die Finger einer Hand bewegen, alles andere wurde zusammengepresst und saß fest.

Eine neue Erinnerung tauchte auf. Ulf und Juni.

Sie haben mich hier zurückgelassen. Ich sitze eingekeilt in einem Auto, und sie sind weggegangen und haben mich zurückgelassen.

Sie wollte losheulen, schluckte aber und zwang sich ruhig zu bleiben. Wenn sie jetzt anfing zu weinen, würde ihr das Atmen noch schwerer fallen. Sie musste jetzt versuchen, klar zu denken.

Juni und Ulf. Die Bilder kehrten bruchstückhaft zurück wie in Fernsehreklamen. Ulfs gereizte Stimme, es war dumm dich mitzunehmen, Beth, es war verdammt dumm, und Junis Sonnenbrille, die so schwarz und spiegelnd war, dass man nicht sah, was sie dachte. Ihre abgekauten Fingernägel, mit denen sie sich eine Kippe nach der anderen ansteckte.

Und das kleine Gnu und die Löwen. Ja natürlich, wir waren auf Safari.

Vielleicht essen sie es zum Nachtisch.

Mr Graham. Wo war er? Jetzt, da Ulf und Juni nicht mehr hier waren, musste er ihr helfen. Sie öffnete den Mund und versuchte seinen Namen auszusprechen, aber die Zunge war im Weg und ihr Hals schwoll an und brannte.

Sie war wieder fort. Oder zu Hause, denn sie war im kühlen Sommergrün auf dem Land. Die Bäume auf Waldesglück waren alt und moosbewachsen und sie hatten oft davon gesprochen, sie zu fällen und neue zu pflanzen, Cox Pomona und Gravensteiner, Herzkirsche und Phlox.

Phlox? Ist Phlox eine Frucht, was sehe ich denn da hinten, es sind die Kissen, die Mama genäht hat, und jetzt kommt die graue Katze und legt sich auf die Kissen, ja zwischen sie, und sie hat ihre beiden Jungen dabei und dann der Mann, gehört die Katze vielleicht ihm, ja dann nimm sie doch mit, ich bin sowieso total allergisch, ich kann fast nicht atmen und manchmal glaube ich, dass es Asthma ist, nein, ich will dir nichts tun, nein, ich will dir nichts tun, nein du darfst mich nicht anrühren, es tut fürchterlich …

weh.

7. KAPITEL

Man hob sie hoch und es war dunkel. Kühler Wind traf ihre Augenlider und ihr Kopf war so schwer, dass sie ihn nicht heben konnte. Sie kannte die Männer nicht, blinzelte aus schmalen Augenschlitzen, sah ihre jungen schwarzen Hände.

Obwohl man sie nun befreit hatte, war der Druck nicht verschwunden, der schwere Krampf, der ihre Brust gefangen hielt, und mit jedem ruckhaften Atemzug ging sie mehr kaputt. Man legte sie auf eine Trage und sie sah einen Zipfel des nächtlichen Himmels. Er war klar und voller Sterne. Um sie herum waren Blitze und Licht. Ihr Gehirn war völlig wirr.

Mr Graham und Juni waren vermutlich auf der Stelle tot gewesen, erfuhr sie später in dem hallenden Krankenhauszimmer. Ein verbeulter Eimer stand unter dem Bett und später begriff sie, dass er für sie gedacht war.

»Auf der Stelle?«, sagte sie lallend.

»Eugen Graham hätte nicht so nah heranfahren dürfen. Davor ist so oft gewarnt worden, er hätte vorsichtiger sein müssen.«

Eugen, dachte sie. Ich hatte seinen Vornamen nie erfahren.

Ein Mann stand am Bett, ein Arzt. Seine Haut war hell, aber nicht weiß. Sein Name stand auf einem kleinen Schild auf seiner Brust, aber sie konnte ihn nicht entziffern.

»Der vierte Insasse …«

Das klingt wie der Titel eines Films, dachte sie. Oder eines Buchs.

»Ihr Mann, nicht wahr?«

Woher wussten sie das?

»Er lebt. Sie dürfen ihn jetzt sehen.«

»Später«, sagte sie undeutlich. »Nicht jetzt, später.«

Der Arzt warf ihr einen traurigen Blick zu.

»Nein. Jetzt.«

Man half ihr in einen Rollstuhl. Sie wunderte sich, dass sie sitzen konnte und betrachtete ihren Körper und ihre Beine.

Was habe ich an, dachte sie. Und: was für idiotische Gedanken.

Ein Bein hatte man verbunden, das andere schaute nackt heraus. Es war blau und voller Wunden und Beulen. Sie wurde über den Zementfußboden eines kurzen Korridors gerollt. An den Wänden standen Menschen und warteten. Sie schauten weg, sobald sie sich näherte. In der Ferne schrie ein Säugling.

Ulf lag hinter einem schmutzigen Vorhang auf dem Rücken. Eine Fliege krabbelte über seine Stirn. Sein Gesicht war unverletzt und weiß, aber über seinen Hals lief ein Kratzer. Man hatte ihn an einen Tropf angeschlossen und sie sah das Pflaster, das die Nadel an seinem Arm fest hielt. Es kräuselte sich ein wenig. Auf einem Stuhl am Bett saß eine weiß gekleidete Frau mit einem Schleier.

Der Arzt berührte Beth' Schultern. Sie stöhnte auf. Jede Berührung tat weh.

»Und Mr Graham ist tot?«, fragte sie tonlos.

»Ja, leider.«

»Mr Eugen Graham?«

»Ja.«

»Er wusste so viel. Ich glaube, er mochte mich.«

»Und die Frau, die auch noch dabei war, ist ebenfalls tot.«

»Meine Schwester.«

»Es tut mir Leid.«

Er rollte sie zum Bett.

»Das da ist mein Mann«, sagte sie heiser. »Er heißt Ulf Nordin. Manchmal ist er fröhlich und lacht.«

»Wir haben seinen Pass gefunden.«
»Er liebt mich nicht mehr.«
»Oh doch, das tut er ganz bestimmt.«
Der Mann im Bett machte eine Bewegung, seine Augenlider zitterten. Die Krankenschwester beugte sich vor und benetzte seine Lippen mit einem Stück feuchter Gaze.
»Mr Nordin? Ihre Frau ist hier.«
»Sie müssen ihn Ulf nennen«, sagte Beth.
Nur mit Mühe gelang es ihm die Augen zu öffnen. Er lag da, sah sie an und aus seiner Nase tropfte Blut.
»Jetzt sind nur noch du und ich übrig«, sagte sie laut. »Die beiden anderen sind tot. Wir müssen noch einmal von vorn anfangen, ganz von vorn.«
Er schloss wieder die Augen und stöhnte.
»Daraus kannst du eine tolle Geschichte stricken. Die sensationelle Elefantenstory.«
Daraufhin sah er sie wieder an, weinte und versuchte die Hand zu heben. Beth konnte ihn nicht berühren von ihrem Rollstuhl aus, aber das machte nichts. Schwerfällig bewegte er die Lippen: »Fahr nach Hause, Beth, fahr nach Hause.«
Sie rief: »Nein, ich warte auf dich, wir fahren zusammen nach Hause.«
Er reagierte mit einem starren, schwachen Lächeln, sagte jedoch nichts.
Sie blickte zu dem Arzt auf, zu seinem langsam nickenden Kinn.
»Sicher, sicher. Sie fahren zusammen nach Hause.«

Ulfs Leben endete in diesem Zimmer. Sie saß im Rollstuhl und erreichte ihn nicht, war zu steif und unbeweglich.
Aber das machte nichts.
Der Tod war nur ein Zustand, flüchtig und sicher nicht unangenehm. Doch man sollte sich mit den Toten nicht befassen. Deshalb machte es auch nichts, dass sie Juni nicht noch einmal sah. Sie hatten Beth gefragt, ob sie Juni sehen wolle, dabei aber an ihr vorbeigesehen.

Juni war aus dem Auto geschleudert worden und der Elefant hatte seine Wut an ihr ausgelassen.

Anschließend hatte er sich wieder auf den Jeep konzentriert.

Ein anderes Auto mit Touristen hatte das Ganze aus sicherer Entfernung beobachtet und Alarm geschlagen. Der Fremdenführer hatte die Parkranger benachrichtigt.

Der Elefant wurde mit einer Gewehrsalve ins Herz erlegt.

Er war verrückt. Möglicherweise hatte es mit der Umweltverschmutzung zu tun. Vor ein paar Jahren war es zu einem ähnlichen Zwischenfall gekommen. Damals hatte ein älteres Ehepaar aus Bremen sein Leben verloren. Es war eine Elefantenkuh gewesen.

»Manchmal sind sie wie besessen«, erklärte der Arzt. »Aber zwei dieser Art im gleichen Park sind doch etwas ungewöhnlich. Sie hatten unglaubliches Glück. Eugen Graham lag über Ihnen, er hat Sie mit seinem Körper geschützt.«

»Ich habe ja gesagt, dass er mich mochte«, flüsterte sie.

Sie wartete auf die Trauer. In ihrem weißen Eisenbett sitzend sah sie, dass die Farbe nach langen Jahren der Benutzung an vielen Stellen abgeblättert war.

Hier haben Menschen gelegen und sind gestorben, dachte sie. In diesem Bett haben Menschen ihr Leben ausgehaucht.

Innerlich war sie wie ein Baum. Ihre Haut umhüllte den Stamm und die raue, harte Rinde.

Aber sie selbst?

Manchmal hörte sie Junis Stimme.

Komm zurück, dachte sie. Komm zurück, damit ich dir in die Augen schauen kann. Du machst mir doch keine Vorwürfe, weil du gestorben bist und ich weiterleben darf?

Aber es blieb ihr alles verschlossen.

Mr Graham und sein hohes Kichern. Sie wusste, dass man ihm die Schuld gab. Ein Repräsentant des Nationalparks hatte sie besucht und mit ihr und der Polizei gesprochen.

»Wir bedauern diesen Vorfall sehr.«

Sie wagten es nicht, ihr in die Augen zu sehen, und ihr kam

der Gedanke, dass er Sorge hatte, sie würde Schadensersatz verlangen.

»Mr Graham war ein sehr geschickter Führer«, sagte sie provozierend.

»Ein sehr geschickter *Guide*!«

Sie nickten und pflichteten ihr bei.

Sie musste beschreiben, wie sie im Auto gesessen hatten und der Elefant sich auf sie stürzte, offensichtlich hatte ihn irgendetwas gereizt.

Es war ein Bulle gewesen.

Jetzt war er tot.

Sie wartete auf die Trauer, empfand aber nur Erleichterung, keine Schuld. Eines Tages war sie dann zumindest so weit zu Kräften gekommen, dass sie heimkehren konnte.

Es ist etwas mit mir passiert, stellte sie fest. Ich trauere nicht. Es liegt an den Massai, ihr Geist ist in mich gefahren und hat mich abgehärtet. Ich bin wie ein Baum, gerade und aufwärts strebend.

Und ich lasse mich von niemandem fällen.

8. KAPITEL

Birgitta sah sie ankommen. Sie lugte hinter dem Adventleuchter in ihrem Küchenfenster hervor, und als der Taxifahrer das Gepäck aus dem Kofferraum hob, öffnete sie die Tür.

Beth bezahlte mit ihrer Kreditkarte.

»Liebe, liebe, liebe kleine Beth.« Birgitta trat auf die Eingangstreppe hinaus und eilte ihr entgegen. Sie hatte sich den Pelzmantel übergeworfen, ihn jedoch nicht zugeknöpft. »Wenn ich das geahnt hätte, wäre ich einkaufen gegangen und hätte die Heizung aufgedreht, aber das regeln wir jetzt gleich, du machst mir einfach eine Liste und dann nehme ich das Auto, fahre los und gehe einkaufen.«

»Das ist nicht nötig.«

Sie hatte immer noch Probleme mit einem Bein, das sie nicht richtig belasten konnte. Man hatte ihr eine Holzkrücke mitgegeben. Wo die Handfläche auflag, saß ein abgewetztes Lederpolster.

Das Haus kam ihr verändert vor, die Farbe schien leuchtender geworden zu sein und stach einem regelrecht ins Auge. Eine pappige Schneeschicht bedeckte den Rasen.

Ich will nie wieder erleben, wenn die Krokusse sprießen, dachte sie. Ich habe dieses Haus satt, ich muss umziehen.

Birgitta scharwenzelte um sie herum, stützte sie und trug ihr Gepäck hinein.

»Mein liebes Mädchen, ich habe so oft an dich denken müssen, ich habe alles gelesen, was in den Zeitungen stand, es kam auch in den Fernsehnachrichten, man sah einen Elefant … natürlich nicht diesen ... aber man konnte es sich vorstellen, er war so unglaublich groß, welch eine Kraft.«

»Ich möchte nicht darüber sprechen«, sagte sie schroff.

»Entschuldige ... das verstehe ich ... natürlich.«

Birgitta begleitete sie ins Haus. Für einen Moment sah sie die Katze, die an der Hausecke saß und ihre Pfoten leckte.

»Die Katze hast du also noch?«, fragte sie.

»Oh ja, die kleine Miezekatze. Es hat sich niemand bei mir gemeldet. Es gefällt ihr bei mir und es ist eine schöne Katze. Jetzt setze ich uns eine Tasse Kaffee auf, du hast doch bestimmt noch welchen im Haus, sonst hole ich welchen von mir.«

Beth hatte nicht die Kraft zu protestieren. In gewisser Hinsicht war es schön, endlich wieder Schwedisch zu hören und in der vertrauten Umgebung zu sein.

»Ich werde das Haus verkaufen«, sagte sie, als sie sich an den Küchentisch gesetzt hatten.

Ihre Nachbarin hielt in ihren Bewegungen inne.

»Das ist sicher nicht nötig ...«, sagte sie zögernd. »Ich meine, ich bin doch auch Witwe. Und es ist überhaupt kein Problem. Du bekommst bestimmt eine schöne Stange Geld von der Versicherung, du kannst es dir bestimmt leisten, hier wohnen zu bleiben. Falls es darum gehen sollte. Und wir können uns gegenseitig helfen, wie wir es bisher auch schon getan haben.«

Beth hatte sich bislang nicht als Witwe gesehen.

»Mal schauen«, erwiderte sie.

Auf dem Tisch lag ein Stapel mit Zeitungen und Post. Birgitta suchte in dem Zeitungsstapel und fand schließlich eine *Dagens Nyheter.*

»Hier ist es!«, sagte sie vorsichtig und breitete die Zeitung aus.

Die Nachricht stand auf der Titelseite. »Schweden von einem Elefant getötet.« Im Innenteil gab es eine weitere Überschrift: »Schwedin wundersam gerettet«. Dort hatte man auch Bilder von Ulf und Juni abgedruckt. Es waren ihre Passfotos.

»Es war wirklich eine furchtbare Katastrophe«, sagte Birgitta. »Du Ärmste, was musst du durchgemacht haben.«

Beth nickte geistesabwesend.

Sie hatte nicht geweint, nicht einmal, als ihr klar wurde, dass Ulf nicht mehr atmete.

Man hatte Beth dabei geholfen, Kontakt mit ihrem Vater aufzunehmen. Seine Stimme hatte heiser und belegt geklungen und war aus weiter, weiter Ferne an ihr Ohr gedrungen.

»Jetzt bin nur noch ich da, Papa«, hatte sie gesagt. »Ich bin die einzige, die überlebt hat. Juni und Ulf und Mr Eugen Graham, der Elefant hat sie alle drei totgetrampelt.«

Er drückte keine Freude darüber aus, dass sie überlebt hatte. Stattdessen seufzte und jammerte er und redete von Junis Hund.

Sie konnte einfach nicht mehr weitersprechen und legte auf.

Als sie Kaffee getrunken hatten, gelang es ihr, Birgitta zum Gehen zu bewegen.

»Ich muss mich jetzt erst einmal ausruhen«, sagte sie. »Danke, dass du nach dem Haus gesehen hast.«

»Soll ich nicht bei dir bleiben, ich könnte rüberkommen und ein paar Tage bei dir wohnen.«

Beth musste schlucken und nahm Anlauf: »Das ist sehr lieb von dir, Birgitta. Ich weiß ja, wo ich dich finde, wenn etwas ist. Das genügt mir. Trotzdem vielen Dank.«

Sie hatte die Tür kaum geschlossen, als auch schon das Telefon klingelte. Es war Ylva. Als sie Beths Stimme hörte, brach sie in Tränen aus.

»Was hattet ihr da auch zu suchen«, schluchzte sie. »Warum musstet ihr unbedingt zu diesen gefährlichen Tieren fahren? Warum konntet ihr nicht hier bleiben?«

»Woher hast du gewusst, dass ich zurück bin?«

»Wie … ich habe jeden Tag angerufen, seit ich es erfahren habe, zu Hause und auf dem Handy und …«

»Wir hatten das Handy nicht dabei«, erwiderte Beth.

»Es ist so furchtbar … ich will alles wissen.«

»Ich kann jetzt nicht darüber sprechen«, sagte Beth.

»Was ist denn mit der Beerdigung … ist er schon überführt worden?«

»Ylva, ich …«

»Und dann Albin, er hat doch seinen Vater verloren … Der arme Junge! Wie soll er jemals darüber hinwegkommen …?«

Beth legte auf. Unmittelbar danach klingelte es erneut. Diesmal war Micke Larsson am Apparat, ein Kollege von Ulf. Sie hatte ihn nie richtig gemocht. Er war forsch und laut und ignorierte sie die meiste Zeit. Jetzt hieß er sie mit ungewöhnlich herzlicher Stimme willkommen und erkundigte sich, wie es ihr ging.

»Eine seltsame Frage«, antwortete sie feindselig.

»Wieso seltsam? Sicher, ich verstehe, nach allem, was du durchgemacht hast, geht es dir natürlich nicht besonders. Aber das sagt man nun einmal so, es ist eben eine Art Standardfrage, wenn man nicht …«

Sie schwieg.

»Wie dem auch sei, ich dachte … Ulf zuliebe … ob du vielleicht zu einem Interview bereit wärst. Du weißt ja, dass ich für *Expressen* arbeite. Wenn ich dich besuchen könnte … natürlich nicht heute, mir ist klar, dass du sehr müde bist, aber morgen vielleicht … es braucht nicht so lange zu dauern … du bräuchtest nur ein wenig erzählen … wie es war und na ja, ein paar Details und so …«

»Ulf zuliebe?«, wiederholte sie.

»Ja, so wird daraus doch wenigstens eine Reportage. Das war doch sein Ziel, deshalb ist er dorthin gereist, mit einer Reportage über ihn würde man seiner irgendwie gedenken.«

»Nein«, sagte sie und knallte den Hörer auf die Gabel.

Mühsam bewegte sie sich zum Telefonanschluss und zog den Stecker heraus. Sie hatte dumpfe Schmerzen im Knie. Der Flug war anstrengend gewesen. Sie hatte einen Platz am Gang bekommen, damit sie das Bein ausstrecken konnte, aber die Stewardessen stolperten andauernd darüber, sodass sie es schließlich doch anwinkelte.

Sie hatte das Rauschen der Flugzeuglüftung noch im Kopf

und wollte sich ein bisschen hinlegen, aber als sie ins Schlafzimmer kam, hatte sie das Gefühl, alle Luft würde aus ihr herausgepresst. Schlagartig wurde ihr bewusst, dass sie nie wieder neben Ulf aufwachen würde. Er war fort. Er lebte nicht mehr und würde wie ein Frachtstück nach Hause transportiert werden, um in die Erde gesenkt und anschließend vergessen zu werden. Sie würde allein sein. Und bei diesen Gedanken öffneten sich die Tränenschleusen und sie brach auf dem hellen Teppich zusammen und weinte zum allerersten Mal.

Es dauerte nicht lange, höchstens fünf Minuten, aber es war lang genug, um sie Kopfschmerzen bekommen zu lassen. Ihr wurde klar, dass sie das Telefon wieder einstecken musste, denn sonst würden die Leute zu ihr nach Hause kommen, weil sie sich Sorgen machten und vermuteten, dass sie Hilfe brauchte. Sie wollte niemanden im Haus haben, wollte keinen Menschen treffen.

Erst musste sie wieder stark werden.

Beth kochte noch eine Kanne Kaffee. Sie hatte keinen Hunger, wusste aber, dass es Essen in der Tiefkühltruhe gab, falls sie Hunger bekommen sollte, sodass sie nicht unnötig das Haus verlassen musste.

Der Juckreiz machte sich wieder bemerkbar. Im Krankenhaus war er mit einem übel riechenden Medikament behandelt worden und abgeklungen, aber jetzt war er wieder da, am schlimmsten an den Armen. Sie holte den Stapel Post und einen Brieföffner, den ihr Vater ihr einmal geschenkt hatte. Mit der scharfen Kante fuhr sie fest über ihre Arme. Das half einen Moment, dann juckte es wieder.

Sie versuchte das Jucken zu verdrängen und widmete sich stattdessen dem Stapel aus Briefen und Zeitungen. Birgitta hatte die Umschläge fein säuberlich aufgestapelt. Es handelte sich um ein paar Rechnungen und die üblichen Mitteilungen von der Bank und der Postbank. Ihr wurde klar, dass sie in Zukunft auch Ulfs Post öffnen musste, brachte es aber im Moment noch nicht über sich. Er hatte eine Postkarte von einer Kollegin bekommen. »Hier in Paris ist es immer noch sommerlich warm. Bis bald. Gruß und Kuss, Sara.«

Beth legte die Karte zusammen mit seiner restlichen Post auf die Seite. Sara. Sie würde bestimmt auch anrufen und Details und Antworten hören wollen. Nicht zu vergessen Junis Freunde. Die Kopfschmerzen wurden stärker.

Ein kleiner weißer Umschlag war an sie selbst adressiert. Beth Svärd, der Name war mit einem Kugelschreiber geschrieben worden und der Schreiber hatte den Stift sehr fest aufgedrückt. Von wem konnte der Brief sein?

Sie hielt ihn gegen das Licht, konnte aber keine Schrift erkennen und wurde von einer schleichenden Angst erfasst. Mit einem hastigen Schnitt schlitzte sie den Umschlag auf.

Der Brief war auf einem Blatt verfasst worden, das der Absender offensichtlich aus einem alten Schulheft gerissen hatte. Sie betrachtete den Text, anfangs jedoch, ohne ihn zu lesen. Die Tinte hatte geklumpt und überall Flecken hinterlassen. Sie legte das Blatt weg und trank einen Schluck Kaffee. Dann musste sie es wieder in die Hand nehmen und nun las sie, nun zwang sie sich zu lesen, und während sie das tat, wurde ihr Rücken immer gerader und steifer. Sie saß auf der äußersten Sofakante und las die Zeilen immer wieder.

An Beth Svärd, die im Sommer in dem roten Haus wohnt. Ich habe Grund zu der Annahme, dass Sie etwas über das Verschwinden eines gewissen Mannes wissen. Denn ich habe das Grab gefunden, in dem er liegt und es befindet sich auf Ihrem Grundstück oder jedenfalls in unmittelbarer Nähe davon und ich weiß, dass er bei Ihnen gewesen ist und ich möchte jetzt Gewissheit haben. Ich fühle, dass ich Bescheid wissen muss, denn es ist so, dass dieser Mann mir nahe stand. Ich heiße Kaarina Jussila, hier ist meine Telefonnummer.

Kaarina II

Die Frau hatte angerufen. Die Frau namens Beth Svärd. Ihre Stimme hatte alt und krächzend geklungen, ganz anders, als Kaarina sie sich vorgestellt hatte. Als sie das Klingeln hörte, kam Kaarina gerade aus dem Hühnerstall und eilte ins Haus, weil sie nicht wollte, dass Holger es auch hörte.

Es hatte vorher schon des Öfteren geklingelt, was sie jedes Mal aufs Neue in Aufregung versetzt hatte. Aber es war immer jemand anderes gewesen, meistens Bekannte von ihnen, die ein paar Worte mit Holger wechseln wollten.

Wochen waren vergangen, seit sie den Brief geschrieben hatte. Sie hatte sich ausgemalt, was passieren würde, wenn er ankam, doch es dauerte so lange, dass sie am Ende schon fast die Hoffnung aufgegeben hatte.

Bevor sie sich entschloss einen Brief zu schreiben, hatte sie sogar einmal angerufen. Die Nummer hatte sie von der Auskunft bekommen. Damals waren ihr nicht die richtigen Worte eingefallen und sie war in Tränen ausgebrochen und hatte aufgelegt. Das war dumm gewesen.

Mittlerweile hatte sie den Plan gefasst, einen weiteren Brief zu schreiben, den sie diesmal anders, nicht mehr so vorsichtig, formulieren würde.

Wenn Sie nicht antworten, gehe ich zur Polizei.

Sie konnte sich jederzeit an Lars-Göran wenden, der Polizist in Tidaholm war. Er war in die gleiche Klasse gegangen wie sie, in der Schule an der Hauptstraße. Mit ihm konnte sie reden, da sie ihn kannte.

Das Dumme war nur, dass es einen solchen Wirbel geben würde.

Sie würde es nicht länger für sich behalten dürfen.

Sie würde erzählen müssen.

Dann war da auch noch Holger. Er würde sicher wütend werden, weil er doch glaubte, alles über sie zu wissen.

»Ich möchte gerne Kaarina Jussila sprechen«, sagte die Frauenstimme am anderen Ende der Leitung.

Kaarina hatte ihre Stiefel noch an, der Teppich hatte Schmutzflecken bekommen. Sie war zum Telefon gerannt und nicht dazu gekommen, sich die Schuhe auszuziehen.

»Das bin ich«, sagte sie gespannt.

»Mein Name ist Beth Svärd. Aus Hässelby. Sie haben mir einen Brief geschrieben.«

»Ja.«

Sie musste Zeit gewinnen, die richtigen Worte finden.

»Ich bin jetzt hier. Ich bin hergekommen und wenn sie vorbeischauen möchten, können wir uns treffen. Es gibt da ein paar Dinge, die Sie meiner Meinung nach erfahren sollten.«

Kaarina sah sich im Spiegel vor ihr nicken, die alte Strickmütze war ihr in den Nacken gerutscht.

»Dann sind Sie also jetzt da drüben«, sagte sie leise.

»Ja. Ich bin hier und warte auf Sie.«

»Dann komme ich gleich.«

Die Frau hatte aufgelegt. Als sie sprach, klang ihre Stimme ein wenig seltsam, so als könnte sie jede Sekunde verschwinden. Vermutlich rief sie von einem Handy aus an. Kaarina streifte die Stiefel ab und wischte die Schmutzspuren weg, eine dreckige braune Feder klebte in einem Lehmklumpen. Sie war von Ida, dem jungen Huhn. Es sah ein bisschen mickrig aus, hoffentlich wurde es nicht krank.

Kaarina ging in ihr Zimmer hinauf und zog sich eine saubere Bluse und eine Strickjacke an. Anschließend kämmte sie sich die Haare. Sie hätte sie gestern waschen sollen, wie sie es ursprünglich vorgehabt hatte. Wenn sie den Hof verließ, roch sie, denn in den Haaren setzte sich alles fest, der Geruch der Hühner und der Essensgeruch. Daheim fiel das nicht weiter auf, dafür roch man es umso mehr, wenn sie woanders hinkam. Sie beträufelte sich ein wenig mit dem Eau de Cologne, das als Probe in einer Illustrierten gewesen war: eine dünne, längliche Miniflasche, die auf dem Umschlag klebte. Sie hatte die Zeitschrift im Supermarkt gekauft.

Als sie die Treppe herunterkam, hörte sie Holger. Er war auf der Toilette.

»Bist du das, Kaarina?«, rief er durch die Tür.

»Ja, natürlich.«

»Womit hast du dich denn eingesprüht, das riecht man ja schon von weitem.«

»Ach Unsinn, ich habe nur etwas Parfüm benutzt.«

»Warum?«

»Warum nicht.«

Er zog ab und kam in die Küche. Seine Augen waren rot und blutunterlaufen.

»Ich war auf dem Weg in den Wald. Aber dann musste ich auf einmal ganz dringend.«

»Aha.«

»Was ist das nur, Kaarina? Du stinkst wie ein Bordell.«

»Blödsinn, ich habe nur ein bisschen Parfüm benutzt, man ist den Hühnergeruch manchmal so leid.«

»Aha, so, so.« Er trottete in die Diele hinaus und zog sich die Winterjacke über. »Ich gehe dann mal. Was gibt es zum Essen, hast du dir schon Gedanken darüber gemacht?«

Sie musste warten. Gut möglich, dass die Frau die Geduld verlor und wieder wegfuhr, aber das ließ sich jetzt auch nicht ändern. Sie musste warten, bis sie hörte, dass sich der Traktor am Fuße des Hügels entfernte.

Dann erst ging sie los. Ein paar Tage lang hatte Schnee gelegen, der inzwischen jedoch wieder weggetaut war. Es war ein seltsamer Winter, an einem Tag noch eisig kalt, am nächsten schon wieder frühlingshaft warm. Im Gehen zog sie die Handschuhe über, ihre Fingerhandschuhe, und achtete darauf, dass sie nicht auf Eisflächen trat. Letzten Winter war sie auf einer vereisten Stelle am Gatter ausgerutscht und hatte sich tüchtig wehgetan. Das sollte ihr nicht nochmal passieren.

Sie traute sich nicht, Holgers Fahrrad zu nehmen. Sie blieb lieber im Wald, denn sie wollte nicht gesehen werden. Die Luft stand still. Am Morgen war der Nebel so dicht gewesen, dass sie den Giebel der Scheune kaum hatte erkennen können. Von den Ästen tropfte es ein wenig, sie hörte ein sanftes, ganz leises Prasseln. Kleine Vögel hockten in den Tannen.

Das letzte Stück lief sie halb, weil sie sich einbildete, sie käme zu spät. Endlich erblickte sie das Haus. Das Herz schlug ihr bis zum Hals. Ein Stück hinter dem Zaun parkte ein Auto. Plötzlich wurde sie unsicher. Was sollte sie der Frau sagen? Wie sollte sie erklären, dass sie ihren Namen und ihre Adresse kannte.

Es war kein Mensch zu sehen. Die Haustür schien verschlossen zu sein. Kaarina folgte dem Zaun. Den Weg kannte sie mittlerweile auswendig, da sie sein Grab regelmäßig besuchte, wenn sie mit ihm sprechen wollte, und der Schmerz, der Einsamkeitsschmerz, sie im Unterleib traf. Dann kam sie her und pflegte den Erdwall, brachte ihn in Ordnung und schmückte ihn mit schönen Tannenzapfen oder Zweigen. Manchmal kam es ihr fast so vor, als bekäme sie Kontakt zu ihm, als schwebe er über ihr, unsichtbar aber dennoch gegenwärtig.

Manchmal wurde sie auch wütend darüber, dass er verschwunden war. So etwas machte man einfach nicht. Sie wusste zwar, dass er es nicht freiwillig getan hatte, aber das war auch kein Trost. Sie war dennoch wütend. Sie hatte doch jetzt niemanden mehr, niemanden, an den sie voller Erwartung denken konnte. Dabei war diese Erwartung ein so wichtiger Teil des Lebens. Aber er hatte sie mitgenommen, als er verschwand.

Sie war jetzt da. Letztes Mal hatte sie einen schönen Stein gefunden und ihn hochkant auf den Grabhügel gesetzt. Sie sah, dass er ein wenig herabgerutscht war und bückte sich, um ihn wieder richtig hinzustellen.

Im gleichen Moment hörte sie die Stimme.

»Guten Tag, Sie müssen Kaarina sein?«

Sie holte tief Luft und drehte sich um.

Eine fremde Frau stand wenige Meter von ihr entfernt. Sie trug eine dunkelgrüne Steppjacke mit einem Pelzkragen an der Kapuze und eine enge schwarze Hose. Sie betonte den Namen auf der zweiten Silbe, was hart und spitz klang.

»Káarina«, musste sie die Frau berichtigen.

»Aha, Káarina.«

Sie standen sich gegenüber und beäugten sich prüfend.

»Ja, ich bin Beth, wie Sie sich bestimmt schon gedacht haben werden«, sagte die Frau und schüttelte eine Zigarette aus einem Päckchen. »Rauchen Sie?«

»Nein.«

Ihre Lippen waren geschwollen und rau, das Gesicht fleckig braun. Sie blies ein paar Rauchringe aus, die einige Sekunden waberten, ehe sie sich auflösten.

»Wohnen Sie in der Nähe?«, fragte die Frau, die Beth hieß.

Kaarina holte Luft.

»Ja.«

»Ich wusste gar nicht, dass es hier in der Nähe Häuser gibt.«

»Na ja, so nah ist es nun auch wieder nicht, man muss schon ein gutes Stück gehen. Wissen Sie, wer Holger ist? Holger Karlsson?«

Beth wandte den Kopf für eine Sekunde ab. Dann sah sie Kaarina direkt in die Augen.

»Ist das der Mann, der … dort liegt?«

»Aber nein. Holger ist zu Hause. Er ist sozusagen mein Bruder.«

»Ihr Bruder. Aha.«

Kaarina hatte kalte Füße. Sie trat ein wenig auf der Stelle, die Erde war rutschig und matschig. Beth stand vor ihr und sah sie an. Sie nahm tiefe Züge von ihrer Zigarette.

»Sie haben mir einen Brief geschrieben«, sagte sie und ihre Stimme änderte den Klang, wurde hart und schrill.

»Ja, ich musste einfach wissen ...«

»Sie haben geschrieben, dass er Ihnen nahe stand. Waren Sie etwa verlobt?«

Kaarina wurde rot, und um ihre Scham juckte und piekste es.

»Ja«, erwiderte sie. »Ja, das könnte man sagen.«

»Tatsächlich, seine Verlobte! Und wie kommen Sie darauf, dass ausgerechnet ich etwas über ihn wissen könnte?«

»Er liegt doch auf Ihrem Grundstück, ich habe ihn doch hier gefunden.«

»Wie war das möglich? Woher wussten sie, dass dort etwas in der Erde lag?«

»Es ragte doch etwas heraus«, flüsterte sie.

Beth schmiss die Zigarettenkippe fort. Sie landete in einer Pfütze und zischte.

»Haben Sie irgendjemandem davon erzählt?«

»Nein.«

»Warum nicht?«

Sie zuckte mit den Schultern.

»Ich habe es auch nicht erzählt.«

»Nein?«

»Und darüber sollten Sie froh sein, denn sonst hätte die ganze Gegend erfahren, was ihr Verlobter für einer war.«

Kaarina lief dunkelrot an. Vor ihren Augen tauchten schwarze Punkte auf.

»Er wollte mich ermorden, verstehen Sie, mich erwürgen, ich habe ihn beim Stehlen erwischt ... Er war ein simpler Dieb und Mörder ... Aber vielleicht wussten sie ja schon, dass sie so einen Kerl gern hatten?«

»Nein«, schrie sie auf. »Das ist nicht wahr, so jemand war er nicht, überhaupt nicht.«

Die fremde Frau bekam ein spitzes, hässliches Gesicht. Sie strich die Haare weg, die ihr in die Augen gefallen waren, stand jetzt ganz dicht vor Kaarina und stützte sich schwer auf eine Krücke.

»Man muss die Toten vergessen«, zischte sie und ihr Atem roch schlecht, nach Rauch und altem Stroh. »Wenn sie erst einmal tot sind, soll man sie vergessen, glaubst du nicht, ich weiß ... glaubst du nicht, dass ich selbst ... dass Ulf, der sonst immer mit mir hier war ... glaubst du nicht, dass ...«

Kaarina wollte jetzt gehen, sie drehte sich um, aber Beth hielt sie fest. Ihre schmale, harte Hand drückte ihren Arm so fest, dass es wehtat.

»Ich muss gehen!«, schrie Kaarina.

»Erst hörst du mir zu, du hast doch selbst gesagt, dass du Gewissheit haben willst, hast du das nicht geschrieben? Dein Herzallerliebster hat mich gequält, seine Hände haben mich gewürgt, sodass die Würgemale noch Tage später zu sehen waren, und er hat in unseren Sachen gewühlt und hätte mich getötet, das habe ich in seinen Augen gesehen, er hätte mich getötet, wenn ich nicht ...«

Sie verstummte und ließ los.

»Wenn Sie ihn nicht getötet hätten«, flüsterte Kaarina.

»Man soll die Toten in Frieden ruhen lassen, sie kommen nicht mehr zurück. Also wirst du diesen Hügel, den du angelegt hast, gefälligst wieder wegmachen ... und zwar jetzt, während ich hier stehe, ich werde hier stehen bleiben und schauen, dass alles verschwindet, er auch, er ist jetzt weg, von denen, die nicht mehr leben, bleibt nichts übrig ...«

»Ich glaube Ihnen nicht, so einer war er nicht!«

Sie schluchzte auf und wollte fortlaufen, rutschte aber auf dem morastigen Untergrund aus und fiel der Länge nach in das nasse, plattgetretene Gras. Dann traf sie ein Schlag am Kopf. Beth Svärd stand mit gefletschten Zähnen über ihr. In der Hand hielt sie die Krücke und schlug damit auf Kaarinas Hals und Rücken ein.

Kaarina kauerte sich zusammen wie ein Igel.

Ihre Lippe wurde von einem weiteren Hieb getroffen, sie schmeckte Blut. Verzweifelt versuchte sie auf die Knie zu kommen, denn dann würde sie Schwung nehmen, sich aufrichten und weglaufen können. Diese Frau war verrückt, vollkommen verrückt. Aber ihre Stiefel rutschten weg und sie fiel wieder hin, fiel im Morast vornüber auf den Bauch.

Auf einmal hörten die Schläge auf. Sie hörte erstickte Schreie und anschließend eine Männerstimme: »Willst du wohl still sein, du Schlampe!« Stumm lugte sie zwischen den Fingern hindurch.

Beth lag wie sie selbst auf der Erde und Holger saß auf ihr und drückte ihren Kopf in den Matsch. Sie war über und über mit Dreck und Blut beschmiert.

»Nimm das Handy!«, schrie er. »Es ist ihr aus der Tasche gefallen, es liegt auf der Erde, nimm es, beeil dich!«

Als Beth das hörte, begann sie sich zu winden und zu strampeln, und er musste all seine Kraft einsetzen um sie festzuhalten. Er versetzte ihr einen harten Schlag in den Nacken.

»Du musst die Polizei rufen, Kaarina, nun nimm schon das Telefon und stell dich nicht so verdammt dämlich an!«

»Wie ... wie geht das denn?«, schluchzte sie.

»Ach Scheiße, du wählst einfach eins, eins, zwei, das kann doch nicht so schwer sein, und dann drückst du auf die Taste mit dem grünen Telefon.«

Sie rutschte in ihren dünnen Strümpfen auf den Knien und weinte so sehr, dass sie nicht sprechen konnte.

Holger brüllte sie an: »Gib her!« Er saß auf Beth und hielt sie mit dem Gewicht seines Körpers unten, während er ihr das Telefon abnahm. Beth lag jetzt ganz still, mit dem Ohr auf der Erde.

Kaarina richtete sich auf. Sie wandte sich vom Grab ab, lehnte sich schwer an den nächsten Baum, einen alten Apfelbaum mit silbrig bemoostem Stamm. Sie lehnte sich an ihn und ihr Körper krümmte sich in Krämpfen.

Hinter ihr telefonierte Holger. Er sprach mit einer Stimme, die keinen Widerspruch duldete. Er war ihr gefolgt und würde schon bald alles wissen.

»Verbinden Sie mich mit der Polizei!«, brüllte er. »Und zwar dalli.«

Kaarina sah sie kommen. Es waren mehrere Streifenwagen, Lars-Göran stieg als Erster aus. Er begrüßte Holger, aber mehr konnte sie nicht sehen, denn nun umringten sie die am Boden liegende Frau und legten ihr Handschellen an.

Kaarina fror und fühlte sich schmutzig. Holger lehnte am Zaun, seine großen Hände zitterten.

Lars-Göran war plötzlich bei ihr.

»Hallo, Kaarina, bist du es?«

»Was macht ihr mit ihr?«, flüsterte sie.

»Wir nehmen sie erst einmal mit, dann sehen wir weiter. Was ist denn eigentlich passiert?«

»Nichts«, sagte sie. »Es war ein Missverständnis.«

»Tatsächlich?«

Im gleichen Augenblick rief einer der Polizisten.

»Was ist denn das hier, was ist mit Rocko los? Kommt her und seht euch das mal an!«

Sie standen in einer Gruppe zusammen, direkt neben dem Grab. Plötzlich entdeckte sie, dass die Polizisten auch einen Hund dabei hatten, einen großen und kräftigen Schäferhund, der in der Erde scharrte.

Sie wandte sich ab und schaute zu den Streifenwagen hinüber. Beth Svärd saß zusammen mit einem Polizisten auf der Rückbank. Ihr helles Gesicht war völlig aufgelöst. Kaarina schluckte schwer und Tränen liefen ihr über die Wangen.

Für einen Moment begegneten sich ihre Blicke und sie sah, dass die Frau im Auto ebenfalls weinte.

Dann kam alles ans Licht.

INGER FRIMANSSON

HOCHSPANNUNG AUS SCHWEDEN!

Während einer Urlaubsreise verschwinden ihr Geliebter und eine Schulfreundin. Eine weitere Mitreisende kommt ums Leben. Justine Dalvik hat alle Hände voll zu tun, den Verdacht von sich abzulenken. Ein Thriller um Hass, Liebe und Rache. Ausgezeichnet mit dem Schwedischen Krimipreis!

Gute Nacht,
mein Geliebter
btb 72609

btb
Aus Freude am Lesen

Der Beschützer
btb 72730

btb
Aus Freude am Lesen

Ein Psychothriller der Spitzenklasse. Erzeugt Gänsehaut und bleibt spannend bis zum Schluss! Zwei Feuerwehrmänner sind tot. Schon bald gibt es einen Verdächtigen, doch als es schon fast zu spät ist, erkennen die ermittelnden Beamten, dass man auf der falschen Fährte war ...